KB260233

高山 大三國志

5 불타라 칼

고산고정일

고산 대삼국지 [5] 불타라 칼

은혜

비가 멎자 조조의 패잔군은 서둘러 마을을 나섰다.

산마을을 세 곳쯤 지나, 어떤 언덕 위에 선 조조는 눈아래에 좌우로 갈라지는 길을 발견했다.

"저건 각각 어디로 가는 길인가?"

손가락으로 가리키자 막료 가운데 한 사람이 대답했다.

"한쪽은 남이릉으로 나가는 큰길이고, 다른 쪽은 북이릉으로 가는 산길인 줄 압니다."

"남군 강릉으로 가려면 어느 쪽을 택하는 것이 가까운가?"

"남이릉보다 호로곡으로 빠지는 것이 지름길입니다."

"알았다!"

조조는 호로곡으로 가는 큰길을 택했다.

오후가 되어 호로곡에 이르렀으나 군사들은 하나같이 다 피로와 굶주림에 지쳐 더 나아갈 힘을 잃고 있었다. 말도 또한 몹시 지쳐 있었다.

조조 자신도 이따금 말등에서 정신이 몽롱해져 고개가 축 늘어지려 했다.

불에 휩싸인 숲을 도망쳐 나온 뒤로, 장수고 병졸이고 한 번도 눈을 붙여 보지 못했다.

"여기서 한 시간 휴식을 취한다."

조조가 명령했다.

병사들은 땔감을 모아다가 불을 피우고 투구를 냄비삼아 도중에 약탈해 온 양식으로 밥을 짓고 말을 잡아 그 고기를 구웠다.

배가 부르게 되면 젖은 전포를 말려 입어 산뜻한 기분이 되고 싶은 것이 인정이다. 장병들은 너도나도 앞을 다투어 입고 있는 것을 벗어 모닥불 위의 나뭇가지에 걸었다.

또 말들은 풀밭에 풀어 놓았다.

조조는 조금 높은 곳에서 쉬고 있다가 별안간 험한 표정이 되어 벌떡 일어났다.

"왜 그러십니까?"

장료와 서황이 이맛살을 찌푸리며 올려다보았다.

"'일(逸)로써 노(勞)를 기다린다' 하지 않느냐?"

"그러시다면?"

"만약, 내가 공명이라면 힘겹게 여기까지 당도한 패잔군이 반드시 이쯤에서 요기를 하며 쉴 것이 틀림없다고 생각하여 한 무리의 군사를 매복시켰을 것이다."

그 말을 듣자, 모든 장수들은 소스라치게 놀라 일제히 벌떡 일어났다. 그 순간 조조의 말을 듣기라도 한 양 앞의 나무숲이 한꺼번에 흔들리며 천지를 울리는 함성이 일어났다.

"역시 그랬었구나!"

조조는 투구를 찾아 쓸 겨를도 없이 안장도 없는 말에 올라탔다.

모든 장수와 병졸들은 정신이 나가서 허둥지둥 자기의 칼과 창, 갑옷과 전포를 집어들려고 아우성치며 이리 뛰고 저리 뛰었다.

들판에 놓아두었던 말 무리도 그 함성, 북소리에 놀라 사방으로 쏜살같이 내달았다.

다음 순간 숲속에서 불길이 확 타올랐다.

"달아나라!"

"가진 것들을 버려라!"

속옷바람으로 다른 사람의 창을 움켜쥔 사람, 말을 쫓아 뛰는 사람, 부글부글 끓는 음식이 남아 있는 투구를 뒤집어 쓰고 비명을 지르는 사람, 다른 사람의 투구를 끌어안고 쩔쩔매는 사람, 누구 한 사람도 냉정한 이성을 지키지 못해, 사태는 수습할 수 없는 혼란으로 빠졌다.

앞뒤에서 뛰쳐나온 현덕의 군사들은 강궁에 횃불을 단 화살을 메겨 핑핑 쏘아댔다.

조조의 군사에게 싸울 여력이 있을 턱이 없었다.

달아날 곳을 찾아 우왕좌왕하는 사이로, 1천 기쯤 되는 군사들을 이끌고 횃불을 켠 듯한 눈에 호랑이 수염을 기른 거한이 장팔사모를 휘두르며 달려들어왔다.

"조조, 어디에 있느냐! 연인(燕人) 장익덕이 여기서 기다렸다! 어서 나오라!"

뭇소리를 제압하는 호통소리에 장수와 병졸은 간담이 서늘했다.

관우와 함께 장비의 그 용맹한 이름은 온 세상에 널리 퍼져 있었다. '와아!' 하고 비명을 지르며 개미새끼 흩어지듯 우르르 달아나는 군사들의 비참한 꼴을 본 허저가

"내가 몸으로 장비를 막으리라."

소리치며 안장도 없는 말을 몰아 장비를 향해 내달렸다. 이것을 바라본 장료와 서황이 허저를 희생시키지 않으려고 말머리를 나란히하여 돌진했다.

목숨을 아끼지 않고 몸을 내던지는 세 장수의 반격을 받아 장비는

마치 맹기투혼(猛氣鬪魂)의 권화(權化)처럼 무시무시한 기세로 싸웠다.

먼저 장료가 윙 소리도 요란한 사모를 비키다가 중심을 잃고 말에서 떨어졌고, 다음에 허저는 턱을 살짝 깎였으며 왼손가락 3개가 잘렸다.

서황 한 사람이 간신히 막고 있었는데, 그러던 중 올라탄 말이 앞발을 높이들고 꼿꼿이 서는 통에 한쪽 다리를 호되게 찔려 쾅 하고 굴러떨어졌다.

그러나 이 세 장수가 필사적으로 방어한 덕분에 조조는 멀리 달아날 수 있었다. 십여 리를 달리는 동안, 조조의 뒤에는 단 한 기도 따르는 자가 없었다. 수십 리를 죽어라 하고 달린 조조는 어느 틈엔가 말등에 엎드려 거의 의식을 잃고 있었다. 지칠 대로 지친 말은 달리기를 멈추고 우뚝 서 있었다.

"승상! 승상!"

막료가 불러대는 소리에 퍼뜩 정신을 차려 간신히 몸을 일으킨 조조는 멍하니 주위를 둘러보았다. 따라붙은 자기편 군사는 겨우 수십 기였다. 살아 있는 것이 신기할 정도였다. 조조는 한참 동안 바보처럼 입을 벌리고 있었다.

가까스로 정신을 되찾은 조조는 갈길을 찬찬히 살폈다. 다시 길이 두 줄기로 갈라져 있었다.

"어느 길을 택하는 것이 좋겠는가?"

조조가 중얼거리듯 말하자 옆에 있던 한 막료가 대답했다.

"둘 다 남군으로 통하기는 합니다만, 넓은 큰길은 50리쯤 멀리 돌아가게 되어 있고, 좁은 사잇길은 화용도를 지나 한 50리쯤 질러가는 지름길이 됩니다. 그러나 이 지름길은 좁고 지세가 험하여 몇 군데 어려운 곳을 넘어야 합니다."

"양쪽 길의 상황을 살펴보고 오너라."

척후병을 보내고 나서 조조는 노곤해진 몸을 말에 기대며 생각에 잠겼다.

'하북으로 돌아가 다시 군을 정비해 돌아오려면 시간이 얼마나 필요할까.'

조조는 유례없는 대패를 경험하고서도 다시 새로운 전의를 불태우고 있었다. 살아남은 제장들을 수습하고 새로 무장들을 뽑아 잘 훈련시켜 군세를 정비한다면 얼마든지 새 진용을 갖출 수 있으리라. 조조는 골몰했다.

'우리가 대패한 것은 수전(水戰)에 대한 훈련이 미흡했기 때문이다. 오를 멸망시키려면 하루바삐 수병을 육성해야 한다. 과연 누구에게 이 훈련을 맡기는 게 좋을까.'

조조는 새삼 오의 통치자인 손권이 부러웠다. 그는 휘하에 용맹한 장수들이 많다. 또한 그 점에서는 유비도 마찬가지였다. 이제 유비는 더할 나위 없는 군사까지 얻어 완벽한 전법을 구사하고 있다. 동남풍의 화공계는 분명 제갈공명의 머리에서 나온 책략이었을 것이다. 그리고 간과하고 있었던 방통의 갑작스런 등장 또한 따지고 보면 모두 공명이 꾸민 간계가 분명했다. 조조는 패주의 굴욕만으로도 가슴이 찢기듯 분하고 고통스러운데 방통의 배신을 깨닫자 그를 믿고 따랐던 자신의 어리석음이 한탄스러워 견딜 수 없었다.

나지막한 야산으로 뛰어올라간 막료가 한참 동안 사잇길을 정찰하더니 달려 돌아와 말했다.

"사잇길 쪽은 좌우의 산 군데군데에서 연기가 피어오르고 있습니다만, 큰길 쪽은 별반 이상한 점은 없습니다."

"그렇다면 사잇길을 택하여 화용도로 가리라."

모든 무장들은 조조의 마음 속을 헤아리기가 어려웠다.

봉화의 연기가 오르고 있는 것은 복병이 있다는 증거가 아닌가? 일부러 복병이 있는 길을 택하다니 대체 어찌된 일이란 말인가?

한 사람이 이런 의문을 말하자 조조는 껄껄 웃었다.

"병서에도 있지 않은가? 허이지만 이를 실이 되도록 하고, 실하면 이를 허하게 한다고. 공명은 허허실실의 지략에 있어서 천재다. 사잇길의 산그늘에 불을 살라 봉화 연기처럼 보이게 하고 그야말로 복병이 있는 것으로 나에게 생각하게 해 놓고 큰길에서 매복하여 기다리는 것이다. 큰 길에 아무런 기척도 없는 것이 매복해 있다는 증거다."

조조의 이러한 명쾌한 판단에 모든 무장은 역시 승상다운 통찰력이라고 탄복했다.

패잔한 군세는 화용 사잇길로 들어섰다.

그때 조비가 화용도의 지형을 살펴보더니 입술 가장자리를 씰룩거리며 처음으로 말했다.

"우리들도 마른 풀과 섶을 모읍시다."

"뭣하려고?"

조조는 신경질적인 반응을 보였다. 조조는 마른 풀과 섶이라는 황개의 속임수에 넘어가 화공을 당한 쓰쓰름한 생각이 떠올랐기 때문이다.

"화용도는 지금 보니 진수렁길입니다."

"마른 풀이나 섶으로 메우지 않으면 말이 지날 수 없습니다."

"좋아! 그렇게 하도록 하라."

조조는 명하면서 이들의 내부에 자기를 앞지르는 악마같은 재능이 있음을 느꼈다.

과연 길은 푹푹 빠지는 진흙길이었다. 굶주리고 지친 사람이나 말에게는 이 험한 길이 너무도 견디기 어려웠다.

상처를 입지 않은 자는 한 사람도 없었다. 혹은 얼굴이며 머리가 불에 데어 있었고, 혹은 화살에 맞았으며, 혹은 창에 찔리고 칼에 베어져 태반이 지팡이에 의지하고 있었던 것이다.

전포는 너덜너덜 누더기가 되었으며 무장을 제대로 한 자는 한 사람도 없었다.

깃발은 찢어지고 끊어져 넝마가 다 되어 있었다.

조조 이하 대장들이 올라탄 말은 모두 안장과 재갈이 없었다. 투구를 쓴 자는 갑옷이 없었고, 갑옷을 걸친 자는 투구가 없었다. 구부러진 칼을 메고 있는 자가 있는가 하면, 자루가 부러진 창을 들고 있는 자도 있었다. 이날 추위는 유달리 심해서 모든 사람들의 입술은 보랏빛으로 변해 있었다.

그런데 갑자기 전군의 행진이 멎었다.

"왜 그러는가?"

"보고 오겠습니다."

막료의 한 사람이 말을 달려갔다가 곧 되돌아왔다.

"앞쪽 산의 오솔길이 한층 더 좁아지고, 게다가 밤에 내린 소나기로 사태가 나고 땅이 꺼져서 길 위는 온통 흙탕물 바다입니다. 도저히 말을 몰고 나갈 수 없게 되어 있습니다."

"시끄럽다!"

조조는 외쳤다.

"대저 행군이라는 것은 앞길을 가로막는 묏부리가 있으면 파내어 길을 내고, 물이 흐르는 곳이 있으면 다리를 놓는 법이다. …… 흙탕물이 넘치고 있는 것쯤으로 무엇을 망설인단 말이냐! 지금까지도 그렇게 지나왔지 않는가!"

곧 명령을 내려 상처가 깊지 않은 병사들을 앞장세워 나무를 엮고 흙과 풀을 운반해 와 길을 만들게 했다.

"게으른 자는 베어 버리리라!"

심하게 야단을 맞으며 흙탕물과 싸우는 병졸 가운데는 추위와 굶주림 때문에 힘없이 주저앉아 그대로 일어나지 못하는 자가 적지 않았다.

원망하는 소리가 일자 조조는 고래고래 고함을 질렀다.

"죽고 사는 것은 하늘에 달렸다는 것을 모르느냐! 군병이라는 자가 질질 짜다니 이 무슨 꼴이냐! 그런 자는 단칼에 베리라!"

조조도 무리한 강행군이라는 것을 충분히 알지만 다만 고함치고 야단쳐서 진수렁을 이기는 것밖에는 달리 방법이 없었다.

장병들의 온몸은 흙투성이가 되어 갔다. 흙탕물 속에 가라앉아 일어나지 못하는 자가 있건 말건, 벼랑에서 진구렁 속으로 떨어지는 자가 있건 말건, 안쓰러워할 여유란 없었다.

그 어려운 곳을 가까스로 빠져나와 조금 평탄한 곳에 이르렀을 때, 병사의 수는 300명으로 줄어 있었다. 뿐만 아니라 그 반수는 무기도 버리고 갑옷도 벗어 던지고 만 상태였다. 말은 10여 필을 헤아릴 수 있을 뿐이었다.

"더는 못 걷겠다!"

"여기서 반나절만 휴식을……."

신음소리를 내며 픽픽 쓰러지는 병졸들을 둘러본 조조는 소리치며 채찍을 휘둘렀다.

"쓰러지면 안 된다! 지금 쓰러지면 얼어죽고 만다! 형주에 닿을 때까지는 결단코 휴식을 해서는 안 된다! 자아, 일어서라!"

흙투성이가 된 장병들은 거의 들릴락 말락 하는 숨소리를 내며 조조의 뒤를 따랐다. 암담한 행군이 약 10리나 갔을까?

맨 앞을 걸어가던 조조가 처음으로 지친 얼굴에 엷은 웃음을 나타냈다.

"주유나 공명의 계교도 내 운의 강함에는 끝내 미치지 못하는 모양이로군."

뒤를 따르는 모든 장수들을 뒤돌아본 조조는 채찍을 들어 앞쪽을 가리켰다.

"내가 공명이라면, 만전지책(萬全之策)으로 여기에 한 군세를 매복시켰을 것이다. 그랬다면 나는 저항할 도리 없이 목을 내놓았을 것이다. ……큰길에 매복하여 이 사잇길로 지나가게 하다니 어리석구나, 무능하구나!"

모든 장수들이 그 말에 고개를 끄덕였을 때였다.

별안간 앞길 숲속에서 한 발의 방포소리가 울리더니 조조의 눈앞에 불화살 한 개가 '삐융' 하고 떨어졌다.

"이크!"

숨을 삼킨 조조는 반 마장 앞쪽에서 성큼 말을 타고 뛰쳐나오는 장수를 보았다. 명마 적토마에 높이 올라앉아 언월도를 비껴들고 찬바람에 긴 수염을 나부끼는 관운장, 그 사람이었다. 그 뒤에는 500을 헤아리는 교도수(交刀手)가 정연하게 진을 쳤다.

"……아아!"

조조는 비통한 신음소리를 내더니 탄식했다.

"나의 운명도 드디어 다했구나. 관우의 언월도 밑에 이 머리가 떨어지는 것이라면 또한 아름다운 일이로고!"

"승상, 너무 조급히 포기하지 마십시오!"

정욱이 말했다.

"상대가 장비나 조자룡이라면 또 모르지만 관우이므로 달아날 방법도 있을 것입니다. 관우의 성격은 윗사람에 대해서는 굽히지 않고 아랫사람에 대해서는 다정하며, 강한 것을 꺾고 약한 것을 도우며, 은혜와 원한이 분명하고 신의가 두텁기로는 천하에 견줄 상대가 없습니다. 승상께서는 앞서 관우에게 후한 은혜를 베푸셨습니다. 지금 이 일을 친히 말씀하신다면 관우는 길을 열어 줄지도 모릅니다."

"아니다! 관우는 아마도 공명으로부터 용서없이 이 조조를 치라는 엄명을 받았을 것이다."

"마주 대해 호소하시면 관우의 마음은 움직일 것입니다."

조조는 단단히 각오를 하고 말을 앞으로 몰았다.

"장군······."

소리 높여 불렀다.

"헤어진 뒤로 편안하신가?"

"오오, 승상!"

관우는 큰 바위덩이와 같은 부동의 위엄을 보이면서 허리를 굽혀 절했다.

"관우는 군사(軍師) 제갈공명의 장령(將令)을 받들어 여기서 승상을 기다리고 있었소. 이쯤 말씀드리면 이미 문답은 필요가 없을 것으로 생각하오. 목을 받아 가겠소."

"장군, 이 조조의 비참한 꼴을 보면서도 목을 달라시오?"

"승상쯤 되는 분이 구구하게 자비를 애걸하시오?"

"보시다시피 우리 패잔병들은 굶주림에 지쳐 한 조각의 투지도 없소. 게다가 칼이며 창까지도 잃은지라 떠도는 난민과 조금도 다를 바가 없소. 장군은 이 패장을 꼭 쳐야만 하겠소?"

"비록 일어설 수조차 없는 어려운 처지에 놓였다 할지라도 적이 앞길을 막는 이상 죽을 힘을 다해 싸우는 것이 무장의 면목이거늘, 비겁하고 용렬한 태도를 보이다니 이 무슨 꼴이시오?"

"잠깐만, 장군! 나는 일찍이 상처 입은 맹호와 같은 그대가 아무도 없이 혼자 산꼭대기에 쓰러진 것을 장료로 하여금 설득시켜 허도로 데리고 가 귀한 손님으로 대우했었소. 그 지난날의 정을 잊지 말기 바라오."

"그렇습니다. 나는 승상의 두터운 은의를 입었던 일을 오늘도 잊지 않고 있소. 그러나 그 은의는 백마 들판의 싸움터에서 안량을 베고 문추를 죽임으로써 이미 갚았소. 오늘 추격군으로 온 관우가 사사로운 정을 주고 받을 수는 결단코 없소!"

"장군! 그대가 주군의 부인을 보호하여 다섯 군데의 관문을 깨뜨리고 그 수장들을 베었을 때, 이 조조가 허용한 일을 잊지는 않았을 것이오. 대장부는 신의를 중히 여김으로써 그 면목으로 삼는다 하오. 춘추(春秋)의 고사에 밝은 그대는 위나라의 유공지사(庾公之斯)가 정나라의 자탁유자(子濯孺子)를 쫓아갔을 때 일을 알 것이오.”

옛날 춘추 시대 정(鄭)나라에 자탁유자라는 활 잘 쏘는 사람이 있었다. 정나라 왕은 자탁에게 명하여 위(衛)나라를 공격하게 했다. 위왕은 대장 유공지사에게 이를 맞아 싸우게 했다. 위나라의 군사는 침입해 들어온 정나라 군사를 무참할 정도로 격파했다.

유공지사는 패주하는 자탁을 가까이 쫓아가 불렀다.

“유공지사가 좀 만나러 왔소! 정나라 장군은 용감하게 활을 들어 대항하오!”

그러자 자탁은 사정했다.

“나는 자탁유자요. 불운하게도 오늘 팔을 다쳐 활을 당길 수가 없소. 그냥 가게 해 주오.”

유공지사는 위나라에서 으뜸가는 활의 명수였는데, 그 재주는 윤공지사라는 명인에게서 배운 것이었다. 그리고 윤공지사는 바로 자탁의 제자였다. 유공지사는 자탁의 대답을 듣자

“자탁께서는 내 스승의 스승이 되십니다. 차마 쏘아 죽일 수는 없는 일이오. 그렇지만 지금은 주군의 명을 받든 몸이므로 사사로운 정을 돌아볼 수 없는 상황이오.”

이렇게 말하고 화살촉을 뽑아 버린 화살을 4대 연거푸 쏜 다음 말머리를 돌렸다. 덕분에 자탁은 목숨을 부지하여 정나라로 돌아갈 수 있었다.

관운장은 조조가 그 유공지사의 고사를 들어 목숨을 애걸하자 할 말이 없어졌다.

관우는 의(義)의 중함이 산과 같다는 것을 잘 아는 무인이었다.

허도에서 그만큼 은의를 입었으면서 무단히 탈출한 관우를 조조
는 평복을 입은 채 따라와 가죽 주머니에 담은 황금을 주려고 하지
않았던가? 그것을 물리치자, 그 대신 비단옷 한 벌을 주었던 것이
다. 그리고 천 리를 가는 동안, 다섯 관을 깨뜨리고 6명의 장수를
베었음에도 조조는 조금도 화를 내지 않고 그 관마다 관우를 무사히
통과시키도록 해 주었던 것이다.

그때의 이 두터운 정의가 절절하게 관우의 가슴을 쳤다. 조조의
뒤에는 그의 부하들이 애처로운 모습으로 모두 말에서 내려 땅에 꿇
어앉은 채 눈물을 흘리며 관우를 우러르고 있지 않은가?

'가엾다, 주종의 정……. 어찌 이 자들을 칠 수 있겠는가!'

마침내 관우는 인정에 졌다. 묵묵히 고개를 숙이고 있던 관우는
갑자기 말머리를 돌렸다.

"모두들 듣거라. 여기에 온 것은 조조와 그 수하 군세가 아니라,
전화(戰火)에 쫓겨 달아나는 유랑의 난민이다. 길을 열어 지나가
게 하라."

그 큰소리를 듣고 조조는 깊이 머리를 숙였다.

'오오! 역시 관우는 신의를 아는 사람이다.'

관우는 조조와 그 수하 군세가 달려가는 동안 줄곧 등을 돌리고
있었다. 조조군은 그의 뒷모습을 바라보고 깊이 감사하며 멀리 가
버렸다. 관우는 두 시간 여유를 주어 조조가 도망가도록 놓아 두고
있었는데, 거기에 또 한 무리의 적이 나타났다. 이 또한 무기를 버
리고 부상한 몸을 지팡이에 의지하고 있어, 차마 눈뜨고 볼 수 없는
비참한 행렬이었다. 관우는 그들을 지휘하는 사람이 장료임을 알았
다.

"이 또한 난민의 무리다. 손대지 말라."

관우는 부하에게 명했다.

장료는 이미 관우가 주군을 말없이 지나가게 해 주었음을 깨닫고 두 눈에 눈물이 글썽해서 깊이 머리 숙여 감사했다.

관우는 말이 없었다. 그 눈에는 안쓰러운 마음이 담겨 있었다.

후세 사람이 관우의 마음을 시 한 수로 읊었다.

깊은 꾀 뛰어난 재주도
화용도에는 쓸모가 없네
가로막힌 앞길을 여는 열쇠는
잊지 못할 옛정이어라

하구의 성 안은 싸움에 이긴 기쁨으로 들끓고 있었다.

조운과 장비를 비롯한 모든 무장들이 적장의 목이며, 마필, 전량(錢糧), 그리고 수도 없는 포로들을 이끌고 속속 돌아왔다. 그때마다 하늘을 찌를 듯 함성이 올랐다.

거기에 관운장이 돌아왔다. 병졸 하나도 사로잡지 못하고 말 한 필도 끌어오지 못했다. 관우가 넓은 방으로 들어서자, 만좌(萬座)는 갑자기 물을 끼얹은 듯 조용해졌다.

관우는 유비 앞으로 나가더니 말없이 두 손을 짚고 땅에 엎드렸다. 공명이 유비 곁에서 싸늘한 눈길을 던지며 물었다.

"장군, 조조의 목은 어디에 있습니까?"

관우는 엎드린 채로 말했다.

"바라건대 나에게 죽음을 내려 주십시오."

"조조가 화용도로 왔는데 치지 못했다는 말씀이오?"

"치지 못한 것이 아닙니다. 제가 그냥 놓아 주었습니다."

"운장!"

공명의 얼굴빛이 싹 바뀌면서 호통이 나왔다.

"그대는 지난 날의 은혜를 잊지 못하여 조조를 일부러 놓아 주었단 말이오?"

"드릴 말씀 없습니다."

"그대는 서약서까지 써 가며 무슨 일이 있더라도 조조를 치겠노라고 약속했소. 그럼에도 이를 놓아 주었으니 용납할 수 없는 일이오! 군법으로 다스리겠소! 내가 직접 그 목을 칠 것이오!"

공명은 칼을 뽑아들어 관우 앞으로 걸어갔다.

한번 죽어 지기(知己)에 보답하니
의로운 그 이름 천추에 우러르네

주욱 늘어선 모든 장수들은 살빛이 희고 키가 후리후리한 공명이 칼을 뽑아든 모습을, 관우와 장비 같은 호웅(豪雄)이 격노한 모습보다 더 무섭게 보고, 온몸을 부르르 떨었다.

"군사! 잠깐만!"

홱 소맷자락을 펄럭이면서 자기의 몸을 방패삼아 공명의 앞을 가로막아선 것은 현덕이었다.

"서약을 어긴 관우는 틀림없이 죽을 만한 짓을 했소. 그러나 나와 관우와 장비는 고향을 떠나면서 의형제를 맺고 생사를 함께 하겠다고 맹세한 사이요. 지금 관우가 목숨을 잃는 것을 보는 것은 내 몸이 죽는 것보다 더 괴롭소. 바라건대 오늘은 참형을 용서하고 훗날의 공으로 그 죄를 탕감케 해 줄 수 없겠소?"

그렇게 부탁하며 유비는 깊이 머리를 숙였다. 공명은 한숨을 크게 쉰 다음 말했다.

"주군의 너그러우심은 이제까지도 종종 군기(軍紀)를 어지럽히셨습니다. 오늘 또한 군법을 바로잡으려는 처단을 막으셨습니다. ……관우는 주군의 자비로우심을 새삼 명심하여야 할 것이오!"

그리고서는 조용한 걸음걸이로 군막 밖으로 나갔다.

　마룻바닥에 두 손을 짚은 관우의 두 눈에서는 눈물이 주르르 흘러
내렸다.

계부적(計不敵)

오나라에서는 노숙이 일착으로 개선했다. 조조군을 격파한 승리를 보고하기 위해서였다.

손권은 모든 장수를 거느리고 몸소 성문을 나와 노숙을 맞았다.

노숙이 황급히 말에서 내려 절을 하려 하자 손권도 자리에서 일어나 전진(戰陣)의 수고를 위로했다.

"나는 이렇듯 마상의 그대를 맞이했소. 이것으로써 그대의 전공을 기린 셈인데 아직도 만족하지 못하오?"

그러자 노숙이 가까이 다가가서 아뢰었다.

"불만이옵니다."

이 말을 듣고 주변 사람들은 모두 놀랐다. 어떻게 될 것인가? 마른 침을 삼키며 지켜보는 가운데 노숙은 손에 잡은 말채찍을 높이 들며 외쳤다.

"주군께서는 그 위엄으로써 덕을 널리 펴시고 전국을 통일하여 황제의 자리에 나가십시오. 그런 후에 국부(國父)를 맞이하는 예로 저를 맞아 주셨으면 합니다. 그렇게 하셔야만 비로소 저의 공적을 칭찬해 주시는 것이 됩니다."

손권은 노숙의 말을 듣고 매우 흡족하여 크게 웃었다.

"그렇소? 그렇다면 주 도독께 일러 형주를 곧 취하도록 전해 주시오."

이때 주유는 압승을 자랑하는 군세를 정리하고 수만에 이르는 포로를 남쪽 기슭으로 보냈다. 그러고는 이 승세를 타 남군(南郡)을 공략할 뜻을 모든 장수들에게 포고했다.

선봉을 장강 기슭에 포진케 하고 총군을 다섯 부대로 나누어 중앙에 본진을 두었다. 그리고 막 진발(進發)하려는 참에 유현덕에게서 승전을 축하하는 사자가 도착했다.

손건(孫乾)이었다.

주유는 손건에게서 축하 인사를 받은 다음 현덕이 있는 곳을 물었다.

"유강구(油江口)에 진을 치고 계십니다."

이 대답을 듣자 주유의 얼굴 위로 일순 놀라는 빛이 스쳤다. 그러나 곧 평상의 표정으로 돌아가 이렇게 말했다.

"유강구에 계시다면 머지않아 우리 편에서도 답례를 드리러 가겠소. 그 뜻을 유 황숙께 전하시오."

손건은 돌아갔다.

그 뒤 한 막료가 이상하다는 얼굴로 물었다.

"현덕이 유강구에 있다는 말을 들으시고 어찌하여 놀라움을 보이셨습니까?"

"유비가 유강구에 진주하고 있는 것은 분명히 남군을 빼앗으려는 의도라고 보았소. 우리 오군이 어마어마한 희생을 치르고 조조를 쫓아보낸 것은 무엇 때문이겠소? 남군을 중심으로 동오(東吳)를 편안하게 하기 위한 것이 아니겠소? 내 목숨이 붙어 있는 한 유비가 그런 횡재를 하게 놓아 두지는 않을 것이오!"
"어떠한 방책을 쓰실 생각이신지…… ?"
"이제 곧 유비를 찾아가서 담판을 짓겠소. 만약 형편이 여의치 않을 때에는 유비를 베겠소!"
주유는 경장부대 3천을 이끌고 유강구를 향해 떠났다.
한편 손건은 유강구로 돌아오자 유비에게 주유가 답례하러 온다는 사실을 보고했다.
"무슨 목적으로 오는 것일까요?"
유비는 공명을 돌아보면서 물었다.
공명은 씩 웃었다.
"아마 우리가 남군을 노리고 있는 것으로 알고 동향을 살피러 오는 것일 겝니다."
"군세를 이끌고 온다면, 그 수가 적은 우리 편이 이길 승산은 없지 않소……."
"그때에는 이렇게 대답하시면 됩니다."
공명은 작은 소리로 유비에게 뭐라고 귀뜸해 주었다.

주유는 유강구에 이르렀다.
강 어귀에는 병선이 줄을 지어 있고 기슭에는 군사가 정연히 정렬하여 있다. 조운의 지휘하에 주유를 맞았다.
주유는 그 군세의 사기가 매우 높은 것을 보고 마음속으로 은근히 두려움을 느꼈다.
영문 앞에는 유비와 공명이 마중나와 있었다.
군막 안으로 안내된 주유는 환영하는 술자리에서 공명의 귀신 같은 산모(算謀)를 높이 찬양했고, 유비는 주유의 위대한 승리를 칭찬했다.
술이 여러 순배 돌았다.

주유는 조금 취한 척하고 물었다.

"유 예주께서 유강구로 군사를 옮기신 것은 남군을 취하시려는 생각에서인지요?"

"도독께서 남군을 가지실 것을 소망하신다는 말을 들었기에 힘을 다하여 도와 드리러 온 것이오. 그러나 만약 도독께서 남군을 취하지 않으실 거라면 이 유비가 얻으려 하오."

"한강 일원을 우리 오나라가 병합하려는 것은 선군(先君) 때부터의 숙원인즉, 지금 손아귀에 든 남군을 어찌 내놓을 수 있겠습니까?"

"당연하신 생각이십니다. 그러나 승패의 운이라는 것은 언제나 반복되는 법이오. 조조는 허도로 돌아가면서 조인(曹仁)을 총수로 삼아 남군 여러 곳에 군사를 배치했습니다. 조조는 조인에게 어떠한 기책(奇策)을 일러 주었으리라고 생각합니다. 조인 또한 용맹스럽기로 이름난 무장이고 보면 이것을 취하기란 쉬운 일이 아닐 것입니다."

이 말을 듣자 주유는 껄껄 웃었다.

"이 주유가 취하지 못할 때에는 부디 예주께서 마음대로 빼앗아도 좋소이다."

"노자경께서도 여기 계시고 공명도 함께 들었소이다. 이 두 사람을 증인으로 삼을 터인즉, 도독께서는 지금의 그 말씀을 취소하시지 마오."

"대장부가 일단 한 말은 절대 후회하지 않을 것이오."

"도독의 말씀은 실로 정론(正論)이십니다. 오군이 물러갈 때에는 우리가 남군을 차지하지요."

공명이 말했다.

주유가 물러가자 유비는 공명에게 말했다.

"나는 한때의 정착지로 남군을 점찍고 있었소. 그러나 이것을 오군에게 내주면 우리가 몸 담을 근거지는 없어지오만……."
공명은 빙긋이 웃으며 말했다.
"일찍이 제가 주군께 형주를 취하시라고 권했습니다만 그때는 들어 주시지 않으셨습니다. 이제 와서 어찌 그와 같은 욕심을 내십니까?"
"그 때는 유경승(劉景昇)이 살아 있었을 때이니 그 영토를 차마 취할 수가 없었소. 지금은 조조가 빼앗아 가진 땅이므로 이를 취한다 하여 나쁠 턱이 없을 것이오."
"염려하실 것 없습니다. 주유에게 온 힘을 다하여 남군 땅을 공격하게 해놓고, 머지않아 주공께서 남군에 높이 앉으실 수 있도록 제가 한 가지 계교를 쓰겠습니다."

오군 5만을 이끄는 주유와 7만으로써 남군을 수비하는 조인 사이에 싸움이 벌어진 것은 그로부터 며칠이 지난 뒤였다.
혹은 오군이 패하여 달아나고 혹은 조군이 쫓겨, 어느 쪽이 승리할 것인지 점치기 어려웠다.
주유 자신이 몸소 앞장서서 총지휘에 임하여 줄기차게 공격해 대자, 조군은 비로소 패색이 짙어졌다. 조홍(曹洪)이 지키던 이릉도 떨어졌다.
"일이 이에 이르렀으니 승상께서 일러주신 기책으로 일거에 오군을 쑥밭으로 만들어 주리라."
조인은 주유가 총군세를 이끌고 남군 성문을 향해 줄기차게 공격해 오자 일제히 삼면의 문을 열고 쳐나갔다.
주유는 이것을 바라다보고 장수들에게 명령했다.
"조인은 퇴로를 열려는 것 같다. 이 허를 찔러 성을 빼앗아라!"
해일이 들판을 덮치듯 오군은 무시무시한 기세로 밀려왔다.
군사들 서로가 한데 섞여 난장판이 된 싸움터에서 조홍과 한당,

조인과 주태가 사납게 격돌했다.

이윽고 조인의 병사가 몰리기 시작했다.

그런 기미를 본 주유가 후비를 맡은 대장 정보에게 북을 난타하게 하여 총공격 신호를 보냈다.

"와아!"

"와아!"

함성을 듣자, 도망치려는 빛을 보이던 조군은 일시에 허물어졌다.

"이제다! 성 안으로 돌입하라!"

주유는 명령했다.

오군은 성난 파도처럼 성문을 향해 진격했다.

그때까지 인기척 하나 없이 높이 치솟아 있던 성벽 위에 갑자기 조조 군사가 나타나 일제히 오나라 군사를 향해 소나기처럼 불화살을 퍼부었다.

순식간에 오군은 2만이 넘는 시체를 남겨놓고 패주했다. 그 비참한 패전 속에서 주유 자신도 복부에 화살을 맞고 정봉과 서성의 부축을 받아 간신히 후퇴할 수 있었다.

주유의 상처는 꽤 깊었다.

주유가 쓰러지자 대신 총지휘를 맡은 정보는 모든 병사들에게 진지를 굳게 지키고 나가지 않도록 명령했다.

그러자 조인 휘하의 우금(牛金)과, 조인의 아우 조순(曹純) 등이 번갈아가며 진지 바로 앞에까지 밀려와서 싸움을 걸었다.

"주유, 어디에 있느냐! 나와서 승패를 가르자!"

"비겁한 놈! 주유는 얼이 빠진 모양이구나!"

"주공근은 아직까지 싸움터에서 창칼을 휘둘러 본 일이 없다고 들었다! 모욕이 분하거든 나와 그 용기를 보여라."

마구 욕을 퍼부었다.

며칠 뒤에 조인이 몸소 대군을 이끌고 밀려와서 북을 치고 함성을 지르며 싸움을 걸었다.

주유는 너무 심한 도전에 정보를 불러 나무랐다.

"정덕모는 어찌하여 저토록 심한 욕설을 들으면서도 쳐나가지 않는단 말이오?"

"도독의 상처가 다 나을 때까지는 참으려 합니다."

"걱정할 것 없소. 나의 상처는 대수롭지 않은 것이오. 대장부가 일단 싸움터에 나온 이상, 주검을 들판에 내버릴 것은 각오한 일. ……적에게 내 모습을 보여 주겠소!"

주유는 정보가 한사코 말리는 것을 뿌리치고 갑옷으로 무장한 다음 말에 올랐다. 그러고는 직속부대 수백 기를 따르게 하며 진두에 섰다.

"주유가 나왔다!"

그 외침을 조인이 문기(門旗) 밑에서 들었다.

"자아, 상처 입은 멧돼지를 잡아 죽이리라!"

조인은 주유가 가까이 접근하거든 마음껏 욕설과 야유를 퍼부으라고 명령했다. 주유가 말을 몰아 나오자, 조군의 모든 장병들은 온갖 욕설과 잡소리를 다 내뱉었다.

"죽일 놈들!"

흥분할 대로 흥분한 주유는 말 위에서 벌떡 몸을 일으켰다.

그 순간 입에서 시뻘건 피가 왈칵 쏟아져 나오며 주유의 몸은 땅바닥에 굴러떨어졌다.

"때를 놓치지 말라!"

조인이 칼을 뽑아 높이 들고 고함쳤다.

함성과 함성이, 인마와 인마가 무섭게 부딪친다. 칼은 불꽃을 튕기고 창은 윙윙 소리를 지른다. 혹은 말등에서 서로 맞붙어 굴러 떨어지는 자, 핏방울을 뿌리며 뒤로 벌렁 자빠지는 자, 미친 듯 난전을 벌이기를 반 나절이나 계속했다.

그런 속에서 주유가 구출된 것은 기적이나 다름없었다.

진지로 돌아온 주유는 뜻밖에도 기운을 잃지 않았다.

"무모한 짓은 삼가십시오……."

정보가 충고하자 주유는 피식 웃었다.

"그건 내 계략이었소."

"계략이라니요?"

"내가 말에서 떨어진 것은 적을 속이기 위해서였소. 오늘 저녁 안으로 진지 안의 공기를 싹 바꾸어 내가 죽은 것처럼 보이게 하오. 조인은 반드시 기습해 올 것이오. 그때 복병을 써서 일시에 무찌르겠소."

이 계략은 참으로 절묘했다.

한편 조인은 오군의 진지가 갑자기 쥐죽은 듯 조용해진 것을 보고 크게 용기를 얻었다.

"마침내 주공근도 저세상으로 간 모양이구나! 됐다, 오늘밤 안에 오병 전원을 고스란히 사로잡으리라!"

해가 서산마루에 가라앉자 조인은 우금을 선봉으로 삼고 조홍과 조순을 후비로 하여 스스로 중군을 이끌고 성을 뛰쳐나왔다. 그는 질풍같은 기세로 단숨에 주유의 본진을 찔렀다.

그러나 뜻밖이었다.

거기에는 무수한 깃발이 밤바람에 펄럭이고 있을 뿐 도무지 인기척이라곤 찾아볼 수 없었다.

"속았다!"

당황해서 말머리를 돌렸을 때 사방에서 불화살이 날아오고, 대지를 찢는 것 같은 함성이 솟았다.

동으로부터 한당·장흠, 서로부터 주태·반장, 남으로부터 서성·정봉, 북으로부터 진무·여몽이 일거에 달려 들었다.

야습한 쪽이 거꾸로 기습을 당한 꼴이 되었다.

조군은 고스란히 허물어졌다.

조인이 간신히 혈로를 트고 도망쳐 가자, 능통과 감녕이 의기 충천하여 추격해 왔다. 조인은 겨우 십 몇 기를 거느리고 가까스로 목숨만을 건져 양양으로 통하는 큰 길로 달아났다.

"남군은 마침내 우리 손 안에 돌아왔구나!"

주유는 전군을 이끌고 곧장 남군성을 향해 말을 몰았다.

성문 가까이 다가가 보니 새벽 하늘 아래, 성벽 위에 어마어마한 정기(旌旗)가 주욱 늘어서 있었다.

주유는 이맛살을 찌푸리며 올려다보았다. 거기 높은 망루에는 한 위장부(偉丈夫)가 우뚝 서 있었다.

"그대는 상산의 조자룡이 아닌가?"

"그렇소! 주 도독께 전하오. 우리는 제갈 군사의 명에 의해 이 성을 취하였소."

주유는 아차 했다.

또다시 공명에게 무릎을 꿇는 굴욕을 맛본 것이다.

격렬한 분노로 온몸이 불덩이처럼 달아올랐다. 그러나, 공격하면 반드시 공명의 기책에 걸려들 것을 깨닫고 주유는 얌전하게 군사를 돌릴 수밖에 없었다.

주유는 이가 갈렸다. 곧 감녕을 불러 형주성으로 달려가게 하고 또한 능통을 불러 엄명했다.

"당장 양양을 앗아라!"

시기를 놓치지 않고 형주와 양양의 두 성을 점령한 뒤 남군을 되찾으려는 의도였다.

그런데 곧이어 파발마가 달려와 급히 알렸다.

"형주성은 이미 고리눈 장비가 점거하고 있습니다!"

"뭣이라고?"

주유가 너무도 어처구니없어 입을 딱 벌리고 있는데, 또 양양에서 파발마가 달려와 알렸다.

"이미 늦었습니다. 양양성에는 관우의 군이 들어가 성문 높이 현덕의 기를 나부끼고 있습니다."

그 보고를 듣자 주유는——

"이놈, 제갈 공명!"

분노의 외마디 소리를 외치고 그대로 기절했다. 너무도 분한 나머지 그 화기를 다스리지 못하고 제풀에 까무러친 것이다.

　　　　몇 고을 성은 내 못 되었거늘
　　　　한바탕 싸움 고생 누구 위해서였나

　　조금 뒤 깨어난 주유는 밉살스럽기 짝이 없는 공명이었지만 어떻게 그토록 신속하게 형주의 각 성을 공략할 수 있었는지 그 책략을 알고 싶었다.
　　얼마 안 가 주유는 자세한 것을 알게 되었다. 공명은 정말 놀라운 두뇌의 소유자였다.
　　공명은 남군의 성을 점거하자 곧 달아난 조인의 병부(兵符)를 찾아 심복 군졸에게 들려 형주로 보냈다.
　　"남군이 위태롭습니다. 곧 구원하도록 하십시오."
　　형주의 수비 장수는 병부를 믿고 허둥지둥 구원을 하러 달려갔다. 그러자 공명의 명령을 받고 성이 비워지기를 기다리던 장비는 손쉽게 형주성을 점거해 버렸다.
　　양양성도 같은 방법을 썼다. 달려간 조인의 가짜 군졸은 병부를 보이며 말했다.
　　"조인 장군의 명령입니다. 남군이 위험하니 곧 밖에서 구원하십시오."
　　양양을 지키고 있던 하후돈 역시 조인의 병부를 보고서는 의심할 겨를도 없이 곧 성을 나와 남군으로 달렸다.
　　공명의 명을 받고 있던 관우는 곧 양양성을 점령했다.
　　유비는 이렇게 하여 남군, 형주, 양양의 세 성을 피 한 방울 흘리지 않고 점령했다.
　　주유는 들을수록 분통이 터졌다. 그는 얼굴이 샛노래지면서 이를 갈았다.

"그러니까 나는 일찍부터 제갈량을 위험하다고 보았던 것 아니냐! 만일 제갈량을 죽이지 않는다면 어찌 한시라도 이 마음이 편할 것인가! 어디 두고 보자!"

그 며칠 뒤 노숙이 주유에게 병문안을 왔다.

"어떻습니까, 몸은?"

"머지않아 현덕·공명과 일전을 벌여 저 남군을 빼앗을까 하오. 그러기 전에는 맹세코 오나라에 돌아가 병 치료도 하지 않을 작정이오!"

주유의 분노는 여전히 대단했다. 노숙은 고개를 저으며 말했다.

"안 됩니다."

"안 되다니, 어째서요?"

"지금 조조와 싸워 적벽에서 큰 승리를 거두었다 하지만 정작 조조를 쓰러뜨리지는 못했습니다. 흥망의 갈림길은 이제부터이지요. 한편 주군 손권께서는 얼마 전부터 합비(合肥) 방면을 공격하고 계십니다. 이런 때 여기서 또한 현덕과 전쟁을 시작한다면, 그것은 그야말로 조조에게 다시 기회를 주는 결과가 됩니다."

주유도 이면 작전(二面作戰)의 불리함을 당연히 알고 있었으나 그의 감정이 너무나도 골수에 사무쳤다.

"우리 대군이 적벽에서 조조를 깨기 위해 얼마나 막대한 병력과 군비의 희생을 치렀는지 자경도 알고 있지 않소? 그렇건만 그 전과인 형주를 손가락 하나 까딱하지 않은 유비에게 가로채이다니! 그러고도 가만히 있으란 말이오?"

"당연한 말씀입니다. 제가 유비를 찾아가 도리를 말하고 따져 보겠습니다."

노숙은 곧 남군으로 갔다. 노숙의 모습을 보자 성문 다락에서 조운이 물었다.

"오나라 노공께서 무슨 일로 오셨소?"

"유 황숙을 만나뵙기 위해 왔소."

"유 황숙께서는 형주성에 계십니다. 그리로 가보십시오."

할 수 없이 노숙은 그 길로 형주를 향해 발길을 재촉했다.

형주성은 이미 완전히 탈바꿈해 있었다. 정기도, 군대도, 거리의 모습도, 온통 현덕의 색깔로 바뀌어져 있었다.

"아, 오랫만입니다."

맞이한 것은 공명이었다. 예의가 아주 깍듯했다. 손님과 주인의 자리가 정해지자 노숙은 곧 공명을 책망했다.

"조조 백만의 대군이 쳐내려왔을 때 맨먼저 포로가 될 처지에 있던 사람은 선생의 주군 유 황숙이었습니다. 헌데 우리 오나라가 막대한 군비와 군량을 소모하고 병마 거선을 동원하여 필사적으로 싸웠기에 그를 격파하고 서로 무사했던 것입니다. 따라서 그 전과인 형주는 오나라가 차지하는 것이 당연하다고 여겨지는데, 선생은 어떻게 생각하십니까?"

공명은 웃었다.

"노자경답지 않은 말씀. 형주는 엄연히 형주의 주권에 속하는 땅으로 조조의 것도 아니고 오나라가 취하는 게 당연하다고 할 이유도 없습니다."

"그건 또 무슨 이유입니까?"

"형주의 주인 유표는 돌아가셨소. 그러나 유자인 유기 공자는 지금 유 황숙이 보호하고 계시오. 본디 황숙과 유기는 동종(同宗)의 가계(家系)로 아저씨와 조카의 사이이니만큼 그를 도와 이 나라를 다시 일으키려는 데에 무슨 잘못이 있겠소?"

노숙은 섬뜩했다.

공명이 이런 대의명분까지 계산하고 있으리라고는 어지간한 노숙도 염두에 두지 못했기 때문이다.

"하지만 유기 공자는 강하의 성에 있다고 들었소. 설마 이 형주의 주인으로 있지는 않을 거요.”

그러자 공명은 시신에게 작은 목소리로 명했다.

“손님께서 내 말을 믿지 못하시는 모양이다. 유기 공자를 이리 모셔오너라.”

이윽고 뒤쪽 병풍이 열리자 가냘픈 모습의 귀공자가 시신의 부축을 받으며 나타났다. 틀림없는 유기였다.

“병환 중이시니 그만 쉬도록 하십시오.”

공명의 말에 유기는 곧 병풍을 닫고 안으로 사라졌다. 노숙은 고개를 폭 숙였다. 그 모습이 보기에 안 되었던지 공명은 노숙에게 위로의 말을 했다.

“유기 공자께서 하루 살아 계시면 그 하루 동안은 형주 주인이십니다. 그러나 워낙 연약하신 몸이라 만일 요절하시는 불행이 있다면 그때는……”

“그렇다면 만일 공자께서 세상을 뜨신다면 이 형주를 오나라에 돌려 주시겠소?”

노숙이 생기를 되찾아 그렇게 물었다.

“그야 물론이지요.”

그러고서 술잔치가 벌어졌지만, 노숙은 마음이 조급하여 돌아가기를 서둘렀다. 주유를 만나자마자 자세히 보고했다.

“……오래갈 것 같지는 않습니다. 유기의 얼굴빛을 보건대 머지 않아 위독하게 됩니다. 그러니까 그때까지는 아무쪼록……”

이래서 주유도 겨우 분을 달래고 군을 거두어 오나라로 돌아갔다.

공명은 오나라 군이 돌아가자 유비에게 권하여 질풍 같은 기세로 형주 사군(四郡)의 땅들을 공략하기로 했다. 이것들은 모두 장강 이남의 땅들이다.

우선 영릉(零陵) 공략에는 공명이 몸소 선두에 섰다.

영릉태수 유도(劉度)는 아들 유현(劉賢)을 총수로 하여 호용(豪勇)으로 이름높은 형도영(邢道榮)을 따르게 한 다음, 성 밖 30리에 산을 등지고 강물에 의지하여 진을 치고 적을 맞아 싸우게 했다.

유비군이 흙먼지를 뭉게뭉게 일으키며 진격해 오자, 형도영은 산이라도 둘로 쪼갤 듯한 큰 도끼를 들고 말을 몰아 나왔다.

"반적! 나의 경계를 침범하다니 무슨 일이냐!"

크게 소리치자 이에 응하여 유비군은 황기(黃旗)를 보란 듯이 성큼 높이 들었다. 다음 순간 그 황기가 좌우로 나뉘며 한 대의 사륜거(四輪車)가 나타났다.

그 속에는 머리에 윤건(綸巾)을 쓰고 몸에 학창의를 걸쳐 청아한 기풍이 감도는 인물이 단정히 앉아 있었다.

백우선(白羽扇)을 들어 올려 형도영을 가리켰다.

"남양의 제갈량, 여기 있다. 도끼를 휘두르는 재주밖에 모르는 영릉의 야인(野人)에게 충고하리라. 조조의 백만 대군을 한 가지 계교로써 물리친 내 앞에 그 도끼는 어린아이의 장난감과 같은 것이다. 힘이 미치지 못할 것을 깨달았으면, 모름지기 주인에게 항복을 권하라."

낭랑한 음성이 산수(山水)에 울려 퍼졌다.

형도영은 너털웃음을 터뜨렸다.

"우습구나! 적벽에서 조조를 패퇴시킨 것은 오나라 주유의 지혜와 힘이 아니었더냐. 그대는 내가 그런 위협에 넘어갈 사람으로 보이느냐!"

그러면서 맹렬히 말을 몰아 돌격해 오자, 사륜거는 뒤쪽으로 달렸다. 앞으로도 뒤로도, 자유자재로 달리도록 고안 된 사륜거였다.

형도영의 앞길에는 순식간에 황기의 열이 깔리고, 그 깃발 뒤에서 화살이 솟아나듯이 날아왔다. 형도영은 굽히지 않고 날아오는 화살을 막으며 황기 안으로 달려들어갔다. 그곳에서 기다리는 것은 사륜거 대신 장팔사모를 비껴든 거한이었다.

"형도영! 연인 장비의 제물이 되려고 왔느냐!"

"장비란 네놈이냐!"

이놈만 죽이면 자기의 무명(武名)이 온 천하에 알려질 것이라고 생각한 형도영은 60근짜리 큰 도끼를 휘두르며 덤벼들었다.

그러나 맹기(猛氣)가 하늘을 찌르는 장비 앞에 그 큰 도끼는 쓸데없이 허공만 가를 뿐이었다. 형도영은 비로소 겁을 먹었다.

머리 위로 사나운 소리를 내며 떨어지는 사모를 종이 한 장 차이로 아슬아슬하게 비킨 순간, 형도영은 큰 도끼를 떨어뜨리고

'……당할 수가 없구나!'

달아나기 시작했다.

그 퇴로를 가로막고 선 것은 상산의 조자룡이었다.

장비와 조운의 협격(挾擊)을 당하게 되자, 어찌할 도리 없이 형도영은 말에서 내려 땅바닥에 주저앉아 버렸다.

두 손을 뒤로 돌려 꽁꽁 묶인 형도영이 현덕 앞으로 끌려 나왔다. 공명은 말했다.

"여기서 그 목을 땅에 떨어뜨리겠느냐, 아니면 유현(劉賢)을 잡아 오겠느냐? 어느 쪽이든 마음대로 택하라."

형도영은 영릉태수 유도(劉度)의 가신이 아니라 객장이었다.

형도영은 공명이 말하는 조건에 응했다.

"오늘밤 야습을 감행하신다면, 제가 진중에서 호응하여 반드시 유현을 사로잡겠습니다. 아들 유현이 포로가 되면 태수 유도는 틀림없이 항복할 것입니다."

"좋다."

공명은 웃으며 형도영의 결정을 들어주었다. 유비는 공명의 조치를 의심했으나, 뭔가 꾀하는 바 있을 것이라 생각하고 굳이 캐묻지 않았다.

살아서 진영으로 돌아온 형도영은 유현을 보자, 일단 적에게 잡혔으나 다시 풀려났음을 이야기하고 권했다.

"적에게 야습을 하라 한 것은 이쪽의 책략입니다. 즉, 적을 속여 진중에는 깃발만 세워놓고 병들은 모두 진 밖에 매복시켜 둡니다. 공명이 습격해 와서 진중으로 공격해 들어오면 반대로 포위하여 생포하기로 하겠습니다."

형도영은 공명을 사로잡아 복수할 것을 결심했던 것이다.

그날 밤 이경.

유비군은 횃불을 들고 진영으로 습격해 왔다.

일제히 불을 지를 때, 진 밖에 두 편으로 나뉘어 매복해 있던 유현과 형도영의 수하 군세가 한꺼번에 떼를 지어 역습했다.

유비군은 기습을 당한 꼴이 되어 달아나기 시작했다.

"놓치지 말라! 공명의 목을 베어라!"

형도영은 용기백배하여 앞장서서 추격했다.

10리 남짓 달려가자, 달아나던 적의 군세가 홀연히 땅 위에서 사라져 버렸다.

"속았는가?"

형도영은 유현에게 급히 진영으로 되돌아가라고 소리친 다음, 자신도 말머리를 돌렸다.

진영은 이미 불바다가 되어 있었다.

그 불길을 등지고 지옥의 지배자인 양 장비가 유현과 형도영을 기다리고 있었다.

기겁한 두 사람은 말머리를 돌려 다시 혈로를 열려 했으나, 이미 조운의 군사에 의해 독 안에 든 쥐 꼴이 되고 말았다.

형도영은 덧없이 장비의 창에 찔려 거꾸로 떨어지고, 유현은 장비가 뻗친 발 밑에서 고양이처럼 몸을 웅크렸다.

유비는 사로잡은 유현을 데리고 성으로 나갔다.

패배를 인정한 유도는 흰 기를 내걸고 성문을 열었다.

유비는 항복한 태수에게 전과 다름없이 그 성을 맡겼다.

한창 주연이 베풀어지고 있는데, 이적(伊籍)이 한 인물을 데리고 나타났다.

양양 의성(宜城) 사람으로 마량(馬良), 자를 계상(季常)이라 하는 인물이었다. 의성의 명문(名門) 마가(馬家)의 다섯 형제는 모두 재덕(才德)이 뛰어났다 하여 이름나 있었는데, 그 가운데서도 이 마량이 가장 뛰어났다. 눈썹이 희어 그 지방에서는 '마씨 오상(五常) 중에서 흰 눈썹이 가장 뛰어났다'는 칭송을 들었다. '백미(白眉)'라는 말은 여기에서 생겨났다.

이적은 유비가 드디어 구름을 얻은 용과 같이 힘을 떨치기 시작한 것을 보고, 그 막하에 현자(賢者)를 들이고자 마량을 택하여 데려온 것이었다. 유비는 마량을 보고 영릉 다음에는 어디를 취해야 할 것인가 물었다.

마량은 대답했다.

"다음에 취하실 곳은 무릉(武陵)일 것입니다. 그 다음은 상강(湘江) 동쪽에 있는 계양(桂陽)을 취하고, 맨 마지막으로 장사(長沙)를 취하셔야 할 줄로 생각합니다."

그 말을 들은 장비와 조운은 서로 자기가 무릉을 공략하겠다고 나섰다. 둘 다 고집을 부리고 양보하지 않으므로, 공명은 제비를 뽑게 했다. 그 결과 무릉 공략은 장비가 맡고, 계양은 조운이 맡는 것으로 결정되었다.

장비는 의기양양하게 가슴을 펴며 잘라 말했다.

"무릉을 취하는 데는 제 수하 군세 3천으로 충분합니다."

그러자 조운도 질세라 말했다.

"계양을 빼앗는 데 저도 3천이면 충분합니다."

공명은 두 사람에게 서약서를 쓰게 했다.

46 고산 대삼국지 5 불타라 칼

장비는 무릉으로, 조운은 계양으로 곧장 진격해 갔다.

무릉태수는 김선(金旋)이었다.

천하에 무명을 떨친 연인 장비가 공격해 온다는 급보를 받자, 종사(從事)인 공지(鞏志)가 김선에게 충고했다.

"한나라 조정의 황숙이신 현덕은 인(仁)과 의(義)의 인물로 천하에 널리 알려져 있으며, 또한 그의 의동생 장비는 관우와 함께 그 호용에 맞설 상대가 없다 해도 과언이 아닙니다. 이를 맞아 싸우는 것보다는 항복하는 것이 우리에게 이로울 것이라고 생각합니다."

김선은 벌컥 성을 냈다.

"너는 유비에게 내통하여 벌써 나에게 항복의 굴욕을 입히려는 것인가!"

그리고 좌우에 명하여 목을 치라 했다.

모든 무장들이 싸움을 시작하면서 장수를 벤다는 것은 불길한 일이라고 반대했다. 김선은 하는 수 없이 공지에게 집에 들어앉아 밖에 나오지 말라 명령하고 출진했다.

성 밖 20리에 이르렀을 때, 장비의 군세 3천이 땅을 흔들면서 물밀듯 밀고 왔다.

"들쥐 같은 놈이 어느 정도나 되겠느냐?"

그러자 김선이 언월도를 휘두르며 맞섰으나 장비의 적수는 되지 못했다.

그 우레소리 같은 외침과 함께 번쩍하고 내려친 사모에 이마를 살짝 베었을 뿐인데 김선은 이내 투지를 잃고 달아나기 시작했다.

성문까지 되돌아왔으나 문짝은 굳게 닫혀 있었다. 문을 열라고 고함치자 성벽 위에서 화살이 빗발치듯 쏟아져 내렸다.

"배신했구나!"

김선이 눈을 부릅뜨고 올려다보자 공지의 모습이 성벽 위에 나타났다.

"하늘의 때에 따르지 않고 스스로 패할 것을 자초한 멍청이는 당연히 비참한 죽음을 맞아야 할 것이다."

공지는 싸늘하게 말했다.

다음 순간 화살 하나가 소리내며 날아와 김선의 얼굴에 박혔다.

그야말로 장비의 무릉 공략은 너무 간단했다.

한편 계양으로 향한 조운은 기습 공격을 택하지 않고, 당당히 정면으로 쳐들어갔다.

계양태수 조범(趙範)은 이 급보에 소스라쳐 놀랐다. 곧 성 안의 모든 장수를 모아 군의를 열었다.

여러 장수 가운데 관군교위(管軍校尉) 진응(陳應)·포륭(鮑隆)이라는 용맹스러운 두 장수가 있었다. 그들은 본디 계양령(桂陽嶺) 산속에서 사냥을 하던 자들로 진응은 쇠사슬 끝에 작살을 단 비차(飛叉)라는 무기의 명수였고, 포륭은 두 마리의 호랑이를 때려잡은 일을 자랑삼고 있었다.

조운이 공격해 온다는 급보에 분기한 것은 이 두 사람이었다.

"이번 싸움, 꼭 저희 두 사람이 공을 세우도록 해 주십시오."

"잠깐만……."

조범은 그들을 만류하고 타일렀다.

"내가 들은 바로 유현덕은 황숙으로서 그 인자함을 널리 백성들이 숭배하고 있으며, 군사로서는 제갈량 공명이 있고 수하 장수로 관우와 장비, 이에 더하여 지금 공격해온 조운이 있다. 당양파에서 백만 대군 속을 무인지경 가듯이 돌파한 조자룡이 공격해 오면, 우리 계양성의 적은 군세로는 도저히 막을 도리가 없다. 항복하는 게 어떻겠는가?"

"태수 유현덕은 고작 천민 출신의 가짜 황숙이며, 관우와 장비·

조운도 이름 없는 거리의 건달과 다름없는 놈들이었습니다. 무엇을 두려워할 것입니까. 우리에게 한바탕 싸우게 해 주시면 조자룡을 사로잡겠습니다.”

진응이 고집부리자 조범은 하는 수 없이 싸울 결의를 했다.

진응은 2천 군사를 거느리고 달려나가 조운의 군세를 향해 무섭게 돌진했다. 자신의 용맹을 자랑하는 진응은 거리가 좁혀지자 큰 소리로 외쳤다.

“조자룡에게 말한다. 이 진응과 맞붙어 승패를 겨루자!”

“알았다!”

조운은 말을 몰아 나오자 윙윙 울리는 비차를 두서너 번 창으로 쳐내는가 싶더니

“야앗!”

한 마디 외침과 함께 전광석화(電光石火)와도 같이 창을 쑥 내밀었다. 진응은 가까스로 이것을 비차로 막아 위기를 모면했으나 몸의 균형을 잃었다.

그 찰나 조운은 쑥 내밀었던 창을 그대로 ‘휙’ 소리를 내며 쳐들었다. 창 끝에 걸려 홱 투구가 벗겨진 진응은 뒤로 벌렁 나자빠지면서 말에서 ‘쿵’ 하고 떨어졌다.

조운은 곧 한팔을 뻗쳐 진응의 뒷덜미를 움켜잡고 진중으로 끌고 왔다. 그러고는 일장 훈계를 했다.

“무릇 싸우는 데는 상대를 보고서 하도록 하라. 너희들이 믿는 병력과 유 황숙의 정예하고는 바로 오늘의 너와 나하고의 싸움 같은 것이다. 오늘만은 놓아줄 테니 성 안으로 돌아가 태수 조범에게도 잘 일러라. 무엇을 믿고서 멸망을 스스로 부르려는가 하고!”

진응은 들쥐 새끼처럼 쪼르르 성으로 돌아갔다.

“내가 뭐랬느냐!”

조범은 애당초 흰소리치던 진응을 성 밖으로 쫓아내고 조운에게

항복을 선언했다.

조운은 기뻐하여 조범에게 윗자리를 내주며 술과 음식을 준비하여 대접했다. 조범도 더할 데 없이 기뻐하여 이렇게 말했다.

"장군과 저는 같은 조씨가 아닙니까. 성이 똑같으니 옛날에는 조상이 하나였을 것이 틀림없습니다. 오래오래 일족의 정을 두터이 하고 싶습니다."

그러고서 서로 생년월일을 따져보니까 조운이 넉 달쯤 앞서 태어났다. 조범은 이마를 조아렸다.

"그렇다면 장군이 형님이십니다."

조범은 혼자 기뻐하며 성으로 돌아갔다.

다음 날 편지가 전해졌다. 참으로 그럴 듯한 아부로 가득찬 내용이었다.

그런 편지가 오지 않아도 조운은 당당히 입성할 예정이어서 부하 50여 기만을 이끌고 성 안으로 향했다.

허도·양양·시상과 같은 곳에 견준다면 비교도 안 될 만큼 규모가 작은 지방의 한 고을이었으나, 그래도 이 날만은 온 고을의 백성들이 모두 향을 사르고 거리로 나와서 마중했고, 상가나 저택들 앞은 깨끗이 청소되어 있었다. 성 안으로 들어가자 조운은 곧 명했다.

"네 성문에 방을 써붙여라!"

이것은 점령군이 그 고을 사람들을 안심시키기 위한 고시문(告示文)으로서 으레 실시하는 일이었다.

그런 절차가 끝나자 조범은 몸소 마중나와 조운을 잔치 자리로 안내했다.

잔치 자리에서 태수가 새삼 항복의 예를 올렸다.

조운은 마음껏 취했다.

"자리를 옮깁시다. 그래야 주흥도 새로워질 게 아니겠습니까?"

조범은 후당으로 청하여 다시 좋은 안주에 좋은 술을 상다리가 휘도록 차려냈다. 후당에 들인다는 것은 가족적인 분위기를 만든다는 뜻도 있었다.

"이제 돌아가겠소."

꽤나 취하여 조운은 자리에서 일어나려 했다. 그러자 조범이 좀더 있다 가라고 만류했다.

그때 조운의 코에 뭐라 형용할 수 없는 향기가 풍겨왔다.

"아니?"

이상히 여긴 그가 돌아보았더니 새하얀 비단을 몸에 걸친 미인이 얼굴을 다소곳이 숙인 채 조용히 들어와 조범에게 말했다.

"부르셨습니까?"

조범은 끄덕이고

"이쪽은 조자룡 장군이시오. 우리와 동성 동본, 친척분이니 잘 대접하도록 해요."

자리에 앉도록 했다.

조운은 술이 다 깬 표정으로 조범에게 물었다.

"이분은 누구십니까?"

조범은 싱글벙글하며 말했다.

"저의 형수입니다."

그러자 조운은 자세를 바로잡고 정중히 사과했다.

"그런 줄은 몰랐소. 하녀인 줄 알고 그만……."

조범은 '뭘요.' 하고 껄껄 웃더니 미인에게 술을 따르라며 장군 옆에 앉으라고 연방 권했다.

그러나 조운이

"괜찮소, 괜찮소!"

손을 내젓기만 해서 끝내 미인도 재미 없다는 듯이 자리에서 뜨고 말았다.

조운은 여인이 나가자 조범을 책망했다.

“어째서 형수되시는 분을 계집종 다루듯 가벼이 술좌석에 나오게
한단 말이오?”
“예, 사실은 이렇습니다. 형수는 아직 젊지만 과부가 된 지 벌써
3년이나 됩니다. 이제는 마땅한 사람을 찾아 개가하는 것이 어떠
냐고 늘 권해 왔는데, 형수에겐 세 가지 조건이 있지 뭡니까. 첫
째는 세상에서 이름이 높아야 하고, 둘째는 전남편과 성씨가 같은
사람, 그리고 셋째로는 문무의 재능이 있어야 한다는 겁니다.”
“으음!”
조운도 쓴웃음이 나왔다. 여자의 욕심이 너무 많다고 생각했기 때
문이다.
그러자 조범이 열심히 권했다.
“어떻습니까, 장군?”
“무엇이 말이오?”
“형수의 평소 소원이 장군께서 오시게 됨으로써 이루어질 것 같
습니다. 부디 측실로서 형수를 맞아 주시지 않겠습니까?”
채 말이 끝나기도 전에 조운은 눈을 부릅뜨고 주먹을 쥐어
“이 못된 놈!”
조범의 빰을 때렸다.
조범은 입으로 피거품을 내뿜으며 나가떨어졌다. 그러나 곧 몸을
일으키며 항의했다.
“호의를 무례한 짓으로 갚다니!”
조운은 자리에서 벌떡 일어나며 이번에는 발길로 걷어찼다.
“무례하다니! 너 같은 놈을 인간 구더기라고 하는 거다!”
“구더기라고! 괘, 괘씸하다……. 이렇듯 예의를 다하는 나에게
구더기라니!”
“인륜(人倫)의 길도 모르는 놈이 구더기가 아니고 무엇이냐? 형
수를 객석에 내보내어 시중들게 하다니 말도 안 된다. 더구나 아

내로 삼으라고 권하다니 그건 뚜장이나 할 짓! 네놈의 마음은 어지간히 비뚤어져 있단 말이다!"

조운은 다시 조범을 마구 발로 짓밟고 나서 발길을 돌려 그곳을 나와 버렸다.

조범은 겨우 몸을 일으켜 사뭇 신음 소리를 내다가 이윽고 진응과 포룡을 불러 물었다.

"은혜도 모르는 조자룡 녀석, 어디로 갔지?"

그들은 번갈아 말했다.

"이곳에서 나가자 말을 타고 성 밖으로 나갔습니다."

"이렇게 된 바에는 죽으나 사나 승패로 결판낼 수밖에 없습니다. 우리 두 사람은 이제부터 자룡의 진으로 가서 그를 달래는 척하고 있을 테니 태수께서 야음을 틈타 기습하도록 하십시오. 그러면 우리 두 사람이 진중에서 호응하여 그의 목을 베겠습니다."

공(功)과 참(斬)

진응과 포룡 두 사람은 한 부대의 군졸들에게 술과 음식을 들게 하여 조운의 진으로 찾아갔다. 그리고 땅에 꿇어엎드려 조범의 말을 전했다.

"주인의 무례는 아무쪼록 용서해 주십시오. 나쁜 뜻으로 말씀드린 것은 전혀 아니라고 하옵니다."

조운은 즉시 그들의 속임수를 꿰뚫어 보았으나 일부러 부드럽게 말했다.

"오늘은 모처럼 마련한 자리인데 술에 취하여 흥을 깨버렸다. 화해하는 뜻에서 크게 취해 보세."

그들이 가져온 술항아리 봉을 따고 진응과 포룡에게도 큰 잔으로 직접 권했다.

진응과 포룡 두 사람은 이제 되었다 싶어 완전히 마음을 놓았다. 조운이 주는 술잔을 덥석덥석 받아 마시고 정신없이 취해 버렸다.

조운은 그들을 묶고 부하를 시켜 목을 베라고 명했다. 그리고 그들의 부하들에게는 술을 주며 위무하여 마음을 돌아서게 하는 한편

두 사람의 목을 보이며 설득했다.

"우리 편으로 들어오면 목숨을 살려 주겠지만 아니면 진응과 포룡 꼴이 된다!"

그들 부하 500명은 항복하여 조운의 군세가 될 것을 맹세했다.

조운은 곧 항복한 500 군사를 앞세우고 3천의 본대를 뒤따르게 하여 계양으로 향했다.

태수 조범은 사자로 보낸 포룡과 진응이 돌아온 줄로만 알았다. 문을 열고 자기 군사를 끌어들이며 물었다.

"갔던 일은 어떻게 되었느냐?"

그러나 그 뒤를 따라 조운의 철기대 3천이 쏟아져 들어오자 그만 소스라치게 놀랐다. 하지만 이미 때는 늦었다.

조운은 아무런 어려움 없이 조범을 생포하고 성문에 유비의 기를 꽂은 다음 곧 자초지종을 현덕과 공명에게 알렸다.

며칠 지나서 현덕이 입성했다.

공명은 곧 포로 조범을 뜰 아래에 꿇리고 일단 그의 주장을 들어 보았다. 조범은 울면서 호소했다.

"본디 저는 진심으로 항복하여 휘하에 드는 것을 영광으로 생각하고 있었습니다. 그런데 소장의 과부 형수를 조운 장군의 측실로 바치려 하자 어째서인지 장군께서는 화를 내시고 거듭 성을 공격하여 저까지 이런 포로의 신세가 되게 하셨습니다. 무슨 죄로 이런 치욕을 당해야 하는지 알 수가 없습니다."

공명은 다시 조운에게 물어보았다.

"미인이라 하면 좋아하지 않는 사나이가 없는데 장군은 어째서 성을 내셨소?"

조운이 대답했다.

"그렇습니다. 저도 미인이 싫지는 않습니다. 그렇지만 조범의 형과는 먼 옛날 고향에서 서로 아는 사이였습니다. 지금 제가 그 미망인을 아내로 삼는다면 세상 사람이 침을 뱉겠지요? 또 그 부인이 다시 개가한다면 정절의 미덕을 잃습니다. 그리고 그것을 소장에게 권한 조범의 속셈도 참인지 거짓인지 알 수가 없었고요. 뿐더러 깊이 생각해야 할 것은 우리 주군께서 이 형주 땅을 차지하셨다곤 하지만 아직 얼마 되지 않아서 민심이 안정되어 있지 않습니다. 그런데 한낱 소장 따위가 벌써부터 교만해져 백성들에게 모범될 행동을 잃고 정사를 게을리한다면 모처럼 주군의 대업도 여기서 꺾일지 모릅니다. 적어도 민중의 신망을 얻기가 어렵게 되지요. 이런 여러 점을 생각할 때 아무리 좋아하는 미인이라도 소장의 마음을 뺏길 수는 없었습니다."

부드러운 미소를 머금고 곁에서 듣고 있던 현덕이 입을 열었다.

"그러나 이제 이곳도 우리의 깃발 아래 확고하게 점령되었고 또한 그대가 그토록 올바른 생각을 가지고 있으니 그 미인을 장군의 아내로 삼는 게 어찌 허물이 되겠는가? 아무도 비난하지 않을 것이다."

"아닙니다. 천하의 미인이 어찌 그 하나뿐이겠습니까! 소장은 단지 털끝만큼이라도 천하에 명분이 서지 않는 일을 해서 무명(武名)이 훼손돼선 안 된다──이것만을 겁내고 있습니다. 어찌 처자가 없다 해서 무인된 자로 우수(憂愁)를 품겠습니까!"

유비도 공명도 묵묵히 귀만 기울이고 있다가 고개를 끄덕인 뒤 더 권하지 않았다.

장비가 무릉을 공략하고, 조운이 계양성을 함락시켰을 때, 관운장은 형주를 수비하고 있었다. 관운장은 두 사람이 이겼다는 소식을 듣자 곧 유비에게 글을 써 보냈다.

익덕과 자룡의 공을 들으매 부러운 마음 가눌 길 없습니다. 부디 소장에게도 활약의 기회를 주시기 바랍니다.

　　공명의 승전하는 방법은 계책이 신묘한데
　　장수들은 앞다투어 공을 세우려 하네

유비는 '과연 그렇구나' 하고 장비를 대신 형주로 보내고 관우를
불렀다.
관우는 용약 수하 군세 500기를 이끌고 이르렀다.
유비는 장사 공략을 명했다.
관우는 쉴 틈도 없이 곧 진발하려 했다.
공명이 이를 만류하여 말했다.
"쓸데없는 충고라고 생각합니다만, 장군은 적을 알고 계시오?"
"물론 알고 있소이다. 장사의 태수 한현(韓玄)은 무릉의 김선과
같은 무용도 없고, 계양의 조범과 같은 깊은 생각도 갖고 있지 못
합니다. 하찮은 소인이라고 들었소이다."
"그렇지요. 한현은 말씀하신 대로 무능한 사람이나, 장사가 오늘
날까지 침범받는 일 없이 지켜질 수 있었던 것은 그를 돕는 대장
이 한 사람 있기 때문이라는 사실을 간과해선 안 됩니다. 남양 사
람으로 성은 황이요 이름은 충(忠), 자를 한승(漢升)이라고 하는
데, 전에 유표의 막료였으며 중랑장(中郞將)을 지냈지요. 지략이
뛰어나고 생각이 깊은 인물입니다. 이미 나이는 예순을 넘겼지만
만부(萬夫)라도 당할 수 없는 용맹은 널리 알려져 있습니다. 그
러므로 이번에는 수하 군세 500기뿐 아니라 장비나 조운과 마찬
가지로 3천의 병을 인솔하심이 어떻겠습니까?"
"군사께서는 무슨 까닭으로 적의 예기(銳氣)를 칭찬하여 우리 편
의 위풍을 없애려 하십니까? 한 사람의 늙은 무장을 두려워하여
3천의 병졸을 받았다고 하면 관우의 이름이 무엇이 되겠습니까."

관우는 웃어넘기고 수하 군세 500기만을 이끌고 떠났다.

이를 바라본 공명은 유비에게 걱정스럽게 말했다.

"관우는 황충을 조금 얕보고 있기에 어쩌면 한 번쯤 패배를 맛볼 염려가 있습니다. 주군께서 후비를 맡으시어 만일의 경우가 생겼을 때 구원하심이 좋겠습니다."

유비는 승낙하고 곧 일군을 거느리고 관우의 뒤를 쫓았다.

관우를 맞아 싸울 장사태수 한현은 본디부터 성급한 사람으로 발끈하면 곧 가신을 손수 베기 때문에 인망을 얻지 못하여, 만일 객장 황충이 그를 돕지 않았더라면 벌써 오래 전에 반란이 일어나 멸망했을 사람이었다.

관우가 쳐들어온다는 급보를 받고 사색이 된 겁쟁이 한현은 황충에게 머리를 숙였다.

"부탁하오!"

"안심하십시오! 이 늙은 몸에 네 자루의 대검과 노궁(弩弓)이 있는 한, 1천 기가 오면 1천 개의 목을 베어 보여 드리겠습니다."

황충은 대답했다. 두 사람이라야 겨우 당길 수 있는 강궁을 가지고 백발백중시키는 명궁인 황충은 조금도 관우를 두려워하지 않았다.

그때 줄지어 서 있는 장수들 가운데서 자청하고 나선 자가 있었다. 관군교위 양령(楊齡)이었다.

"노 장군께 말을 몰아 나가시는 수고를 청할 것 없이 제가 관우를 사로잡겠습니다."

한현은 그 용기를 기뻐하여 1천 명의 군사를 내주어 나가 싸우게 했다. 싸움은 성 밖 50리에 있는 평원에서 벌어졌다.

관우는 얼마 동안 양령이 미쳐 날뛰는 대로 내버려두더니, 이윽고 곧장 적토마를 달려 가까이 다가갔다.

"형제로 쓸 목 한 개 받아가련다."

관우가 언월도를 한 번 번쩍하자 양령의 목이 핏줄기를 뿜으며 공중으로 날아올랐다.

와르르 흩어지는 적병을 내버려 둔 채 관우는 수하 군세 500기와 함께 단숨에 성 밑으로 쇄도했다.

장사의 성벽은 깊은 해자를 두르고, 성문 앞에는 적교(吊橋)가 걸려 있었다.

관우는 바람에 날리는 흰 수염을 바라보고 생각했다.

'……이 자가 황충인가.'

500기를 일렬 횡대로 진치게 하고 관우는 오직 혼자서 적토마를 몰았다.

"거기에 있는 자가 황충인가?"

"내 이름을 알면서 단기 대결을 하려고 왔는가, 하동의 야사(野士)!"

"그렇다. 노부의 흰 목이 소망이다!"

두 무장은 격돌했다.

무수한 사람의 피를 먹은 언월도가 공중에 원을 그리며 윙윙거리면, 넉 자의 장검이 불을 뿜는 것처럼 허공을 가르며 쭉 내뻗쳤다. 쇠붙이끼리 격렬하게 부딪치는 소리와 함께 불꽃이 튀기고, 불꽃은 또 쇠붙이의 요란한 소리를 불러일으키기를 20합, 30합, 50합. 끝내는 100합을 싸웠지만 승패는 결정되지 않았다.

성벽 위에서 이것을 구경하던 한현은 황충이 노쇠한 탓에 관우보다 먼저 지칠 것으로 보고 징을 치게 했다. 싸움은 중단되었다.

10리쯤 물러나서 야진(夜陣)을 친 관우는 가만히 생각했다.

'……군사가 충고한 대로 황충은 노장이면서도 내가 이제까지 싸워 본 어떤 강적보다도 더 강하구나. 이를 치려면 이쪽에서 틈을 만들어 보이고, 별안간 일격을 가하여 사로잡아야겠다.'

이튿날 아침 관우는 또다시 성문을 향해 밀고 나가서 황충에게 싸움을 청했다. 황충은 성문을 열고 적교 위를 달려나왔다.

어제보다 더 치열한 결투가 벌어졌다. 일순 관우가 말머리를 돌려 달아나자

"비겁하다!"

황충은 맹렬히 쫓으려 했다.

관우는 이 순간 황충에게 틈이 생길 것을 예측했다. 언월도를 뒤로 돌려 등 뒤로 내리치자 황충의 말이 앞다리를 꺾었고, 황충은 곤두박질을 치면서 땅 위로 나동그라졌다.

관우는 언월도를 높이 쳐든 채 말했다.

"적의 불운을 이용하는 비겁한 짓은 않겠다. 말을 바꾸어 다시 도전하라."

그러나 황충은 꿈쩍도 하지 않았다. 노장은 땅에 주저앉은 채 체념한 듯 비장하게 말했다.

"여기서 베라."

인의(仁義)의 장수인 관우가 그 말을 들을 리 없었다.

"나는 동등한 조건이 아니면 싸우지 않는다. 말을 바꿔 탄 다음 다시 싸우자."

"죽음을 무릅쓰고 나온 싸움터에서 적에게 뒷모습을 보이고 싶진 않다."

관우는 가만 생각하다가 말했다.

"그럼 내가 먼저 가겠다. 차후에 다시 보자."

관우는 말하고 그 자리를 떠났다.

황충은 성 안으로 돌아와서 한현에게 사과했다.

"오랫동안 싸움터에 나가지 않았던 말인지라 앞발을 꿇어 실패하였습니다. 정말 면목없습니다."

"그대는 백발백중 활의 명수이면서 어찌하여 활을 쏘려 하지 않았는가?"

"내일 싸움에서 솜씨를 보여드리겠습니다."

황충은 한현에게서 푸른 털이 난 말 한 필을 받아가지고 물러나왔다. 그러나 마음 속으로 고민했다.

'저 관우의 의기(義氣)를 내 팔로 도저히 꺾을 수가 없다. 그러나 그를 쏘아 죽이지 않으면 주군의 명령을 거역하는 것이 된다.'

다음 날 날이 밝자 이미 관우는 적교 가로 몰려와서 수하 군세에게 함성을 지르게 했다.

황충은 굉장한 기세로 쳐나왔다.

30합 가량 접전하다가 관우는 거짓으로 달아나기 시작했다.

그러나 황충은 뒤쫓아오지 않았다. 거리를 두고 노궁에 화살을 메겨 팽팽하게 당겼다. 그 기척을 알아채고 관우가 뒤를 돌아보는 것과 화살이 소리내며 울리면서 허공을 난 것은 동시였다.

화살은 빗나가지 않고 관우의 투구 끈을 꿰뚫었다.

"으윽!"

관우는 두 번째 화살이 날아오는 데 대비하여 몸을 사렸다. 그러나 황충은 한 대의 화살만을 쏘았을 뿐, 곧 홱 말머리를 돌리고 있었다. 성 안으로 돌아온 황충을 기다린 것은 태수 한현의 불같이 노한 모습이었다.

"이 늙은이! 내 눈이 청맹과니인 줄 알았더냐! 요 사흘 동안의 싸움에서 대적하는 모습을 보았는데, 힘을 다해 싸운 것은 고작 첫날뿐이잖은가! 어제는 말에서 떨어져 도망왔고, 오늘은 관우를 맞히지 않고 물러났다. 내가 생각하건대, 그대는 관우와 사사로이 마음이 통한 것임에 틀림없다. 적과 내통한 반도(叛徒)는 살려둘 수 없다!"

고함치면서 황충을 꽁꽁 묶었다. 황충은 입을 굳게 다문 채 한 마디 변명도 하지 않았다. 한현은 이 늙은이를 곧 문 밖으로 끌어내어 목을 베라고 좌우에 명했다.

형수(刑手)가 땅바닥에 꿇린 황충의 머리 위로 칼을 높이 쳐들었을 때였다.

"잠깐만!"

벽력같은 소리와 함께 달려온 사람은 키가 일곱 자도 넘는 거한이었다. 의양(義陽) 사람 위연(魏延)이었다. 일찍이 유비가 조조군에게 쫓기면서 신야(新野)의 가난한 백성 수만 명을 이끌고 양양에 이르러 채모와 장윤에게 하마터면 목숨을 잃을 뻔했을 때, 이를 구해 주었던 그 위연이었다.

위연은 그 뒤 유비의 뒤를 쫓아 사방을 돌아다녔으나 길이 어긋나서 만나지 못한 채 이 장사성에 몸을 의탁하고 있었던 것이다.

위연은 형수(刑手)를 발로 차 쓰러뜨리고 황충의 오라를 끊은 다음 거기에 모여 있는 사람들에게 소리쳤다.

"황한승(黃漢升)이 계시기에 장사의 평화는 지켜져 왔다. 지금 참수하려는 포악한 행동은 천인이 공노(共怒)할 일이다. 태수 한현의 포학무도한 짓은 극도에 이르렀다고 해야 할 것이다. ……흉악한 태수에게 하늘이 벌을 내릴 때는 왔다! 나를 따르라!"

위연은 곧장 성 안으로 달려들어갔다.

"와아!"

천을 헤아리는 군중이 그를 뒤따랐다.

한현의 저택에 이르렀을 때, 뒤따르는 군중은 만여 명으로 늘어나 있었다. 수비하는 군사가 막아낼 수 없는 엄청난 세력이 되었다. 아니 군사나 병졸들도 태수를 싫어하고 그가 하는 짓을 미워하고 있었으므로, 오히려 이렇게 되는 것이 당연하다고 생각하여 굳이 막으려고도 하지 않았다.

위연은 저택 안으로 뛰어들자 다짜고짜 한현의 목을 쳐 버렸다.

관우는 위연으로부터 한현의 목을 받아들자, 크게 상을 내리고 입성하여 백성들의 마음을 편안케 하기에 힘썼다.

관우는 위연과 자리를 함께 했을 때 물었다.

"황충은 어떻게 하고 있소?"

"소장이 한현을 베기 위해 태수 성관으로 쳐들어가자, 눈을 가리고 귀를 막고서 자기 집으로 뛰어갔습니다."

"싸움은 이제 끝났소. 사람을 보내어 마중하겠소."

관우는 몇 번 사자를 보냈지만 황충은 병을 핑계로 도무지 나오지 않았다.

이러는 동안 현덕은 승리의 소식을 듣고 공명과 함께 급히 장사로 오고 있었다. 그 도중 선두에 세우고 있던 파란 정기에 까마귀 한 마리가 내려와 앉더니

"까욱 까욱 까욱."

세 번 울고서 남쪽 하늘로 날아갔다.

유비는 물었다.

"군사, 뭔가 흉조가 아닐까요?"

공명은 옷소매 속에서 손가락을 꼽는 모양이더니 대답했다.

"아아뇨, 길조입니다. 이것은 장사 함락과 더불어 좋은 장수를 얻은 것을 하늘이 축복하여 까마귀를 보냈던 것입니다. 반드시 무엇인가 좋은 일이 있을 것입니다."

아니나다를까 유비는 황충과 위연에 관한 말을 마중나온 관우에게서 들었다.

"병을 핑계로 집에서 나오지 않는 것은 옛 주인에 대한 황충의 충성일 게다. 내가 직접 가서 맞이하기로 하겠다."

유비는 공명과 함께 장사에 다다르자 곧 황충을 찾아갔다.

유비는 황충과 마주앉자, 성심을 다해 차근차근 알아듣도록 설득하여 마침내 마음을 돌리게 했다.

후세 사람이 황충의 충절을 찬양한 시가 있다.

　　장군의 기개는 하늘에 이르는데

백발이 성성하도록 장사 땅에서 고생뿐이었네
죽음도 달게 받으며 원망할 줄 모르더니
항복할 때는 머리 숙여 부끄러워하더라

번뜩이는 서릿발 치며 용맹을 떨치고
철기는 바람 받아 격전을 되새기네
천고에 높은 이름 사라지지 않으리라
외로운 달 더불어 상담을 비추리라

그런데 공명은 관우가 위연을 데리고 와서 이번 일에 공이 가장
많다고 칭송하면서 소개하자 대뜸
"위연! 스스로 자해(自害)하여 죽겠는가? 아니면 칼날 앞에 목
을 내놓겠는가? 어느 쪽을 택하겠는가?"
호통치는 게 아닌가!
관우가 소스라치게 놀라 말했다.
"군사! 말씀하시는 뜻을 모르겠소. 우리 군에 대해 신명(身命)을
내던져 공을 세워준 위연에 대해 이건 또 무슨 가혹한 처사요?"
공명은 싸늘하게 말했다.
"장군! 스스로 해 온 일을 돌아보시오. 장군은 조그마한 은혜라
도 입은 사람에게는 끝내 한 번이라도 그 언월도를 휘두른 일이
없었을 것이오. 이 위연은 여기저기 떠돌아다닌 끝에, 이곳 장사
로 들어와 한현의 휘하에서 은혜를 받아 왔음에도 그 은의를 원수
로 갚았소. 보건대 위연에게는 모반의 골상(骨相)이 있으니, 화
는 미연에 끊음이 좋소!"
관우가 오로지 목숨만은 살려 주라고 간청하는 자리에 유비가 돌
아와 이 말을 듣더니 말했다.
"군사의 말씀은 참으로 지당하오만, 만약 위연을 벤다면 다른 투

항자들이 매우 불안감을 느낄 것이오. 위연이 장사에 있었던 것은 한현에게 심복(心服)했기 때문이 아니며, 마음과는 달리 녹(祿)만을 먹고 있었던 것으로 생각되오. 그러니 이번만은 부디 용서해 주시오."

공명은 위연을 가까이 불러 단단히 경고했다.

"주공의 너그러우신 마음으로 그대의 목숨은 우선 살려 두겠다. 하지만 만약 다른 마음을 품었다고 생각될 때에는 그 즉시 목을 칠 터인즉, 각오하라."

위연은 공명의 준엄한 태도에 오로지 황송하여 충절을 다할 것을 맹세했다.

이리하여 형주를 다스리고 남군을 차지했으며 무릉·영릉·계양 등 남으로 뻗는 선을 확보한 유비는 비로소 대지에 자신의 위세를 심게 되었다.

둥글둥글

구리새가 한 번 울면
오곡이 무럭무럭 자라고
두 번 울면
오곡이 익는대요

민요였다. 아이들이 곧잘 부른다.

조조가 장하 기슭에 세운 동작대는 아직도 한창 건설 중이었다.

동작대는 업도(鄴都)의 서쪽에 있었다. 대(臺)는 대궁전을 뜻한다. 동작대 건설로 업에는 활기가 넘쳤다. 일거리가 있는 곳에 사람들은 모여든다. 이웃의 젊은이들이 공사장에 개미떼처럼 몰렸다.

공사는 동작대 조영(造營)뿐이 아니었다. 그밖에 몇 군데 꽤나 규모가 큰 건축 공사가 시작되고 있다.

그 하나가 부도사(浮屠祠)였다.

"부도란 뭐지?"

그 의미를 모르는 사람들이 많았다.

"천축에서 온 신선이야."

이렇게나마 설명할 수 있는 사람은 학식 높은 지식인이었다.

"저기 만들고 있는 의사(義舍)는 또 뭐지?"

지식인이 또 설명해 준다.

"오두미도의 도량일세."

"호오, 한쪽에선 때려부수고 한쪽에선 짓게 하시나?"

이렇게 말하고 눈을 깜빡이는 사람도 있었다. 이 말에도 일리는 있었다.

조조는 음사(淫祠)나 사교(邪敎)가 질색이었다. 20여 년 전 제남의 상(相)으로서 처음 지방장관이 되었을 때 그가 먼저 손댄 것은 '음사를 금한다.'는 포고였다.

미신 사당은 닥치는 대로 부수게 하였다. 지금도 변함이 없었다. 발견되는 대로 탄압을 가했다.

일족 여자들은 걱정했다.

"벌을 받게 될지도 몰라요."

조조는 합리주의자였다.

미신 따위 믿지를 않는다. 무엇인가 이익이 있다면 믿는 척했지만 마음속으로는 코웃음치고 있었다.

"구리새가 나타난 것은 상서로운 조짐입니다."

가신이 이렇게 아뢰었을 때에도 조조는 겉으로 믿는 척한 데 지나지 않았다.

'적벽 싸움에서 받은 상처를 되도록 빨리 아물게 해야 한다.'

조조는 생각했다. 그러자면 그가 지배하는 곳에서 인심이 침체되면 안 된다.

'적벽의 퇴각 따위는 조공에게는 별 타격도 아니었어. 보게나! 그 증거로 저와 같이 엄청나게 큰 공사를 시작하지 않았는가, 하고 천하 사람들에게 믿도록 해야 한다. 될 수 있는 대로 활기 있

게 만들어야 해.'

이런 이점이 있기 때문에 '구리새'의 미신도 믿는 척했고 아이들이 노래를 부르게도 만들었다.

조조가 음사(淫祠)·사교(邪敎)를 싫어한 것은 그것이 가짜임을 알고 있었기 때문이다. 진짜는 따로 있고 대개는 그것을 모방한 것이다. 조조는 그것을 식별할 줄 알았다. 그러므로 소용의 오두미도나 월지 또는 서역 사람들이 받드는 불교에 대해 너그러웠다.

조조는 특히 불교에 흥미를 가졌다. 분명하게 진짜 종교임을 알았고, 더욱이 불교는 이국 것이다. 금으로 신인(神人)을 본떠 만들고 그 앞에서 절한다고 한다. 사원도 장엄하다고 들었다.

'부도의 절을 우리 업도에 만들면 얼마나 장관일까!'

조조는 절간을 자기 위엄을 위해 이용하려 했다.

조조는 오두미도도 이용하려 했다. 자기 부하 장령들 중에 오두미도 신자가 많았으므로 오두미도를 우대함으로써 인심을 거두어들이려 하였다.

무엇보다도 한꺼번에 몇 가지 큰 공사를 벌여 놓으면 업도에서 패전 분위기를 깨끗이 씻어 없앨 수 있다고 그는 믿었다.

천하를 굽어보던 조조도 적벽에서 돌아온 직후에는 갈피를 잡지 못했다. 천하 통일의 문턱에서 꺾였던 것이다.

"이제부터 어떻게 하지?"

조조는 초조했다.

손권도, 유비도, 아니 사천의 유장(劉璋)이나 섬서의 마초(馬超), 한중의 장로(張魯)와 같은 작은 군벌마저도 지금 조조의 움직임 하나하나에 지그시 눈길을 보내고 있을 것이다.

'가만히 있어선 안 된다. 가만히 있게 되면 조조도 이제 기가 죽었다고 하리라.'

한시라도 빨리 무엇인가 행동을 일으켜야만 한다.

패전한 뒤에는 세상으로부터 모멸을 받는다. 그것을 퉁겨 버리지 않는다면 앞으로 뚫고 나가기가 어렵다.

장강 중류의 적벽에서 조조는 패했지만, 하류 쪽에선 조조와 손권 양군의 대치가 계속되고 있는 곳이 있었다.

중류 일대인 형주에서는 조인과 하후돈이 양양에서 쫓겨나 번성(樊城)에 물러가 있었다.

유비는 형주와 양양을 앗은 뒤 장강 북쪽 기슭의 요지인 유강구의 이름을 공안(公安)이라고 바꾸고 성을 쌓고 군수품이나 금은을 저장했다. 공안은 말할 것도 없이 조조나 손권에 대비한 유비의 전진 기지였다.

그리고 하류의 조조군 전진 기지인 합비는 장료를 주장(主將)으로 이전과 악진이 부장으로서 지키고 있었다.

지금 합비성을 손권군이 포위하고 있다. 적벽의 승리 뒤 손권은 몸소 병을 이끌고 출전하여 이 성을 함락시키려 했다.

그러자 장사(長史) 장굉(張紘)이 간했다.

"적장을 베고 그 기를 앗으며 적을 벌벌 떨게 함은 편장의 임무이지 주장이 할 일은 아닙니다. 이제 혈기 왕성한 짓은 웬만큼 해두시고 패왕의 계를 갖도록 하십시오."

장굉도 노숙과 비슷한 말을 한 셈이었다.

합비는 소호(巢湖)의 서북쪽에 자리잡고 있는데 지금의 안휘성 성도(省都)이다.

동서로 길게 뻗은 동오의 손권 세력에게는 장강의 북쪽에 있다곤 하나 소호에 의해 물길이 닿고 있는 합비의 조조군이 눈엣가시였다. 손권이 몸소 병사를 이끌고 짓밟아 버리려 하는 것도 당연한 일이다. 적벽에서 승리한 여세를 몰아 단숨에 함락시킬 수 있다고 여겼다.

장사에 있는 장굉은 이어 말했다.

"또 패전한 조조는 중원을 지키기 위해 합비에서 병을 물릴 것입니다. 얼마 동안 포위하고 있으면 스스로 물러갈 적을 굳이 공격할 것도 없지 않습니까?"

그러나 손권은 말을 듣지 않았다.

그런데 조조는 사람들의 의표를 찔렀다. 장희(張喜)에게 4만의 병을 주어 합비로 구원을 보냈던 것이다.

조조는 무엇인가 행동을 일으켜야만 했다. 그래서 때마침 손권군과 대치하고 있는 합비성에 병력을 보낸 데 지나지 않았다.

그러나 그것이 뜻밖의 효과를 나타냈다. 조조는 기대 이상의 성과를 올렸다.

하루는 손권이 달려온 사자로부터 불쾌한 보고를 받았다. 그것은 주유가 피를 쏟고 중태에 빠졌으며 형주 남군에서 군을 물렸다는 것, 유비 현덕이 무릉·장사·계양·영릉의 형주 4군을 차지했다는 소식이었다.

"음, 주 도독의 용태는 다시 일어나기 어려울 정도인가?"

"아닙니다. 꿋꿋하신 도독이라 틀림없이 머지않아 전과 다름없는 원기를 회복하시리라 믿습니다."

그러자 그때 한 장수가 나타나 지금 합비의 성 안에서 편지가 전해졌다고 하며 공손히 손권 앞에 편지를 놓고서 물러갔다.

그것은 결전장이었다.

'강동의 대군은 파리떼냐 모기떼냐! 대체 우리 성을 둘러싸고 어쩌자는 거냐?'

내용이 무례하여 손권은 크게 화를 냈다.

"좋아! 그렇다면 내 참된 솜씨를 보여 주마!"

이튿날 새벽 손권은 진문을 열고 금투구를 번쩍이며 살찐 말을 타고 선두에 서서 출전했다.

성에서는 이전과 악진이 좌우에서 장료를 옹위하며 쳐나왔다.

"오후! 승부를 내자!"

장료는 긴창을 옆구리에 끼고 손권을 향해 말배를 걷어찼다. 그러자 그때 오군 진영에서 요란한 말발굽 소리와 함께 크게 외치며 달려나가는 자가 있었다.

"무례하구나! 조조의 졸개 주제에!"

오나라 장수 태사자(太史慈)였다. 오나라 태사자는 이미 그 이름이 널리 알려진 용장이다. 손책으로부터 2대에 걸쳐 숱한 싸움에 참가한 노장이었으나 그 무용에는 조금도 늙음이 엿보이지 않았다.

장료와는 그야말로 좋은 적수였다. 두 장수가 장창으로 어우러져 싸우기를 80여 합, 승부는 좀처럼 나지 않았다.

이 틈을 노려 악진과 이전 두 맹장도 소리치며 육박해왔다.

"보라! 저기 황금 투구를 쓴 장수야말로 오후 손권이 틀림없다! 만일 저 목 하나를 얻는다면 적벽에서 죽어간 아군 83만의 원수를 갚는 것이 된다. 힘을 내어 덤벼라!"

손권의 몸이 위험했다. 번갯불처럼 이전의 창이 내질러졌을 때였다.

"어디다 감히 창을 대느냐!"

옆에서 외치며 가로막는 장수가 있었다. 그는 오나라의 송겸(宋謙)이었다.

그것을 보고서 악진이 철궁을 쏘았다. 화살은 송겸의 가슴을 보기 좋게 꿰뚫었다. 송겸은 그대로 말에서 거꾸로 떨어졌다.

그 사이 손권은 필사적으로 도망쳤다.

장료와 태사자는 불꽃을 튀기며 싸웠다. 오군의 중군이 무너질 때까지도 바람에 좀처럼 승부가 나지 않았다.

손권은 달아나는 도중 몇 번인가 위기에 빠졌지만 그때마다 정보가 구해 주어 무사했다. 그러나 이날의 패전은 손권의 마음에 큰 상처를 주었다.

손권은 진지로 돌아오자 눈물을 흘리며

"아, 송겸을 잃었구나."

슬퍼해 마지않았다.

장사 장굉이 좋은 기회다 싶어 간했다.

"비록 패전했으나 이는 또한 좋은 교훈입니다. 주군께서는 지금 한창 젊으셔서 자칫하면 혈기 때문에 만용으로 흐르지 않을까 오의 장령 모두가 걱정을 하고 있습니다. 부디 필부의 용기는 억누르시고 왕패(王霸)의 큰 계책에 힘쓰도록 하십시오."

옳은 말이라 손권도 고개를 크게 끄덕였다.

"앞으로는 삼가겠다."

그런데 이튿날 태사자가 본영을 찾아와 이런 말을 했다.

"소장의 부하로 과정(戈定)이라는 자가 있습니다. 그는 장료의 마구간지기와 형제입니다. 따라서 은밀히 내통하고 성 안에 불을 질러 장료의 목을 베겠다고 벼르고 있습니다. 그러하오니 소장에게 오늘 저녁 5천 기를 빌려주십시오. 반드시 송겸의 원수를 갚아 드리겠습니다."

손권은 금방 솔깃해져서 물었다.

"과정은 지금 어디 있나?"

"벌써 성 안에 잠입해 있습니다. 어제 싸움에서 적군 틈에 끼어들어 쉽게 성 안으로 들어갔습니다."

"그럼 성공할 수 있겠군."

"염려 없습니다. 이번이야말로!"

태사자는 자못 자신만만했다.

한편 장료의 마구간지기와 태사자의 부하 과정은 그날 밤 성 안 으슥한 곳에서 귀엣말을 주고받았다.

"알았지? 삼경이다."

"알았어. 내가 말먹이 풀 곳간을 비롯하여 여러 곳에 불을 놓고 다닐 테니 너는 '모반이다. 내통자가 있다.'고 외치고 다녀라."

"음, 좋아! 나도 불을 질러 가며 외치겠어."

"불길과 함께 성 밖에서 태사자님이 쳐들어오기로 되어 있다. 혼잡한 틈을 타 서문을 여는 것도 잊지 마라."

"알았어. 일생 일대의 출세가 오늘밤에 달려 있는데 잊을 리가 있겠는가!"

"쉿, 누가 온다."

두 사람은 발짝 소리에 급히 좌우로 갈라섰다.

수비 장수 장료는 어제의 성 밖 전투에서 큰 전과를 올렸는데도 아직까지 부하에게 상을 나눠주지도 않고 자기도 갑옷을 벗지 않고 있다. 불평을 가지게 된 부하 장수들은 장료의 소심을 비웃었다.

"적은 어제의 대패로 벌써 멀리 진지를 물렸는데 장군은 어째서 갑옷 끈도 풀지 않고 병사를 쉬게 하시지도 않습니까?"

"이긴 것은 어제의 일이다. 오늘은 아직 이기지 못했다. 내일의 일도 모른다. 더구나 전면적인 승패는 아직 알 수 없다. 무릇 대장된 자는 일승 일패에 일일이 기뻐하거나 근심하거나 해서는 안 된다. 오늘밤은 특히 야간 순찰을 엄히 하고, 모두들 갑옷을 입은 채 밤낮 4교대의 시간을 엄수하라."

그러자 과연 그날 밤 한밤중이 되자 성 안이 이상하게도 술렁거리기 시작했다.

"모반자가 있다!"

"내통자가 있다. 내통자가 있다."

외침 소리가 여기저기서 들렸다.

그래도 장료는 동요하지 않았다. 곧 장막에서 나와 성 안을 순찰했다. 연기가 가득히 피어오르며 불길이 날름거린다.

"장군이십니까!"

악진이 달려왔다.

"성 안에 반역자가 생긴 모양입니다. 가볍게 밖으로 나다니지 마십시오."

"문겸이오? 무엇을 허둥대고 있소. 염려 마시오! 절대로 당황하지 마시오."

"하지만 저 함성, 저 불길…… 예사롭지 않은 일입니다."

"아니오. 나는 처음부터 자지 않고 똑똑히 들었소. '모반자다, 불이야.' 외치고 다니는 목소리는 둘 정도였소. 아마 한두 명이 성 안을 교란시키기 위해 한 짓일 거요. 그것에 넘어가 혼란을 일으킨다면 그것이 훨씬 위험하오. 장군은 곧 병사들을 진정시키도록. 부질없이 떠드는 자는 벤다고 포고하시오."

악진이 사라지자 이윽고 이전이 두 사나이를 묶어서 끌고 왔다. 성 안을 교란키로 계획한 과정과 마구간 졸개였다.

"이 녀석들인가? 베어라!"

두 사람의 목은 당장 베어져 나뒹굴었다. 그런 줄도 모르고 미리 두 사람과 짠 태사자와 그 군사들은

"옳지, 불길이 올랐구나!"

우르르 성문으로 몰려왔다.

순간, 음모가 있었음을 간파한 장료는 병사들을 시켜 일부러 곳곳에서 소리치게 했다.

"모반자다!"

"내통자가 있다."

동시에 성문을 일부러 열어 주었다.

태사자는 이때다 하고 군세의 선두에 서서 단숨에 적교를 건너 서문 안으로 달려들어갔다.

순간 한 방의 철포가 울렸는가 싶더니 사방에서 화살이 비오듯이 날아왔다.

“아뿔싸!”

태사자는 급히 말머리를 돌렸으나 순간적으로 화살의 집중 사격을 받아 온몸이 고슴도치처럼 되어 버렸다.

이전과 악진은 이 틈을 노려 일대 반격에 나섰다. 태사자는 부하가 간신히 구하여 도망쳤지만 자기 진지에 이르기 전에 이미 숨을 거두었다.

죽을 때 태사자는 이렇게 외쳤다고 한다.

“대장부로서 석 자 칼을 허리에 찬 채 중도에서 쓰러지는구나. 분하기 이를데 없다. 그러나 41년 한평생, 손책과 손권 이 두 주군을 만나 흐뭇한 일 또한 없지 않았다. 그렇지만 아아, 아쉬움이 많구나!”

후세 사람이 태사자를 칭송하는 시를 남겼다.

오직 충효를 다 하리라 맹세를 하니
동래 땅에서 태어난 태사자로다
그 이름 먼 변방까지 드날리고
궁술과 마술은 적군을 떨게 했네

북해에선 공융의 은혜를 갚았고
신정에선 손책과 싸웠던 그대
죽음 앞두고도 장한 뜻을 말하니
천고를 내려오며 사람들 울리네

손권은 태사자를 잃자 포위를 풀고 장강까지 후퇴했다.

“호오, 벽안아 놈! 태사자를 잃고 마구 공격할 줄 알았는데 어쩐 일일까? 그 애송이도 불리할 때는 깨끗이 물러날 줄 알았던가?”

조조는 손권군이 후퇴하였다는 보고를 받았을 때 오히려 이맛살을 찌푸렸다.

적의 퇴각이 기쁘지 않은 것은 아니다. 하지만 그것보다도 애송이 취급을 하며 이제까지 그 마음속을 손바닥 보듯 환히 안다고 자부하지 않았던가. 이번의 일에 손권의 속셈을 맞히지 못한 것이 불안했다.

'내 정세 분석이 잘못된 것이었을까?'

아니면 자기에게 보내오는 정보가 불충분했었는지도 모른다고 조조는 생각했다. 손권군 안에 태사자의 전사보다 더 큰 문제가 있어, 그 때문에 합비에서 철퇴했을 가능성도 있는 것이다.

조조는 정보 담당자를 독려하는 한편 남쪽에서 온 사람들을 불러들여 여러 가지 이야기를 듣기로 했다.

오두미도 관계자로 형주에서 병자나 부상자를 돌보던 진잠이 겨우 일이 일단락되었으므로 뒷일은 그 고장 신자에게 맡기고 소용이 있는 업으로 돌아왔다.

조조는 곧 진잠을 불러 이틀에 걸쳐 이야기를 들었다.

"제가 알 수 있는 일에는 한도가 있습니다. 별로 도움이 되지 않았을 겁니다."

돌아갈 때 진잠이 그렇게 말하자 조조는 만족한 표정으로 말했다.

"아냐, 무척 참고가 되었어. 하기야 그대는 자기가 하는 말에 중요한 사실이 숨어 있음을 모를지도 모르니 말일세."

불교 관계자로서는 형주에서 전사자의 넋을 위로해 준 지경(支敬)이 같은 무렵 사원 건설을 위해 업으로 왔다. 백마사의 장로인 지영(支英)은 이미 고인이 되어 현재의 월지 지도자는 지경이었다. 지경도 조조에게 불려갔다.

"아무래도 무엇인지 파악하셨군요?"

소용은 조조에게 초대되어 가서 이렇게 말했다.

"호오, 무엇인가 파악한 얼굴로 보이나?"

"예, 요 전번에 비하여 망설임이 사라진 것처럼 보입니다."

"하하하……. 그때의 망설임은 확실히 사라졌지만 새로운 망설임이 또 생겼어. 나타났다가는 사라지고 사라졌다가는 나타난다. 끝이 없다니까. 부도의 지경이 재미있는 말을 하더군. 윤회(輪廻)라고 하던가. 둥글둥글 언제까지나 도는……."

새로운 망설임이 생겼다고는 하지만 조조의 표정은 밝았다. 먼저의 망설임이 사라진 기쁨이 더 컸기 때문이리라.

소용이 물었다.

"전쟁은 얼마 동안 없게 되나요?"

"알고 있는 일을 굳이 물어 보는군. 하하하."

조조는 웃었다.

"확인하고 싶어서입니다."

"확인하고 말고도 없지 않아? 이 조조의 뱃속 일은 교모가 환히 읽고 있을 텐데 말이야."

"그럴 리가 있겠어요? 기껏해야 승상께서 이제부터 수군 조련을 하실 거라는 것쯤일까요? 그 앞까지 읽을 수는 없습니다."

"하하하. 나도 그 앞일은 아직 정하지 않았어. 아무것도 뱃속에 없으니까 누구도 읽을 수 없을 거야."

조조는 계속 웃었다.

적벽 싸움 다음 해——건안 14년(209) 7월, 조조는 수군을 이끌고 와수(渦水)를 지나 회하(淮河)에 들어갔고 비수(淝水)로 나가 합비에 주둔했다.

거기에서 수군을 조련했다. 총수인 조조가 참가한 조련이므로 대규모였다. 적벽 싸움의 반성을 위한 조련 같은 것이었지만 반성보다도 좀더 적극적인 목표가 있었다.

조련뿐 아니라 합비 근처에 작파(芍陂)라는 둘레 50여 킬로미터의 대저수지를 만들고 일대를 개간했다. 이것이 조조의 장기인 둔전

(屯田) 제도였고 군졸이 직접 경작하여 군량을 자급자족한다는 구상이었다.

'적벽에서 졌다고는 하나 조조는 동오의 손권 타도 의욕까지 잃어버린 건 아니다. 아냐, 이제까지 이상으로 의욕을 불태우고 장기적인 전망을 하며 준비를 게을리하지 않는다.'

조조의 수군 조련과 둔전의 경작은 이것을 천하에 과시하려는 데 있었다. 특히 손권 진영을 향한 시위이자 위협이었다.

장기말

"죽다 살아난 늙은 놈이!"

손권은 조조를 욕할 때 이런 말을 썼다. 27세의 손권이 54세의 조조를 늙은이라고 불러도 이상할 것은 없다. 그러나 조조의 일로 좀더 화가 나면 그 욕에 꼬마라는 말이 덧붙여졌다.

"죽다 살아난 꼬마 늙은이!"

조조는 몸집이 작고 풍채가 빈약한 인물이었다.

손권은 입맛이 씁쓰름했다. 모처럼 적벽에서 이기고 이제부터 '패왕의 계책'을 세우려고 할 때 꼬마 영감쟁이가 합비에 대군을 보내 거기에 덜컥 자리잡아 버렸다.

파란 눈의 손권은 마음속으로 계속 조조를 욕하며 열심히 지도를 들여다보고 있다.

'좀 지나치게 뻗친 것일까?'

손권은 이렇게 생각했다.

파양호를 등진 시상(柴桑) 언저리가 최전선이었는데 형주를 손에 넣은 뒤 그것이 남군(南郡)보다 훨씬 앞쪽까지 뻗쳤다. 거의 두 배에 가깝다. 그것도 면(面)이 아닌 선(線)이 늘어난 것이다.

한 곳에 압력이 올 때, 이쪽이 면이라면 상대를 받아내는 탄력성도 여유가 있을 것이다. 하지만 선이라면 언제 뚝 끊어져 버릴지 모른다.

끊어진다는 것은 세력이 나뉘는 것을 뜻한다. 10의 힘이 둘이나 셋의 세력으로 나뉜다면 '패왕의 계책'이고 뭐고 없을 것이 아닌가.

지도를 펼친 탁자 곁에는 주유와 노숙이 있었다.

노숙이 말했다.

"넓이가 없는 길이군요."

손권과 같은 생각이다.

장강의 흐름 하나가 손권의 세력권이었다. 강의 흐름을 나타낸 선이 자못 약하게 보인다.

"여기에 넓이를 만드는 것입니다."

주유는 장강의 선 위에 손가락을 짚고 그것을 훨씬 서쪽으로 끌고 갔다.

익주, 즉 촉 땅이 거기 있었다. 거의 전란이 없었던 기름진 고장이다. 다만 거기엔 유언(劉焉)의 뒤를 이은 유장이란 주인이 있었다.

손권은 중얼거렸다.

"넓이라고?"

"그렇습니다. 우리들은 넓이가 없습니다. 조조의 장점은 황하 가의 중원뿐 아니라 기주·유주 등 그 안쪽에 뒷심이 될 땅을 가지고 있다는 점입니다. 그뿐이 아닙니다. 요동 땅도 조조가 마음만 먹게 되면 언제라도 뒷심으로 이용할 수 있는 땅입니다. 촉 땅을 앗아야 합니다. 그 물산이 풍부한 땅을!"

주유는 열띤 목소리로 주장했다.

손권은 팔짱을 끼고 생각하더니 말했다.

"유장은 평범한 주인이라곤 하나 익주(촉)가 그렇게 간단히 우리 손에 들어올까?”

“물론 그 전에 유비를 해치워야 합니다. 그는 정말 마음놓을 수 없는 인물이니까.”

주유는 어디까지나 유비 세력을 없애야 한다는 것을 강조하고 있었다. 그러자 유비와 가까운 노숙이 입을 열었다.

“우리들이 서쪽을 치는 동안 조조가 얌전히 있을까요?”

노숙의 지적처럼 손권의 동오에게 최대의 적은 역시 조조이다.

손권의 군세가 서쪽으로 향하는 것을 조조가 손가락만 빨며 바라보고 있을 리가 없다.

손권은 씹어 뱉듯이 말했다.

“당연히 적벽의 설욕을 생각할 것이다. 아무리 죽다 살아난 늙은이라도.”

조조는 합비에 병력을 증파하고 계속 수전 훈련을 하고 있다. 그뿐인가? 대규모의 둔전(屯田)을 일구고 있다. 그것은 마치 보란 듯이 하는 시위였다.

노숙은 말했다.

“그 조조를 위협하기 위해서라도 유비를 우리 장기말로써 써야 합니다. 쓸모있는 말은 버려선 안 됩니다.”

주유가 반박했다.

“쓸모 있는지는 모르지만 위험한 말이다.”

노숙도 지지 않는다.

“우리가 아주 강하다면 유비를 없애버려도 좋겠지요. 하지만 과연 그럴 만할까?”

“유비가 진심으로 우리에게 협력해 준다면 상관없소. 그러나 과연 그럴까? 이제까지의 그의 경력은 그가 줄곧 배반을 되풀이해 왔음을 말해 주고 있소. 효웅(梟雄)은 믿어선 안 되오!”

주유의 목소리는 차분하고 맑게 들렸지만 노숙 못지않은 열이 그

속에 깃들여 있었다.

손권은 여전히 팔짱을 끼고서 듣고 있었다. 이윽고 손권이 입을 열었다.

"그것보다 주 도독! 우리들이 서정(西征)할 때 저 송장이 다 된 꼬마 늙은이가 배후를 치지 못하게 할 방책은 없소?"

"예, 있습니다. 이 주유, 일생 일대의 책략을 생각하고 있습니다. 아무쪼록 서쪽 정벌군을 편성하고 유비를 먼저 없애도록 하십시오."

주유는 이렇게 말하며 가슴을 내밀었다. 그 태도로 자신감을 엿볼 수 있었다.

"서쪽 정벌은 반대하지 않습니다만 유비를 혈제(血祭)감으로 삼는 건 대적 조조를 앞두고 한편을 줄이는 것이 되므로 절대 찬성할 수 없습니다."

노숙도 말하고 책상을 쾅 내리쳤다.

그때 시신이 들어와 아뢰었다.

"형주의 밀정이 돌아와 보고를 했습니다. 이게 보고서입니다."

엄중히 밀봉된 편지를 내놓았다.

손권은 그것을 읽고 나서 말했다.

"주공도 노자경도 유비의 일로 싸우지 않아도 될 것 같소. 이것을 보시오. 어쩌면 유비를 없애지 않고도 좋은 방책이 생길지도 모르겠소."

주유와 노숙도 그것을 돌려보더니 고개를 끄덕였다.

전운(戰雲)이 감돌 때 사람의 운명 또한 예측하기 어려운 법이다. 유현덕이 형주에서 착착 군비(軍備)를 갖추고 있을 무렵, 양양성에 앓아 누워 있던 공자 유기가 세상을 떠났다는 소식이 유비에게 전해졌다. 유비는 사흘 동안 자기 방에 틀어박혀 그 상(喪)을 치렀다.

공명은 장례를 치르도록 관우를 양양성으로 보내놓고, 유비가 방에서 나오기를 기다렸다가 말했다.

"공자께서 세상을 떠나셨다는데 이 소식을 들으면 반드시 오나라가 형주를 돌려달라고 요구해 올 것입니다. 사자를 응대하는 것은 저에게 맡겨 주십시오……."

먼저 계책을 세워 군사를 배치하고
동오에서 사신 오기만 기다리네

손권이 첩자에게서 받은 정보는 바로 유기의 죽음이었다.

손권에게는 기쁜 소식이었다.

주유는 이때 유비군에게 형주와 양양성을 앗겼다고는 하나 남군 태수로서 형주의 가장 중요한 전략 거점인 강릉을 장악하고 있었다.

유비는 형주 아홉 군 가운데 장강 이남의 4군을 손에 넣었다고는 하지만 지리적으로 중원에 진출하기에는 너무나 멀었다. 그래서 강릉 바로 건너편 공안에 전진 기지를 두고 기회를 노리고 있었다.

유비는 또한 형주와 양양을 앗았을 때 노숙이 항의를 하러 가자 공명을 시켜

"형주의 주인 유기가 죽게 되면 형주와 양양 점령에 대해 다시 생각할 수도 있소."

이러한 언질을 준 바 있었다. 손권과 그 진영이 유기의 죽음을 기뻐한 데에는 이런 까닭이 있었다.

손권은 곧 노숙을 유비 진영에 보냈다.

이윽고 노숙이 조문 사절로 형주 땅에 다다르자 공명은 유비가 상을 치르느라 과로로 앓아 누웠다고 짐짓 말하고 노숙을 조용한 방으로 안내했다.

노숙은 서로 인사가 끝나자, 진상물(進上物)을 내놓으며 정중하

게 조상(弔喪)한 다음 말을 꺼냈다.

"선생께서는 앞서 공자께서 세상을 떠나신다면 남군과 형주·양양을 오나라에 돌려주겠다는 약조를 하셨는데, 잊지는 않으셨으리라 생각합니다. 이 약속을 언제쯤 실행하시려는지 저희 주군께서 몹시 궁금해하십니다."

공명은 미소를 띠면서 대답했다.

"자리를 옮겨 우선 술잔이라도 기울이면서 이야기하시지요."

노숙은 자리를 옮겨 술잔을 거듭해도 공명이 좀처럼 그 일에 대해 말하려 하지 않으므로 견디다 못해 거듭 물었다.

그러자 공명은 위의를 갖추고 말했다.

"자경 공, 사리(事理)에 어두운 것은 남을 탓하기 앞서 스스로 밝지 못함인 줄로 아십시오."

"무슨 말씀인가요?"

"들어보십시오. 고조황제께서는 3척 칼을 차고 일어나 백사(白蛇)를 베고 의거(義擧)를 일으켜 한조의 기틀을 닦으셨습니다. 그로부터 400여 년 동안 화평이 유지되었으나 오늘날 간사한 무리들이 도처에 일어나 저마다 한 나라를 자칭하고 서로 양보하지 않는 전란의 양상을 나타내고 있습니다. 천도(天道)는 돌고 도는 동안 반드시 정통(正統)으로 돌아가는 법입니다. 주군 유현덕은 중산정왕의 후예일뿐더러 금상제(今上帝)로부터 숙부라는 호칭을 들으시는 몸으로서 스스로 뜻만 있으시면 온 천하를 당신의 지배 아래 두실 수도 있습니다. 형주태수이신 유경승은 주군의 친족이시니, 아우가 형의 업(業)을 이어받는 것은 이상한 일이 아닐 것입니다. 실례이지만 그에 비해 귀공의 주군은 전당(錢塘)의 낮은 벼슬아치의 말손(末孫)이며, 전혀 조정에 공이 없는 몸임에도 지금은 득세하여, 힘을 믿고 6군 81주를 점령하고 있습니다. 욕심은 한이 없는 법, 이것만으로도 모자라서 한나라 영토까지 가지려

하고 있습니다. 보십시오, 우리 주군은 유씨 일문이면서도 한 치 땅조차 갖고 있지 않고, 귀공의 주군은 한조와는 관계가 없는 손씨인데도 이런 욕심을 부리려 하고 있습니다. 생각해 보십시오. 적벽의 접전에서 우리 주군 유현덕의 인망으로 오나라가 그 같은 큰 승리를 얻은 것이 아니겠습니까. 세상에서는 조조를 물리친 것이 오직 동오의 힘이었다고 믿지 않습니다. 내가 만일 동남풍을 빌지 않았더라면 주랑(周郞)은 과연 조조 백만 대군을 능히 격파할 수 있었을까요? 귀공께 물어볼 것까지도 없으리다. 만일 그 날, 강남이 조조의 군세에 짓밟혔다면 이교(二喬)는 동작대(銅雀臺)로 끌려갔을 것이고 오군 제장들의 처자들은 지금 세상에 살아 있을 수도 없을 터. 내가 지난 번 공자께서 세상을 떠나실 경우, 형주를 양보할 것을 일단 약속한 것은 고명(高明)하시어 이치에 어긋남이 없는 귀공께 자세히 말씀드릴 나위도 없이, 잘 살펴어 아시기를 기대했기 때문이었는데도 오늘날 다시금 다짐을 하시니, 자경 공께서 사리에 밝지 못한 분이라고 말씀드린 것이오."

도도히 흐르는 강물처럼 막힘이 없는 말을 듣고, 노숙도 과연 대꾸할 말이 없었다.

한참 동안 입을 다물고 있더니 노숙은 가까스로 입을 열었다.

"선생께서 하시는 말씀, 참으로 도리인 줄 압니다만 그렇게 되면 내 입장이 난처해지지 않습니까?"

"입장이 난처해지다니요?"

"내가 언제나 선생 편에 서서 마음을 썼던 일을 생각해 주십시오. 유 황숙께서 당양(當陽)에서 곤경에 처하셨을 때, 선생을 오나라로 모시고 와서 주군 손권을 만나뵙게 해 드린 것도 나였고, 또 유기 공자께서 세상을 떠나시면 반드시 형주를 물려주겠다는 약속을 받은 것도 이 노숙이었습니다. 이제 와서 약속을 어긴다고 그대로 어정어정 돌아갈 수는 없는 노릇입니다. ……나는 돌아가 주공께 어떻게 대답을 하면 좋을지, 아마도 죄를 받을 것은 뻔한 일입니다. 나 한 사람, 물론 조금도 죽음을 두려워하지 않습니다 만, 이 때문에 오군이 들고 일어나 공격을 개시하여 유 황숙이 형주를 물러나야 하는 사태에 이른다면 이것이야말로 조조가 바라는 바입니다. 그렇게 되면 천하의 웃음거리가 될 뿐인데, 선생은 어찌 생각하십니까?"

노숙의 말엔 협박의 뜻이 담겨 있었다.

그러나 공명은 싸늘했다.

"자경께선 잘 아시지 않습니까? 조조가 백만 대군을 이끌고 물밀 듯 밀려온다 해도 제가 조금도 겁을 먹거나 하던가요? 하물며 주유 같은 병약한 장군을 어찌 내가 두려워한단 말입니까? 다만 자경께서 면목이 서지 않는다면 나도 괴로우니까 주군께 권하여, 다른 나라를 얻을 때까지 잠시 형주를 빌려 무력을 기르겠다는 서약서라도 써 드리도록 하겠습니다."

"따로 성지(城地)를 공격하여 취하시겠다는 말씀이시오?"

"그렇지요. ……중원을 평정하여 취하는 데는 세월이 필요할 것이나 서천(西川)의 유장은 어리석은 자이매 이를 쫓아 버리고 황숙께서 다스리게 해 볼까 합니다."

공명이 익주(촉)를 얻은 뒤 형주를 돌려 준다는 말에는 노숙도 깜짝 놀랐다.

'그렇다면 공명도 주유와 똑같은 생각을 하고 있단 말인가?'

그러나 노숙은 놀란 빛을 감추고 익주를 얻게 되면 어김없이 형주를 돌려준다는 유비의 서약서를 받기로 했다. 이행될지 어떨지 보증이 없는 서약서였으나 노숙은 없는 것보다는 낫다고 생각했기 때문이다.

유현덕이 손수 쓴 서약서에 공명도 보증인으로 나란히 서명했다.

공명이 노숙에게 부탁했다.

"나는 황숙을 가까이 모시는 자이므로 보증하는 것은 당연한 일이나, 오주가 이를 믿을지 의심스러운 일입니다. 귀공도 보증인으로 연서(連署)해 주시면 다행한 일이겠습니다."

그래서 노숙도 보증인으로 이름을 나란히 써 넣었다.

공명은 돌아가는 노숙을 배를 타는 물가까지 배웅했는데, 헤어질 때 다짐했다.

"만일을 위해 자경께 말씀드리는데, 만약 오주께서 이 서약서를 믿지 않으시고 찢어 버리기라도 하는 경우에는 우리들 또한 결연히 일어나 6군 81주를 공략하게 될 것입니다. 지금은 두 나라가 서로 좋은 관계를 맺고 조조를 업(鄴)에서 꼼짝 못하게 못박아 놓아야 할 때라고 부디 오주께 말씀 잘 전해 주십시오."

노숙은 시상(柴桑)으로 돌아오자, 먼저 주유에게 이런 내용을 보고하고 서약서를 보였다.

주유는 그것을 받아들자 씹어뱉듯이 말했다.

"형주를 얻는 대신 이 한 조각의 휴지를 들고 쫓겨오다니, 자경은 어찌 그리 한심하시오!"

"그러나 현덕은 인의(仁義)의 사람이니 반드시 약속은 어기지 않을 것으로 여깁니다."

"하하하…… 자경. 그대는 제갈공명이라는 괴물의 마술에 걸린 것이오. 더욱이 서약서에 서천을 먼저 취하겠다는 말이 씌어 있는데 정말 우습소. 우리가 서정을 하는데도 준비가 필요한데 제깟 것들이 어떻게 익주를 얻는단 말이오. 그들은 아마 10년 뒤, 아니 20년 뒤의 일일지도 모르오. 이런 알쏭달쏭한 말로 속이는 증서(證書)에 그대까지 이름을 쓰다니! 아아, 정말 무던하시오!"

이렇게 말하는 것을 듣자 노숙도 할 말이 없었다.

주유는 너무 곤혹해하는 노숙을 바라보고 생각했다.

‘…… 노숙에게만 책임을 지울 수는 없는 일이지.’

“자경, 그렇다고 너무 걱정할 것은 없소. 강북에는 매우 숙련된 첩자들을 침투시켜 동정을 살피도록 하고 있소. 그들의 보고에 따라 계략을 정하면 되오.”

주유의 말에 노숙은 자신의 어리석음을 부끄러이 여겨, 깊이 숙인 고개를 들지 못했다.

며칠이 지나자 돌아온 첩자가 다른 정보를 가져왔다.

“유현덕의 정실인 감 부인이 세상을 뜨셨습니다.”

앞서 당양 경산(景山) 기슭에서 미 부인을 잃었는데 이제 감 부인마저 잃고 유비는 홀몸이 되었다.

“그런가? 됐다!”

주유는 크게 고개를 끄덕이고 곧 노숙을 불렀다.

“이번에야말로 공명을 눌러 주리라.”

주유는 주먹을 불끈 쥐고 마치 거기에 공명이 있기라도 한 듯이 허공을 힘껏 쳤다.

“어떤 묘계옵니까?”

“유비는 정실을 잃었소. 부인이 이제 한 사람도 없지 않소? 한 나라의 주군으로서 홀아비로 지낼 수는 없을 것이오. 후처 장가를 들게 될 텐데 그 아내감을 우리가 중매해 주는 것이오. 우리 주군의 누이동생 말이오.”

주유는 서슴지 않고 말했다.

“오오, 그 공주님을…….”

노숙은 크게 고개를 끄덕였다.

손권의 누이동생은 아름다운 용모와 뛰어난 재주를 타고 났다. 결점이라면 보통 이상의 말괄량이로 다른 사람에게 지기 싫어하는 데다가 남자를 능가하는 억센 성격을 지녔다는 것이다.

“이 혼인을 내가 주군께 권한 뒤, 마땅한 사람을 형주로 보내서

양가의 영원한 우의 관계를 맺기 위해 부디 오주의 누이동생을 아내로 맞이해 달라고 청혼한단 말이오. 유비가 그에 응해 온다면, 다짜고짜 잡아 가두고 공명에게 형주와 유비의 몸을 교환하자고 조건을 내놓는 것이오. 아무리 공명이라도 이 조건을 받아들이지 않을 수는 없을 것이오. 어떻소, 이 계략이……?"

"참으로 묘계올시다."

노숙은 주유의 말에 탄복했다.

주유는 곧 주군 손권에게 보내는 글을 써서 노숙에게 내주었다.

쾌속선을 몰아 남서(南徐)에 있는 성 안으로 돌아온 노숙은 우선 현덕의 서약서를 올렸다.

손권은 주욱 훑어보더니 당장 두 손바닥으로 그것을 구겨서 마룻바닥에 던졌다.

"노숙, 그대는 내가 격분하는 것을 보려고 이같은 서약서를 가지고 돌아왔단 말인가!"

"드릴 말씀 없습니다."

노숙은 고개를 푹 숙이고 납작 엎드렸다.

"이 서약서를 주유에게도 보였겠지?"

"예."

"주유는 뭐라 하던가?"

"깊이 생각한 끝에 기막힌 묘계를 세우셨습니다."

노숙은 주유의 글을 내밀었다.

손권은 그것을 끝까지 읽고 나더니 별안간 웃음을 터뜨렸다.

"하하하…… 그 애가 유비 현덕의…… 하하하…… 유비도 속깨나 썩겠지……. 하하…… 동정이 간다. ……만일 그렇게 된다면 말이다."

손권은 우스워 견딜 수 없다는 듯 배를 잡았고 나중에는 눈꼬리에 찔끔 눈물방울까지 맺혔다.

‘만일 그렇게 된다면 유비에게 동정이 간다.’

손권은 이렇게 말했다. 그의 숨김없는 심정이었다. 앞에서도 잠깐 말했듯 손권의 누이는 오라버니로서도 다루기 힘들 만큼 말괄량이였다.

네 살 터울이라 손권의 누이는 23세였다. 당시의 조혼 풍습을 생각하면 23세라면 이미 때를 놓친 나이였다.

손권도 동오의 주인으로서 권세가 있으니 누이동생 하나둘쯤은 가신들에게 쉽사리 떠맡길 수도 있었을 것이다. 그러나 손권은 굳이 그런 짓을 하지 않았다. 데려가는 신랑이 정말 딱하다고 여겨졌기 때문이다.

사서(史書)에는 손권의 누이가 다음과 같이 그려져 있다.

‘재(才)가 첩(捷)하면서 강맹(剛猛), 제형(諸兄)의 풍(風)이 있도다.’

재주가 뛰어났으면서 또한 무척 용맹스런 여성이었던 것이다. 제형이란 손책, 손권을 가리키는 말인데, 용맹하기로 정평이 났던 오라버니들을 닮았다는 말이 된다.

어렸을 때부터 손권의 여동생은 무술을 열심히 익혀 왔다. 칼솜씨도 보통은 넘어 자루가 긴 칼을 들면 오빠인 손권이라도 세 번에 한 번은 졌다. 남선북마(南船北馬)라 하여 남쪽 사람은 배에는 익숙하지만 말타기에는 서투른 것이 보통인데, 손권의 누이는 기마의 명수이기도 했다. 북쪽 흉노의 말타는 사람이 그녀의 말 달리는 모습을 보고서 혀를 내둘렀을 정도였다.

“흉노족보다도 잘 탄다.”

말을 달리며 활도 쏘았다.

아직 10대였을 때 손권은 이 누이에게 물었다.

“너는 어떤 사나이에게 시집 갈래?”

“천하 호걸이지 뭐.”

"그러니까 나 같은 사내 말이냐?"

손권이 웃으면서 묻자 여동생은 조금 생각하고 나서 대답했다.

"오빠와 같은 사람도 좋지만 조금 무게가 모자라. 좀더 묵직한 사람이면 더 좋겠어."

"하하하…… 나도 낙제란 말이지?"

손권이 주유의 편지를 읽고서 계속 웃자 노숙이 말했다.

"주군, 웃을 일이 아닙니다. 진지하게 생각하셔야 합니다."

"음."

손권이 웃음을 거두고 곰곰이 생각해 보니 주유의 계책이 별로 나쁘지는 않을 것 같았다.

계책을 떠나서 두 사람을 비교해 보았다. 난점이라면 나이 차이가 너무 많다는 것이다. 유비는 벌써 48세이니까 갑절 이상이다. 하지만 생각하기에 따라서는 숱한 전쟁을 치러온 48세의 장군쯤이 아니라면 누이동생 같은 성미 사나운 암말은 다루기 힘들 것이다. 산전수전 다 겪은 유비라면 잘 길들일 수가 있을지도 모른다.

'또 누이로서도 고삐를 잡아주는 사내를 만나게 되면 오히려 행복하지 않을까?'

그 위에 인척 관계가 맺어지게 되면 설마 유비도 동오를 배신하지는 않으리라. 동오가 서정의 군을 일으킬 때 조조에 대한 견제 역할을 유비가 맡아 줄 것이 아닌가?

마침내 손권은 말했다.

"할 수 없지. 속임수는 내가 좋아하지 않는 바나, 형주를 손에 넣기 위해서는 이런 계책이라도 쓸 수밖에 없을 테니까."

손권은 다시 노숙에게 물었다.

"유비에게로 보낼 사자는 누가 좋겠는가?"

"여범(呂範)이 적임으로 생각됩니다."

노숙은 겨우 마음을 놓고 혼자 마음속으로 생각해 놓았던 사자의 이름을 들었다.

"그럼, 여범에게 명하도록 하리라."

그날로 여범은 형주를 향해 떠났다.

한편 형주성 안의 유비는 노숙이 그 서약서를 가지고 돌아가긴 했지만, 과연 손권과 주유가 납득할 것인지 은근히 걱정하고 있었다.

그 걱정스러운 마음을 공명에게 말하자 공명은 이렇게 대답했다.

"그렇습니다. 손권도 주유도 결코 받아들이지 않을 것입니다."

"그럼, 싸울 수밖에 없겠구려."

"아닙니다. 지금 오군에는 형주를 공격할 힘이 없을 것입니다. 머지않아 모책(謀策)을 품은 사자가 올 것입니다."

"어떤 모책을 갖고 올 것인지 알겠소?"

"아마도……."

공명은 말을 멈추었다가 대답했다.

"사자가 오기를 기다렸다가 대책을 세우기로 하겠습니다."

과연 여범이 사자가 되어 이르렀다.

공명은 유비에게 말했다.

"주군께서는 사자가 하는 말만 들으실 뿐, 그 자리에서 대답하시는 것은 피하도록 하십시오. ……제가 병풍 뒤에 숨어서 듣고 대책을 마련토록 하겠습니다."

여범은 유비를 뵙자 인사한 다음 천천히 말을 꺼냈다.

"이번에 황숙께서 부인을 잃으셨다는 부음을 듣고 주군께서는 깊은 애도의 뜻을 표하셨습니다. 오주에게는 누이동생이 한 분 있는데, 아름다운 용모와 뛰어난 재주를 타고났다는 말은 이미 들으셨을 줄 아옵니다. 아내로 맞아 주신다면 더없이 다행한 일이라 생각합니다."

유비로서는 매우 뜻밖의 전갈이었다.

현덕은 이미 공명에게 주의를 들은 바 있으므로 그 자리에서 대답을 피했다.

여범은 말투에 열의를 담아 말했다.

"중년에 아내를 잃는다는 것은 무엇보다도 큰 불행입니다. 그 불행을 하루라도 빨리 잊으시기 위해 꼭 주군의 누이동생과 혼인을 하시도록 간청드립니다."

유비는 쓸쓸히 웃으며 머리를 설레설레 저었다.

"이 몸은 이미 쉰이 가깝고 머리에 흰털이 섞이었소. 묘령의 아리따운 아가씨를 맞다니, 도의상 그건 도저히……."

비단주머니 세 개

여범은 유비가 사양하자 빙그레 웃으며 간곡히 권했다.

"황숙께서는 지나친 염려를 하고 계시는 것 같습니다. 우리 주군의 누이동생은 벌써 나이 23세에 참으로 남자를 능가하는 기상을 타고나신 분으로 웬만한 젊은이는 쳐다볼 생각도 하지 않으시며 평소부터 천하에 그 이름을 떨친 영웅이 아니면 출가하지 않겠노라고 말씀하신답니다. 이번에 황숙께서 부인을 잃으셨다는 불행한 소식을 전해 드리고 넌지시 의향을 떠보았던바, 두말없이 응낙하셨습니다. 하오니 부디……."

유비는 잠깐 생각하는 체하다가 미루었다.

"그럼 내일 아침에 대답을 드리겠소."

여범이 객사로 돌아가자 공명이 나타났다. 유비가 사자의 말을 전하자 공명은 고개를 끄덕였다.

"주군과 사자가 만나고 계시는 동안 점을 쳐보니 대길(大吉)하다고 나왔습니다. 수락하십시오. 우선 손건을 여범과 동행시켜 오로 보내어 저쪽 이야기를 듣고 절차를 밟게 한 다음 주군께서 길한 날을 택하시어 오나라로 가서 혼례를 치르도록 하십시오."

"잠깐만, 군사. 이 혼인이 나를 오나라로 꾀어다 해치우려는 주유의 계획으로 생각되지 않소?"

유비는 전에 조조가 지배하는 허도에서 살얼음을 밟듯이 혹은 호랑이 꼬리를 걸어 넘듯이 위험한 나날을 보냈던 경험이 있다. 따라서 상대편의 계략을 꿰뚫어 보는 직감력이 단련되어 있었다.

"물론 이것은 주유의 간계임에 틀림없습니다."

공명은 태연히 대답했다.

"그럼, 뻔히 알면서 죽으러 가는 것과 같지 않소?"

"염려하실 것 없습니다. 주유가 비록 꾀가 있다 하지만 저를 당하리까? 주유가 이런 계략을 쓴다면 이쪽은 나아가 오주의 누이를 아내로 맞아 형주를 태평하게 만들어 보이겠습니다. 그렇게 되면 주유는 분을 참을 수 없어 목숨마저 단축되는 결과에 이르지 않을까 예측되기도 합니다."

공명은 싸늘하게 말했다.

이튿날 아침 유비는 여범을 불러 혼인을 승낙했다. 손건이 사자가 되어 여범과 함께 오나라로 갔다.

오래지 않아 돌아온 손건은 이렇게 보고했다.

"오주께서는 황숙과 형제되기를 진심으로 기뻐하시며, 이 일에는 표리(表裏)가 있을 수 없다고 똑똑히 말씀하셨습니다."

유비는 이렇게 된 이상 공명의 지략만 믿고서 주유가 기다리는 오나라로 가지 않을 수 없었다.

공명이 말했다.

"저는 세 가지 계략을 준비했습니다. 이 계략을 조자룡에게 맡기겠습니다."

그리고 조운을 불러 세 개의 비단주머니를 주며, 이것을 가지고 오나라에 가 상황이 어려워지면 그때마다 차례로 펴보라고 일렀다.

이것은 죽느냐 사느냐를 하늘에 맡기는 대모험이었다. 공명이 아니라면 도저히 해낼 수 없는 일이었다.

건안 14년 10월 초순, 현덕은 조운과 손건을 데리고 쾌속선 10여 척에 500명의 정예를 태우고 남서쪽을 향해 떠났다.

혼담이 착착 진행되고 유비도 승낙했으니 손권은 누이동생의 의견을 물어보지 않을 수 없었다.

하루는 손권이 용기를 내어 누이에게 털어놓기로 했다.

손권은 주저주저 말을 꺼냈다.

"천하호걸이라면 시집간다고 말한 일이 있는데 그 말 지금도 잊지는 않았겠지?"

"기억하고 있어요."

누이는 대답했다.

이 대답하는 태도 또한 매우 시원스럽고 활달했다.

"천하호걸이 하나 있는데 어떠냐, 시집을 가겠니?"

"오라버니 부하라면 사양하겠어요."

"왜냐?"

"첫째 오라버니보다 높은 사람이 될 수 없잖아요? 반역이라도 일으킨다면 모르지만."

"하하하…… 그건 잘 되었다. 내 부하가 아니야. 다만 조금 나이를 먹긴 했지만……."

"얼마쯤이죠? 쉰이 넘었어요?"

"아냐, 아직. ……그러나 이제 두세 해 있으면 50살이다."

"어쩐지 유비 현덕 같네요."

손권의 누이는 정통으로 알아맞히었다.

"이거 정말 놀랐는걸! ……설마 누구에게 들은 건 아닐 테지?"

"누구도 내게 남자 얘기는 하지 않았어요. 하지만 생각해 보면 알

수 있잖아요? 만일 저에게 혼담이 있다면 동오의 손씨 일문과 이해가 얽히는 게 당연하잖아요? 그렇다면 내가 가야 할 곳은 손씨 일문이 두려워하고 있는 인물이고, 그럼으로써 그 사나이를, 내가 손씨 일문에 해를 끼치지 않을 인간으로 바꾼다, 이렇게 생각하면 혼담이 있을 때 상대는 유비 현덕 말고 누가 있겠어요?"

누이의 말은 이치에 맞았다.

"그래, 현덕을 어떻게 생각하느냐?"

그러자 여동생은 정작 그 말에는 대답을 하지 않았다. 다만 손권을 빤히 쳐다볼 뿐이었다.

오나라로 가는 배 안에서 유비는 마치 죽을 곳을 찾아가는 듯 불안했다.

남서주의 강기슭에 이르자 조운은 첫 번째 비단주머니를 열어 보았다.

교국로(喬國老)를 찾으라.

조운은 대번에 그 말뜻을 알아차리고, 500명의 정예에게 화려한 붉은 포의(袍衣)와 채색 비단을 주며 명령했다.

"성 안에 들어가거든 왁자하게 떠들어대면서 유 황숙과 오주의 누이동생이 혼례를 올리신다고 소문을 퍼뜨려라. 그리고 마음껏 물건을 사들여라."

또 유비에게는 맨 먼저 교국로를 방문하라고 권했다. 교국로는 말할 것도 없이 아름답기로 이름난 두 자매 즉, 손책의 부인과 주유의 부인의 친정아버지였다.

유비의 뜻하지 않은 방문은 교국로를 매우 놀라게 했다.

교국로는 유비에게서 오주의 누이동생과 혼인하게 되었다는 이야기를 듣고 한층더 놀랐다. 교국로는 이런 일을 전혀 알지 못하고 있었던 것이다.

유비가 객관에 있는 동안 교국로는 급히 손책의 미망인이자 자기의 큰딸인 대교(大喬)에게로 가서 축하 인사를 했다.

대교는 손씨 집안의 가장 윗사람인데도 알 수 없다는 표정이 되어 대답했다.

"그런 일은 조금도 모릅니다."

"모르시다니요?"

"전혀 모릅니다. 그러나 사실인지 우선 성 안에 사람을 보내어 알아 봐야겠습니다."

대교에게 올라온 보고는, 유현덕은 지금 객관에 들었으며 수행해 온 500명의 군사들은 성 안 저잣거리로 들어가 돼지며, 양이며, 과일들을 잔뜩 사놓고 혼례 축하 채비를 하고 있다는 것이었다.

대교는 시숙(媤叔)인 손권을 후당으로 불렀다.

손권이 들어오자 대교는 두 눈에 눈물이 글썽해졌다.

"아주비께서는 혼자된 저를 너무도 괄시하시는군요."

"형수님, 무슨 일로 역정을 내십니까?"

"시치미 떼지 마세요. 아주비께서는 이미 오나라의 주인이시니 무슨 일이든 마음대로 해도 좋으실 테죠. 그러나 시누이를 유 황숙게 시집보내는 중대사를 제게 한마디 말씀도 없이 결정하시다니……."

손권은 그제야 마음속으로 아차 했다.

"그 말을 어디서 들으셨습니까?"

"제가 듣지 않기를 바랐나요? 이미 성 안의 백성치고 이 일을 모르는 자는 하나도 없어요. 올케인 저에게만 알리지 않은 이유가 대체 무엇이지요?"

형수가 따지고 들자 손권은 하는 수 없어 털어놓았다.

"말씀드리겠습니다. 이것은 형주를 손에 넣으려는 주유의 계략으로, 유현덕을 감쪽같이 속여서 여기까지 꾀어다가 붙들어 가둔 다음 형주와 서로 맞바꾸려는 것이니, 그렇게 아십시오."

"뭐라고요? 어쩌면 그렇게도 용렬한 음모를!"

대교는 분노에 떨었다.

"6군 81주의 대도독이라는 사람이 정정당당히 진을 치고 형주를 취할 군략 하나 만들지 못해서 주군의 누이를 미끼로 유비를 낚으려 들다니 창피하기 짝이 없는 일입니다! 이런 간책이 천하에 소문이라도 나는 날에는 시누이는 모든 제후들의 혐오를 받아, 마침내 한평생 시집도 가지 못할 것이 아니겠어요. 하나밖에 없는 누이동생을 희생시키더라도 형주가 탐이 난다면 그렇게 하세요!"

교국로도 대교의 말이 지극히 당연한 것이라고 고개를 끄덕였다.

"그같은 비열한 계책은 민심을 이반시키게 될 염려가 있으니 그만두시는 것이 옳을 것이오. 유현덕은 한나라의 종친이며 인의의 사람으로 널리 알려져 있으니, 이번 혼사를 진심으로 떳떳이 성사시켜 경사롭게 식을 올리심이 어떠하올지."

"그러나 유비는 이미 50줄에 이른 초로이고, 아가씨는 겨우 스물 셋이니 도저히 맞지 않아요. 더구나 아가씨를 낯선 먼나라로 보내다니……."

대교는 끝내 반대였다.

교국로는 유 황숙이 당대의 영웅이니 나이의 차이는 있다 해도 오주의 누이동생 남편감에 어울리는 사람이라고 권했다.

"그렇지만…… 아가씨의 말도 들어봐야 하지 않겠어요?"

대교는 마침내 반승낙을 했다.

손권이 대답했다.

"그렇지 않아도 누이의 마음을 떠보았습니다."

"그래서요? 시집간다고 하던가요?"

“아뇨. 대답은 않더군요.”

대교는 그 말을 듣자 외쳤다.

“그것 보세요! 아기씨도 유비 현덕한테는 시집가고 싶지 않은 거예요.”

손권은 당황했다.

“아니, 그렇지는 않을 겁니다. 대답은 하지 않았지만 싫은 빛은 아니었어요.”

손권은 마침내 이런 말을 했다. 손권은 처음부터 주유처럼 유비를 죽이려는 생각까지는 없었다. 그의 생각은 유비에게 누이동생을 시집보내고 그 인척관계로써 유비를 자기 사람으로 만들겠다는 생각이 강했다.

대교가 말했다.

“아무튼 시집은 아기씨가 가는 것이니까 이곳에 불러 의견을 들어 보는 것이 어떻습니까?”

이윽고 손권의 누이가 그곳에 왔다. 대교가 물었다.

“아기씨가 현덕에게 시집간다는 것은 정말 말도 안 되어요. 그렇지요?”

그러자 시누이는 대교를 흘끗 쳐다보았다. 그러고는 혼잣말처럼 중얼거렸다.

“언니, 저는 이번 혼담이 재미있다고 생각해요.”

“재미있다니요?”

“어떤 인물인지 옆에 있으면서 관찰해 보고 싶어요. 아무래도 오라버님보다는 상수인 것 같으니까.”

“어머나!”

대교는 놀랐다. ‘옆에 있으면서’란 말은 현덕에게 시집가고 싶다는 말과 같기 때문이다.

손권은 손권대로 누이의 말 가운데 걸리는 것이 있었다.

"나보다도 상수라고 했나?"

"오라버니는 유비와 함께 형주를 앗았지요. 그런데 땅은 오라버니가 더 많이 차지했는지 모르지만, 사람들은 모두 유비 쪽으로 간다는 말을 들었어요. 어째서인지 저는 그것을 알고 싶어요!"

누이의 이 분명한 말에 손권은 적지않이 자존심이 상했다.

확실히 그는 적벽대전 이후 형주의 노른자위, 즉 강북 부분을 손에 넣었다. 그러나 어찌된 까닭인지 인물이라고 인정되는 인간들은 차례로 유비의 진영으로 들어갔다.

주유에게 그 말을 했더니 그는 이렇게 설명했다.

"뭐 염려 없습니다. 우리 동오에는 빼어난 인물이 많아 신참자에게는 입신 출세 기회가 없다고 생각하기 때문입니다. 그에 비하면 유비는 이름 있는 인물이라곤 관우, 장비, 조운 등 셋 정도입니다. 참 사마(司馬)로 있는 제갈근의 동생이 새로이 들어갔지요. 그 정도이니까 신참이 두각을 나타낼 기회가 있다고 생각하는 것입니다."

주유는 제갈공명을 일부러 무시하는 태도로 이렇게 말했다.

그러나 손권은 주유처럼 생각하지는 않았다.

'과연 그것뿐일까? 여강(廬江)의 뇌서(雷敍) 등은 자기 군사 1만 남짓을 이끌고 유비에게로 가지 않았는가! 그밖에 황충, 진진(陳震), 요립(廖立)…… 양양 땅 마씨 형제, 그 중에서도 마량(馬良)은 동오에 와도 두각을 나타낼 인물인데……'

손권은 주유와 나누었던 대화를 씁쓸하게 떠올리면서 누이에게 다짐받았다.

"그래 옆에 있으면서 관찰하고 싶다는 말은 함께 살아도 좋다는 뜻이냐?"

손권의 누이는 대답 대신 대교에게 눈길을 돌려 이렇게 말했다.

"언니! 언니는 어머니가 돌아가신 뒤 동오의 안주인이세요. 그러

니까 언니가 한 번 만나뵙고 결정하세요.”

이리하여 후당을 나온 손권은 여범을 불러, 대교께서 잘 납시는 옛 절 감로사(甘露寺)에서 내일 유비를 접견할 수 있게 하라고 명령했다.

여범이 말했다.

“그렇다면 가화(賈華)에게 300의 도부수를 인솔하게 하여 양쪽 복도에 매복시켜 두었다가 만약 대교의 마음에 들지 않을 때에는, 말씀이 떨어지는 대로 당장 유비를 사로잡겠습니다.”

“좋다!”

손권이 허락했다.

유비가 쉬고 있는 객관에는 교국로에게서 사자가 와서 손책의 미망인인 대교와 대면하게 된 내막을 전했다.

조운이 말했다.

“이 대면에는 위험한 예감이 듭니다. 수하 군세를 이끌고 주군을 모시겠습니다.”

이튿날 아침 유비는 얇은 갑옷을 입고, 그 위에 비단옷을 걸쳤다. 그리고 뜻을 세워 고향을 떠날 때부터 몸을 지켜준 보검을 시종에게 들리고 말을 몰아 감로사로 향했다. 그 뒤를 조운이 500의 정예를 이끌고 따랐다.

교국로가 감로사 문 앞에 서서 유비를 맞았다. 먼저 손권에게로 안내되었다.

유비와 손권의 첫대면은 매우 화기(和氣)에 찬 것이었다.

유비는 손권의 모습에서 젊은 영웅의 비범한 빛을 알아보았고, 손권 또한 유비의 용모에서 공경할 만한 기품을 보고 마음속 깊이 두려움을 느꼈다.

한 시간의 대면을 끝내고 유비는 승방으로 대교를 찾아갔다.

대교는 유비를 흘끗 보자 그 의표(儀表)가 비범한 데 감복하여 기쁜 빛을 얼굴에 나타냈다.

"장군께서 공주를 아내로 맞아 주시겠다면 이에 더한 영광이 없겠습니다."

대교는 진정으로 말하고 머리를 숙였다.

승방에 성대한 잔치상이 마련되었다.

유비가 자리에 앉자 곧 조운이 들어와 그 뒤에 버티고 섰다.

"그 무장은 뉘시오……?"

대교가 묻자 유비가 그 이름을 말했다. 그러자 대교가 말했다.

"오오! 당양 벌판에서 장군의 공자를 구했던 용맹무쌍한 무장이 바로 이 장군이었군요."

손권은 만족하게 웃으며 손수 술잔을 내렸다.

조운이 한 잔을 마신 다음 유비에게 속삭였다.

"양쪽 복도에 도부수들이 숨어 있사온즉 마음놓으시면 안 됩니다. 대교께 이런 뜻을 말씀하십시오."

"음……."

유비는 기회를 엿보아 대교 앞으로 몸을 다가가서 말했다.

"우리들의 목숨을 바라신다면 지금 여기서 베십시오."

그러자 대교는 소스라치게 놀랐다.

"무, 무슨 말씀을 하시오?"

"복도에 도부수를 매복케 한 것은 그럼 누구의 목을 얻기 위해서인지요?"

이 말을 듣자 대교는 손권을 돌아보고 목소리를 높였다.

"이런 짓을 한 것이 누구입니까?"

손권은 전혀 모르는 일이라 변명하고 급히 여범을 불러 꾸짖었다.

여범은 가화에게 뒤집어씌웠다.

그 때문에 가화는 하마터면 목이 달아날 뻔했으나, 유비가 가운데에서 잘 이야기하여 가까스로 그 죄를 면했다.

잠시 서먹했던 주연은 다시 활기를 되찾았다. 오후가 되자 대교는 마음이 흡족해서 후당으로 돌아갔다.

유비가 뒷간에 가려고 뜰로 내려서자 한 아름이나 되는 청석이 그곳에 놓여 있었다. 유비는 그늘에서 노려보고 있는 손권의 날카로운 눈이 자기에게 쏠려 있는 것을 느끼자, 시종에게서 보검을 받아 쓱 뽑았다.

'……내가 무사히 형주로 돌아가 왕패(王霸)의 업을 이룰 수 있다면 이 검이 한 번 번쩍할 때 돌이여, 두 쪽으로 갈라져라! 만약 내 목숨이 여기서 떨어질 운명이라면 칼날이 산산이 부수어질지어다!'

기도하는 마음으로 머리 위로 높이 칼을 쳐들었다가 내리쳤다.

"에잇!"

청석은 불꽃과 함께 보기좋게 두 쪽으로 갈라졌다.

이 광경을 목격한 손권이 나왔다.

"황숙께서는 그 돌에 무슨 원한이라도 있으신지요?"

"아닙니다. 나는 나이 쉰이 되어서도 나라의 역적을 제거하지 못하여 마음이 항상 무거웠습니다. 이번에 다행히 오후(吳侯)의 매씨를 아내로 얻어 처남 매부간이 된 것을 기회로 곧 조조를 격파하여 한조의 위세를 옛날로 되돌릴 수 있다면 하는 생각에서, 이 돌을 둘로 쪼갤 수 있을지 염원을 걸어보았던 것이오."

"그러셨군요. 그럼 손권도 이 돌을 조조로 보고 과연 쪼갤 수 있을지 시험해 보겠습니다."

손권은 시신에게 칼을 가져오게 하여 쓱 뽑아들고 갈라진 청석 곁으로 다가왔다.

마음속으로는

'……형주여, 내 손에 들어오라!'

이렇게 빌면서 높이 치켜들었다.

무시무시한 기합소리와 함께 힘껏 칼을 내리치자 둘로 갈라진 청석은 다시 넷으로 갈라졌다.

후세 사람이 두 영웅을 기리며 시를 남겼다.

> 보검이 떨어지니 산중의 큰 돌 갈라지고
> 칼자루 고리 울리는 곳에 불꽃이 번쩍이네
> 하늘의 운을 받아 두 조정 기운 왕성하니
> 이로부터 천하는 솥발처럼 셋으로 나뉘었네

이 청석은 '십자(十字) 무늬의 한석(恨石)'이라고 일컬어져 후세까지 남았다.

알몸

　유현덕과 오후 손권의 누이동생과의 혼례 잔치는 거국적으로 축하하는 가운데 이레 동안 베풀어졌다. 정략적으로 이루어지는 혼례일수록 잔치가 성대한 법이다.

　후한으로 들어와 황제가 황후를 맞아들이는 의식은 한층 더 성대해진 모양이다. 그리고 제후들도 그것을 본받았다.

　중국의 혼례는 육례(六禮)를 엄히 지킨다. 육례란 납채(納采)·문명(問名)·납길(納吉)·납징(納徵)·청기(請期)·친영(親迎)의　6가지 예법을 말한다. 이것은 위로는 왕후(王侯)로부터 아래로는 서민에 이르기까지 엄히 지켜야 할 예법이었다.

　납채란 중매인이 공물로써 기러기를 선사하는 의식이다.

　다음에 신랑이 신부에게 이름을 묻는 사자를 보낸다.

　「곡례(曲禮)」에 이렇게 씌어 있다.

　남녀가 서로 부부간이 되지 않으면 그 이름을 알지 못한다.

혼례를 치르기 전에 서로 이름을 안다는 것은 의롭지 못한 것으로 여겼다.

사자가 그 이름을 듣고 돌아오면 신랑될 남자는 선조의 묘당(廟堂)에 참예(參詣)하고 길조(吉兆)의 점을 친 다음, 다시 사자에게 기러기를 들려서 신부될 사람의 집으로 보내 드디어 혼인이 준비되었음을 고하게 한다. 이것이 납길 의식이다.

결혼 예물을 보내는 것을 납징이라고 한다. 현(玄 : 검은 비단)·훈(纁 : 분홍빛 비단)·녹비(鹿皮 : 한 쌍의 사슴가죽)·속백(束帛 : 검은 비단 여섯 필과 붉은 비단 네 필) 등이다. 왕후쯤 되면 황금·옥(玉)·술 등을 더 보낸다.

이렇게 하여 길한 날을 정하여 신부의 집으로 통고한 다음 그 승낙을 받는다. 이것이 청기이다.

친영은 부창부수(夫唱婦隨)하는 도(道)를 명백히 하는 것으로, 강(剛)이 유(柔)를 앞서고, 천(天)이 지(地)에 앞서며, 군(君)이 신(臣)에 앞서는 의(義)를 나타내는 것으로 신랑이 신부를 맞으러 가는 일이었다.

그 때까지 신랑은 신부의 얼굴을 보지 않는다.

혼례를 치른 첫날, 유현덕은 후궁으로 신부인 손권의 누이동생을 맞으러 갔다. 무심코 방 안으로 한 걸음 성큼 들어선 유비는 이맛살을 찌푸렸다.

'……이게 어인 일인가!'

칼·창·언월도가 벽에 즐비하게 걸려 있고, 시비들 또한 허리에 칼을 차고 정렬해 있었다.

'이건…… 나를 여기서 죽이려는 것일까?'

유비로서는 차마 여기까지 조운을 데리고 올 수 없었으므로 오로지 홀몸이었다.

상대가 아무리 부녀자라 할지라도 이만큼 많은 수의 적을 상대하여 달아난다는 것은 불가능하리라고 여겨졌다.

그때 유비의 태도를 알아차린 한 노녀(老女)가 앞으로 나서면서 아뢰었다.

"방 안에 무기를 갖추고 있는 것을 매우 의아하게 생각하시는 듯 하옵니다만, 아가씨께서는 어렸을 적부터 무예를 좋아하시어 시비들에게도 노래와 춤 대신 무예를 익히게 하는 것을 즐거움으로 삼으셨습니다. 염려하지 마십시오."

이윽고 화려하게 성장한 신부가 조용조용 유비 앞으로 걸어나왔다. 오얏꽃이 봄바람에 하늘거리는 것 같은 미녀였다. 흘끗 쳐다본 유비는 놀랐다. 무예를 좋아한다는 말을 듣고 상상했던 남자를 능가하는 활달한 모습과는 전혀 달랐기 때문이다.

아름다운 눈매를 「시경(詩經)」에서는 '미목반(美目盼)'이라고도 하고, 또는 '청양완(靑陽婉)'이라고도 했다.

실로 신부의 두 눈은 크고 또렷하며, 까만 눈동자가 이지(理智)로 반짝이고 있었다.

'……내 아내로 마땅하다!'

유비는 크게 고개를 끄덕였다.

"공연히 살벌한 무비(武備)를 보여 드려 참으로 죄송합니다."

수줍게 사과하는 풍정에는 처녀의 부끄러움이 서려 있었다.

어떻게 이와 같이 가는 허리에 눈처럼 살결이 흰 소녀가 무예를 좋아할 수 있을까 궁금했다.

이레 낮과 밤 계속된 축하잔치가 끝났다.

드디어 신방에 들게 되었다.

이때의 결혼식은 저택 안에 파란 천으로 천막 모양의 방을 만들어 신랑 신부가 첫날밤을 치르게 되어 있었다. 그리고 신랑의 친구들이 휘장 밖에 모여 열심히 안에서의 대화를 엿들었다. 한 겹 천이라 휘장 안에서 아무리 나직한 소리를 내어도 바깥에 들렸다. 신랑 신부는 그 때문에 거의 말을 나누지 않는다. 그러나 지금 유비에게는 친구가 없어 엿듣게 될 염려는 없었다. 아니 그런 짓궂은 친구가 있었다 하더라도 얼씬도 못했을 것이다. 휘장 바깥에 무기를 가진 시녀 200명이 죽 늘어서 있었기 때문이다.

휘장 안에는 유비와 신부 단 둘만이 있었다. 신부는 아름답게 차려 입은 옷에 칼을 차고 우뚝 서 있다. 유비는 먼저 그 칼을 허리에서 풀어 한쪽에 세워놓고 새삼 가까이서 보는 신부 얼굴에 나직이 탄성을 질렀다.

"정말 아름답군!"

얼굴의 윤곽이 매우 뚜렷했고 콧날이 오똑했다. 더욱이 신부는 말없이 꼿꼿하게 서 있으므로 더욱 매혹적으로 보였다.

유비가 다시 말을 이었다.

"억지로 떠맡기다시피 하는 아내인지라 얼마나 못생긴 얼굴일까 하고 걱정했는데 이제 보니 그대는 정말 아름답소. 뜻밖의 횡재라고 생각하오!"

그러자 신부는 눈썹을 치켜올렸다.

"그런 말씀일랑 하지 마십시오."

유비는 웃으면서 대답했다.

"나는 마음에 생각한 것을 정직하게 말하고 있을 뿐이오. 이제까지도 그렇게 살아왔소."

신부는 대답 대신 눈길을 천장으로 보냈다. 그것은 부끄러움으로 얼굴을 숙이는 예사 신부와는 다르다는 그나름의 뜻을 나타내는 행동 같았다.

유비는 여전히 웃으면서 신부의 손을 잡고 말했다.

"자아, 다툼은 이쯤하고 침상으로 갑시다……."

유비는 엷은 비단 속옷을 발치에 떨어뜨린 신부의 알몸을 바라보자, 자기도 모르게 숨을 삼켰다.

화려하게 치장했을 때의 모습은, 버들가지 같은 허리, 한줌의 섬세한 옷도 견딜 수 없는 듯 청초한 풍정을 보이고 있었다. 그런데 실오라기 하나 걸치지 않은 알몸이 되자, 물씬 농염한 요기를 풍기는 듯, 눈처럼 하얗고 풍만한 속살을 지니고 있었다. 뿐 아니라 옆에 살그머니 누웠을 때, 그 부드럽고 매끄러운 살결에서는 형용할 수 없는 향기가 풍겼다. 실로 이것은 천향(天香)이었다. 가꾸고 화장하지 않았으면서도 선녀와도 같은 아름다운 모습에 타고난 천향을 감돌게 하는 여자는 백만 명에 하나 있을까말까 할 것이다. 신부는 참으로 뛰어난 미녀였다.

유비는 팔을 뻗쳐 그 알몸을 끌어안으면서 천향에 흠뻑 취했다. 그리고 살그머니 아래로 미끄러져 내려가니, 기름(脂) 닦고 옥(玉)을 다듬은 듯한 살결의 감촉이 느껴졌다.

아름다운 기복(起伏)을 따라 방향(芳香)이 감돌아 나오는 것이 여기쯤일까 하고 더듬어 보니, 보드라운 취모(翠毛)의 숲 그늘에 솜처럼 폭신한 촉감을 느끼게 하는 몽긋한 데가 있고, 손끝에 달라붙는 듯한 비부(祕部)는 뜨거울 정도로 축축했다.

'……오오! 이건!'

손가락 하나가 그 속으로 살그머니 들어가는 순간, 유비는 자신도 모르게 신음했다. 젖먹이가 어머니의 유방을 잘근잘근 무는 것처럼 손가락은 세게 죄어져 아픔을 느끼기까지 했다.

'……실로 이것은 백만 명에 단 하나뿐인 명기(名器)가 아닌가.'

천하 영웅도 천하 여걸도 알몸일 때에는 모든 정과 기를 육체의 환희로 작렬시킬 뿐이다. 이것은 자연스런 사람의 본능이다. 유비는 처음으로 모든 것을 잊고 여색에 흠뻑 빠졌다.

날이 밝았다. 휘장 안은 조용하기만 했다.
밤새껏 지키고 섰던 무장 시녀들이 자기들끼리 수군거렸다.

"꽤나 격전이었던 것 같아요."

"부부 정이 좋다 하니 좋은 일이에요."

"하지만 너무 의가 좋은 것이 아닐까요?"

"어머나! 샘하는 것은 아니겠지요?"

"무슨 말씀이세요? 감히 나 따위가."

휘장 밖 무장 시녀들은 '사랑의 격전'에 대해 이야기 꽃을 피우기에 바빴다.

유비는 나이에서 오는 관록 탓인지 여자를 기쁘게 해주는 기법도 대단했다. 무예를 즐기는 여자라 해서 예사 여인과 다른 것도 아닌 만큼 하룻밤으로 아내의 마음을 휘어잡기에 충분했다.

본디 성대한 잔치를 벌여 결혼을 축하하는 풍습은 당(唐)나라 때부터 시작된 일이다. 고대에는 신랑집도 신부집도 사흘 동안 음곡(音曲)을 삼갔다고 한다. 곧 결혼은 슬픈 일이었던 것이다.

결혼이란 곱게 키운 딸을 내보내는 이별이라 신부 집의 슬픔을 이해할 수가 있다. 한편 신랑집에서 슬퍼했던 것은 아들이 며느리를 맞아 자식을 낳아야만 한다는 것이 어버이 입장에서는 나이 먹어 죽음이 가까워지는 일이라고 생각했기 때문이다. 새로이 사람이 태어나는 것은 사람이 하나 죽는 것과 짝을 이룬다고 믿었던 것이다.

한나라 때에는 결혼을 성대히 축하하는 풍습은 거의 없었다. 그러나 왕후만은 달랐다. 그들은 그들의 권력과 부를 자랑하기 위해 성대히 관혼상제를 치렀다.

유비와 손권의 누이동생의 혼례가 경사롭게 거행되었다는 소식이 강릉에 전해지자, 주유는 너무나 격노한 나머지 엄청난 피를 쏟고 말았다.

자신의 책략이 보기좋게 역이용당하고 만 것이다.

"이렇게 된 이상 어쩔 수 없다! 마지막 수단을 쓸 수밖에……."

주유는 급히 손권에게 보내는 밀서를 썼다.

꾀한 바가 예측하지 못한 형태로 뒤집혔습니다만 어차피 이렇
게 된 이상 이런 상태에 맞는 계략을 쓸 수밖에 없습니다. 유비로
하여금 젊은 아내에게 흠뻑 빠지게 하여 우리 오에 잡아두는 수단
을 취하여 주십시오. 매씨의 아름다움이라면 능히 현덕을 여색의
늪에 빠져 헤어나오지 못하게 하는 것은 어렵지 않으리라 생각되
오니, 다시 금전옥루(金殿玉樓)를 새로 지어 향연(香烟) 그윽한
비취발 속에 현덕을 넣어 심신을 환락에 도취케 하면, 관우와 장
비와의 맹세를 잊고 제갈공명과도 먼 사이가 되리라 생각합니다.
그러면 틈을 엿보아 오군이 일거에 형주로 공격해 들어가 이를 빼
앗기는 그다지 어려운 일이 아니리라 믿습니다. 결단코 교룡(蛟
龍)에게 구름을 주어서는 안 됩니다.

손권이 이 밀서를 장소(張昭)에게 보였다.
장소는 이것을 주욱 훑어보고 찬성했다.
"도독의 생각은 제 생각과 그야말로 일치합니다. 현덕은 한낱 미
미한 촌부에서 입신하여, 아직껏 한 번도 부귀의 즐거움을 누려
본 일이 없습니다. 세상에서는 그를 인의염절(仁義廉節)의 군자
라고 말합니다만 신이 아니라 인간입니다. 주지육림에 빠뜨려 긴
긴 밤을 지새워 마시게 하고 아름다운 여자를 택하여 곱게 화장시
킨 다음 엷은 비단으로 그 육체가 비쳐 보이게 하여 미태(媚態)
를 짓도록 한다면, 저절로 천치 바보가 되어 공명이나 그의 수족
과 같은 사람들과 사이가 멀어질 것입니다."
"좋다! 그렇다면 계략을 서두르자."
손권은 수천 명의 일꾼을 동원하여 동관(東館)을 불과 열흘 남짓
걸려서 화려한 옥루로 개조하게 했다. 때마침 한겨울이라 심한 추위
를 잊게 하기 위해 특히 욕전(浴殿)을 짓는 데 정성을 들였다. 연못
처럼 넓은 규모를 갖게 하고 이에 향탕(香湯)을 가득히 채우고 나

서 수십 명의 미녀에게 알몸으로 유비를 기다리게 했다.

침실 또한 온갖 치장을 다해서 사방에 거울을 세우고 그 앞에는 등비(燈婢)라 하여 손에 손에 꽃등을 든 시비를 주욱 늘어세웠으며, 칠보(七寶)로 꾸민 화장(花障 : 꽃병풍)에서는 끊임없이 외국에서 가져온 사기향(四氣香)을 그윽히 풍겨나도록 장치했다.

인의군자라는 유비도 과연 이 궁전에 들어가자 숙취(宿醉)에서 깨어나지 못한 채 또 밤을 맞아 새 아내의 육체에 빠져들고, 아무런 생각없이 허송세월을 하게 되었다.

유비가 형주에 돌아갈 마음을 갖지 않도록 꾸민 손권의 계책은 일단 성공을 거둔 셈이다.

이를 보고 홀로 애를 태우는 사람이 있었다. 바로 조운이었다. 조운은 불안한 마음으로 주군 유비를 지켜보았다.

주지육림에 빠져 밤낮을 잊고 세월을 보내는 주군을 보며 조운은 깊은 한숨을 내쉬었다.

한편 동작대의 공사는 거의 완성 단계에 접어들고 있었다.

「업중기(鄴中記)」란 기록을 보면 높이 67장(丈)이라고 씌어 있다.

후한 시절의 1장은 2, 3미터에 지나지 않지만 그래도 150미터를 넘는 마천루였고 게다가 그 맨 위층에 120개의 방을 가진 건물이 있었다고 한다.

그것은 조조의 셋째아들 조식(曹植)의 건의에 의한 것이었다.

'식이란 녀석, 좋은 점을 착안했어. 발상이 특이한 점이 그의 시와 닮았어.'

조조는 이렇게 생각하고 있었다.

조조와 조비·조식은 모두 뛰어난 시인으로서 그들 둘레에는 이른바 문화인들이 모였다. 그 가운데 뛰어난 일곱 사람을 특히 건안칠자(建安七子)라고 했다. 조조와 조식은 이들 건안 칠자에 비해서 결코 뒤지지 않는 시인이었다.

조조의 대표적 시인 호리행(蒿里行)과 단가행(短歌行)은 인구에 회자(膾炙)되고 있다.

본디 상여꾼이 노래하는 만가(挽歌)에는 옛날부터 두 가지 곡이 있었다. 하나는 〈해로행(薤露行)〉이고, 또 하나가 〈호리행〉이다.

염교〔薤〕 잎사귀에 맺힌 아침 이슬은 금방 말라 버린다. 인생도 그런 아침 이슬처럼 덧없다고 노래하는 것이 해로행인데, 이것은 주로 왕후장상이나 돈많은 부자들의 장례식에서 불렀다. 그리고 호리는 본래 쑥대밭이라는 뜻이지만 사람이 죽어 그 혼백이 가는 곳을 이르는 말이었다. 이 호리행은 일반 서민이나 사대부를 위해 불렀다.

조조는 그 호리행을 빌려 전몰 장병을 위한 시를 지었던 것이다.

그 첫머리에

관동에 의로운 이 있어
병을 일으켜 뭇 도적을 치려 할 때
맹진(孟津)에서 모이자 기약했고
마음은 곧 함양에 있었네.

일찍이 동탁을 치고 한실을 다시 일으키자는 깃발 아래 모여든 관동의 호웅들. 그들은 주나라 무왕이 은나라 주왕을 토벌했을 때 함양성 밖 맹진에서 맹세했던 것처럼 도읍에 갇혀 있는 천자를 구해내고자 하는 붉은 마음 하나로 모였었다.

그러나 처음의 이상은 어디론가 사라지고 원술이 황제를 참칭하는가 하면, 원소는 원소대로 하북에서 멋대로 금인(金印)을 만들고 유우(劉虞)를 천자로 받들려고 했었다.

조조는 그것을 개탄하여 시의 종장에 가서 절규하고 있다.

갑주에는 이가 슬고
숱한 사람이 죽었다
백골은 들에 버려진 채
천리 사방에 닭울음을 듣지 못한다
백성은 백에서 하나가 살아 남을 정도
이를 생각하니 창자가 끊어지는고야

즉 조조는 '호웅들에 비해 이름없는 병사들은 이투성이가 되는 고
생을 한 끝에 수없이 많이 죽은 데다가 매장조차 되지 않아 백골을
들에 드러내고 있다. 전쟁이 지나고 난 지방은 닭 울음소리도 들을
수 없는 무인지대가 되어 버렸다. 간신히 살아남은 자가 100명에
하나인, 이와 같이 무익하고도 비참한 전쟁에 백성을 끌어들인 나.
아아, 얼마나 몹쓸 짓을 했던가.' 하고 뉘우치고 있는 것이다.

아무튼 조조는 천재적 시인으로 그들의 시체(詩體)는 악부(樂府)
라 불린다. 악부는 한무제 때 조정에 설치된 관아 이름으로 조정에
서 연주되는 악곡의 제작이나 악사의 양성을 담당했다. 또 민요를
채집하기도 했는데, 거기서 제작되거나 채집·정리된 가곡을 악부
또는 악부시라 했다.

악부의 주류는 민중의 생활 정서를 노래한 소박한 민요여서 한나
라 지식인들은 별로 그 시를 즐겨 읊지 않았다.

이리하여 생겨난 것이 부(賦)였다. 부란 운문(韻文)을 주체로 한
장문의 시로 지식인들은 이 형식을 빌려 문학의 재능을 겨루었다.

이때 민요에 가깝다 하여 가벼이 여겨지던 악부에 새 바람을 불어
넣은 것이 바로 조조와 조비·조식 삼부자였다. 즉 그때까지 민요의
한 형식으로만 있던 오언시를 완전 정착시킨 것도 그들이었다.

조조는 완성되어 가는 동작대를 우러러보았다. 그 모습은 중앙에
동작대가 높이 솟아 좌우에 옥룡대와 금봉대를 거느린다.

이렇게 건설하자고 제안한 것은 조식이었다.

‘역시 식은 총명해.’

가장 사랑했던 조충(曹沖)이 이미 죽고 없는 지금 조조의 마음은 조식에게 쏠려 있었다.

‘식은 내 마음을 알고 그런 제의를 했겠지.’

조조는 마음속으로 중얼거렸다.

옛날부터 중국에서는 용이나 봉황은 천자의 상징이다. 따라서 옥룡대의 옥룡은 한나라 천자인 헌제를 암시한다. 그리하여 금봉대의 금봉은 한나라의 황족, 외척, 그밖의 귀족들을 상징한다.

‘역시 녀석은 시인이야.’

조조는 고개를 끄덕였다.

‘나를 새에 비유하고 싶었겠지. 옥이나 금에 비할 수 없는 하찮은 구리새라고 말이야! 그런데도 불구하고 구리새가 옥룡과 금봉을 거느리고 있다.’

조조의 입가에 절로 미소가 떠올랐다. 조조는 때때로 변장하고 거리의 민심을 살피는 일이 있었다. 그는 장료를 합비에 남겨 두고 업에 돌아와 있었다.

변장을 하고 몰래 다닐 때는 대부분 혼자였지만 때로는 누군가를 데리고 다니는 일도 있었다.

그날은 장남 조비와 함께였다. 조조가 발걸음을 멈추고 멀리 동작대를 우러르고 있자 조비가 가까이 다가와서 속삭이듯 말했다.

“천자도 이제 안심하겠지요.”

조조는 날카롭게 조비를 쏘아보았다. 조비는 싱글싱글 웃었다.

‘이 녀석은 세 개의 대가 상징하고 있는 의미를 눈치채고 있는 것이 아닐까?’

조조는 이따금 조비에게서 으스스한 느낌을 맛보곤 했다.

‘인정이라는 것이 없는 게 아닐까?’

조조는 나름대로 그런 판단을 했다. 무서운 일을 태연히 하는 것을 보면, 보통 인간이라면 다 가지고 있는 정(情)이 없다고밖에 생각되지 않았다.

물론 조조 자신에게도 그런 점이 없지 않았다.

아버지 조숭이 살해되었을 때의 서주 백성 대학살은 그의 비정한 일면을 단적으로 드러내 주는 것이지만, 그것은 조비의 냉혹함과는 다른 한순간의 충동 같은 것이었다. 조비의 냉혹함과는 다른 것이다. 조비는 어떤 짓을 하든 충동을 싸늘하게 잠재울 줄 아는 녀석이었다.

'이 녀석은 내 후계자로서는 알맞지 않지…… ?'

조조는 생각했다.

자기 내부의 잔인한 성격을 고스란히, 혹은 그 이상으로 이어받고 있다고 생각되었기 때문이다.

그러기에 조조는 조충을 사랑했고, 지금은 조식을 총애하고 있다.

'안 돼! 그런 것을 생각하면!'

조조는 곧 자신을 억제했다. 생각 자체는 잘못된 것이라고 여겨지지 않는다. 그러나 그런 것을 생각했다가는, 오싹해질 만큼 냉철한 조비에게 마음속까지 읽힐 것이 겁났던 것이다.

'나를 폐적(廢嫡)하려고 생각하는구나. 그렇다면 좋다! 선수를 써서 조식을 죽여 버리자.'

조비라면 충분히 이렇게 생각하고도 남음이 있었다.

조조는 자기가 셋째아들인 조식의 재능을 사랑하고 있는 것조차 이 장남에게는 숨겨야 한다고 생각했다.

조조는 화제를 바꾸었다.

"주유의 밀서를 어떻게 생각하느냐?"

손권 진영에서 병마권을 쥐고 있는 주유가 장간(蔣幹)을 통해 밀서를 보내왔던 것이다. 장간은 적벽전 때 조조 진영과 주유 사이를 왔다갔다하여 몇 번인가 주유에게 거꾸로 이용을 당한 사나이이다.

　이번에도 거꾸로 이용당할 염려가 있지만 아무튼 장간을 통해 아래와 같은 밀서를 보내왔다.

　저는 파로장군 손견의 신임을 받았고 토역장군 손책과는 문경지교(刎頸之交)를 맺었으며 교씨의 자매를 손책과 함께 아내로 맞이했습니다. 따라서 저는 일생을 손씨 가문에 맡길 작정이었습니다만 토로장군 손권의 대가 되고서부터는 노숙과의 사이에 의견 대립이 있어 동오는 제가 몸담을 곳이 못된다는 생각이 차츰 강해졌습니다. 저 개인으로서뿐 아니라 난세에 사는 백성의 하나로서도, 이 천하가 빨리 통일되어야 한다 생각하며, 그러기 위해 저 나름의 노력을 해 왔습니다. 하지만 현재와 같은 상태로는 동오가 천하를 잡기란 바랄 수가 없는 일이라고 비관하지 않을 수 없습니다. 요즘에 와서는 천하통일을 하루라도 앞당기기 위해서는 그것에 가장 가까운 위치에 있는 조 승상께 몸을 던져 힘을 다하는 것이 최선의 길이라고 믿게 되었습니다. 다만 저의 힘을 최대한 발휘하기 위해서는 휘하의 제장처럼 승상의 측근에 있기보다는 현재의 지위에 있으면서 승상을 위해 획책하는 것이 좀더 효과적이 아닌가 싶습니다…….

　한 마디로 말해서 동오를 배신하여 조조와 내통하겠다는 제의였다. 과연 밀서의 내용이 믿을 만한지 얼마 전에도 검토를 했었다. 몇몇 측근들과 논의했지만 아직 결론은 얻지 못했다.

　조조 쪽도 손권 진영에 첩자가 숨어 있어 주유와 노숙의 대립을 알고 있었다. 또한 유비와 손권 누이의 혼담 성립도 정보망이 알아내고 있다. 조조는 이 점을 신중하게 지켜보고 있었다.

　친유비파인 노숙의 공작이 성공했다는 것은 손권 집단의 양 거두인 노숙과 주유 가운데 전자 쪽으로 세력이 기울어졌다는 것을 뜻했다. 그렇다면 주유는 당연히 속으로 이를 갈며 자기의 현재 위치를 불만스럽게 여길 것이다.

첩자의 보고를 분석해 보아 주유가 손권에게 등을 돌리는 일도 있을 수 있다. 밀서가 믿을 만하다고 판단하는 자도 있었다.

조조는 그 의견에 가까웠다.

그러나 아무리 수세에 몰렸다 해도 주유는 아직 병마권을 쥐고 있으며, 이제까지의 관계로 보아도 그가 손씨 일문을 배신하는 일이란 있을 수 없다. 따라서 '밀서는 함정이다.' 하는 반대론도 있었다.

그 자리에서 조비는 한마디도 입을 열지 않았다. 조금 입술을 씰룩거렸을 뿐이다. 그에게는 그런 버릇이 있었다. 아버지가 밀서에 대해 거듭 질문을 던지자 조비는 마지못해 제 의견을 말했다.

"주유는 양다리를 걸치고 있습니다."

추측하는 것이 아니라 단호하게 잘라 말했다.

"뭣이, 양다리?"

"그렇습니다. 저는 먼저 주유가 왜 이런 밀서를 보냈는가 생각해 보았습니다."

"어째서지?"

"주유는 익주를 앗으려 하고 있습니다."

조조는 하마터면 소리를 지를 뻔했다. 주유가 밀서를 보낸 목적에 대해 조조도 생각하지 않은 것은 아니다. 그러나 익주 공략이란 생각은 전혀 못 했다. 기껏해야 형주 지방을 확보하기 위한 주유의 계책쯤으로 생각하고 있었다.

동오의 익주 공략!

'왜 그것을 미처 생각지 못했던가?'

주유는 지리적으로 익주로 가는 길목에 자리하고 있다. 따라서 주유가 익주를 점령하겠다는 야망은 품을 만하다.

조조는 아들의 한 마디에 주유의 구상을 환하게 간파했다. 자기에게 밀서를 보내온 까닭도, 손권 누이와 유비의 혼담을 추진한 숨은 이유도…….

'그런데 조비가 말하는 주유의 양다리 작전은 뭘까?'

조비는 젊은이답게 대담한 의견을 말했다.

"그러니까 주유는 밀서를 우리에게 보내는 것을 손권에게도 알렸을 것입니다. 나는 조 승상을 꾈 자신이 있다 어쩌구 하면서 말입니다. 동오군이 익주를 점령하기 위해 서쪽으로 원정갈 때 조 승상의 군대가 남쪽으로 쳐내려오지 않도록 기다려라, 결정적인 순간에 내가 내응해 줄 테니까 그때까지 기다려라 하는 말로 조 승상을 달래는 소임을 자기가 맡겠노라고 손권에게 큰소리쳤을 겁니다. 만일 견제가 성공한다면 주유는 동오를 위해 큰 공을 세운 것이 되고, 실패하더라도 조조군에 내통한 결과가 되어 이것 또한 공입니다……. 제가 동오의 공신이라면 반드시 이와 같은 양다리 작전을 생각할 겁니다."

조조는 탄성이 나오려는 것을 간신히 참았다. 손권이나 주유가 익주를 먹겠다는 계획을 가졌다는 지적도 날카로웠지만 양다리 작전이라는 것을 꿰뚫어 본 것은 정말 뜻밖이었다.

조비는 자기의 의견을 뽐내듯 또 말했다.

"그리고 요즘 유비가 새로 장가든 오나라 여자에게 흠뻑 빠져 있다고 하더군요."

조조는 이미 조비의 말을 듣고 있지 않았다.

두 번째 계책

조운은 500의 정예와 함께 궁전 앞 숙사에 머물고 있었다. 한 해가 저물려 하는데도 주군 유비는 도무지 남서에서 떠나려는 기색이 없었다. 조운은 불안해졌다.

"주군께서 아무래도 새 부인에게 마음을 빼앗긴 것 같은데……그럼 어쩐다?"

고개를 갸웃거리고 있다가 무릎을 쳤다.

"그렇지, 이런 때를 위해 군사께서 비단주머니 세 개를 주셨지."

첫번째 주머니는 이미 열어 보았다. 지금은 둘째 주머니를 열어야 할 때라고 생각했다.

"음!"

조운은 둘째 것을 읽고 '과연!' 하고 고개를 끄덕였다.

둘째 주머니에 들어 있는 글 역시 단 한 줄이었다.

형주에 위기가 닥쳤다고 주군께 말씀드려라.

조운은 곧 유비에게 뵈올 것을 청했다.

다급한 일이라는 말을 듣자 유비는 몸소 밖으로 나왔다.

조운은 일부러 긴박한 표정을 짓고 주군 앞에 무릎을 꿇었다.

"왜 그러느냐?"

"부디, 좌우를 물려 주십시오……."

조운은 시녀들을 멀리 물러나게 한 다음, 목소리를 가다듬어 바른 말을 했다.

"주군께서 이 화당(畫堂) 깊숙이 파묻히시어 형주의 풍운이 어찌 돌아가는지 전혀 잊으신 것 같습니다."

"잊은 것이 아니다. 그래 무슨 일이라도 일어났는가?"

"오늘 아침, 군사로부터 급한 사자가 이르렀습니다. 조조가 적벽의 원한을 갚을 양으로 드디어 50만 대군을 일으켜 형주를 향해 공격해 왔으니 주공을 수호하여 한시라도 빨리 돌아오라는 내용이었습니다."

"무엇이라고! 어쩌다 형주가 그런 위기에 빠졌단 말이냐. 그 동안, 너무 아무것도 모르고 지냈구나. 알았다. 곧 아내에게 이야기하고 돌아가리라."

"잠깐만, 부인께 말씀하시면 붙잡으실 것은 너무나 뻔한 일입니다. 지금은 일단 주군 혼자 은밀히 떠나시는 것이 좋을 듯합니다만……."

조운은 간청했다.

유비는 한참 동안 잠자코 있더니 말했다.

"자룡, 물러가 기다려라. 나에게도 분별이 있다."

조운은 만약 우물쭈물하다가 늦어지면 반드시 일을 그르칠 염려가 있다고 여러 번 다짐을 두고 물러나왔다.

유비는 안으로 들어가자 부인을 불렀다.

"들으시오, 부인. 이 몸이 타향에서 정신없이 세월을 보내는 동안 조조의 대군이 형주를 손아귀에 넣으려 하고 있소. 곧 돌아가야 하겠소."

그 말을 듣자 젊은 아내는 조금도 당황하거나 소란을 피우지 않고 말했다.

"저는 이미 장군을 섬기는 몸이 되었으니 장군을 따라 형주로 가겠습니다."

"부인의 심정이야 그렇겠지만, 오후(吳侯)께서 좀처럼 허락지 않으실 것이오."

"오빠라면 모르지만 언니께서는 제가 간절히 부탁드리면 반드시 용납해 주실 것입니다. 염려 마옵소서."

"오후가 허락하지 않는다면 함께 갈 수 없을 것으로 생각하오만……."

부인은 잠시 생각에 잠기더니 다음과 같이 제안했다.

"이렇게 하시면 어떻겠습니까? 정월 초하루 아침 하배(賀拜)를 드린 다음, 주군께서 강가로 나가 조상께 제사를 올리겠다고 거짓말씀을 하시고 은밀히 떠나기로 하시면?"

"그것이 좋겠소."

유비는 조운을 불러, 정월 초하루 아침에 500 군세를 이끌고 성을 빠져나가 관도(官道)에서 기다리면 조상의 제사를 지낸다는 핑계로 탈출하겠다고 은밀히 일렀다.

새해가 밝았다.

정월 초하룻날, 손권은 문무백관을 당 위에 모아 성대한 축하연을 베풀었다.

유비는 부인과 함께 대교 부인께 갔다. 인사가 끝난 다음 부인이 말했다.

"제 시부모님과 조상의 산소는 모두 탁현에 있으므로 오늘 초하루에는 강가에라도 가서 멀리 북쪽을 바라보며 망제라도 올리고 싶다 하십니다."

"그렇지요! 그것이야말로 효도. 지체하지 말고 곧 그렇게 하도록 하세요."

대교는 털끝만치도 의심하지 않고 허락했다.

그로부터 한 시간 뒤, 유비는 말을 타고 부인은 일용품 몇 가지만을 챙겨 수레를 타자 호위 몇 기를 이끌고 성을 나섰다.

유비로서는 일찍이 허도를 빠져나올 때와 마찬가지로, 호랑이 꼬리를 타고 넘듯 살얼음을 밟는 심정이었다.

정월 초하루인지라 수비하는 군사들도 축하주에 취해 마음이 해이해져서 유비 일행이 나가는 것을 조금도 의심하지 않고 배웅했다.

조운은 이미 500의 수하 군세와 함께 날이 새기도 전에 성을 빠져나와 관도에서 기다리고 있었다.

"남서여, 잘 있거라!"

조운은 유비 일행을 호위하며 곧장 관도를 내달렸다.

그런 줄은 꿈에도 알지 못하고 손권은 축하연에서 술잔을 거듭하여 곤드레로 취하자 비틀거리는 걸음으로 후당에 들어갔다.

유비와 부인이 강가에서 조상의 제사를 지낸다고 성을 나갔다는 보고가 들어온 것은 날이 저물 무렵이었다. 그때 손권은 드르렁드르렁 코를 골면서 좀처럼 깨어나지 않아 가까이 모시는 신하들은 아무것도 보고할 수가 없었다.

밤이 되어서야 손권은 목이 타서 잠이 깼다. 그때 보고를 받자 손권은 벌떡 몸을 일으켰다.

장소가 달려들어와 말했다.

"쫓아가 쳐야 합니다."

곧 진무와 반장, 두 장수가 불려왔다.

"너희들은 500의 정예 군사를 이끌고 주야를 가리지 말고 유비의 뒤를 쫓아가 사로잡아 오너라."

두 장수가 황급하게 물러나가자 손권은 툴툴거렸다.

"제기랄! 유비에게 속아 넘어가다니!"

책상 위에 있던 벼루를 집어들어 바닥에 던지자 산산조각이 났다.

"주군, 진무와 반장 두 사람만으로는 도저히 현덕을 잡을 수 없을 것으로 생각합니다."

정보가 말했다.

"동오에 내 명령을 거역하는 자는 한 사람도 없다!"

"감히 말씀드립니다만 매씨께서는 어렸을 적부터 무술을 좋아하시어 늠름한 기상은 여러 장수들에게 두려움을 줄 정도입니다. 이번에 유비를 따르신 것을 보니 반드시 뜻을 같이하셨습니다. 진무와 반장, 두 사람으로는 도저히 유비와 매씨를 사로잡을 수 없을 것으로 생각하오니 장흠과 주태를 가세하도록 하십시오."

정보의 진언에 손권은 고개를 끄덕이고 장흠과 주태 두 장수를 불러 한 자루씩 칼을 내주며 명령했다.

"유비와 내 누이동생을 따라잡거든 지체없이 그 자리에서 목을 쳐라."

두 장수는 주군의 엄명을 받들어 1천 기를 이끌고 나는 듯이 말을 몰았다.

한편―. 유비는 부인의 수레를 뒤따르게 하고 말에 채찍질을 하면서 하룻밤을 계속 달려 시상군의 경계로 생각되는 지점에서 아침을 맞았다. 그때 뒤쪽에서 요란한 말발굽 소리와 함께 흙먼지가 자욱히 솟아올랐다.

"추격군이다. 조운!"

"염려 마십시오. 제가 후비를 맡을 것이오니 어서 앞길을 서두르십시오."

조운은 침착했다.

앞쪽에 낮은 야산이 가로놓여 있었다. 그 기슭을 돌아 나가려 하자 별안간 앞쪽 숲속에서 한 무리의 기마대가 뛰쳐나왔다.

유비가 달아날 것을 예상한 주유가 서성과 정봉에게 3천 병사를 내주어 요충지에 주둔시켜 놓았던 것이다.

"안 되겠다! 이 길은 막혔다!"

유비가 창백하게 질리자 조운이 질풍 같은 기세로 달려왔다.

"주군, 당황하시지 마십시오. 저에게는 군사께서 주신 세 가지 묘계를 담은 비단주머니가 있습니다. 이미 두 개는 열었으나 나머지 하나가 남았습니다. 지금 이것을 열어보십시오."

조운은 비단주머니를 유비에게 내밀었다.

유비는 주머니 속의 글을 주욱 읽었다.

"으음!"

크게 고개를 끄덕이고 성큼 수레 곁으로 말을 몰았다.

"부인께 할 말이 있소."

"무슨 일이시온지?"

부인은 발을 들어올렸다.

"나와 부인과의 혼인은 실은 주유가 오주에게 아뢰어 은밀히 꾸민 간책(奸策)이었소. 부인을 행복하게 해 주려는 것이 아니라 오직 이 유비를 꾀어내어 포로로 잡아놓고 형주와 맞바꾸자는 조건으로 삼으려던 것이오. 물론 형주를 수중에 넣으면 나를 살려두지 않으리라는 것은 뻔한 일이오. 이제 그 간책이 실패로 돌아가자 뒤에서는 오주의 추격군이, 앞에서는 주유의 휘하 군세가 다가오고 있소! 이 위난을 뚫고 나갈 수 있는 사람은 부인밖에는 없소. 만약 부인이 이를 승낙하지 않는다면 나는 이 자리에서 자진하고 말 것이오!"

부인은 자기들의 결혼이 두 나라를 위해 행해지는 것이라고 알고 있었으나, 이제 그것이 정략이었음을 알자 본디의 냉정한 성미가 폭발했다. 자존심이 상했던 것이다.

더욱이 이미 유비를 남편이라 믿고 신 앞에서 맹세한 아내이므로 당연히 유비를 따라야 한다고 생각했다. 부인은 격앙된 목소리로 말했다.

"장군! 이런 간책을 쓰는 오라버니는 이미 골육이라고 생각하지 않습니다. 저는 다시는 오라비를 만날 마음이 없습니다. 이 위난을 구하는 일은 마땅히 제가 할 일입니다."

부인은 종자에게 명하여 기다리고 있는 서성과 정봉에게로 수레를 달리게 했다.

"어엇, ……공주님!"

서성도 그리고 정봉도 허둥지둥 말에서 뛰어내렸다.

부인은 소리를 높여 날카롭게 외쳤다.

"그대들은 모반을 일으키려 하는가?"

"모반이라니 당치 않습니다. 저희들은 대도독의 하명으로 여기에 주둔하여 황숙을 기다리고 있습니다."

서성이 대답하자 부인은 열화 같은 노여움을 양미간에 가득 담고 따졌다.

"역적 주유! 유현덕은 대한(大漢)의 황숙으로서 내 남편이 아닌가! 나는 언니와 오라버니의 축하를 받고 남편을 따라 형주로 가는 길이다. 그것을 알면서 이 산간에 병사를 모아 앞길을 막는다는 것은 그대들이 옳지 못한 마음을 일으켜, 우리 부부를 위해하여 수레에 실은 재보를 탈취하려는 생각이리라. 틀림없으렷다!"

서성과 정봉은 어찌할 바를 모르고 여러 가지로 변명했으나 부인은 들으려 하지 않았다.

"오나라를 지배하는 것이 주유라면 기꺼이 이 목숨도 내주리라. 그러나 주유는 일개 도독이지 오주가 아니다. ……우리 일행을 그냥 보냈다 하여 주유가 그대들을 문책하여 목을 칠 권리는 없으리라!"

부인은 외친 다음 수레를 앞으로 몰라고 명했다.

서성과 정봉은 유비의 수레가 지나는 것을 멀거니 바라볼 뿐 어쩔 도리가 없었다. 유비와 나란히 말을 몰고 나가는 조운의 용맹한 모습에 위압되었기 때문이기도 했다.

그로부터 5리도 채 가기 전에 진무와 반장이 서성과 정봉을 거느리고 뒤쫓아왔다.

"저에게 맡기십시오."

부인은 수레를 홱 돌리자 추격해 오는 군사를 향해 달리게 했다.

진무와 반장은 하는 수 없이 말에서 내려 무릎을 꿇고 절했다.

남자를 능가하는 강한 성격의 이 공주로부터 과거에 여러 차례나 호된 꾸중을 받았던 터라 제아무리 역전의 무장들이라 해도 얼굴을 마주 대하자 자기도 모르게 머리가 숙여졌던 것이다.

"그대들은 오라버니 명령으로 뒤쫓아왔을 것이다. 그러나 언니의 허락을 얻었더냐?"

부인이 묻자 진무와 반장은 대답이 궁했다.

"만약 그대들이 이 자리에서 유 황숙과 나를 사로잡으려 한다면 남편과 나는 자진할 것이다. 그때 언니께서 얼마나 비탄해하실지 그대들은 상상해 보라."

그 말을 들으니 진무도 반장도 꼼짝할 수 없게 되고 말았다.

주군은 예의가 두텁다. 형님 손책의 미망인을 비탄에 잠기게 한다는 것은 틀림없이 괴로울 것이다. 한때의 격앙된 마음으로 자기들을 뒤쫓게 했지만 냉정을 되찾으면 자기들이 빈손으로 돌아온 것을 오히려 잘했다고 하지 않을까.

두 장수는 훗날 자기들의 입장이 곤혹스러워지지 않을 쪽으로 생각을 돌렸다.

유비 일행은 조운을 후비(後備)로 하여 멀어져갔다.

"이렇게 된 이상, 우리들 넷은 주 도독 앞으로 나가서 사정을 자세하게 말씀드리도록 하십시다."

서성이 말을 꺼내자 다른 세 사람도 동의했다.

그때 장흠과 주태가 1천 기를 이끌고 회오리바람처럼 달려왔다.

"유비는 어디에 있느냐?"

앞장서서 달려온 장흠이 외쳤다.

유비 일행이 오늘 아침 여기를 지나갔다는 말을 듣자, 장흠은 눈을 부라리며 소리질렀다.

"그대들은 어찌하여 잡지 않았단 말요?"

네 장수가 자초지종을 자세히 설명하고 나자 장흠은 머리를 세차게 저었다.

"그대들은 공주님께 속으셨소. 주공께서는 이 보검으로 유비와 매씨의 목을 치라 명하시었소."

"이미 늦었소. 일행은 벌써 멀리 달아났소."

"아니오! 수레를 끌고 걸어가는 자가 섞여 있은즉, 그다지 멀리 가지는 못했을 거요. 서성과 정봉 두 사람은 도독께로 달려가 보고한 다음 수로(水路)로 앞을 막으시오. 우리 넷은 연안으로 곧장 뒤쫓으리다."

그러나 때는 이미 늦었다.

유비 일행이 유랑포(劉郎浦)에 이르자, 강기슭에 정박해 있던 20여 척의 배는 일제히 덮어씌웠던 대자리를 젖혀버리고 강 복판으로 저어나갈 준비를 시작했다. 가운데 배의 뱃머리에는 윤건에 도포 차림을 한 사람이 우뚝 서 있었다.

절체절명의 위기에서 제갈공명을 만나자 유비는 자기도 모르게 두 손을 내밀었다.

"하늘은 우리를 버리지 않으셨구나."

실로 공명의 모습은 하늘이 보낸 구원의 손길로 보였다.

이미 뒤쪽에서는 기마군이 대지를 뒤덮고 엄습해 오고 있다. 그들이 지르는 함성이 똑똑히 들려왔다.

지금 강 기슭에 배가 없었다면 아무리 조운이 용맹스럽다고 하더라도 이곳을 마지막 땅으로 삼아야 했을 것이다.

20여 척의 병선은 유비 일행을 태우자 곧 강북을 향해 순풍에 돛을 달고 달렸다.

그러나 강 가운데쯤에 이르렀을 때, 저쪽에 수를 알 수 없는 병선이 안개를 가르며 나타났다. 맨 앞 배에는 '수(帥)'자를 쓴 대장기가 휘날렸다. 주유가 몸소 이끌고 온 병선들이었다.

오른쪽에 황개, 왼쪽에 한당이 지휘하는 선단이 유성(流星)과 같은 빠른 속도로 다가오고 있다.

공명은 조금도 소란을 피우지 않고 배를 북쪽 기슭에 대게 하여 유비와 부인을 수레에 태우고

"자아, 형주로……."

백우선(白羽扇)을 활짝 펴 흔들었다.

이를 쫓아 오나라의 수군은 성난 해일처럼 강북의 육지로 밀어닥쳤다.

"쫓아라! 유비와 공명의 목을 빼앗으라!"

기함(旗艦) 뱃머리에서 주유가 외쳐댔다.

하지만 수군은 겨우 몇몇 장수만 말을 탔을 뿐 많은 말을 가지고 있지는 않았다. 그래도 필사적으로 육박했다.

그때 별안간 좌우 숲속으로부터 천지를 뒤흔드는 함성이 일어났다. 그리고 일순간 정적이 흐르는가 싶더니, 조용히 말을 타고 큰 길로 뚜벅뚜벅 걸어나온 사람은 바람에 긴 수염을 휘날리는 관운장이었다.

"주 도독께 말씀드리오! 이 이상 깊이 추격하시는 것은 스스로 사지로 뛰어드는 격이오. 속히 되돌아가실 것을 권하오."

주유는 수레에 실려 여기까지 쫓아왔다. 그런데 그만 또 제갈량의 계책에 막히고 말았다.

주유는 비통하게 부르짖으며 고개를 폭 꺾었다.

"아아! 끝내 공명을 이기지 못하는구나!"

다음 순간, 뜨끈한 덩어리가 목구멍으로 치밀어 올라와 주유는 두 손으로 입을 틀어막았다. 열 손가락 사이로 순식간에 시뻘건 객혈이 넘쳐나와 무릎 위로 떨어졌다.

두번의 계교가 허사로 돌아간 날
분통이 터져 부끄러운 마음이 이네

조사(弔詞)

유비가 호구를 벗어나 형주에 돌아온 지 벌써 몇 달이 지났다.

유비와 공명은 주로 내정에 힘쓰고 있었다.

처음에 유비는 강남 쪽 4군을 얻었을 때 계양을 조운에게 맡긴 것 말고는 무릉·장사·영릉의 3군은 모두 제갈공명에게 맡겼었다. 3군의 세금을 앞으로의 군비(軍備)에 쓰기 위해서였다. 공명은 야전에 귀신이었지만 오히려 이와 같은 행정이나 경제정책에서 더 뛰어난 솜씨를 보였다.

"형주 땅 모두를 내주시오."

유비는 손권에게 이렇게 요구했다.

조인의 부대를 몰아낸 뒤에 오나라 주유는 강릉에 주둔하고 있었다. 강릉은 형주 중에서 가장 중요한 도시였다.

손권 쪽으로선 형주를 위해 조조를 적벽에서 격파해 주었지 않은가? 강릉에 오나라 군사가 진주해 있다고 해서 무엇이 잘못이냐 하는 생각이었다.

하지만 유비 쪽은 만일 형주가 완전히 조조에게 항복해 버렸다면,

조조는 산사태처럼 남하했을 것이고, 그러면 손권의 동오 집단은 무너졌을지도 모른다. 그것을 막아낼 수 있었던 것은 형주의 수만 군병을 조조의 손에서 구해내고 도주하면서까지 그런대로 저항한 우리들 덕분이 아닌가 하는 생각이 있었다.

유비는 강릉을 꼭 가져야만 했다. 그러나 거기에는 주유가 버티고 있다. 유비는 그때 공안(公安)에 있었다.

유비가 받들던 유표의 장남 유기가 죽었다. 유기는 명목상 형주목에 임명돼 있었지만 사실상은 유비의 허수아비였다. 허수아비가 죽자 유비는 명실 그대로 형주목이 되었다. 게다가 장강 남방 4군을 손에 넣고 나서부터 그 군사력은 눈에 띄게 알찬 것이 되었다.

이런 유비의 실력을 인정하여 조조를 견제하는 데에 이용하겠다는 것이 노숙의 생각이었다.

반면 유비는 마음놓을 수 없는 존재이므로 토벌하는 것이 빠르면 빠를수록 좋다는 것이 주유의 주장이었다.

말하자면 어느 쪽이나 손권 집단을 위해 충성하고, 또 어느 쪽이나 유비의 역량을 높이 평가했지만 저마다 다른 방책을 꾀하고 있는 것이다.

이런 와중에 나온 것이 손권 누이와 유비의 혼인책이었다.

그런데 유비가 오나라를 탈출함으로써 양국의 혼인책은 실패한 것일까?

공명은 그렇게 보지 않았다.

"이번의 혼인은 성공이었습니다. 그러니 경구(京口)에 있는 손권에게 근친(覲親)을 가셔야 합니다."

유비는 공명의 말에 어리둥절했다.

"군사는 나더러 다시 사지로 가라는 말씀이시오?"

"아닙니다. 이번에는 전과 다릅니다. 그리고 근친을 가셔야만 우리가 더욱 강력히 요구할 수가 있습니다."

"오나라가 차지하고 있는 형주 땅을? 오히려 그들은 형주 땅을 모두 내달라고 하지 않소? 그리고 군사는 나더러 언젠가 형주를 내주겠노라 하는 서약서까지 쓰게 하시지 않았소?"

"그렇습니다."

"그렇다면 그들에게 새삼 그들이 차지하고 있는 일부 형주 땅을 내달라고 할 수는 없지 않소?"

유비의 물음에 공명은 웃었다.

"주군께서 오나라 공주와 결혼하신 목적은 무엇입니까?"

"그것은 오나라가 혼인책으로 나를 이용하여 조조와 맞서게 하려는 것이겠지."

"바로 그 점입니다! '조조를 막자면 힘이 강해져야 한다. 우리가 강해지기 위해선 강 북쪽의 형주 땅을 모두 돌려 주어야 한다.'고 요구하는 것입니다."

"음!"

유비도 비로소 공명의 전략을 알았다.

공명은 다음과 같이 계책을 일렀다.

"주군께서 손권을 만나시면 이 점을 강력히 주장하십시오. '옛날의 형주 영토를 돌려주지 않는다면 나는 천하의 웃음거리가 되오. 게다가 유표의 옛 부하는 거의 내가 수용하고 있소. 그들을 먹여 살려야 하지 않습니까?' 하고 말입니다."

유비는 고개를 끄덕였다.

"한 가지, 이 곳을 출발할 때에는 은밀히 하십시오. 강릉에 있는 주유에게 알려지면 안 됩니다. 그가 주군께서 근친가시는 것을 알게 되면 즉시 경구로 달려가서 장군을 억류하라고 주장할 겁니다. 최소 열흘쯤 주군의 경구 나들이를 숨길 수만 있다면 주유도 손쓸 방법이 없겠지요."

유비는 예정대로 자기가 머물던 공안을 극비리에 출발했지만, 주유가 쳐놓은 면밀한 정보망에 걸려 떠난 지 이틀 만에 벌써 강릉에 알려지고 말았다.

하지만 주유는 그것을 알고서도 다만 이를 갈았을 뿐, 뒤쫓아 경구로 갈 수는 없었다. 높은 열로 병석에 누워 있었던 것이다.

"제기랄! 이런 때 열이 나다니."

주유는 침상을 두드리며 분해했다. 그러나 생각을 돌려 부하에게 붓과 벼루를 가져오라 명했다. 그리고 손권에게 편지를 썼다.

유비는 효웅으로서 웅호(熊虎)와 같은 장수인 관우, 장비를 거느렸으며 오래 굽히어 남을 위해 일할 인물이 아닙니다. 저의 생각으로는 마땅히 그를 오나라 땅에 붙잡아두고 성대하게 궁전을 지어 살게 하며 미녀나 진귀한 것을 주고 그 이목을 즐겁게 해 주어야 한다고 생각합니다. 그를 관우와 장비로부터 떼어내고, 다시 관우와 장비의 두 사람 사이마저도 떼어 놓는다면 능히 그들과 싸워 이겨 대사를 이룩할 수가 있겠지요. 지금 부질없이 땅을 내준다면 그들에게 패업의 밑천이 되고 그들 셋이 모이는 유리한 장소를 제공하는 결과가 됩니다.

한편 주유는 군사를 일으켜 형주를 기습하리라 마음먹었다.

주유는 무슨 일이 있더라도 형주를 빼앗을 때까지 눈을 감을 수 없다는 망집(妄執)에 사로잡혀 있었다. 그는 지능을 다 쥐어짜 한 가지 계책을 세웠다.

오군이 서천을 빼앗아 유비에게 줄 터이니 약정대로 형주를 물려주기 바란다고, 노숙을 사자로 하여 청하게 했던 것이다.

오군이 서천으로 공격해 들어가려면 형주를 지나야 한다. 그때 군량을 원조해 주기 바란다.

노숙이 이 뜻을 말하자 유비는 쾌히 응낙했다.

"군세가 지나갈 때 우리는 기꺼이 나가 영접하겠소."

"옳지! 이번에야말로 계책이 성사될 것이다."

주유는 자신에게 말했다.

서천으로 출정하는 것처럼 보이게 하고 실은 형주로 대군을 진격시켜 일거에 탈취할 작전이었다.

주유는 감녕을 선봉으로, 서성과 정봉을 2대로, 능통과 여몽을 후비로 하여 수군과 육군을 합쳐서 5만의 군세를 형주 땅으로 진격시켰다.

주유 자신은 배 안에 누워서 좋은 소식을 기다리기로 했다.

감녕을 선봉장으로 한 오군은 형주성에 이르렀다.

그런데, 형주성 성벽에는 두 개의 백기가 펄럭이고 있을 뿐 전혀 사람 그림자도 보이지 않고 물을 끼얹은 듯 조용하기만 했다.

감녕이 수상히 생각하여 크게 소리를 높여 부르자 딱따기 치는 소리와 함께 성벽 위에 일제히 창과 칼이 숲을 이루어 섰다.

그리고 높은 망루 위에 쑥 나타난 것은 조자룡이었다.

"오군의 여러 장수들은 들으라! 우리 군사께서는 주 도독의 간계를 이미 꿰뚫어 보았다. 오군이 이른 것은 서천을 공략하기 위한 것이 아니라 형주를 빼앗을 생각임에 틀림없다. 어린아이 장난 같은 짓 걷어치우고 냉큼 물러가라!"

오나라의 여러 장수들과 군사는 소스라치게 놀라 얼굴빛을 잃었다. 거기에 '명(命)'자 기를 높이 든 일기(一騎)가 달려오더니 보고했다.

"순찰하는 자들의 급보에 의하면 사방에서 일제히 적의 군세가 물밀 듯 쇄도해 온다 하오. 남군으로부터 관우가, 자귀(秭歸)로부터 장비가, 공안으로부터 황충이, 잔릉(孱陵)으로부터 위연이 저마다 만여 군세를 이끌고 이쪽을 향해 진격해 온다 합니다."

마침 그 시각, 강기슭 배에서는 사자가 주유에게 공명의 글을 전하고 있었다.

한나라 군사 중랑장 제갈량은 이 글을 공근 선생 휘하에 보냅니다. 시상(柴桑)에서 헤어진 뒤 선생의 일을 꿈속에서도 잊지 못하였습니다. 이번에 선생께서 서천을 취하시려 하신다는 말을 듣고 나는 은근히 걱정하는 바입니다. 익주(益州)는 백성들이 강하고 땅은 험하며, 영주 유장은 우매하고 약하다 하나 스스로를 지키기에는 족합니다. 그렇건만 지금 군사를 일으켜 멀리 출정하여 전운(轉運) 만리, 전공(戰功)을 기하려 하나 아마도 이를 탈취할 수는 없을 것입니다. 제갈량, 이를 가만히 앉아 볼 수 없기에 이렇게 충고드리는 바입니다. 부디 깊이 헤아려 주시기 바랍니다.

주유는 읽고 나자
"공명 놈!"
한 마디 하고 왈칵 피를 토했다.

경구에 가서 손권을 만난 유비는 공명에게서 받은 계책대로 진지하게 손권을 설득했다. 또 친유비파의 거두인 노숙도 마침 이 무렵 경구에 있어 여러 가지로 유비를 도와주었다.

그러나 가장 효과적이었던 것은 유비의 부인이 된 손씨가 직접 오빠에게 호소한 일이었다.

"천하 호걸에게 간사한 꾀로 치욕까지 주고, 얼마의 형주 땅을 아낀다면 오라버니의 위신이 과연 서겠습니까?"

이런 누이동생의 호소와 유비의 간곡한 부탁에 손권의 마음도 움직였다.

유비가 공명의 계책대로 주장한 줄거리는 다음과 같다.

"서정(西征)을 결행하든 하지 않든 현재로서 동오의 최대 위험은 조조와 형주 북부에서 직접 경계를 이루고 있다는 점입니다. 언제 불을 뿜을지 모를 땅을 가지고 있기보다는 동맹자에게 맡겨 완충지대로 만드는 편이 현명하지 않을까요?"

하지만 손권으로서도 토호집단의 맹주이니만큼 일단 손에 넣은 땅을 아무런 이익도 없이 남에게 넘겨주면 권위가 떨어지고 만다.

이때 유비가 다시 말을 이었다. 이것 역시 공명의 비책이었다.

"형주의 강북 4군을 우리에게 그냥 준다면 장군도 난처하시겠지요. 그러나 좋은 수가 있습니다."

"어떤 방법이지요?"

"즉 유비의 호남 4군과 강북 4군을 교환하는 방식으로 하면 어떨까요? 그것도 모처럼 오나라가 얻은 강북 4군이니까 우리 측이 빌리는 형식으로 말입니다."

손권은 이 조건에 크게 구미가 당겼다.

사실 경구에는 주유가 없어도 반유비 세력이 꽤나 강했고, 그 중에서도 여범은 끈질기게 유비 억류를 주장했다.

그러나 손권은 마침내 단을 내렸다.

"그럼 그렇게 합시다."

손권 자신은 유비 내외에게 설득당했다고는 생각지 않았다. 어디까지나 자기가 천하 형세를 분석하고 오나라를 위해 가장 좋은 계책을 썼다고 믿었다.

그러나 사실은 조조를 겁내고 있었던 것이다.

적벽에서 이겼다곤 하나 손권의 마음속에는 조조 공포증이 꿈틀거리고 있었다. 업에서 밀정이 보내온 보고문에는 그림까지 곁들여 있었다.

동작대는 거의 완성되어 감. 높기가 마치 구름 속에 들어가는 듯싶음.

그림 옆에 이와 같은 설명이 씌어 있었다.

무서운 자력(資力)이었다. 그것을 전쟁 준비에 쏟는다면 숱한 병사를 양성하고도 남음이 있으리라. 아마도 동작대는 군비를 철저히 갖추고 남은 자력으로 조영했을 것이 틀림없다.

이렇게 생각하자 손권은 몸서리가 쳐졌다.

유비는 형주의 강북 4군을 손에 넣는 교섭에 성공하여 의기양양 공안으로 돌아갔다.

'음, 이 혼담도 나쁜 것은 아니었어.'

유비는 돌아가는 수레 속에서 젊고 아름다운 아내를 한시도 놓아 주지 않았다. 그는 손 부인의 귀에 입을 대고 속삭였다.

"동오에서 노숙이 1천 명에 필적하는 원군이라 한다면, 그대는 나에게 1만 명과 맞먹는 구원병이오."

"호호호."

그들은 마냥 행복하기만 했다.

주유에게 유비의 소식이 알려지자 그는 아픈 몸을 벌떡 일으켜 세웠다.

"이렇듯 누워 있을 때가 아니다. 곧 경구로 가서 간사한 유비와 공명의 음모를 깨뜨려야 한다!"

주유는 경구에 도착하자 손권을 만나 건의했다.

물론 주유도 노련한 인물이라 손권과 유비와의 약속을 당장 깨라고 강요하지는 않았다.

"조조는 적벽에서 대패하여 의기소침하고 있을 터, 얼마 동안 우리 측에 전쟁을 걸어 올 여력 따위는 없을 줄 압니다. 이는 참으로 두번 다시 없는 기회이므로 손유(孫瑜)님과 같이 촉 땅을 공

략하고 싶습니다. 촉의 공략이 성공한다면 다시 한중을 병탄(倂
呑)하겠습니다. 그리하여 촉과 한중은 손유님에게 맡기고 서북에
웅거하는 마초와 동맹을 맺고서 수비를 단단히 굳혀 놓겠습니다.
저는 촉에서 되돌아와 장군과 더불어 번성을 뺏겠습니다. 그곳을
근거지로 하여 조조를 협공한다면 북방 평정은 순조롭게 진척될
것입니다."

손유는 손권의 사촌이다. 손견의 막내동생 손정(孫靜)의 둘째아
들인데 태수로 있었다.

주유의 새로운 제의는 제갈량이 유비에게 진언했던 〈천하삼분지
계(天下三分之計)〉를 능가하는 웅대한 전략이었다. 당사자의 적극
성을 감안한다면 제갈량의 구상보다 더 뛰어난 구상이었다.

이처럼 강인하고 적극적인 전략이야말로 주유가 추구했던 기본적
인 본령이었다.

그런데 주유의 건의에는 유비에 대해서 한 마디도 언급이 없었다.
일부러 그를 무시하고서 마초와 협력하여 조조를 협공하자는 데 주
유의 본심이 숨어 있었다. 자기 건의대로 한다면 손권과 유비의 약
속은 자연히 소멸되기 때문이다.

손권은 주유의 열렬한 주장에 마음이 움직였다. 그러나 이것도 진
심으로 설득된 것은 아니었다. 병을 무릅쓰고 자기가 믿는 바를 설
득하러 온 주유의 기개(氣槪)에 감동되었을 뿐이다.

'상대는 병자야.'

손권은 여기서 주유의 주장을 매정하게 거부해선 안 된다고 생각
했다.

"나도 서정(西征)하리라 마음먹고 있소."

손권은 말했다.

"그러기에 촉을 앗는 동안 유비를 시켜 조조를 지키는 개 노릇을
하게 하려는 것이오. 어디까지나 서정이 먼저요!"

동오에게 후배지(後背地)를 마련하는 서정이야말로 주유가 꿈에 그리던 대사업이었다. 조조가 동작대를 축조하여 건재를 과시하고 있는 지금, 손권은 도저히 서정은 실현 불가능하리라 생각하고 있다. 하지만 병자의 마음을 편안하게 해 주어야 한다. 손권은 크게 끄덕이고 서정에 대해서 승낙을 했다.

"고맙습니다. 서정이 먼저라면 유비는 나중에 쓸어 버립시다. 그런데 서정의 준비는?"

주유는 숨이 찬 목소리로 그렇게 물었다. 아무래도 그의 병은 중태인 것 같다.

"그것은 천천히 생각하겠소."

손권은 그렇게 말했으나 병자가 의심할까 싶어 덧붙였다.

"분위장군(奮威將軍)을 파견한다는 것까지는 정하고 있지만."

분위장군이란 주유가 천거한 손유를 말했다. 그를 서정사령관으로 생각하고 있다고 말한 것은 물론 편의상일 뿐이다.

"분위장군이라면 총대장으로서 나무랄 데 없습니다."

주유는 만족한 듯 몇 번이나 끄덕였다. 그러고는 연방 기침을 했다. 이번 여행이 주유 몸에는 무리였던 것이다.

경구로부터 강릉으로 돌아가는 도중 그는 더욱 병세가 악화돼 잠시 파구(巴丘)에 멈추었다.

주유는 깊게 한숨을 내쉬며 말했다.

"지필묵(紙筆墨)을 가져오라!"

그리고 잠시 후, 떨리는 손으로 오후 손권에게 올리는 유서를 써 내려갔다. 주유의 눈에서 끊임없는 눈물이 흘러내렸다. 가슴속의 울분이 사무쳐 흐르는 통한(痛恨)의 피눈물이었다.

그리고 주유는 일생의 마지막 진기(津氣)를 짜내어 휘하 장졸들에게 말했다.

"진충보국(盡忠報國)하려는 마음이 간절하건만 주어진 천명이 다

했으니 어찌한단 말인가. 너희들은 주군을 잘 섬겨서 부디 함께
천하대업을 이루도록 하라.”
이윽고 주유는 몸을 부르르 떨며 탄식했다.
“하늘은 왜 세상에 주유를 태어나게 하고, 또 제갈량을 보냈단 말
이냐!”
실로 절절한 외침이 아닐 수 없었다.
마침내 주유는 파구에서 숨을 거두었다. 파구는 상수(湘水)의 오
른쪽 기슭에 위치한다. 2년 동안 그가 지휘하여 빛나는 승리를 거둔
싸움터 적벽에서 멀지 않은 곳이었다. 향년 36세에 지나지 않았다.
후세 사람이 주유의 죽음을 안타까워하며 시를 읊었다.

> 적벽 싸움에 공 세운 그 사람
> 나이 젊고 뛰어난 재주 날리던 그 사람
> 풍류와 노래의 참뜻 알던 그 사람
> 좋은 벗을 술자리에 모은 그 사람
> 세상에 나와서는 벼슬 높았던 그 사람
> 대군 천만을 손아귀에 잡은 그 사람
> 파구(巴丘)에서 삶을 마치니
> 사람들 눈물도 지금은 덧없어라!

죽기 바로 전 주유가 마지막 기력을 쥐어짜 손권에게 쓴 편지는
다음과 같다.

유(瑜), 범재(凡才)로 분에 넘치는 대우를 받았고 두텁게 믿어
주시어 병마(兵馬)를 다스렸사오며, 감히 수족과 같이 힘을 다함
으로써 깊고 깊은 은혜에 보답해야 하거늘, 죽음과 삶을 헤아리지
못하는 바라 어리석은 뜻이나마 아직껏 펴지 못한 가운데 하찮은

몸 버리게 되었사오니 유감스럽기 이를 데 없나이다. 바야흐로 조조가 북에 있어 이제껏 변경이 조용하지 못하며, 또한 유비가 형주에 있어 호랑이를 기르는 것과 같사와 천하의 추세가 아직 어떻다고 말하기 어려운 형편입니다. 주군께서는 지금이야말로 깊이 사려하셔야 하올 때입니다.

노숙은 충렬하고 믿을 만한 인재이오니 저를 대신하여 도독의 소임을 맡기심이 옳을 줄로 생각합니다. 사람이 바야흐로 죽으려 함에 그 말에 거짓이 없다고 합니다. 부디 주군의 밝으신 지모로써 이 몸의 죽음이 헛되지 않도록 하옵소서.”

노숙은 자기와 사사건건 의견이 대립하여 그토록 격론을 나누었던 상대이다. 유비에 대한 일로는 정면으로 충돌까지 했다. 그런 사람을 자기의 후임자로 추천했던 것이다.

격렬한 논쟁을 벌이기는 했지만 이것은 서로가 동오를 생각하는 열성에서 나온 이견(異見)임을 틀림없이 저마다 이해하고 있었을 것이다. 자기가 죽은 다음은 설령 의견을 달리 하더라도 동오를 위하는 마음이 두텁고 신중한 노숙이 아니면 안 된다고 생각한 것이리라. 자기가 죽고 나면 역시 노숙의 방침으로 나가는 것이 안전하다는 생각도 있었으리라.

손권은 곧 노숙을 분무교위(奮武校尉)로 임명하여 병마를 통수케 했다.

만일 주유가 조금만 더 오래 살았더라면 파란 많은 삼국의 역사도 다른 궤적을 남기게 됐을지 모른다. 그는 그만큼 역량있는 인물이었다. 그러나 애석하게도 수명이 짧았다.

손권은 주유의 비보를 전해 듣고 한탄했다.

“아아, 이 어찌된 일이냐. 앞으로 난 누구를 믿고 살아가야 한단 말인가.”

나중에 제위에 올랐을 때는 군신들 앞에서 이렇게 회고했다.

“오늘의 내가 있게 된 것은 오직 주유 덕택이다.”

이것은 특히 적벽대전에서의 그의 공적을 평가한 말이기도 했다.

일설에는 주유의 부음을 전해듣고 이렇게 애통해했다고 한다.

“공근은 왕좌지재(王佐之材)라 할 만했는데 단명하고 말았도다.
참으로 애석한 일인지고!”

왕좌지재란 왕을 보필할 만한 재능을 갖춘 사람이라는 뜻이다. 조조가 평소 그의 모사인 순욱을 일컬어 썼던 말로 더욱 유명하다. 주유의 죽음에 손권이 얼마나 낙담하였는지 알 수 있는 대목이다.

시상에서 거행된 주유의 장례는 오나라가 개국한 이래 가장 성대하게 치러졌다.

장례가 한창 막바지에 이르렀을 때, 천만 뜻밖에도 주유를 분통이 터져 죽게 한 장본인이 윤건에 도포 차림으로 나타났다.

조운 이하 수하 군사 50명을 거느리고 엄숙하게 걸어오는 제갈공명을 저만큼 멀리서 발견한 손권 이하 모든 장수들은 자기도 모르게 눈을 크게 떴다. 장례식장에는 순식간에 살기가 가득찼다.

오직 한 사람 노숙만은 미리 예측하고 있었던 것처럼 눈썹 하나 까딱하지 않았다.

살기가 가득찬 식장 안으로 태연히 들어온 공명은 우선 제단 앞으로 나아가 영전(靈前)에 조상(弔喪)하는 공물을 바쳤다. 그러고는 내려와 땅에 단정히 앉아 몸소 쓴 제문(祭文)을 읽었다.

오호, 슬프다, 공근이여! 어찌 이다지도 세상을 일찍 떠났단 말입니까. 명이 하늘에 있다지만 어찌 슬프지 않으리오. 슬픔을 견딜 길 없어 한 잔 술을 올리오니 영혼이 계시거든 이 술을 받으소서. 당신은 어려서 백부(伯符 : 孫策)와 사귀어 정의를 위해 재물과 집을 버리고 젊은 나이에 하늘을 높이 날았습니다. 나라를 세우자 강남을 차지하고 멀리 장하를 진압했습니다. 당신의 빼어난 용모는 좋은 배필로 소교(小喬)를 맞아 한(漢)나라 신하의 사위로서 당대에 부끄럽지 않았으며, 그 기개는 주군의 잘못을 간하고 아들을 인질로 바쳐, 처음에서 끝까지 꺾이는 일이 없었소이다. 파양에 있을 때 넓은 도량에 뜻이 높았고, 큰 재주는 문무에 뛰어난 책략이 있어 불로써 적의 대군을 쳐 깨뜨림으로써 강한 적을 물리쳤으니, 그때의 당신은 영웅의 기풍이 넘쳐흘렀습니다. 당신께서 일찍 죽음을 슬퍼하며 땅에 엎드려 피눈물을 흘렸던 것은 바로 이를 기려서입니다. 빼어나고 신령한 기운으로 목숨은 서른하고 여섯으로 마쳤으나 그 이름은 역사에 길이 남게 될 것입니다. 당신을 아끼는 슬픈 정을 걷잡을 길 없어 창자가 끊어지는 것만 같습니다. 내 재주 없어 꾀를 빌리고 도움을 청했더니 당신은 오나라를 도와 조조를 물리치고 한나라 조정을 도와 유비를 편안케 해 주었습니다. 서로 도우며 양쪽이 함께 손을 잡고 나간다면 두 나라의 앞길에 또 무슨 걱정이 있으리이까. 슬프오, 공근이여. 나는 살아 있고 당신은 죽어 영영 헤어지고 말았구려. 곧은 마음 굳게 지켜 혼령이 있으시거든 보이지 않는 가운데 내 마음 살피소서. 이제 내게는 지기(知己)가 없으니 참으로 원통하오이다! 엎드려 바라옵나니 이 정성 고이 받으소서.

다 읽고 나서 공명은 두 눈을 감았다.
감은 두 눈에서 샘솟듯 눈물이 넘쳐 뺨을 타고 흘러내렸다.
공명이 우는 것을 사람들은 처음 보았다.
이윽고 공명이 일어나 장례식장을 조용히 떠나는 것을, 손권을 비롯하여 모든 장수들은 기침소리 하나 내지 않고 숙연히 배웅했을 뿐이다.

공명의 귀신과도 같은 산모(算謀) 앞에 모조리 패하였고 주유는 그 젊은 목숨을 단축시켰다는 사실은 모든 사람들이 다 아는 바였다. 공명이 미워해야 할 적이라는 것은 틀림없는 사실이었다.

그런데도 공명이 그의 영전에 술을 따르고 제문을 읽고 나서 떠나는 것을 손권 이하 모든 장군 병사들이 묵묵히 배웅했다.

공명을 맞았을 때의 등등하던 살기는 사라지고, 거기에는 다만 깊은 고요가 있을 뿐이었다.

후세 사람이 시를 지어 탄식했다.

와룡이 남양에서 아직 잠을 깨기 전
빛나는 큰 별 하나 서성으로 내려왔어라
하늘이 일찍이 주유를 낸 바에야
어찌 이 세상에 공명을 다시 보냈나!

노숙이 퍼뜩 정신을 차린 듯이 뒤를 쫓았다.

공명이 강기슭으로 나와 막 배에 올라탈 때에 노숙이 따라붙어 정중하게 예를 차렸다.

공명은 물끄러미 노숙을 바라보며 말했다.

"그대가 도독으로서 권세를 잡고 있는 한 오나라는 태평하고 평안할 것입니다."

바로 그때 너절한 도포를 입고 대나무 갓을 깊숙이 눌러 쓴, 검은 띠에 흰 신을 신은 한 인물이 재빠른 걸음걸이로 가까이 다가와서 호통쳤다.

"제갈공명, 그대는 공근의 분통을 터뜨려 죽게 해 놓고 시치미를 떼고서 뻔뻔스럽게 조문을 하다니 동오에는 사람이 없다고 얕보는 것인가!"

공명은 엷은 안개 속을 뚫고 가만히 바라보더니 말없이 배 안으로 들어가려 했다.
"도망치는가, 공명!"
상대는 큰 소리로 고함쳤다.
그러자 공명은 파안대소하고 말했다.
"봉추 선생, 바라건대 노자경을 도와 오나라를 조조로부터 지켜
주시게나."
"하하하……. 과연 제갈공명이로군."
방통은 소리높여 껄껄 웃었다.
공명은 방통에게 그 자리에서 기다리라고 부탁하고 배 안으로 모
습을 감추었다.
아주 잠깐 기다리게 했을 뿐 공명은 모습을 나타내더니 곁에 있는
병사에게 편지 한 장을 들려 배에서 내리게 했다.
방통은 그것을 펴보았다.

내가 보는 바로는, 손후(孫侯)는 귀공을 중히 쓸 만한 눈이 없
네. 뜻이 맞지 않을 때에는 형주로 와서 양과 함께 유 황숙을 돕
기를 부탁하네.

방통은 높이 한손을 들어 공명에게 대답했다.
배는 떠났다.
뒤에 우뚝 서 있던 노숙은 이윽고 방통과 인사를 나눈 뒤 성으로
함께 갔다.
발인 절차가 끝나고 주유의 영구는 그의 고향인 무호(蕪湖)로 보
내졌다.
손권은 가슴에 큼직한 구멍이 뚫린 것처럼 멍청하게 며칠을 지낸
다음 어느날 저녁에 노숙을 불렀다.
"자경, 주유 대신 도독으로서 소임을 다할 자신이 있소?"

"공근 공의 추천으로 이 직에 앉기는 했습니다만 소임을 다할 재주는 없습니다. 그러므로 제가 큰 재사(才士) 한 사람을 추천하여 주공의 보좌로 삼고 싶습니다."

"누구인가?"

"양양 사람으로 방통이라고 하며, 위로는 천문에 통하고 아래로는 지리를 알며, 지모와 책략은 관중(管仲)과 악의(樂毅)에 못지 않고, 병을 쓰면 아마도 손무(孫武)나 오기(吳起)에 견줄 수 있을 것입니다. 어렸을 때 양양에서 공명과 어깨를 나란히 했으며, 공명이 와룡이라면 방통은 봉추라고 칭송을 듣던 인물입니다. 주도독과는 예부터 잘 아는 사이로 조조와의 어떤 결전에서도 주 도독은 방통에게 그 지모를 빌리셨습니다."

손권도 방통의 이름은 전부터 들어 왔었다.

다만 방통이 강남에 몸담고 있다는 것은 알지 못했다.

"좋아, 만나지……. 데리고 오라."

손권은 주유가 죽은 뒤 처음으로 얼굴에 생기가 되살아났다.

그로부터 사흘 뒤 방통이 노숙의 안내로 손권 앞에 나타났다.

손권은 방통의 용모를 흘끗 본 순간 매우 실망했다.

공명이 사람을 매료하는 빼어난 용모를 지니고 있는 데 비하여 방통은 그 얼굴이 추했던 것이다. 보통과는 다르게 생긴 상(相)이며, 보는 사람에 따라서는 그 추함 속에 보통 아닌 지모의 주머니가 감추어져 있음을 깨달을 것이 틀림없었다. 어렸을 때에 천연두를 앓았기 때문에 온 얼굴에 얽은 자국이 있고 풍채는 보잘것이 없었다.

뿐만 아니라 오후를 뵈려 참내(參內)하면서도 더부룩하게 수염투성이였고 더러워진 도포에서는 불결한 냄새까지 풍기고 있었다.

손권은 불쾌한 생각을 떨쳐 버릴 수 없었다.

"귀공이 평소에 배운 바는 무엇을 목적으로 삼고 있으시오?"

"목적 따위는 없습니다. 다만 기(機)에 따르고 변(變)에 응할 뿐

……."

"귀공은 자신의 재주와 학문을 세상 떠난 주유와 비교하여 어떻다고 생각하시오?"

그 물음에 방통은 곧 대답하지 않고 코딱지를 후벼팠다.

손권은 더욱 불쾌해졌다.

이윽고 방통은 천장을 올려다보면서 대답했다.

"내가 배운 바는 공근의 그것과는 매우 다른 것이라 봅니다."

이 말은 손권을 불끈하게 만들었다. 주유를 사뭇 경멸하는 말투가 아닌가.

'……이놈이?'

"다르다는 것은?"

"상상에 맡기겠습니다."

손권은 그 말이 떨어지기 무섭게 벌떡 자리에서 일어나 안으로 들어가 버렸다.

"아아, 아아……아함!"

방통은 두 팔을 쳐들어 크게 하품을 하더니 일어섰다. 노숙은 난처한 표정을 감추지 못하고 사죄했다.

"선생, 제가 추천한 일이 이런 결과를 불러와서 뭐라고 사과를 드려야 할지 모르겠습니다."

방통은 소탈하게 웃었다.

"결코 그대의 죄가 아닙니다. 오후가 쓰지 않는 것이니 하는 수 없는 일……."

"선생께선 이미 이 땅에 머무르실 마음이 없는 것이 아닙니까?"

"슬슬 여행을 떠나 여러 나라를 방랑해볼까 하는 생각을 하고 있지요."

"선생만한 대재(大才)시라면 어느 곳의 왕후라도 기꺼이 부르실 것으로 생각합니다. 선생 자신께서 선택하신다면 어느 주인을 택하시겠습니까?"

"우선……."

"…… ?"

"내가 골라잡는다면 조조일까요?"

"오오!"

노숙은 소스라치게 놀랐다.

조조의 모사로 방통이 간다면 오나라는 매우 위태로운 상태에 놓이게 될 것이다.

"선생께서는 조조의 사람됨을 좋게 생각하십니까? 제가 생각하기로는 만일 선생께서 조조의 군사가 되신다면 그것은 밝은 구슬을 어둠 속에 던지는 것과 같다고 해야 할 것입니다. 만약 형주 유황숙을 섬기신다면 공명 선생과 더불어 양 군사로서 중히 쓰이지 않겠습니까?"

"하하하…… 자경은 내가 조조의 휘하에 몸을 던지는 것을 무척이나 두려워하시는군요. 염려 마십시오. 앞서 한 말은 장난일 뿐입니다. 조조에게는 가지 않을 것입니다."

"내가 유 황숙께 추천하는 글을 적겠으니 부디 황숙께 가시도록 부탁드립니다."

노숙은 그제서야 안도의 한숨을 내쉬고 재빨리 추천하는 글을 써서 방통에게 내주었다.

방통이 형주에 이르렀을 때 공명은 4군(四郡)을 순시하러 나가 있어 언제 돌아올지 모른다는 것이었다.

'현덕은 과연 내 흉한 얼굴 모습을 보고 후한 대우를 할 마음이 생길까? 손권과 마찬가지로 불쾌한 생각을 품을지도 모르지.'

방통은 일부러 지저분한 모습으로 유비를 뵙기로 했다. 성 안에 들어가기 전에 우선 선술집에 들러서 나무 공기로 석 잔 가량 술을 들이켰다.

방통이 찾아왔음을 시신이 알리자 유비는 명했다.

"곧 이리 모셔라."

공명으로부터 그 재주가 크다는 말을 들었고, 일찍이 '와룡과 봉추'라고 나란히 일컬어졌다는 것도 알고 있었다.

그런데 유비는 들어온 인물을 보고 이맛살을 찌푸리지 않을 수 없었다. 상상하던 것과는 전혀 다른 풍채와 행동거지였다. 떠돌이와 다름이 없고 범상치 않은 이상(異相)을 지니고는 있으나 참으로 건방진 태도여서 도무지 경의를 표하려 하지 않고 우두커니 서서 흘끔흘끔 이쪽을 바라보고 있었다.

"봉추 선생이시오?"

유비는 자기도 모르게 묻지 않을 수 없었다.

"그렇습니다. 방통이라고 하는 자는 이 세상에 나 말고는 또 없지요."

유비는 상대가 입을 벌리는 순간 확 풍겨오는 시큼한 냄새를 맡았다.

'술을 마시고 만나러 오다니!'

씁쓰름하게 생각했다.

"무슨 볼일이시오?"

유비는 시치미를 떼고 물었다.

"전해 들은 바에 의하면 유 황숙께서는 널리 초야에 묻힌 현자를 찾으신다 하기에 이 방통도 불러 주실까 하고 찾아뵈었습니다."

그렇게 말하면서 방통은 콧털을 하나 뽑아내고 지저분한 손가락으로 콧구멍을 후볐다. 그의 품속에는 노숙의 추천서도 있고, 또한 공명이 찾아오라 했던 글도 있을 터였지만 방통은 어쩐 일인지 그것들을 내놓으려 하지 않았다.

큰 그릇 작은 일

"형주는 이미 치정(治政)이 정해져서 공교롭게도 그대에게 맡길 만한 일이 없구려. 다만, 여기서부터 동북으로 100여 리 떨어진 뇌양현(耒陽縣)에 현령 자리가 하나 비었는데, 그것이라도 괜찮다면……."

그 말을 듣자 방통의 입가에 엷은 웃음이 떠올랐다.

'현덕과 같은 사람도 왕후의 자리에 앉더니, 용모의 아름답고 추함에 사로잡혀서 속에 든 알맹이를 보지 못하는구나.'

"현령, 참으로 고맙습니다. 기꺼이 맡겠습니다."

방통은 아무렇지 않은 태도로 머리를 숙였다.

그리고 곧장 나귀를 타고 혼자 터덜터덜 시골길을 걸어 뇌양현에 부임했다. 그러나 방통은 그날부터 술독에 빠져 고을의 정사 같은 것은 아예 거들떠볼 생각도 하지 않았다. 금은이나 미량(米糧)의 비축에 대해서는 물론이고, 백성들의 송사(訟事) 같은 일까지도 멀찌감치 제쳐놓고 서류에 먼지가 뽀얗게 앉도록 내버려두기 일쑤였다. 이른 아침부터 술을 마시고 몇 시간씩 낮잠으로 허비하며 말할 수 없이 게으르게 나날을 보냈다.

당연히 이 새로운 현령의 무능한 태도가 형주에 밀고되었다.

밀고장을 읽어본 유비는 자기가 본 눈이 틀림없었다고 생각하고 장비를 불러 명령했다.

"수하들을 갖추어 형남(荊南)의 여러 현을 순시하되, 그 맡은 바 소임을 허술히 하거나 부정한 행위를 저지르는 자가 있거든 엄히 다스리고 오너라. 예상치 못한 어려운 일도 있을 터이니 만일의 경우를 대비해 손건과 함께 가는 것이 좋으리라."

"잘 알겠습니다!"

장비는 주군이 말은 하지 않았지만 방통이 뇌양현을 다스리는 모양을 시찰하고 오라고 명한 것이라 생각하고 손건과 함께 서둘러 출발했다.

성문에 이르자 군민·관리들 모두 성 밖으로 나와 맞았으나 어쩐 일인지 현령만은 보이지 않았다.

"현령은 어찌되었는가?"

장비가 묻자 한 벼슬아치가 대답했다.

"방 현령께서는 부임하신 지가 이미 100여 일에 이르렀습니다만 날마다 술만 드실 뿐 단 하루도 정무를 보살피지 않으셨습니다. 지금도 어제의 취기가 아직 깨지 않아 자리에 누워 계시는 형편입니다."

장비 역시 술을 좋아하기로는 어느 누구에게도 지지 않아 술로 인한 실수도 한두 번이 아니었건만, 그런 말을 듣자 오히려 불같이 노했다.

"썩어빠진 위인! 그의 명성이 한낱 허명(虛名)임이 분명하구나! ……술에 빠지다니 언어도단이다!"

장비는 당장 잡아 무릎을 꿇리리라 벼르면서 말을 몰아 동헌으로 달려갔다.

손건이 장비에게 급히 달려와 다짜고짜 체포하는 것은 삼가는 것이 좋다고 충고하며, 먼저 단단히 따져 물은 다음에 처벌하라고 권했다.

"알고 있소!"

장비는 안절부절 못하면서 방통이 나타나기를 기다렸다. 이윽고 일그러진 관을 쓰고 가슴까지 풀어헤쳐진 옷매무새로 방통이 비틀거리며 들어섰다.

"내가 방통이오."

이렇게 말한 다음 '후우' 시큼한 숨을 내뱉었다.

"시찰사 앞에 그렇게 곤드레가 되어 나오다니 무슨 망발이오! 방통이라면 일찍이 와룡 제갈공명과 어깨를 겨루던 준재가 아니오? 그런데 대낮부터 형편없이 취하다니 이게 무슨 꼴이오?"

"장익덕의 말씀치곤 어폐가 있소이다. 술을 마셨다고 귀공에게 비난을 받다니……원, 하하하."

"술을 마시는 것이 나쁘다는 말이 아니오! 백성을 다스리는 일은 내팽개쳐 놓고 술에 곯아 멍청해져 있는 꼴을 용납할 수 없다는 말이오. 백일이 넘도록 아직 한번도 서류를 들여다본 일이 없다니 무슨 일이오!"

"하하하……. 사방 백 리도 못되는 조그마한 현의 일을 가지고 뭘 그러시오. 현의 정사가 밀렸다고 하지만 그까짓 일은 하루면 족하오."

"그래? 재미있겠군. 그럼 우리가 보는 데서 처리해 보시오."

"알았소이다."

방통은 벼슬아치들에게 명하여 산더미처럼 수북이 쌓인 서류를 모두 내놓으라 했다.

아전들은 다투어 저마다 서류를 들고 나왔고 또한 동헌 뜰에는 소송을 낸 사람이며 잡혀 온 죄인들이 즐비하게 엎드렸다. 그 줄은 기다란 뱀처럼 층계를 돌아 동헌 밖에까지 이어져 있었다.

방통은 자리에 앉아 아전이 공무 서류를 하나씩 읽어나갈 때마다 조금도 머뭇거리지 않고 명쾌한 지시를 내렸으며, 갖가지 송사에 대해서는 흐르는 물처럼 막힘이 없이 시비곡직을 명확하게 밝혀 조금의 잘못이 없었다.

그 훌륭한 솜씨에 장비와 손건은 자기 눈을 의심했다.

수북이 쌓였던 공사(公事)는 저녁때가 되자 한 건도 남김없이 말끔히 처리되었다.

방통은 크게 기지개를 켜며

"어허, 참. 이제야 끝났군. 장군, 그럼 천천히 술잔이나 기울이도록 하실까요?"

방통은 술자리로 청했다.

장비는 정직한 성미이다. 자리에서 내려와 말했다.

"선생의 기막힌 재능, 똑똑히 보았습니다. 저의 무례한 태도를 너그러이 용서하십시오. 돌아가는 대로 주공께 선생의 비범하신 경륜을 보고드리겠습니다."

"돌아가시거든 이것도 함께 황숙께 전해 주시오."

방통은 노숙의 추천장과 공명이 권유하는 글을 꺼내어 장비에게 내주었다.

장비는 눈살을 찌푸리며 물었다.

"선생께선 주공을 뵈었을 때 어찌하여 이것을 내놓지 않으셨습니까?"

"하하하……. 이런 것을 믿고 몸을 맡기려 한다면 나의 재능을 올바르게 보아줄 수 없을 거라고 생각되었기 때문이었소."

방통은 웃었다.

"오오! 하마터면 큰 현인을 잃을 뻔했습니다."

장비는 주군의 밝지 못함을 자신의 부끄러움처럼 생각하여 정중하게 사과하고 뇌양현을 떠났다.

그 무렵 공명이 형주에 돌아와 있었다.

유비로부터 방통이 벼슬자리를 청해 왔기에 우선 뇌양현의 현령으로 부임케 했다는 말을 듣자 공명은 웃으면서 말했다.

"방사원은 백리 사방의 좁은 현 따위를 다스릴 작은 그릇이 아닙니다. 그 재능의 크기는 저의 갑절이나 됩니다. 지금쯤 술이라도 퍼마시고 자고 있을 것 같습니다."

"그렇소. 밀고가 들어왔기에 장비와 손건에게 그 진상을 알아보라고 보냈소."

"두 사람이 돌아와서 드릴 보고는 보지 않아도 환히 보입니다. 아마도 사원은 보란 듯이 갖가지 공사를 하루 만에 해치워 보였을 겁니다."

과연 장비와 손건은 돌아오자마자 방통이 얼마나 큰 그릇인지 목격한 것을 자세히 이야기했다.

"그와 같은 재사를 미처 알아보지 못했다니 내가 밝지 못했소."

유비는 뉘우치는 마음으로 재빨리 방통을 불러들였다.

방통이 당도하자 유비는 몸소 층계 아래로 내려와 자신의 눈이 어두웠음을 사과하면서 머리를 숙였다. 이어 유비는 단 위로 청하여 공명과 방통을 찬찬히 비교해보며 말했다.

"옛날 사마휘 수경 선생으로부터, 와룡이나 봉추 중 한 사람을 군사로 삼을 수 있으면 천하를 안정케 할 수 있을 것이라고 들은 일이 있소이다. 한 사람뿐 아니라 두 사람이나 얻었으니 이 손으로 한실(漢室)을 다시 일으키는 것도 이제 꿈만은 아니오."

그리고 유비는 거듭 자기가 큰 인재를 제대로 보지 못했음을 진심으로 부끄러워했다.

공명은 주군이 너무 미안해하는 것 같아 우스갯소리로 위로했다.

"방사원은 수경 선생도 처음에 사람됨을 깜빡 잘못 보실 뻔했답니다."

"그게 정말입니까?"

공명은 일화 한 토막을 소개했다.

소년 시절 방통은 그 재능을 꿰뚫어 보는 사람이 없었다.

처음으로 그를 알아보고 칭찬해 준 사람은 수경 선생 사마휘였다.

수경 선생은 전부터 인물 감정으로 정평있는 존재였다.

방통은 20세 때 사마휘를 처음으로 찾아갔다. 때마침 사마휘는 나무 위에 올라가 뽕잎을 따고 있었는데 방통을 보아도 별로 대수롭지 않게 여겼다.

그러나 바구니에 뽕잎이 가득 찰 때까지 방통이 나무 아래 서서 기다리고 있으므로, 그제야 한두 마디 하고서 돌려보낼까 하여 나무를 내려왔다.

그런데 불과 몇 마디 말을 주고받는 순간 사마휘는 그에게 깊이 이끌려 버렸다. 사마휘는 어느덧 이야기에 정신이 팔려 밤중이 되었다. 이야기가 끝나자 사마휘는 감탄했다.

"자네는 장차 남방 여러 주에서 첫째 둘째를 다투는 인물이 되리라."

이것이 세상에 퍼져 방통의 이름이 널리 알려지게 되었다.

방통은 고금의 유학에 특히 능통했고 학교를 세워 후학 양성에도 힘썼다.

그는 평소 인물을 비평할 때 지나치게 칭찬하는 버릇이 있었다. 사람들이 이상하게 여기고 까닭을 물으면 방통은 이렇게 대답했다.

"천하 대란의 때를 맞아, 질서는 어지러워지고 착한 이는 숨으며 악한 이는 날뛰고 있소. 풍속을 바로잡고 올바른 세상을 실현코자 한다면 사람들에게 아낌없는 칭찬을 해 주어야 하오. 그렇게 함으로써 그들에게 하고자 하는 의욕을 일깨워 주어야 하오. 이런 의

욕마저 없다면 선행을 하는 인간은 더욱더 적어지오. 가령 10명을 추천하여 5명이 안 된다 하더라도 아직 5명은 남소. 이렇듯 교화(敎化)를 통하여 뜻을 품은 자를 격려하는 것도 좀더 좋은 세상을 만드는 한 가지 방법이 아니겠소?"

유비는 이런 일화를 듣고 나자 더욱 감탄하여 방통을 그날로 부군사 중랑장에 임명했다.

주유가 죽은 건안 15년(210), 업도의 동작대는 8년의 대공사 끝에 마침내 완성되었다.

조조는 성대하게 준공식을 거행하라고 영을 내렸다.

따라서 여러 주의 대장, 문무 백관들이 축하의 큰 잔치에 초대되었다. 업도의 봄은 더욱 무르익었다.

이날 조조는 칠보로 아로새겨진 금관을 쓰고 푸른 비단옷에 황금의 검은 옥띠를 띠었으며, 발에는 걸음을 옮길 적마다 찬란하게 광채를 내뿜는 주리(珠履)를 신고 있었다.

"규모의 장대함이며 윤환(輪奐 : 집이 크고 아름다움)의 화려함을 훌륭하다느니 멋있다느니 따위의 말로써는 표현할 길이 없사옵니다."

아첨하는 늙은 가신의 말도 이 날만은 기분이 나쁘지 않았다. 이윽고 문무백관이 대 아래 시립했다. 그리하여 만세를 부르고 전원이 술잔을 들어 축하했다.

"이 좋은 날, 뭔가 흥겨운 유희가 없을까?"

조조는 잠시 생각하더니 이윽고 시신을 시켜 붉은 비단으로 된 전포(戰袍)를 가져오게 하였다.

그것을 넓은 정원 맞은편 높은 버드나무에 걸었다.

"여러 장수들의 활 솜씨를 보리라. 누구든 버드나무에서 백 보 거리를 두고 전포의 빨간 홍갑을 맞히도록 하라. 맞힌 자에게는 전포를 상으로 내려 주리라."

스스로 활솜씨를 자랑하며 나선 사람들이 수십 명이나 되었다. 그들은 모두 말 위에서 손에 작은 조궁(雕弓)을 들고 신호가 떨어지기를 기다렸다.

조조는 또다시 외쳤다.

"만일 맞히지 못하는 자는 벌로 장하의 물을 배불리 마시게 할 테다. 자신이 없는 자는 지금이라도 대열에서 물러나라. 그리고 이리 와서 벌주를 받으라."

기권하는 자가 없었다.

말은 앞발을 들며 히잉 높다랗게 울고 사람들의 마음은 자못 설레었다.

"좋다!"

조조의 영 아래 북소리가 울렸다. 순간 기마 무사 한 명이 말을 내몰며 말 위에서 활에 화살을 메겼다.

조조의 조카인 조휴(曹休)라는 자로 자는 문열(文烈)이라는 젊은 이였다. 발로 말 배를 걷어차며 넓은 정원 잔디를 세 바퀴 돌더니 버드나무로부터 100보 거리에서 말을 멈추고 한껏 활시위를 당겨 쏘았다.

화살은 멋지게 빨간 홍갑을 맞히었다.

"아, 당중(當中)이오, 당중!"

당상 당하를 메운 사람들 사이에서 감탄이 솟았고 손뼉 소리가 한동안 요란했다.

조조는 매우 흐뭇했다.

"역시 우리 집안의 천리마로다!"

그 사이 시신 하나가 버드나무로 달려가 걸려 있는 전포를 내려 조휴에게 주려고 하자,

"기다리시오! 승상의 상은 승상의 일족이 가질 수 없소. 소장이야말로 그 상의 임자요!"

어느새 말을 몰아 잔디를 한 바퀴 도는 장수가 있었다.

형주 사람 문빙(文聘)이었다.

문빙이 등자를 밟고 몸을 솟구쳤다. 활 당기는 손이 눈썹과 일직선이 되었다. 화살은 씽 하며 공기를 갈랐다.

순간 북이 울리며 뭇사람의 환성이 터졌다.

"맞았다, 맞았어! 버들에 걸린 홍포를 소장에게 내리십시오."

문빙이 큰 목소리로 외치자 또 한 기가 달려나오며 외쳤다.

"누구냐, 홍포 도둑은! 냉큼 물러서라!"

조조의 사촌 동생 조홍이었다.

예사 것보다 굵은 조궁을 힘껏 당겨 쏘았다. 그 화살도 멋지게 전포의 흉갑을 꿰뚫었다.

북소리, 환성…… 마치 벌집을 쑤신 듯이 소란했다.

그러자 또 한 사람——

"우습구나, 어린아이들 활솜씨!"

말을 몰고 달려나온 무장은 하후연(夏侯淵)이었다.

그는 번개같이 말을 달리면서 몸을 돌리지도 않은 채 화살을 쏘았다. 그 화살은 세 사람이 쏜 화살의 한 가운데를 명중시켰다.

하후연은 화살을 쫓아 버드나무 아래로 말을 몰았다.

"미안하지만 이 전포는 소장이 가지겠소!"

말 위에서 손을 뻗치려 했을 때 멀리서부터 누군가 외쳤다.

"방자하구나!"

꾸짖는 목소리와 더불어 화살이 날카로운 깃털소리를 내며 날아왔다. 그것은 서황이 쏜 화살이었다.

"앗!"

모든 사람들은 간담이 서늘했다.

그러나 다음 순간, 그 화살은 너무도 멋지게 버들가지를 맞혔다.

버들잎을 허공에 흩뿌리며 붉은 전포가 땅에 떨어졌다.

서황은 달려오자마자 말 위에서 전포를 집어올려 자기 등에 걸치고 곧 되돌아와서 단 위의 조조를 우러르며 말했다.

"승상의 상을 고맙게 받겠습니다."

"정말 대단하군!"

사람들은 그저 어안이 벙벙해서 할 말도 잊고 있었다. 그러자 대 아래 서 있던 허저가 뭇 장수 열에서 뛰어나가 불문곡직, 서황의 활대를 잡고서 비단전포를 확 잡아당겼다. 서황은 그대로 말에서 끌려 내려왔다.

"아니, 무례하다!"

"무슨 소리냐! 아직도 승상의 허락은 없으시다. 차지하는 자가 임자다."

"뭐라고?"

"내놓아라!"

마침내 두 사람은 맞붙어 격투를 벌였다. 서로 꽉 잡은 채 땅에 뒹굴었고 엎치락뒤치락하는 바람에 비단전포는 갈기갈기 찢어지고 말았다.

"떨어져라, 떨어져!"

조조는 대 위에서 쓴웃음을 지으며 명령했다.

조조의 명으로 징소리가 울리고 비로소 장내가 조용해졌다. 조조가 말했다.

"모두들 더하고 못하고가 없이 훌륭한 솜씨였다. 내 어찌 그대들의 무용에 대해 한 벌의 전포를 아끼랴."

곧 시신을 시켜 그들 모두에게 한 벌씩 촉금(蜀錦) 전포를 나눠 주게 했다.

"자, 위계(位階)를 좇아 자리에 앉아라. 그리고 마음껏 마시자."

그때 악부의 악사들은 일제히 음악을 연주하여 흥을 돋우어 주었다. 이윽고 술도 거나해졌을 무렵 조조가 말했다.

"장수들은 모두 활을 겨루어 명사수의 솜씨를 발휘했다. 글을 아
는 사람들도 무엇인가 좋은 글로써 오늘의 잔치를 기념해야 하지
않겠는가."
우레같은 박수 소리가 터졌다.
그러자 왕랑(王朗)이 문관의 자리에서 일어나 조용히 아뢰었다.
"명을 받들어 변변치 않은 시를 한 편 올리겠습니다."

　　동작 높은 곳에 제업 장하니
　　산수가 빼어나 광휘(光輝)를 겨루네
　　삼천 검패(劍佩) 황도(黃道)를 달리니
　　백만 비휴(貔貅) 자미(紫微)에 나타나다

조조는 크게 기뻐하고 그에게 비장(祕藏)의 술잔에 술을 가득 따
라 주었다.
"잔째 마셔라."
왕랑은 술잔을 비우고 잔을 소매 속에 넣은 뒤 물러갔다.
그러자 또 한 사람 종이에 시를 써서 일어나는 사람이 있었다. 시
중상서 종요(鍾繇)였다. 종요는 예서(隸書)에 있어서 당대 으뜸이
라는 평판을 듣는 사람이었다.

　　동작은 높아 하늘에 닿고
　　눈을 내려 보니 산천이 완연하다
　　난간은 구비구비 밝은 달이 머물고
　　창문은 영롱하여 푸른 연기가 스민다
　　한조 가풍(歌風)은 덧없어라
　　정왕의 말놀이 헛되게 채찍을 휘두르다
　　주인의 성덕, 요순 못지않아

원컨대 승평 만만세하옵소서

"가작이로다, 가작!"
조조는 격찬해 마지않았다.
그에게는 벼루 하나를 상으로 주었다.
"아아, 인신(人臣)의 부귀 이보다 더하랴."
조조는 좌우를 돌아보며 문득 중얼거렸다. 그는 이런 자리에서도
자기를 반성했던 것이다.
주석이 조용해지며 모두 조조의 말에 귀를 기울였다.
"그렇다고는 하나 만일 이 조조가 없었다면 나라들의 반란은 아
직도 그치지 않고, 저 원술처럼 천자를 참칭하는 자가 잇따라 나
타났을 것이다. 다행히도 나는 원소, 유표를 토평(討平)하고 몸
은 승상의 무거운 직책을 맡고 있다. 그런데 혹시 조조도 천하를
찬탈하려는 야심을 품고 있는 것이 아닐까 의심하는 자가 있을지
모른다. 하지만 어릴 때에「악의전(樂毅傳)」을 읽었던 바, 조왕이
병을 일으켜 연나라를 치려 할 제 악의가 그 앞에 꿇어엎드려 한
말을 한시라도 잊지 않고 있다. 악의는 '일찍이 신은 연왕을 섬겼
고 연을 떠나온 지금에 이르기까지 연왕을 생각하는 마음은 당신
을 섬기는 진심과 조금도 다름이 없습니다. 차라리 죽을지언정 불
의의 싸움은 않겠다'고 울며 말했다. 내가 사해의 난을 토벌하고
조정에서는 재상의 권력을 쥐고 나아가서는 병마의 대권을 진 것
도 이렇게 하지 않으면 사방의 도둑들이 모두 사사로이 정권을 세
워 백성은 언제까지나 도탄의 괴로움에서 헤어나지 못하고 질서
는 어지럽게 될 뿐이라, 마침내는 무정부 상태에 빠져 한실의 천
하가 멸망에 이를 것을 겁냈기 때문이다."
조조의 말에 모두 숙연해져 한동안 말이 없었다.
후세 사람이 이런 시를 남겼다.

주공도 한때 유언비어 두려워했고
왕망도 선비를 겸손히 모신 때 있지
만일 그 때에 몸이 바로 죽었더라면
일생의 진실과 허위 그 누가 알았으랴!

가락, 그리고 울림

조조는 동작대 맨 위층에 올랐다.

거기에 서면 아득한 곳까지 한눈에 들어왔다.

'호오……백과 흑이 되는구나…….'

그는 끄덕였다.

금(琴) 소리가 들려온다. 절묘하기 비할 데 없는 솜씨였다.

조조가 고개를 끄떡이는 것을 보고 사람들은 그가 오묘한 음악에 감동한 것이라고 생각했다. 그는 확실히 감동하고 있었지만, 금이 내는 곡 때문은 아니었다.

동작대 위에서 굽어보는 경관(景觀)에 감탄했던 것이다. 강의 수면이 하얗게 반짝인다. 그리고 나무들의 푸르름도 멀리 가면, 그 본디의 푸른 빛을 잃고 거무죽죽해진다. 강물 언저리는 누렇다. 하지만 이것 또한 멀리 굽어보면 희게 보인다.

어떤 색깔도 멀어지면 희거나 검게 변하는 모양이다.

가까이서 보는 것과 멀리서 보는 것에는 커다란 차이가 있었다.

'눈앞의 것에 사로잡혀서는 안 된다. 멀리 바라보아야 한다. 빨

강, 노랑, 초록 등 여러 가지 색깔에 현혹되지 않고 모든 것을 흰 것과 검정으로 보아야 한다.'

아득한 지평선을 보며 조조는 생각했다.

어느 틈엔가 금 타는 소리가 그쳐 있었다. 처음부터 듣고 있지 않아 그것이 언제 끝났는지 몰랐다.

"아뢰옵니다. 대 도독 주유가 죽었다는 소식이 왔습니다."

"뭣이, 주유가? 유비 녀석 운이 열리기 시작했는걸."

조조는 누구에게라 할 것 없이 말했다.

금은 방 안에서 연주되고 있었는데 조조는 밖으로 나와 난간에 호상(胡床 : 의자)을 놓고 앉아 있었다.

"금을 들어가며 경치를 보자."

조조는 그렇게 말했지만, 실제로는 금 따위 한쪽 귀로 흘려버리고 먼 곳을 바라보고 있었던 것이다.

그렇다고 경치를 감상하고 있었던 것도 아니었다. 천하에 대해 생각하고 있었다. 경치는 그를 위한 하나의 자극에 지나지 않았다.

'주유가 죽다니…… 그럼 시작인가…….'

지금까지 생각하고 있던 것은 동오에 주유가 있다는 전제 아래 짜본 구상이었다.

반유비파의 선봉인 주유가 죽었다면 손권의 누이를 아내로 맞은 유비는 안정된 위치를 갖게 되리라. 그 안정이 문제였다. 확고 부동한 안정은 아닐지라도 유비로서는 한시름 놓을 수 있는 마음의 여유를 얻게 된 것이다.

조조로서는 손권과 유비와의 관계가 불안정할수록 유리했다.

하지만 조조의 기대대로 일이 진행되지는 않았다. 주유 사망의 소식은 조조에게는 흉보에 가까웠다.

급사는 덧붙였다.

"노숙이 대도독의 뒤를 이었다 하옵니다."

"다시 시작이다!"

조조는 소리내어 말했다.

급사가 고개를 갸웃하며 물었다.

"뭐라 말씀하셨습니까?"

"아무것도 아니다. ……모두 물러가라. 나 혼자서 금을 듣겠다."

조조는 짜증스러운 목소리로 명했다. 그 자리에 있던 가신들은 모두 서둘러 물러갔다.

남은 것은 금을 타는 여자 단 한 사람이었다. 여자와 단둘이 되자 조조는 비로소 말을 던졌다.

"오묘한 가락이었다."

여자는 대답했다.

"황공하신 말씀입니다. ……듣지 않고 계서서 걱정하였습니다."

"뭣이?"

조조는 의자에서 일어나더니 말끄러미 여자를 굽어보았다. 여자는 고개를 숙이고 있다.

"내가 듣고 있지 않았다는 것을 그대는 알고 있었나?"

"예, 반응이 없었습니다. 승상을 위로해 드리고자 금을 탔습니다만."

"그래? 과연 명수로군. ……죽은 아버지 못지않은 금의 명인이구나."

"황공하옵니다."

여자는 겨우 얼굴을 들었다.

죽은 채옹(蔡邕)의 딸 채문희였다.

흥평 2년(195) 헌제가 장안에서 낙양으로 갈 때 흉노에 납치되어 오프라의 아들인 좌현왕 표의 측실로서 오래 살았던 여성이다. 채문희는 좌현왕 표의 아들을 둘 낳았다.

조조는 문희의 아버지인 채옹과 친교가 있어 몸값을 치러 주고 흉노에게서 되샀던 것이다.

채옹은 당대 으뜸의 금 명수로서 알려져 있었는데 그 기능을 딸인 문희가 고스란히 물려받고 있었다.

조조는 위로의 말을 해주었다.

"신선의 금을 듣지 않다니 예의에 어긋나 버렸군."

"아아뇨, 돌아가신 아버지가 늘 말씀하셨습니다. 듣는 자에게 음을 잊게 하는 것이 금의 극치라고."

채문희는 말하고 나서 다시 고개를 숙였다.

"나는 다른 일을 생각하고 있었지."

"생각하시는 데 도움이 되었다면 금도 영광입니다."

"그런데 다시 생각하지 않으면 안 되게 되어 버렸어. 그대의 금으로 다시 한번 내 생각을 도와 주겠나?"

"알겠습니다."

문희는 자세를 바로잡았다.

"오묘한 금의 소리와 맑고 깨끗한 벗의 말은 사람에게 좋은 생각을 떠올린다고 하옵니다."

"조금 기다려라."

조조는 오른손을 앞으로 내밀며 말했다.

오묘한 금의 가락은 명수 채문희가 타 준다. 그러나 맑고 깨끗한 벗이라면 누가 있을까? 조조는 잠깐 생각하더니 곁에 있던 방울을 집어들어 흔들었다.

시신이 나타나 한 쪽 무릎을 꿇었다.

"오두미도의 교모를 이곳에 불러라."

조조는 명했다.

금(琴)은 금(禁)이라는 말이 있다. 음사(淫邪)를 금하여 사람의 마음을 바르게 하기 때문이라고, 그 유래가 옛날 책에 씌어 있다. 그만큼 금은 옛날부터 깨끗하게 여겨졌다.

칠현이공(七絃二孔).

칠현은 북두칠성을 상징한 것이며, 이공은 용지(龍池)니 봉소(鳳沼)니 하는 경사스러운 이름이 붙어 있다.

청아하게 금이 울리고 있다.

조조는 난간 곁 의자에 걸터앉아 있다. 의자는 호상(胡床)이라고 하는데 글자 그대로 오랑캐의 것이다. 그때까지 바닥에 앉아 지냈던 한민족이 호상, 즉 등받이가 있는 의자를 즐겨 사용하게 된 것은 후한에서 삼국시대에 걸쳐서라고 한다.

헌제의 아버지 영제가 호상을 즐겨 사용했음은 사서에도 기록되어 있다.

조조도 호상을 즐겨 썼다. 그것은 그의 키가 작았기 때문이다. 자기는 호상에 걸터앉고 다른 사람을 바닥에 앉히면 그만큼 자신이 크게 느껴졌던 것이다.

오두미도의 교모 소용은 방 한구석에 정좌하고 있다. 문은 열려 있었고 난간을 두른 회랑은 그다지 넓지 않아 두 사람 사이는 꽤나 가까웠다.

조조는 소용을 굽어보았다. 작게 보였지만 위압에 눌릴 것 같지는 않았다. 소용에게는 만만찮은 것이 있었다.

일찍이 소용은 조조에게 말했다.

'장군은 천하를 잡도록 하세요. 저는 천하 사람의 마음을 잡겠어요.'

밉지 않은 도전이었다. 그윽한 벗의 말이라고 문희가 말했을 때, 조조는 소용을 연상하지 않을 수 없었다.

조조가 물었다.

"어째서 교모는 한중에 있는 아들에게 돌아가지 않나?"

"오랫동안 떨어져 있는 사이 한중 사람들과 사고방식이 달라졌습니다."

"어떻게 달라졌나?"

"전에도 말씀드린 것처럼 저는 사람 마음속에 도(道)의 가르침을 펴고자 한결같이 노력하고 있습니다. 한중 사람들은 한중이란 땅을 가지고 있어, 그 땅을 지키고 그것을 넓힘으로써 가르침을 펴려고 합니다. 그게 다릅니다."

소용의 아들 장로(張魯), 자는 공기(公祺)이다. 그가 한중을 차지한 지 벌써 25년이 된다. 제자 진잠을 데리고 소용은 그곳을 떠나왔다. 그 뒤 소용은 한번도 오두미도의 총본산인 한중에 발을 들여놓은 일이 없었다.

도의 가르침은 마음속에서 펴야 한다는 소용의 신념이 영지를 가진 아들의 생각과 차츰 멀어졌던 것이다.

조조는 말했다.

"호오, 교모도 그러고 보니 슬픈 사람이군."

그때 채문희는 별학조(別鶴操)라는 곡을 연주하며 나직한 목소리로 노래하고 있었다.

금곡(琴曲)으로선 창(暢)·조(操)·인(引)·농(弄)의 4가지가 있었다. 그 가운데 '조'는 구슬픈 가락이다. 금에 맞추어 노래하는 가사만도 조는 12종이 있고, 그 가운데 별학조는 자식을 낳지 못하여 소박맞은 여자의 슬픔을 노래한 것이다.

곡도 가사도 애절한 것이 마음을 아프게 만들었다.

소용은 천천히 고개를 저었다.

"저는 슬프지 않습니다."

"그럴까? 자기의 친자식과 헤어져 25년……. 소박맞은 여자보다 더 깊은 슬픔이 있을 것 같은데."

"예사 어머니들은 자기 자식의 마음속에서밖에 살 수 없지요. 저는 많은 사람들 마음속에 살아 있습니다. 어찌 슬프겠습니까?"

"호오, 꿋꿋한 생각이로군."

이렇게 말하고서 잠시 곰곰이 생각하더니 허리를 펴며 말했다.

"장로를 쳐도 괜찮겠나?"

"예."

소용은 크게 끄덕였다.

"마음대로 하십시오."

"장로는 죽을지도 모른다. 전쟁에서는 관용이란 있을 수 없으니까. 교모의 아들일지라도 예외가 될 수 없지."

"오랫동안 만나지는 못했지만 내 아들 노는 그렇게 어리석지는 않을 것입니다. ……어쨌든 되도록 빨리 한 마디 해 주십시오. 틀림없이 잠에서 깨어날 것입니다."

"교모, 그대는……."

내 마음을 읽었는가 하고 물으려고 했지만, 조조의 말이 채 끝나기도 전에 백발이 된 소용은 아름다운 얼굴에 맑은 미소를 머금고서 머리를 끄덕였다.

소용은 말했다.

"큰 파도가 일겠지요. 승상께서라면 그 파도를 잘 타실 수가 있을 겁니다."

"큰 파도라……."

조조는 쓴웃음을 지었다.

적벽전이 끝난 뒤 얼마쯤 교착된 국면을 조조는 한껏 휘저어 놓으려 했던 것이다. 그것을 소용이 알아차리고 '큰 파도가 인다.'고 형용했던 것이다.

지금 천하는 거의 조조·유비·손권에 의해 삼분(三分)돼 있다. 조조에게는 유비와 손권이 서로 싸우는 것이 가장 바람직하다.

그렇다면 유비와 손권 사이의 분쟁의 불씨가 될 수 있는 것은 무엇일까?

그것은 촉 문제일 것이 분명하다.

형주의 주인이 된 유비는 더욱 도약하기 위해서 익주, 즉 촉을 손에 넣고 싶어하리라. 유비가 그 기회를 노리고 있음을 조조는 잘 알고 있었다. 그가 유비의 입장이라 하더라도 틀림없이 촉을 바라게 되리라.

그런데 동오의 손권 진영에서도 죽은 주유의 원모(遠謀)로써 '정촉론(征蜀論)'을 주장하는 자가 있었던 것이다.

다만 현실 문제로서, 촉을 공략하자면 유비가 차지하고 있는 형주 땅을 지나지 않으면 안 된다.

그러나 손권의 군세가 지나가는 것을 유비가 잠자코 내버려 둘 리가 없었다. 그러기에 주유는 죽기 전부터 형주 북부를 유비에게 주는 데 반대했고 스스로 강릉에서 버티고 있었던 것이다.

손권군은 촉에 진격하지 못하지만 그렇다고 해서 유비군이 촉으로 가는 것을 팔짱만 끼고 보고 있지는 않으리라. 적어도 그 등 뒤를 습격하리라.

촉나라 주인은 아버지 유언(劉焉)으로부터 익주목 지위를 이어받은 유장(劉璋)이었지만 우유부단했고 게다가 무능했다. 가신 중에는 주군에 실망하고 은밀히 다른 호족에 접근하고 있는 자도 있었다.

한중은 중원에서 촉으로 들어가는 입구에 해당된다. 지금 그곳에는 오두미도라는 종교 단체에서 출발한 장로의 정권이 자리잡고 있다. 그것이 약체정권(弱體政權)이라 촉의 무능한 영주도 평안할 수 있었다.

그러나 한중이 만일 조조와 같은 강력한 세력에 점령된다면 촉은 당장 위기를 맞게 될 것이다. 그러면 누군가에게 구원을 청하지 않을 수 없다.

"유황숙께 응원을 부탁하자."

이런 주장이 유장의 가신 가운데 친유비파로부터 반드시 나오게 되리라.

"좋은 기회다!"

유비는 마침내 움직인다.

"그렇게 하게 둘 수는 없지!"

손권군도 움직이리라.

그리하여 소강 상태에 있던 천하대세에 드디어 큰 파도가 일게 되는 것이다.

"아니, 낯선 가락이잖아?"

소용과의 대화가 일단락되자 조조의 귀에 다시 금의 소리가 들렸다. 그것은 이미 별학조가 아니었다. '조'도 아니고 '창'도 아니다. 음악을 좋아하는 조조는 웬만한 곡은 모두 들어 알고 있었다.

"황공하옵니다."

채문희는 줄에서 손가락을 떼고 머리를 숙였다.

"중국의 가락이 아니군."

조조는 확실한 귀를 가지고 있었다. 어딘가 이질적인 울림이 그 속에 숨어 있음을 민감하게 알아냈던 것이다.

"과연 승상이십니다."

얼굴을 들어 채문희가 대답했다.

"흉노로군."

"예."

"흉노에게도 금이 있나?"

"아아뇨, 뿔피리입니다."

"호가(胡笳)라는?"

"예, 그 호가의 가락을 제가 중국의 곡으로 바꾸어 본 것입니다."

"오랫동안 고생했군. 다른 나라 하늘 아래서……."

"난세에 고생을 한 것은 저 혼자가 아니옵니다."

"그렇겠지."

조조는 입술 가장자리를 살며시 깨물고 있었다.

"난세는 안 돼 ! 빨리 천하를 통일시켜 평화로운 세상을 만들어야만 하겠어."

"부탁이옵니다."

조조를 우러르는 채문희의 눈에 눈물이 반짝이고 있었다.

"그러기 위해서는 싸워야만 한다."

조조는 호상에서 몸을 일으켜 다시 방울을 흔들었다.

시신이 나타나자 그는 명했다.

"삼공 구경과 장군, 교위 전원에게 내일 아침 승상부에 모이도록 통지하라."

한편, 손권은 유비에게 사자의 목을 보내 공동작전으로 촉 땅을 공략하자고 제의했다.

"오두미도의 장로는 바야흐로 파서(巴西) 한중을 점거하여 스스로 왕이라 칭하고 조조의 앞잡이가 되어 익주를 탈취하려 하고 있습니다. 그런데 저 나약한 익주목 유장은 도저히 지켜내지 못할 것입니다. 만일 촉이 조조의 손에 들어가면 귀공의 형주는 곧 위태롭게 됩니다. 그러니 우리가 선수를 써서 유장을 공격하고 이어서 장로를 정벌하는 것이 어떻겠습니까? 촉과 한중을 합치게 되면 귀하의 형주에서 우리 오나라까지 하나로 이어진 세력권이 형성됩니다. 그렇게만 된다면, 설사 10명의 조조를 적으로 돌린다 해도 겁날 것이 없습니다."

그런데 유비는 차갑게 거절했다. 그는 일찍부터 촉을 앗아 독차지할 속셈이었다. 손권과의 동맹은 생각지도 않았다.

유비는 손권에게 아래와 같은 회답을 보냈다.

촉은 경제력이 풍부한데다가 험준한 산으로 둘러싸인 곳입니다.

따라서 나약한 유장이라곤 하지만 얕볼 수가 없습니다. 장로만 하더라도 거짓이 많은 사나이라 진심으로 조조에게 충성을 바친다고는 생각할 수 없습니다. ……또 촉과 한중 공략의 병을 일으키려 한다면 군량 수송에만도 엄청난 힘이 듭니다. 이런 악조건 아래 승리를 거두고 적지를 점령한다는 것은 오자의 책략, 손자의 병법을 가지고서도 불가능한 일이지요. 그리고 조조는 한실을 업신여기고 있다고는 하나 천자를 받들고 있다는 대의명분만큼은 무시할 수가 없습니다. 대개의 사람들이 보듯, 지금 조조는 적벽에서의 대패로 타격을 받고 원정의 의욕을 확실히 잃고 있겠지요. 그러나 그는 자그마치 천하의 3분의 2를 차지하고 있습니다. 그런 조조이니만큼 창해(滄海)에서 말에게 물을 마시게 하고 관병식을 오나라 땅에서 하겠다는 마음이 있다면, 어찌 지키고 나오지 않거나 앉아서 늙음을 기다리겠습니까? 더욱이 까닭없이 동맹자끼리 서로 다투는 일이라도 생긴다면 그거야말로 조조가 노리는 바로써, 그에게 공격할 틈을 주는 것과 같습니다. 아무리 보아도 좋은 계책이라 할 수 없습니다.

그러나 손권은 유비의 의견을 무시하고 손유(孫瑜)에게 명령하여 수군을 하구(夏口)에 진주시켰다. 이곳을 거점으로 총공략을 하려 했던 것이다.

그러나 유비는 영내 통과를 허락치 않고 손권에게 잘라 말했다.

"오가 형주를 통과하여 촉을 공격케 하고는 천하에 얼굴을 들고 다닐 수 없습니다. 그런 일이 일어난다면 나는 차라리 세상을 버리고 산에 들어가겠소."

이리하여 관우를 강릉에, 장비를 자귀(秭歸)에 주둔시킴과 동시에 제갈량을 남군에 진주시켰으며, 유비 자신은 잔릉(孱陵)에 머물러 어디까지나 저지하는 자세로 나갔다.

유비가 단단한 결의를 보이자 손권도 할 수 없이 손유에게 철수 명령을 내렸다.

조조가 꿰뚫어본 것처럼 유비와 손권에게는 분쟁의 불씨가 있었던 것이다.

호랑이 날개

건안 16년(211) 3월.

조조는 부하들이 모인 자리에서 주먹을 불끈 쥐어 머리 위로 높이 쳐들며 큰 목소리로 선언했다.

"한중의 장로를 친다!"

이때 경리관인 고유(高柔)가 간했다.

"대군이 서쪽으로 향하게 되면 섬서의 마초(馬超)·한수(韓遂) 등이 자기들을 토벌하려는 게 아닌가 의심하고 서로 동맹을 하게 될지 모릅니다. 먼저 그들을 달래고 어루만져 장안 일대를 평정한 뒤 한중으로 출병해야 합니다."

"안 된다. 장로를 친다!"

조조는 한 마디로 그 간언을 물리쳤다.

'똑똑한 체하는 녀석들!'

조조는 속으로 크게 혀를 찼다.

목표는 장로가 아니다. 장로 따위는 치려고 마음만 먹는다면 언제라도 칠 수 있다. 혹은 병사를 일으킬 것까지도 없이 소용이 한 마디하면 장로는 투항할지도 모른다.

하지만 천하를 휘젓고 큰 파도를 일게 하기 위해서는 한중의 장로를 친다고 선언할 필요가 있었던 것이다. 선언을 하고 나서 병사를 움직이지 않는 것은 우습다. 병사를 움직인다. 그리하여 이 기회에 섬서(陝西)의 작은 군벌을 쳐없앤다.

장안에서부터 난주(蘭州)에 걸쳐 작은 군벌이 할거하고 있었지만 주된 적은 마초와 한수 두 사람 정도였다. 그밖에 후선(侯選)·정은(程銀)·양추(楊秋)·이감(李堪)·장횡(張橫)·양흥(梁興)·성의(成宜)·마완(馬玩) 등 여덟 장수가 있었다. 세상에서는 이들을 통틀어 '관중(關中)의 십부(十部)'라고 불렀다.

조조의 본영에서 군의(軍議)가 열렸다.

"관중의 십부가 우리들의 통과를 묵인하지 않을 겁니다."

이번 원정군 사령관으로 임명된 사례교위 종요(鍾繇)가 이런 걱정을 했다. 그것은 당연한 걱정이었다.

왜냐하면——.

현덕이 방통을 모사로 쓰게 됐다는 소식이 알려졌을 무렵이다. 이것은 조조에게 굉장히 큰 충격이었다.

"공명도 모자라 방통까지 더하다니 이거 큰일이군. 어물거리다간 큰일나겠다. 곧 형주를 치지 않으면 이 허도가 위태로워지리라."

조조는 모든 모사들을 모아 남정(南征)을 의논했다.

순유가 유비를 치기 전에 먼저 손권을 쳐야 한다고 주장했다.

"주유가 죽은 지금이야말로 오나라를 칠 좋은 기회라고 생각합니다."

"그러나 내가 멀리 원정(遠征)에 나선다면 서량(西涼)의 마등(馬騰)이 허도를 공격할 염려가 있다. 마등이 강병을 기르고 말을 마구 사 모으며 양식을 비축한다는 소식이 들어와 있다. 나를 공격하려는 생각이리라."

"마등을 정남(征南)장군으로 임명하여 역적 손권을 치라고 조칙을 내리신 뒤, 허도로 꾀어다가 목숨을 빼앗으면 어떻겠습니까?"

"음, 묘안이다."

조조는 재빨리 사자를 서량으로 보냈다.

마등은 자를 수성(壽成)이라 하며, 한나라 복파(伏波)장군 마원(馬援)의 말손(末孫)이었다.

그 아버지는 이름을 숙(肅), 자를 자석(子碩)이라 하며, 환제(桓帝) 때에 천수군(天水郡) 난간현(蘭幹縣)의 현위(縣尉) 일을 보았다. 뒤에 벼슬에서 물러나 농서(隴西)를 방랑하여 강인(羌人)들 틈에 사는 동안 강인의 딸과 혼인했다. 그 아들이 마등이었다.

마등은 다시 그의 장남을 초(超)라 하고 차남을 휴(休), 삼남을 철(鐵)이라 하였다. 특히 장남 마초는 마등에게 큰 의지가 되었다. 마초는 훗날 장수로써 무명을 날리는 용장이 된다. 당대의 마씨 일족은 무관의 명문 혈통을 이어받았다.

마등은 키가 일곱 자를 넘고 용모가 빼어났으며 성품은 온량(溫良)하여 인망이 높았다.

영제(靈帝) 말년, 강인이 각처에서 모반을 일으키자 마등은 민병을 소집하여 이를 쳐 제압하였으며, 그 공으로 정서(征西)장군에 임명되었던 것이다. 진서(鎭西)장군 한수(韓遂)와는 형제의 인연을 맺어 바야흐로 그 기세는 아침해가 돋는 것과 같았다.

조조로부터 사자가 도착하여 정남장군에 임명한다는 조칙을 전하자 마등은 장남 마초(馬超)를 불러 의논했다.

"조조가 승상 자리에 앉아 교만하게 굴고 권력을 마음대로 행사하여 언젠가는 천자를 시역(弑逆)하고 제왕의 자리를 빼앗을 야망을 품었다고 보고서 나는 일찍이 국구 동승 공과 함께 모계를 짜 이를 칠 것을 맹세한 일이 있었다. 그때 좌장군 유비도 혈맹

(血盟)에 가담했었다. 그러나 세월은 흘러 조조의 위세는 흔들리지 않고 오히려 확고한 것이 되어 이를 치기란 사실상 불가능하게 되었다. 이런 때에 조조는 나를 정남장군에 임명하여 허도로 부르는 것이다. 이를 거절하면 역적으로 몰 것이니 어찌하면 좋겠느냐?"

마등에게는 조조를 칠 뜻이 전혀 없었던 것이다.

아들 마초가 말했다.

"우선 가셔서 조조의 태도를 주의 깊게 살펴본 다음 결심을 하시는 것이……."

그리하여 마등은 서량의 정예 5천을 이끌고 허도로 올라갔다. 성 밖 20리 지점에서 진을 치고 조조에게 도착했음을 알렸다. 그러자 문하시랑 황규(黃奎)라는 자가 그를 맞기 위해 성 안에서 나왔다.

황규는 조조로부터 서량 군세의 노고를 위로하고, 마등에게 서량으로부터 대군을 이끌고 남정하는 것은 너무 먼 길이니 허도의 군세를 더하여 가라고 전하라는 명령을 받고 있었다.

그러나 황규는 뱃속에 한 가지 다른 생각을 품고 있었다. 마등을 만나자마자 속삭였다.

"이런 말씀을 드려 어떨는지 모르겠습니다만, 장군께서는 일찍이 국구 동승과 맹세하신 조적주륙(曹賊誅戮)에 대한 일을 잊지는 않으셨겠지요?"

"승상의 사자로서 할 말씀이 아니라고 생각하오만……."

마등은 이맛살을 찌푸렸다.

"제 아버지 황완(黃琬)은 이각과 곽사의 난 때, 금문을 지키다가 원통한 최후를 마친 충성된 신하였소이다. 한데 그 아들인 제가, 조조와 같은 역적 아래 몸을 굽히고 있다는 것은 견딜 수 없는 일입니다. ……조조가 장군을 정남장군으로 삼아 천자를 배알케 하려는 것은 실은 장군을 없애기 위한 함정입니다. 이제야말로 장군은 저와 힘을 합처 조적을 칠 좋은 기회를 맞으셨습니다. 이 기회를 놓치지 않으시도록 부탁드립니다."

황규는 그릇이 작은 책사였다.

일찍이 한낱 사예교위(司隷校尉)에 불과했던 조조가 권모술수를 다하여 마침내 승상 자리에까지 올라간 것을 보고, 황규는 이번에는 자신이 조조를 쓰러뜨리고 그 지위를 차지해야겠다는 무모한 야망에 불탔던 것이다.

황규는 계속 마등을 회유하였다.

"이 몸은 한나라 명장의 아들, 장군은 한조의 충신 마원의 후손이 아닙니까. 그런데 우리 두 사람이 한조의 종실인 유현덕을 치다니 있을 수 없는 일입니다. 더구나 한실의 천인공노(天人共怒)할 역적의 명을 받다니요?"

마등은 황규에 대한 경계심을 풀지 않았다.

"대체 그대는 진심으로 그런 말을 하는 것이오?"

그러자 황규는 안타까운 목소리로 말했다.

"아아, 분하다! 장군은 아직도 날 의심하는 것입니까?"

황규는 자신의 손가락을 깨물어 검붉은 피를 보였다. 그러자 신중한 마등도 마음이 흔들리지 않을 수 없었다.

황규는 내일 마등이 궐 안에 참례하러 들어갈 때, 그 군세를 몰아 단숨에 성 안까지 공격해 들어가 조조를 치는 책략을 말해 놓고 물러갔다. 사태가 이에 이르자 마등도 물러나려 해야 물러날 수 없게 되었다.

황규가 집으로 돌아온 지 한 시간도 채 되지 않아 수백 명의 군사가 그의 집을 포위했다.

조조는 황규가 마등과 은밀히 나눈 밀담의 내용을 환하게 꿰뚫어 보았던 것이다. 지모가 얕은 이 책사가 모반의 야망을 갖고 있다는 것을 조조는 일찍이 알고 있었다.

일부러 그릇이 작은 이 책사를 사자로서 마등에게 보낸 것은 조조의 참으로 교묘하기 짝이 없는 계략이었다.

이튿날 아침, 마등은 5천의 수하 군사를 이끌고 조용히 성문으로 다가갔다. 성벽 위에는 홍기(紅旗)가 주욱 늘어서 있는데 그 중에서도 한층 드높이 승상기가 펄럭이고 있었다.

마등은 조조가 몸소 나와 맞아주리라 생각하고 말을 몰아 앞으로 나아갔다. 그런데 난데없이 방포 소리를 신호로 불화살이 소나기처럼 날아왔다.

"속았구나!"

마등은 말머리를 돌렸다.

"물러나라! 물러나!"

명령하면서 마등은 질주하려 했다. 그런데 그때 그의 어깨에 화살 하나가 콱 박혔다.

좌우에서 '와아' 하고 함성이 일어났다. 왼쪽에서는 허저가, 오른쪽에서는 하후연이 저마다 만 명의 군사를 이끌고 공격해 왔다.

마등과 서량의 병사 5천 명은 필사적으로 싸웠으나 불의의 습격으로 패세(敗勢)를 돌릴 틈도 없이 군사의 대부분은 죽고 마등 자신은 사로잡혔다.

마등은 포박돼 조조 앞에 앉혀졌다. 그때 옆에 붙들려 온 황규의 비참한 모습을 발견하고 한탄했다.

"조그마한 아이의 말에 놀아나다니 이 마등이 밝지 못한 탓이다. 여기에서 죽게 되더라도 할 말이 없다."

마등과 황규는 곧 목이 잘렸다.

후세 사람이 마등을 찬탄하는 시를 남겼다.

그 아버지에 그 아들, 꽃다운 이름이여

이 충성과 열, 절의 일문에 빛나도다

　　나라의 어려움에 목숨 버리고
　　죽음을 맹세하며 군주의 은혜 보답했네
　　일찍이 혈서의 맹약이 있어
　　역적을 도륙하자, 지금도 남은 연판장
　　이름도 꽃다운 서량의 명문
　　복파장군 부끄러움이 없어라

　이런 일이 있었기 때문에 종요의 걱정은 여러 장수들에게 설득력 있게 받아들여졌다.

　이 군의에는 수뇌부 몇몇 사람밖에 참석지 않았다. 여기에서는 조조도 속마음을 털어놓을 수 있었다.

　"사실은 그 관중 십부를 치는 것이 이번 출병의 목적이다."

　조조의 말에 종요가 말했다.

　"관중 십부는 저마다 대단한 것이 못됩니다. 마초·한수가 조금 강한 데 지나지 않습니다. 다만 약체인 십부가 병력을 합쳐 한덩이가 된다면 무시할 수 없는 세력이 됩니다. 전번 마등의 일도 있고 해서 아군의 선진(先陣)은 흩어져 있는 그들을 하나로 결집시킬 염려가 있습니다. 그러니 모략을 써서 그들의 결집을 방해하고 각개 격파로 나가는 것이 상책입니다."

　조조는 싱긋 웃고 말했다.

　"대군을 서쪽으로 보내는 것은 그들을 결집시키기 위해서다."

　"예?"

　원정군 사령관은 입을 딱 벌렸다.

　"약한 적이라곤 하지만 여기저기 흩어져 있다면 그것을 일일이 격파하는 데 쓸데없이 힘을 더 써야만 한다. 병은 그런 때 생각보다 지치게 되는 법이다. 그것보다는 그들을 뭉치게 해서 일격에 분쇄하는 것이 작전으로선 상책이다."

조조는 그 무렵 손자병법을 숙독하며 그 풀이를 하고 있었다.

흩어져 있는 적을 한 무리씩 뒤쫓는 것보다 모아서 격파하는 쪽이 효율적이다.

섬서의 지도를 침실 벽에 걸어 두고 아침부터 밤까지 작전을 연구한 결과, 조조는 그렇게 방침을 정했던 것이다.

“그렇습니까…… ?”

딴길로 일군을 이끌고 가기로 된 정서호군(征西護軍)의 하후연은 무언지 알 것도 같고 모를 것도 같은 표정으로 고개를 갸우뚱했다.

“그와 같은 일은 옛날부터 정해진 것이 아닌가!”

조조는 꾸짖듯이 말했다.

작전 방침이 일단 정해지면 그것이 최상의 방책이라는 것을 지휘관 자신이 믿지 않으면 안 된다. 그래야만 비로소 주저하지 않고 작전을 수행할 수 있다.

실은 조조 자신은, 일거 격멸과 각개 격파를 비교하여 6대 4 정도의 아슬아슬한 판정을 했었다. 그로서는 아슬아슬한 결정이라도 야전 지휘관은 100퍼센트의 신념을 가지고서 싸우지 않으면 안 된다.

조조가 대군을 동원하여 서쪽으로 진군한다는 소식은, 아니나다를까 관중 십부의 각 군벌을 떨게 만들었고 마침내 단결로 치닫게 하였다.

이렇게 되자 실력에 따라 마초와 한수 두 사람이 그들의 지도자가 되었다.

만일 관중의 실력자가 단 한 사람이었다고 한다면 조조도 일거 격멸책을 쓰지 않고 각개 격파 전술을 택했을지도 모른다.

양웅은 함께 서지 못하는 법이다. 한때는 단결하더라도 이윽고 양웅 사이에 틈이 생기리라. 바로 그때 깨뜨릴 기회가 있을 터이다. 조조는 그것을 노렸던 것이다.

이보다 앞서 서량의 마초는 어느 날 밤 이상한 꿈을 꾸었다.

"길몽일까, 흉몽일까?"

이튿날 아침 그는 부하들에게 꿈 이야기를 했다.

마초가 꾼 꿈이란 천 길이나 되는 눈 속에 쓰러져 있는데 많은 맹호가 달려들어 하마터면 물릴 뻔했다는 것이었다. 좋은 꿈인 것 같기도 하고 악몽인 것처럼 생각되기도 했다.

그러자 그 자리에 느닷없이

"그것은 흉몽이오!"

휘장을 헤치며 들어온 장수가 있었다.

남안(南安) 환도(桓道) 사람으로 이름이 방덕(龐德), 자가 영명(令明)이라는 인물이었다.

"옛날부터 눈속에서 범을 만나는 꿈은 불길한 조짐이라고 말해 왔습니다. 혹시 상경하신 부군(父君) 마등 장군께 무엇인가 좋지 않은 일이 생긴 건 아닐까요?"

방덕의 말에 마초는 눈살을 찌푸렸다. 아니 마초뿐 아니라 서량에 남아 주군의 몸을 자나깨나 걱정하던 장수들의 얼굴도 하나같이 흐려졌다.

"그러나 꿈은 거꾸로라는 말도 있습니다. 공자(公子)께서는 너무 걱정하지 마십시오. 꿈 따위가 맞는 일은 드물지 않습니까?"

일부러 술잔치를 열어 여자들의 노래와 춤을 즐기며 마초의 근심을 잊게 했다.

그러나 그 꿈은 역시 흉몽이었다. 그날 저녁 늦게 마등과 함께 떠났던 사촌 마대(馬岱)가 형편없는 몰골로 돌아와 조조에게 당했던 참변을 얘기했던 것이다.

"숙부이신 마등 장군께서는 조조의 흉계에 빠져 목숨을 잃으셨을 뿐 아니라 아드님 둘과 일족 등 800여 명이 모두 목이 잘렸습니다. 나는 재빨리 거지로 변장하여 여기까지 도망쳐 왔습니다."

마초는 깜짝 놀라 외쳤다.

"뭐라고! 아버지께서 살해되셨다고?"

그는 순식간에 얼굴이 창백해지더니 가느다란 신음을 내뱉고 그대로 혼절했다. 간호를 받고서 곧 의식이 깨어났지만 마초는 자기 방에 틀어박혀 온종일 식음을 전폐했다.

'아버지가 죽고 온 가족이 몰살되었다. 내 일족 모두가 참형을 당했다. 아아, 내 사랑하는 아우들이여!'

마초는 절망했다. 그토록 충직한 신하였던 아버지가 모반을 꾀했다는 죄목으로 죽임을 당하다니! 도저히 믿어지지 않았다. 마초의 가슴에 걷잡을 수 없는 분노의 불길이 타올랐다. 당장이라도 허도로 달려가 단칼에 조조의 목을 싹둑 베어버리고 싶은 마음 간절했다.

그러나 그것은 지극히 개인적인 감정일 뿐이다. 관중 십부군을 집결시켜 대치를 계속하고 있는 상황에서 그런 경솔한 행동은 모든 군세의 자멸만을 초래할 것이다.

복수는 마초에게 한정된 지극히 개인적인 일이다. 마초는 마음을 다잡으며 살기어린 분노의 칼을 가슴 속에 갈무리했다. 다행히 그의 아내와 아이들은 무사했다. 그들은 유중(楡中)에서 안전하게 지내고 있다. 그것만이 그의 유일한 위안이었다.

마초는 용맹스러운 혈통을 이어받은 타고난 장수였다. 어릴 때부터 흉노나 강족 중에서도 그를 따르는 자들이 많았다. 그는 야생의 거친 기질을 지니고 있었다. 싸움에 임하면 절대 물러서는 법이 없었다. 흉노족, 강족들과도 겨루어 지는 일이 없었고 중원에서 온 관병들과도 맞붙어 이긴 일이 있었다.

어린 시절부터 검술 연마에 많은 시간을 투자했던 마초는 어느새 아버지를 훨씬 능가하는 기량을 갖게 되었다.

마초는 강족의 대장장이가 만든, 사막에서 조금밖에 나지 않는 희귀한 사철(砂鐵)을 채취해 주조한 보검을 갖고 있었다. 명검이었다.

마초는 칼을 보며 맹세했다.

'내 반드시 너에게 역적 조조의 피를 선사하리라.'

누군가 칼에 비친 마초의 살기 가득한 눈을 보았다면 그 자리에서 심장이 얼어붙어 급사하고 말았을 것이다. 그만큼 마초의 결의는 비장한 것이었다.

다음날 현덕의 사자가 마초를 찾아왔다. 사자는 정중히 조문하고 한 통의 밀서를 내놓았다.

그 문장은 아마 공명이 썼으리라.

먼저 한실의 쇠미(衰微)를 한탄하고 마등의 무고한 죽음을 간절히 조문한 뒤 조조의 죄상을 낱낱이 들어 공격했다. 그러고서 다음과 같이 제언했다

장군으로서는 하늘을 함께 일 수 없는 아버지의 원수, 사해 백성에게는 악정 전횡의 도적, 한실로서는 나라를 어지럽히고 천자의 위엄을 넘보는 간웅, 이것을 치지 않고 어찌 무문(武門)의 대의명분이 서겠습니까? 원컨대 장군은 서량에서 허도로 쳐들어가십시오. 유현덕 또한 북상하겠습니다.

다음날이었다.

아버지 마등과 친구였던 진서장군 한수(韓遂)로부터 초대가 있었다. 마초가 한수를 찾아가자 그는 사람을 물린 뒤 한 통의 편지를 보여주었다.

"사실은 이런 밀서가 조조에게서 왔다네."

내용은 만일 마초를 생포하여 보내 주면 한수를 서량후로 봉하겠다는 것이었다.

마초는 찼던 칼을 스스로 풀어 내주며 말했다.

"당신의 손에 죽게 된다면 어쩔 수 없지요. 자아, 저를 잡아 허도

로 올려 보내십시오.”

한수는 꾸짖고 오히려 마초의 본심을 물었다.

“그럴 생각이었다면 그대를 일부러 이곳에 부르지도 않았을 걸세. 만일 그대에게 아버지의 원수인 조조를 칠 생각이 있다면, 나도 의를 좇아 한 가닥 힘이 되어주고 싶네. 대체 그대의 마음은 어떤가?”

마초는 깊이 감사하고 나서 말했다.

“그 회답은 나중에 드리겠습니다.”

이어 마초는 조조 진영에서 보내 온 사자를 베어 버렸다.

“그래야지, 그래야만 마등의 아들일세. 자네가 그럴 결심이라면
······.”

한수는 그날로 수하 군사를 이끌고 찾아와서 마초군에 합세했다.

이어 후선·정은·이감·장횡·양흥·성의·마완·양추의 무리도 모여들었다.

관중 십부의 여러 장수들은 10만의 대군을 진발시켜 동관(潼關)으로 향했다. 동관은 지금의 산서·섬서·하남, 3성의 경계가 되는 곳인데 섬서성에 속한다.

남쪽에서 흘러내려오는 황하가 이곳에서 거의 직각으로 동쪽을 향해 꺾인다. 황하 물은 배도 띄우지 못할 만큼 급류이다. 거기에 관문의 산이 있고 강물이 그것에 쾅 부딪치는 것만 같다.

‘황하는 관내에서 남쪽으로 흐르다가 관산에 동격(潼激)한다. 때문에 이곳을 동관이라 한다.’

동(潼)자는 ‘쾅’하는 의성음이다.

관문을 설치할 정도이므로 천연적 요새여서 동관은 그야말로 관

내 수비의 요지였다. 만일 동관이 깨지면 황제는 도망갈 준비를 해야 한다. 관중을 공격하고자 하는 자는 반드시 동관을 먼저 함락시키지 않으면 안 된다.

싸움은 옛 도성인 장안에서 공방전으로 시작되었다.

복수에 불타는 마초의 기세는 실로 드높았다.

마초는 지혜로운 장수는 아니지만 후퇴를 모르는 용맹한 장수였다. 그리고 그 심복인 방덕(龐德)은 마초의 모자라는 지략을 보충하는 군략가였다. 이 두 사람에게 이끌린 강병은 설사 사흘 동안 물만 마신다 해도 굴하지 않는 강한 기력과 체력을 갖추고 있었다.

성난 파도 같은 기세로 동관을 향해 물밀듯 밀려오는 서량군 앞에 몇 개의 요새가 눈깜짝할 사이에 짓밟혔다.

조조는 패보가 잇따라 전해오자 조홍과 서황에게 동관을 수비하라고 급히 명을 내렸다.

맹장(猛將)

장안에는 종요가 있었다. 그는 뜻밖에도 마초군의 강함을 알고 조조에게 여러 번 구원을 청했다.

장안은 폐부(廢府)라고 하나 옛날 한 고조가 도읍했던 곳, 과연 요충지로서 좀처럼 함락되지 않았다.

방덕이 마초에게 말했다.

"이 고장이 좀처럼 번영하지 못하는 원인은 두 가지 결점이 있기 때문입니다. 하나는 토질(土質)이 거칠고 딱딱한 데다 물맛이 짜서 마시기에 적당치 않은 점입니다. 또 하나는 산과 들에 나무가 적어 땔감이 부족하다는 점입니다. 따라서 이런 모책을 써야만 쉽게 함락할 수 있을 겁니다."

마초는 방덕의 건의를 받아들여 별안간 포위를 풀고 수십 리 뒤로 진을 물렸다.

그래도 종요는 좀처럼 경계심을 풀지 않았다.

"적이 포위를 풀었다고 해서 함부로 성 밖에 나가선 안 된다. 적에게 어떤 계책이 있는지 모른다."

그러나 사흘이 지나고 나흘이 지나도 아무 일이 없자 성문 하나가 열렸고, 이어 서문도 동문도 모두 활짝 열렸다.

주민들은 성 밖으로 물도 길러 가고 나무도 하러 갔다. 식량도 이 때를 놓칠세라 다투어 성 안으로 실어들였다.

"아무 일도 없군요."

"적은 저렇듯 멀리 가 있으니까요."

"그렇소. 여차할 때는 성 안으로 도망쳐도 결코 늦지 않습니다."

성 안팎에서는 거의 경계심을 풀고 있었다. 심지어는 나그네며 잡 상인까지 드나들기 시작했다.

그때 별안간 마초군이 공격해 왔다. 관민은 소나기라도 만난 것처 럼 성 안으로 도망쳤다.

마초군은 서문 아래까지 육박하여 왔다. 그들은 크게 외쳤다.

"이 문을 열지 않으면 성안 군졸과 주민들을 모두 불태워 죽일 테다!"

종요의 동생 종진(鍾進)이 서문을 지키고 있다가 껄껄 웃었다.

"마초, 네 혀끝으로는 이 성이 함락되지 않는다!"

그러자 해질 녘 난데없이 성안 서쪽 산에서 괴상한 불길이 치솟았 다. 종진이 앞장서 불을 끄고 있는데 저녁 어스름 속에서 외치는 소 리가 들렸다.

"서량의 방덕, 며칠 전부터 이 성 안에 들어와 오늘 밤을 기다렸 다!"

그 뒤 적인지 아군인지 분간할 수 없는 혼잡 속에서 종진은 단칼 에 쓰러졌다. 방덕의 부하는 서문을 안에서 열고 주력 부대를 끌어 들였다. 마초와 한수의 부대는 홍수처럼 쏟아져 들어와 성은 그날 밤 안으로 점령되고 말았다.

종요는 자다가 허둥지둥 말을 타고 동문으로 탈출하여 동관으로 달렸다.

한편 종요의 급한 파발마가 이르렀음에도 조조는 놀라지 않았다. 오히려 이렇게 되기를 예측하고 있었던 것 같았다.

"곧 진군할 테니 동관을 굳게 지켜라!"

달려온 급사는 다시 돌아가서 조조의 뜻을 조홍·서황·종요 등 각 장수에게 전달했다.

마초군은 동관의 수비가 단단한데다가 나와 싸우려 하지 않자 계략으로 공격하려 했다.

매일 성문 가까이 나타나 기지개를 켜며 자못 졸리다는 듯이 하품을 했다. 일부러 추태를 부리기도 하고 입에 담지 못할 온갖 욕설을 마구 퍼부었다. 때로는 풀밭에 수백 명이 뒹굴며 소리높여 노래를 불렀다.

적은 어디 있나
동관의 관 속이라네
망루에 까마귀가 있잖아
그게 바로 서황과 조홍일세
겁쟁이를 상대로 전쟁하기는 심심해
이제 멀잖아 조조도 오거라
그래그래 이라도 잡세

욕설에 곡조를 붙여 고래고래 소리를 질렀다.

"기다리고 있거라! 호된 맛을 보여줄 테니."

조홍이 참지 못하여 성문을 열고 달려가려 하자 서황이 말렸다.

"승상의 말씀을 잊었소? 열흘 동안은 굳게 지키며 적의 도발에 응하지 말라고 하셨잖소!"

그러나 젊은 조홍은 서황을 뿌리치고 달려나갔다.

조홍의 대군은 한꺼번에 밀고 나가 그동안 쌓인 울분을 풀었다.

허둥지둥 달아나는 마초군을 이리저리 짓밟으면서 마음껏 기세를 올렸다.

서황은 하는 수 없이 뒤따라 출격했지만

"깊이 뒤쫓지 말라, 깊이 뒤쫓지 말라!"

아군을 만류하기에 바빴다.

그때 야산 그늘에서 갑자기 북소리가 울리며 한 무리의 군마가 나타났다.

"서량의 마대가 예 있노라!"

주춤하여 진용을 가다듬을 겨를도 없이 이번에는 아군이 외치는 소리가 들렸다.

"큰일이다! 방덕이 퇴로를 끊었다!"

"안 되겠다! 모두 철수다!"

그러나 말머리를 돌렸을 때는 이미 늦었다. 어떻게 길을 돌아 나타났는지 마초와 한수의 주력부대가 동관을 공격하고 있었다.

더욱이 서황과 조홍이 쳐나가자 수비가 허술한 틈을 타서 용맹스러운 서량병이 벌떼처럼 새까맣게 높은 성벽을 기어오르고 있지 않는가!

종요는 이미 성을 포기하고 도망치고 있었다. 서황도 조홍도 앞뒤로 적을 만나 동관을 버리고 달아났다.

조조가 몸소 출전한 것은 건안 16년 7월이었다. 업도는 장남 조비에게 지키도록 했다.

"서량병은 정예로서 특히 장창을 들고 있을 때에는 무적입니다. 조심하셔야 합니다."

이렇게 진언하는 자가 많았다.

조조는 큰 소리로 웃으며 말했다.

"싸우는 것은 이쪽이지 적이 아니야. 장창을 그렇게 잘 쓴다면 그

걸 쓰지 못하게 하면 되잖는가!"

이번에는 조조의 사촌동생 조인(曹仁)이 안서장군(安西將軍)으로서 여러 장수를 지휘하기로 되어 있었다.

그러나 작전은 거의 다 조조 혼자서 짰다.

조조 스스로 대군을 이끌고 동관으로 향했다는 첩보를 입수한 관중 십부군은 병력을 거의 동관에 집결시켰다.

조조의 진격로는 황하의 동쪽, 즉 하동(河東)에서 강을 건너 황하의 서쪽으로 곧바로 가는 길이었다.

하동에서의 진출에 대비하자면 황하의 서쪽 기슭을 엄중히 경비하면 된다. 하남에서의 진격엔 천연의 요충지 동관이 있다.

조조가 하남 길을 택했다는 것을 알자 마초와 한수는 황하 서쪽 기슭 경비를 포기하고 장병을 동관에 모았다.

조조는 그보다 앞서 패주해 온 서황과 조홍군을 받아들인 뒤 새로이 서황과 주령(朱靈) 두 장수에게 병력을 주어 은밀히 하동 길로 나아가게 했다.

병력은 보병과 기병 합해서 약 4천이었다.

하동에 그 이상의 병력을 투입하면 행동이 노출될 염려가 있었다.

동관은 북에서 남쪽으로 흐르는 황하를 받아들이고 있을 뿐 아니라 서쪽에서 동쪽으로 흐르는 위수(渭水)도 받아들이고 있다. 위수는 동관의 북쪽에서 황하에 합류된다.

조조는 동관 언저리에서 위수를 건너 북으로 나아가기로 했다. 그 무렵이면 하동에 투입한 서황과 주령의 양군이 경계가 허술한 황하를 서쪽으로 건너, 강을 따라 남하해 올 것이다.

그러면 위수의 북쪽에서 강을 건넌 조조의 주력을 맞아 싸우는 마초·한수의 연합군은 그 배후를 서황·주령군에게 기습당하는 셈이다.

"하지만 아군이 위수를 건너도록 마초군이 내버려 둘까요?"

조인이 말했다.

조조는 웃으며 대답했다.

"나에게 방법이 있다."

동관 뒤에는 중국에서 성산(聖山)이라 우러르는 화산(華山)의 뫼뿌리가 이어져 있다. 조조는 그 일대의 지리에 정통한 정비(丁斐)에게 거금을 주어 산 속에 숨어 있게 했던 것이다.

정비는 그 돈으로 마소를 사들였다.

이 해는 윤년으로 8월이 겹쳐 있었다. 두 번째 8월에 조조군은 위수를 건너기 시작했다.

그러자 마초의 보병·기병 합해서 1만 군사가, 강을 건너는 군사를 향해 화살을 소나기처럼 쏘아보냈다.

조조는 원호부대에게 명하여 강을 못 건너게 하는 마초군에게 똑같이 화살로 응수하게 했다.

하지만 이 원호부대도 결국은 우군의 뒤를 쫓아 강을 건너지 않으면 안 되었다. 따라서 갈수록 원호병의 수효가 줄어들었다.

그때였다.

등 뒤 산 속에 숨어 있던 정비가 한 무리의 마소 떼를 한꺼번에 강기슭으로 내몰았다.

마초·한수군은 급히 긁어모은 오합지졸이었다. 얼마 안 되는 돈에 고용된 이들의 눈앞에 누구 것인지 모를 마소 떼가 나타난 것이다.

"오오, 살이 찐 말이잖아!"

"소도 살이 쪘네."

"임자도 없잖아!"

"그럼 먼저 잡는 자가 임자다!"

"잡아라!"

군졸들은 활을 내던지고 마소의 꽁무니를 쫓기에 열을 올렸다.

"이봐, 활을 쏘아라!"
"제 위치를 떠나지 마라!"
"명령을 어기는 자는 베어 버릴 테다!"

장수들이 아무리 외쳐도 소용없었다. 명령을 듣지 않는 자들이 훨씬 많은데다 마소를 손에 넣은 자는 이미 부대에 돌아갈 생각이 추호도 없었다.

관중군이 정비가 풀어 놓은 마소 떼에 얼이 빠져 있는 사이 조조군은 위수를 건너 그 북쪽 기슭에 벌써 진지를 만들기 시작했다.

조조가 강을 건널 때 친위대장 허저가 말안장을 방패삼아 조조의 몸을 지켰다. 그 말안장과 허저의 갑옷에는 마치 갈대숲처럼 화살이 빈틈없이 꽂혔다.

하동에 들어온 서황·주령의 양군이 강을 따라 남하해 오고 있기 때문에 관중군은 어쩔 도리가 없었다. 이리하여 조조는 상대의 허를 찔러 쉽사리 강을 건너는 데 성공했다.

조조의 주력과 서량의 대군은 이튿날 동관 동쪽에서 대전했다.

조조군은 3군으로 나눠지고 그 중앙에 조조가 있었다. 우익은 하후연, 좌익은 조인이었다. 그들은 한꺼번에 북을 울리며 기세를 돋우었다.

"이 오랑캐 녀석! 조정의 위엄을 겁내지 않고 감히 맞서려 하느냐? 어디 있느냐, 내 너에게 인간의 도리를 가르쳐 주리라."

조조가 크게 외쳤다,

"나는 마등의 아들 마초, 자(字)는 맹기(孟起). 어버이 원수를 이제야 만나는구나. 조조는 그곳에서 꼼짝하지 말라!"

북소리가 한번 울리자 흰 색깔에 얼룩이 박힌 말을 타고 은투구에 새빨간 전포를 입은 장수가 달려나왔다. 그는 날렵한 허리에 다리가 길었다.

"주군을 따르자!"

그 뒤를 이어 좌우로 방덕과 마대가 역시 말을 몰고 나왔다.

"저것이 마초인가?"

상대가 다가오는 모습을 보고 조조는 마음속으로 적잖이 놀랐다. 문화와는 동떨어진 먼 서북 변경의 오랑캐라 얕보고 있었는데 결코 그렇지가 않았다.

"여봐라, 마초!"

"오오, 조조냐?"

"너는 아직도 온 천하를 다스리는 한나라 천자가 있음을 모르는 모양이구나!"

"닥쳐라! 천자가 있다는 것도 알고, 천자를 협박하고 말끝마다 조정을 내세우며 포악을 일삼는 도적이 있다는 것도 안다."

"중앙의 병마는 곧 조정의 병마. 역적의 이름을 듣고 싶으냐!"

"도둑이 제 말에 잡힌다더니 바로 너를 두고 하는 말. 성상을 범한 죄, 천인이 공노할 일이다. 더더구나 아무런 죄도 없는 우리 아버지를 죽였다. 누가 나의 깃발을 '불의의 난'이라고 할 것인가?"

말대꾸도 당당했다. 말로는 안 되겠다 싶어 조조는 말을 물리며 좌우에 명했다.

"저 애송이를 잡아라!"

우금과 장합이 함께 마초에게 덤벼들었다. 마초는 좌우의 강적을 여유있게 상대하면서 말을 재빨리 뒤로 돌려 뒤에서 살금살금 접근한 적장 이통(李通)을 장창으로 찔러 말 아래로 떨어뜨렸다.

그리고 유유히 창을 겨누며——

"여봐라!"

큰 소리로 꾸짖자 대기하고 있던 서량의 기마대가 한꺼번에 땅을 울리며 돌격해 왔다.

그 무서운 기세는 도저히 조조군이 당하지 못할 정도였다. 곧 진지 한 모퉁이가 무너지고 조조군은 혼란에 빠졌다.

마대와 방덕은 저마다

"내 손으로 조조의 뒷덜미를 잡아 보이겠다!"

난 속을 다투어 뚫고 들어오더니 눈에 불을 켜고 조조의 모습을 찾았다.

그때 마초군의 군졸들이 외쳤다.

"빨간 전포를 걸친 것이 조조다!"

이 소리를 듣고 조조는 도망치면서 급히 전포를 벗어 버렸다.

그러자 뒤쫓아오는 적병이 또 저마다 외쳤다.

"수염이 긴 것이 조조다. 조조의 수염에는 특징이 있다!"

조조는 자기 검으로 턱수염을 잘라 버렸다.

'오늘이야말로' 하며 마대나 방덕보다 앞장서서 조조를 찾는 것은 물론 마초였다. 아버지 원수인 그의 목을 얻기 전에는 물러나지 않겠다며 말을 달리고 있었다. 그때 부하 장수가 알려 주었다.

"수염이 긴 자를 찾아도 소용 없습니다. 조조는 수염을 자르고 달아났습니다."

그때 조조는 난군 속에 섞여 바로 그들 가까이에 있었다. 조조는 바람결에 이 말을 듣자 허둥지둥 기 하나를 잡아채 얼굴을 가리고 말에 마구 채찍질을 가했다.

"얼굴을 싸맨 것이 조조다!"

또 사방에서 외쳤다.

조조는 더욱 더 간담이 서늘해져 가까스로 숲속으로 뛰어들었다.

이날 조조의 허둥대는 모습은 두고두고 웃음거리가 되어, 후세 사람이 시를 지어 전했다.

　　동관싸움 대패하여 얼굴 들킬까 달아날 때

조맹덕은 허둥지둥 비단 전포 벗어 던지네
칼 뽑아 수염 자를 땐 간이 철렁했을 터
마초의 명성이 하늘 높은 줄 몰라라

그때 누군가 창을 내지른 자가 있었다. 다행히도 창 끝은 몸을 스쳐 나무 줄기에 박혀 쉽게 빠지지 않았다.

조조는 그 틈을 타서 간신히 도망쳤다.

"오늘의 난전에서 쉴새없이 내 뒤를 지키며 마초의 추격을 막아 낸 자는 누구냐?"

조조는 자기 진지에 돌아오자 물었다.

하후연이 대답했다.

"조홍입니다."

조조는 그 대답에 고개를 끄덕였다.

"그럴 거라고 짐작했었지. 오늘의 공으로 동관에서의 패전을 용서하리라."

조홍은 눈물로 감사하며 조조 앞에서 물러갔다.

소모전이 계속되었다.

그럴수록 마초의 군세는 날로 약해졌다. 조조는 위수를 건너 자기 군세를 보충했지만 마초군은 그럴 수가 없었던 것이다.

게다가 조조는 그의 장기인 모략을 자유자재로 휘둘렀다.

후한 시조 광무제는, 70살이 넘어 안남(베트남) 토벌의 사령관이 된 복파장군(伏波將軍) 마원(馬援)의 공을 칭송했다.

그 마원의 딸은 2대 황제인 명제(明帝)의 황후가 되었다. 마초의 마씨는 이때부터 황실과도 깊은 관계를 맺었던 것이다.

마초는 그 마원의 자손이라 명문 중의 명문이었다. 격식이 존중된 시대인지라 관중 십부가 단결되자 마초가 당연히 총수가 되었다. 그런데 한수라는 또 하나의 실력자가 있어 쌍두 체제가 된 것이다.

조조는 이 점을 노려 모략을 썼다.

마초·한수의 연합군은 요즘 몰리고 있었다.

"빨리 무슨 수를 써야 한다."

이 점에서는 마초와 한수의 의견이 똑같았다. 화친이 그것이다.

그들은 조조측에 제의했다.

"우두머리끼리 협상하자."

이 제의에 조조도 응했다.

우두머리의 회담에 있어서, 조조군 쪽은 항상 조조가 대표이지만 관중군 쪽은 한수든 마초든 어느 한쪽을 대표로 정해야 했다.

조조는 이와 같은 기회를 기다리고 있었다. 두 거두의 사이를 이간시키려면 이런 형태의 우두머리 회담이 안성맞춤이었다.

또 경험이 풍부한 조조는 싸움터에서뿐 아니라 교섭의 자리에서도 상대편을 조종할 자신이 있었다. 조조로서는 결코 어려운 일이 아니었다.

얼음성

한수가 관중을 대표하여 약속한 장소에서 조조와 만났을 때, 무슨 까닭인지 사전에 그것이 누설되어 구경꾼이 꽤나 모여들었다.

조조가 짐짓 마땅찮다는 얼굴로 말했다.

"어찌된 노릇이지?"

하지만 그 까닭은 누구보다 조조 자신이 잘 알고 있었다. 구경꾼은 그가 일부러 모이게 했던 것이다.

한수가 대꾸했다.

"저 자들은 소문으로만 듣던 조 승상의 얼굴을 한번 보고 싶어 모인 것이 아닐까요?"

"허 참, 내 얼굴 어디가 재미있다는 거지? 눈이 네 개 있다는 건가? 입이 두 개 있다는 건가? 나라고 해서 별스런 존재란 말인가? 굳이 얘기한다면 여기가 좀 다르긴 하지만 그것은 겉으로 보이지는 않잖나."

조조는 자신의 머리를 가리키며 말했다.

"이렇게 어수선해선 이야기를 나눌 수 없소."

한수는 짜증을 냈다.

"오늘은 별로 할 얘기도 없지만……. 그렇지, 단둘이서 말을 달리며 옛날 이야기라도 하는 것이 어떤가?"

조조가 슬쩍 권했다.

"좋겠지요."

한수의 아버지는 조조와 나이 차이가 많았지만 가평(嘉平) 3년(174)에 첫벼슬을 같이 한 동기생이라 친교가 있었다. 동기생의 아들 한수와도 낙양에서 몇 차례 자리를 함께 한 적이 있어 전혀 모르는 사이는 아니었다.

이제부터의 교섭을 원활히 하기 위해서라면 옛날 이야기라도 반드시 쓸데없는 것만은 아닐 것이다. 한수는 이렇게 생각하고 조조의 제안에 응했다.

두 사람은 군중에서 떨어져 나와 말머리를 나란히하고 가볍게 달렸다. 강가 모래밭이라 말발굽에서 푸석푸석 먼지가 일었다.

마초는 본진의 망루에 올라 그 모습을 유심히 살펴보고 있었다. 거리가 멀어 뚜렷이 보이지는 않았다. 목소리도 물론 들리지 않았다.

그러나 두 사람의 몸짓은 거의 판별될 정도였다. 이따금 조조가 고개를 젖히고 웃는 모습이 보였다. 두 사람의 모습은 자못 친밀해 보였다.

마초의 마음에 의심이 싹텄다.

한수가 조조와 면식이 있음은 마초도 모르는 바 아니다. 그러나 두 사람이 풍기고 있는 분위기에는 예사 이상의 친밀함이 있었다.

'나와 당신의 사이가 아닌가. 마초 따위는 떼어 팽개치고 우리 서로 의좋게 지내지 않겠는가?'

조조가 이와 같이 말한다면 한수는 뭐라고 대답할까? 단호히 거절할 만큼 한수는 의지가 굳을까?

의심은 의심을 부른다. 마초는
한수를 의심의 눈으로 보게 되었다.

또 이런 일도 있었다.

어느 날 조조는 한수한테 편지를 보냈다. 그 사자는 조조의 무장
병으로 삼엄하게 호위되어 있었다.

'이상하다?'

마초는 생각했다.

그는 얼마 뒤 한수에게 가서 따지듯이 말했다.

"조조에게서 편지가 왔을 것입니다. 보여 주십시오."

"아, 그 편지 말인가. 장군에게도 보이려고 생각했지만 별로 대단
한 것이 아니어서 연락하지 않았네. 잠깐 기다리게."

한수는 안에 들어가더니 조조의 편지를 가지고 나왔다.

마초가 펴보니 편지 군데군데가 먹으로 시꺼멓게 지워져 있었다.
읽어보니 아무래도 지워진 부분이 진짜 중요한 용건인 것 같았다.

마초는 따지고 들었다.

"왜 먹으로 지워 버렸소?"

"지워 버렸다고?"

한수는 어리둥절하더니 대답했다.

"아아, 이 편지 말이군. 이것은 처음부터 이렇게 되어 있었지. 나
한테 전해졌을 때부터 말이오. 조조가 쓰다가 잘못 써서 지웠을
테지."

"이렇게 잘못 썼다면 다시 정서할 것이 아닙니까?"

"음, 나도 이상하다고는 생각되었지만…… 아마 시간이 없었던
모양이야."

'뻔뻔스럽게도 둘러대는구나.'

마초의 마음속에서 분노의 불길이 타올랐다.

그러고 보니 요전번에도 한수와 조조는 일부러 단둘이서 아무도

가까이 있지 못하게 하고 말 위에서 이야기를 주고 받지 않았던가!

그때도 한수는 발뺌을 했다.

"별다른 얘기는 없었네. 낙양에서의 옛날 얘기 말고는……."

옛날 이야기를 하는데 굳이 단둘만 있을 필요가 무엇인가? 이와 같은 변명을 누가 믿을 것인가!

이리하여 관중 십부군의 양 거두 사이에 틈이 벌어지게 되었다. 그런 군대가 강할 턱이 없다.

조조는 때를 보아서 이제까지의 교섭을 중단하고 전투를 재개하기로 했다. 공방전이 시작되었다. 승패는 싸우기도 전에 이미 결정된 거나 다름없었다.

관중군의 수뇌는 저희끼리 서로 의심하고 있다. 계통이 서 있고 그 계통에 따라 뚜렷이 명령을 받아 기민하게 움직이는 조조군 앞에 그런 관중군은 전혀 힘을 쓰지 못했다.

물론 마초는 용감히 싸웠다.

하루는 한수가 마초에게 말했다.

"아군에 큰 걱정거리가 있네. 싸움을 오래 끌면 조조가 진지를 더 높게 쌓고 참호를 더 깊게 파서 난공불락의 요새로 만들어버릴 우려가 있네. 그렇게 되면 승리를 얻을 수 없지."

그 말에는 마초도 동감이었다.

"그러니 경장한 부대를 이끌고서 내가 조조의 중군을 공격하겠네. 그대는 북쪽 기슭에 진을 치고 적병이 강을 건너오지 못하도록 이 본진을 굳게 지켜 주게."

"좋습니다. 방어는 나 혼자로도 충분합니다. 장군은 방덕을 데리고 가십시오."

"그렇게 해 준다면 더 바랄 것 없는 일……고맙네."

한수와 방덕은 곧 1천의 기병을 이끌고 한밤중에서 새벽에 걸쳐 조조의 본진을 강습했다.

그런데 이 작전은 조조가 기다린 것이었다. 미리부터 이런 일이 있을 거라는 정비의 건의를 받아들여, 강가 둑 그늘을 따라 임시 막사를 세우고 거짓 병사, 거짓 깃발을 세운 뒤 진짜 본진은 다른 데로 이미 옮겨 놓았던 것이다.

뿐 아니라 부근 일대에 숱한 함정을 파놓았다. 그것도 모르고 한수와 방덕은

"와아!"

함성을 지르며 돌진했다.

당연히 대지가 일시에 꺼지고 함정 속에 떨어진 인마 위에 다른 인마가 떨어져 겹쳤다.

아비규환! 구원을 청하는 비명소리, 마치 통 속의 미꾸라지를 연상시켰다.

"아뿔싸!"

방덕은 팔다리에 얽히는 군사들을 짓밟고 간신히 구덩이에서 기어나오자, 창으로 마구 찔러대고 있는 10여 명의 적병을 단칼에 베었다.

"한수 장군! 한수 장군!"

방덕은 이렇게 외치면서 주장의 모습을 찾아 헤맸다.

그러다가 적장 조인의 일족인 조영(曹永)을 만나자 단칼에 베어 버리고 그 말을 앗아 다시 적진을 맹렬히 누볐다.

한수도 함정에 빠져 위태로웠으나 방덕이 적을 쫓아 주어 그 사이에 구덩이에서 빠져나왔다. 역시 그도 주인 잃은 말을 붙잡아 타고서 본진으로 돌아왔다.

기습은 대참패였다.

마초가 패군을 수습하여 조사해 보니 1천의 기병 중 3분의 1을 잃었다. 더욱이 마초의 마음을 어둡게 한 것은 난군 중에서 정은과

장횡이 전사한 일이었다.

'이것은 혹시 한수가 우리를 사지에 빠뜨리려는 음모가 아니었을까?'

마초는 이때 또 의심을 품었지만 뚜렷한 증거는 없었다.

"이렇게 되면 더욱더 조조가 야진(野陣)을 치고 있는 동안 그를 격파하지 않으면 안 된다!"

마초는 그날 안으로 제2차 기습을 시도했다. 이번에는 몸소 선봉이 되고 방덕과 마대를 후비로 삼아 조조진을 야습했다.

그런데 조조는 과연 백전 노장답게 그날 밤의 야습을 미리 짐작하고 있었다.

마초의 야습군이 조조의 중군을 향해 돌입했으나, 거기에는 사방에 깃발이 꽂혀 있을 뿐 적병의 모습은 하나도 보이지 않았다.

"계략에 빠졌다! 후퇴하라!"

마초가 외쳤을 때 방포 소리를 신호로 사면에서 복병이 한꺼번에 일어났다.

"마초를 살려서 돌려보내지 마라!"

적병은 저마다 이렇게 외쳤다.

마초군의 장수 성의(成宜)는 하후연에게 목숨을 잃었고, 그밖의 장병들도 수없이 목숨을 잃었다. 마초·마대·방덕은 결사적으로 분전을 거듭했지만 결국 패퇴할 수밖에 없었다.

　　군사를 매복시키고 적군을 기다렸으되
　　맹장들 앞다투어 달려드니 누가 감당하랴

위수는 큰 강이지만 물이 얕고 강물이 여러 가닥으로 갈라져 지류가 많고 물살이 빨랐다.

"조인은 빨리 서둘러라!"

조조는 줄곧 독촉해 댔다. 반영구적인 성채를 구축하기 위해서였다. 위수의 얕은 강에 배다리를 설치하고 2만 명의 인부를 동원하여 돌과 나무를 운반시켰으며 연안 세 군대에 가성(假城)을 쌓고자 밤낮으로 서둘렀다.

마초는 그것을 알고 있었지만 개의치 않았다.

"멋대로 쌓게 버려둬!"

그리하여 공사가 8, 9할까지 완성되었을 때——

"화공으로 불살라 버려라!"

강의 남북에서 건너가 염초, 마른 섶, 기름 따위를 쏟아 불을 질렀다.

뗏목도 가성도 보기좋게 불타 버렸다. 어떻게 만들었는지 배나 복숭아만한 크기의 기름 탄환이 수없이 날아왔다. 밟아도 꺼지지 않았다. 두 쪽이 난다 싶자 까만 기름연기가 솟아올라 아무데나 마구 불길이 옮겨 붙었다.

마초군의 이런 골치 아픈 무기 앞에서는 천하의 계략가인 조조도 좀처럼 좋은 생각이 떠오르지 않았다.

모사 순유(荀攸)가 말했다.

"위수의 둑을 이용하여 흙을 높이 쌓아올리고, 땅굴을 파서 지하성으로 만들어야 합니다."

"지하성? 땅 속이라면 화공도 소용없겠지."

다시 인부 3만을 더 동원하여 땅굴을 파게 했다.

파낸 흙으로 두텁게 흙벽을 쌓고 다시 몇 가닥의 둑을 만들어 그 사잇길을 교통로로 사용했다.

관중군도 이런 조조군의 토목 사업을 보고 있었을 것이 틀림없다. 그러나 손쓸 도리가 없었는지 관중군 쪽에서는 얼마 동안 야습도 화공도 해오지 않았다.

그런데 위수의 물이 날로 줄어들었다. 비가 꽤나 내렸지만 물이 불어나지 않았다. 이상하다 여기고 있을 무렵 어느 날 밤 호우가 쏟아졌다.

그 이튿날 새벽이었다.

"물이다! 홍수다!"

감시병이 망루에서 외쳤다.

아득한 상류 쪽부터 싯누런 물이 산더미처럼 무섭게 내리덮쳤다. 벌써 보름 전부터 마초군은 상류에서 강물을 가로막아 물을 잡아두고 있었던 것이다. 그것을 일시에 터뜨린 것이다.

인마를 높은 곳으로 옮길 틈도 없이 홍수는 금세 토성을 무너뜨렸다. 깊이 파놓은 땅굴마다 물이 가득 차 조조군은 다시 큰 타격을 입었다.

9월이 되었다.

북쪽 나라라 벌써 눈이 내리기 시작했다. 요 며칠은 잿빛 구름이 무겁게 하늘을 뒤덮은 채 눈만 내려 병마도 꼼짝 못하고 대치 상태를 계속했다.

"서량의 오랑캐들은 추위에 강한 데다가 또 동관 안으로 들어갈 수도 있지만, 아군은 이 야진에서 얼어죽기 십상이다. 무엇인가 좋은 계책은 없을까?"

조조와 그 막하 여러 무장들은 이마를 맞대며 숙의를 거듭했다. 하루는 웬 낯선 노인이 표연히 조조의 진중을 찾아왔다.

"나는 종남산(終南山)의 도사로 몽매(夢梅)라는 늙은이올시다."

한눈에 예사 사람 같지 않았다.

조조는 그의 범상치 않은 얼굴을 뜯어보며 물었다.

"무슨 일로 오셨소이까?"

그러자 몽매는 쩌렁쩌렁한 목소리로 말했다.

"지난 여름부터 승상께서는 성채를 쌓으려고 애쓰고 계신데 어째서 불과 물에 견뎌내는 성을 쌓으려 하시지 않소? 하도 답답해 찾아왔소이다."

조조는 그제야 태도를 고치며 은근히 물었다.

"선생께서 그와 같은 성을 쌓을 수 있도록 부디 도와 주십시오."

"어렵지 않지요. 이제부터 북풍이 불 겁니다. 자갈이 섞인 흙으로 급히 토벽을 쌓고 거기에 물을 끼얹어 두면 하룻밤 사이에 얼어붙을 겁니다. 한번 얼었다 하면 봄이 올 때까지 녹지 않습니다. 요컨대 얼음성이니까 불에 탈 염려도 없고 강물에 떠내려갈 염려도 없습니다."

며칠 뒤 과연 북풍이 불기 시작했다. 조조는 몽매 도사의 말에 일리가 있다고 생각했기 때문에 수만의 인부를 대기시키고 있었다.

날이 저물자 곧 명했다.

"새벽까지 다시 한 번 자갈을 섞은 토성을 쌓아라!"

이날 밤 인부에서 장병까지 모두 힘을 합쳐 흙을 파 토성을 쌓았다. 기초가 되어 있어 새벽 가까이 되자 토성이 거의 완성되었다.

"물을 끼얹어라! 골고루 물을 끼얹어라!"

강물을 퍼담은 수만 개의 물 자루가 연이어 운반되었고, 토성 위에 그렇게 운반된 물을 끼얹었다.

마초와 한수의 연합군은 날이 밝자 밤 사이 나타난 백은(白銀)의 성을 보고 깜짝 놀랐다.

"아니, 저건 성이 아닌가!"

"어느 틈에……."

"보라! 저것은 요전번의 토성이 아니다. 얼음 성곽이야."

마초와 한수도 나와 바라보았다.

"또 무엇인가 조조의 얕은 꾀가 분명하군. 자, 나아가 단숨에 짓밟아 버리자!"

부대를 편성하여 북소리를 울리며 돌격전을 폈다.

“왔느냐, 오랑캐 아들 녀석!”

조조는 말을 타고 앞으로 나오며 외쳤다.

마초는 조조의 모습을 보자 이성을 잃었다.

“아버지의 원수!”

외치며 장창을 꼬나쥐었는데, 문득 바라보니 그 옆에 얼굴이 붉은 털북숭이 장수가 버티고 서 있었다.

‘음, 저것이 허저로구나.’

그래서 마초는 다시 이성을 찾고 여느 때보다 신중한 태도로 싸움을 걸었다.

“서량의 마초는 말하면 반드시 실천하고 행동하면 반드시 끝까지 싸운다. 그런데 조조는 말만 잘할 뿐 도망치는 데 선수라고 하더라. 혹 그대에게 이 마초와 싸움을 벌일 용기가 있는가?”

그러자 조조는 비웃었다.

“모르느냐? 촌뜨기. 내 옆에는 항상 호치(虎癡) 허저라는 맹장이 있다는 것을. 어찌 너 같은 쥐새끼를 겁내랴.”

허저는 성난 황소 꼬리를 잡고 끌어당겼다는 괴력의 소유자. 세상에선 그를 호후(虎侯), 또는 호치라는 별명으로 부르고 있었다.

조조의 말이 채 끝나기도 전에 허저가 앞으로 나오며 그야말로 부르짖었다.

“초군(譙郡)의 허저란 바로 나다. 너야말로 도망가지 않고 나와 겨룰 용기가 있느냐?”

마초는 왠지 싸울 마음이 없었다. 그만 말머리를 돌려 군사를 물리고 말았다.

이것을 보고 있던 양군의 병사는 떠들썩하며 몸서리치지 않는 자가 없었다.

‘마초마저 겁내는 허저는 대관절 얼마나 강할까?’

모두 그렇게 생각했기 때문이다.

조조는 마초가 물러가자 장수들을 모은 다음 허저를 칭찬했다.

"어떠냐, 오늘의 호후를 모두들 보았겠지? 실로 우리의 호후라고 할 만하다!"

허저는 신바람이 나서 큰소리쳤다.

"내일 싸움에서는 반드시 마초를 사로잡아 승상께 바치겠습니다."

이튿날 마초와 허저는 맞붙었다.

싸우기를 100여 합, 쌍방 모두 말이 지쳐 일단 자기 진지로 돌아가 말을 바꾸어 타고 다시 맞붙었다.

승부는 나지 않았다.

불꽃이 튀고 창자루가 부러지고, 다시 칼을 뽑아 100여 합이나 싸웠지만 결과는 마찬가지였다.

"아아!"

양군은 손에 땀을 쥐고 쥐죽은 듯 지켜볼 뿐이었다.

'호치 허저를 상대로 저만큼 싸울 수 있는 마초도 대단하구나! 또한 서량의 마초를 상대로 이만큼 싸울 수 있는 자도 허저 말고는 또 없으리라.'

입 밖에 낼 여유도 없었지만 누구도 감탄하지 않는 자가 없었다.

이윽고 허저는——

"아, 덥다! 이렇게 땀이 흘러서는 눈이 보이지 않아 싸울 수가 없다. 마초, 기다리고 있거라."

이렇게 외치더니 말머리를 돌려 자기 진지로 들어가 버렸다.

'도망갔는가?'

군졸들이 고개를 갸웃하고 있을 때, 허저는 갑옷도 전포도 벗어던진 알몸뚱이로 다시 나왔다.

그 사이 마초도 땀을 닦고 창을 바꾸며 한숨 돌리고 있었다.

곧 모래먼지를 일으키며 용호상박의 격투가 다시 벌어졌다.

"오옷!"

범처럼 포효하면서 허저가 말 위로 몸을 솟구치며 육박하자, 마초 또한 장창을 눈에 보이지 않을 만큼 윙윙 돌려가며 찔러댔다.

칼 끝이 창자루에 탁하고 울렸다. 마초는 재빨리 창을 물렸다. 허저가 또다시 칼을 높이 쳐들었다.

"야웃!"

이번에는 마초가 몸을 살짝 비틀며 허저의 가슴을 향해 필살의 일격을 가하려고 했다.

'결국 허저가 당하는가…… ?'

사람들은 순간 눈을 감았다.

그러나 마초의 장창은 허저의 겨드랑이 밑으로 흘렀다.

"에잇, 귀찮다!"

허저는 칼을 내던지고 마초의 창자루를 꽉 움켜잡았다.

빼앗겠다!

빼앗길까 보냐!

두 사람의 힘겨루기는 번개와 번개가 검은 구름을 감아 올리며 번쩍이는 것 같았다. 빼앗기는 쪽이 그 창에 찔리게 된다. 절대로 빼앗겨서는 안 된다.

뚝! 창자루가 부러졌다.

그 바람에 양쪽 말이 뒤로 휘청거렸다. 말은 주저앉지 않으려고 앞발을 높이 들며 소리 높이 울었다. 그러다 말이 앞발을 내리자 두 사람은 부러진 창토막을 가지고 맹렬한 난타전을 벌였다.

조조는 외쳤다.

"징을 쳐라! 징을 쳐라!"

소중한 호치에게 만일 무슨 일이라도 생긴다면 전군의 사기에 영향을 미친다고 생각했기 때문이다.

그러나 허저가 말머리를 돌리자, 기회를 놓칠세라 방덕과 마대의 군사가 한꺼번에 돌격했다. 그것을 하후연·조홍이 필사적으로 막았

으나 전체적으로 마초군의 기세가 강하여 허저는 팔꿈치에 화살을
두 대나 맞았다.

마초는 분했다.

총공격에 한수군이 가담했다면 틀림없이 승리를 거두었으리라고
믿었다. 그런데 어쩐 일인지 한수군은 이 공격에 방관하는 태도를
보였던 것이다.

'한수란 놈! 조조와 내통하고 있는 게 아닌가?'

더욱이 마초가 분통이 터졌던 것은 그들 배후에 조조의 부하 서황
과 주령의 군이 나타난 일이었다.

조조는 여러 장수를 모으고 군의를 열었다. 그 자리에서 그는 말
했다.

"실로 마초라는 적은 예사 적이 아니다. 그가 살아 있는 한 내가
편히 발을 뻗고 잘 수가 없다."

그러자 가후가 대답했다.

"그렇습니다. 마초가 저처럼 강한 것은 한수의 전략이 있기 때문
입니다. 또 한수의 작전은 마초의 용맹이 있어야 비로소 살게 됩
니다. 승상은 어째서 예전의 반간계를 다시 쓰지 않으십니까?"

"왜 쓰지 않았겠는가. 한수와 마초의 연합에 금이 가게 공작을 했
다."

"그것만으로는 모자랍니다. 승상은 오늘 벌어진 전투를 보시지
않았습니까? 마초군의 맹공에 한수군이 동조하지 않았다는 사실
말입니다."

"음."

"한수군이 움직이지 않은 것은 등 뒤에서 서황과 주령의 군이 가
까이 다가갔기 때문이겠지요. 그러나 마초는 그렇게 생각지 않고
한수가 오늘 협공해 주지 않아 승리를 놓쳤다고 불만이 대단할 것
입니다. 계책을 쓸 때는 바로 지금입니다."

"음, 과연!"
"계책이란 승상께서 한수에게 다시 편지를 보내는 것입니다. 그
러면 관중군 내부에 무슨 변란이 생길 것입니다."
"좋아, 그 계책을 쓰자."

가후가 예상했던 대로 마초는 심복을 시켜 한수의 본진을 감시하
게 했다. 어느날 감시자로부터 보고가 왔다.
"조금 전 조조의 사자인 듯싶은 자가 한수의 본진에 무엇인가 전
하고 돌아갔습니다."
보고를 받자 마초는 이를 갈았다.
"역시 한수는 조조와 내통하고 있다! 즉시 찾아가서 증거를 잡고
말겠다."
마초는 한수의 본진으로 찾아갔다.
"아, 조카님! 혼자서 이 밤중에 웬일인가?"
아무것도 모르는 한수는 놀라며 마초를 맞아들였다.
마초는 한수를 노려보며 물었다.
"조조에게서 사자가 다녀갔을 텐데…… ?"
"하하하……. 그것 때문에 조카님이 화를 내고 있었군. 그동안
조조에게서 통 소식이 없었는데 과연 오늘밤 편지를 보내왔지.
자, 여기 있으니 읽어보시게."
마초는 편지를 읽었다.
내용으로 보아 별로 수상한 데는 없었다. 그러나 의심을 한번 품
게 된 마초는 더 의심이 났다.
"이 편지는 과연 아무것도 아닌 것 같지만……조조가 편지를 사
사로이 보내온다는 것은…….."
마초의 말에 한수도 화를 냈다.
"그렇다면 내가 조조와 내통이라도 한단 말인가?"

“솔직히 말해서 그렇소. 맹세코 내통하지 않았다는 것을 밝힐 수 있다면 밝혀 보시오!”

전기(轉機)

한수가 단순한 사람이었다면 화를 내고 마초와 손을 끊었으리라.
그러나 그는 침착하게 말했다.

"그렇다면 조카님이 품은 오해를 깨끗이 풀어 드리겠네. 내일 내
가 일부러 조조의 진영을 찾아가 언젠가처럼 진 밖에서 담소하고
있을 테니 조카님은 부근에 잠복했다가 조조를 기습하여 목을 자
르게. 그러면 내가 결백하다는 것을 알 테니."

"좋습니다."

이튿날 한수는 이감(李堪)·마완(馬玩)·양추(楊秋)·후선(侯選) 등
네 장수를 데리고 조조의 본진으로 찾아갔다. 조조는 이때 예의 얼
음성에 있었다. 한수가 찾아왔다는 전갈을 받자──

"조인, 네가 대신 만나라!"

조조는 그의 귀에 대고 무엇인가 속삭였다.

조인은 제장을 거느리고 진문(陣門)을 나와 한수에게 가까이 다
가가더니 70보쯤 앞에서 말을 멈췄다. 그리고 큰 목소리로 외쳤다.

"어젯밤의 회답은 잘 받아 보았소. 승상께서도 매우 기뻐하고 계

십니다. 그러나 사전에 발각된다면 큰일, 아무쪼록 세심한 주의를 하십시오."

"이봐, 무슨 소리야?"

한수가 되물었을 때 조인은 벌써 말머리를 돌려 자기 진지로 들어가 버렸다.

숨어서 이것을 엿들은 마초는 격노하여 자기의 진지로 돌아오자마자 한수를 죽이겠다고 길길이 날뛰었다. 마대와 방덕이 번갈아 말렸다.

"이것은 조조의 모략입니다. 지금 적을 앞에 두고 우리가 분열된다면 어떻게 되겠습니까?"

마초는 애써 분노를 억눌렀다.

한편 한수도 맥없이 자기 진지로 돌아왔다. 양추·이감·후선 등이 번갈아 그를 위로했다.

"우리들은 두 마음이 없는 장군의 충정을 알고 있습니다. 그런 만큼 더욱 억울하시겠지요. 마초는 용맹은 있지만 지모가 모자라, 어차피 조조에게는 당하지 못할 터. 차라리 지금 늦기 전에 장군도 조조에게 항복하여 한몸의 영화를 도모하시는 게 어떻겠습니까? 저희들도 기꺼이 그 뒤를 따르겠습니다."

"닥쳐라. 그대들은 무슨 말을 그렇게 하는가? 이 한수가 일어난 것은 마초의 아버지 마등에 대해 생전의 우정에 보답하려는 의로운 마음에서였다. 어찌 이제 와서 그의 아들 마초를 버리고 조조에게 항복할 것인가!"

"아닙니다. 그것은 장군의 짝사랑에 지나지 않습니다. 마초 쪽에서 오히려 장군을 의심스럽게 보고 있는데 그런 절의(節義)를 대체 누구에게 바치시려는 것입니까?"

그러자 한수도 반심(叛心)이 생겼다. 양추를 밀사로 내세워 그날 밤 은밀히 조조에게 투항하겠다는 뜻을 전했다.

조조는 곧 지시해 왔다.

"내일 저녁 마초를 초대하여 잔치를 베풀 것. 유막(油幕)의 사방에 마른 섶을 쌓고 불로써 그를 질식시키도록. 불길이 일어나면 내가 몸소 대군을 이끌고 가서 마초를 생포하리라."

한수는 이튿날 양추·이감 등을 모아 협의했다. 조조가 지시해 온 계책이 반드시 완벽하다고는 생각되지 않았기 때문이다.

"지금 초대해도 마초 쪽에서는 이곳에 오지 않을 것입니다."

한수의 걱정도 거기에 있었다.

"아닙니다. 생각과는 달리 쉽사리 올지도 모릅니다. 장군께서 사죄하신다고 말씀하시면."

그러나저러나 준비만은 갖추겠다 마음먹고, 유막을 치고 마른 섶을 숨긴 뒤 잔치 준비를 했다.

그러나 마초는 한수 쪽의 모의를 이미 보고받고 있었다.

"반역자들! 꼼짝 마라!"

마초는 한수의 진영에 들이닥치자마자 버럭 소리를 지르며 칼을 뽑아 한수를 내리쳤다.

한수는 창을 잡을 겨를도 없어 왼팔꿈치를 들어 마초의 칼을 막았다. 마초의 칼에 한수의 왼팔이 어깻죽지부터 떨어져 나갔다.

"쥐새끼, 어디로 도망치느냐?"

뒤쫓자 양추·후선·마완 등이 일제히 덤볐다.

유막 바깥에 불길이 치솟았다.

"한수는? 한수는?"

마초는 피묻은 칼을 들고서 오직 한수만을 찾았다.

마초의 앞을 가로막은 마완은 피보라를 뿜으며 쓰러졌고 뒤따라 달려온 방덕과 마대 등도 한수의 부하를 닥치는 대로 주살했다.

불길을 보고 조조의 대군이 몰려왔다. 호치 허저를 비롯하여 하후연·서황·조홍과 같은 쟁쟁한 맹장들이 마초의 목을 노리며 달려들었다.

마초는 아수라가 되어 혈로를 열었다. 난군 중에서 얼마나 많은 적들을 죽였을까. 문득 정신을 차려보니 혼자만이 남았고 뒤따르는 군사는 하나도 보이지 않았다.

“내 목숨도 이제는 그만인가.”

뒤를 추격해 오는 것이 적장 우금과 그 수하 군사임을 확인한 마초는 자진할 각오를 했다.

마초는 저쪽에 있는 다리를 발견하자, 말에 채찍을 가해 다리 한복판에 서서 적의 군사를 기다렸다.

그때 우금의 군사 뒤쪽에서 함성이 일었다. 주군의 뒤를 따라온 방덕과 잔병들의 함성이었다.

“음! 아직 하늘이 나를 버리지 않았구나!”

마초는 맹렬히 적진으로 돌입했다.

여남은 적병의 목숨을 빼앗고 나자 긴 칼이 톱날처럼 되어 부러졌다. 마초는 적으로부터 창을 빼앗았다. 그 창도 부러지자 말에서 뛰어내려 사모를 집어들고 싸웠다.

만약 방덕이 말을 달려 그곳으로 오지 않았다면 마초는 피투성이가 되어 죽고 말았을 것이다.

“사군(嗣君 : 마초는 한때 한 영지의 군주였다 함)! 이 말을!”

방덕이 외침에 퍼뜩 정신을 차린 마초는 말 등에 올라탔다.

마초를 놓쳤다는 우금의 보고를 듣고 조조는 다시 명령했다.

“밤낮을 가리지 말고 추격하라. 마초의 목에 천금을 걸리라. 사로잡은 자에게는 대장군직을 내리리라.”

그것은 엄청난 포상이었다.

장수들은 물론이고 군졸들에 이르기까지 모두 설쳐대며 마초 추격에 나섰다. 가뜩이나 패주하던 터에 엄청난 욕망의 목표가 되고 보면, 아무리 마초라도 견뎌낼 재간이 없다.

쫓기고 또 쫓기다 되돌아서서 싸우고 다시 도망치는 동안 따르는
부하는 겨우 30기밖에 남지 않았다.

도중에 방덕과 마대와도 뿔뿔이 흩어져 멀리 농서지방 쪽으로 달
아났다. 그것을 알고 조조는——

"그들을 지방에 숨어 있도록 놔둔다면……."

후환을 뿌리째 뽑을 셈으로 추격 명령을 멈추지 않았다. 장안 교
외까지 이르렀을 때 허도에서 달려오는 순욱의 사자와 만났다.

　북쪽 풍운이 급하다고 보고 남강의 물, 또한 둑을 끊으려고 합
니다. 하루라도 빨리 병사를 거두어 돌아오시기 바랍니다.

그래서 조조는 전군에 철수명령을 내렸다.

"돌아간다."

왼팔이 잘린 한수를 서량후에 봉했고, 또한 그와 더불어 항복한
양추와 후선도 열후에 봉하고 나서 조조는 명했다.

"위수의 입구를 지켜라!"

이때 양주(涼州)의 참군(參軍) 양부(楊阜)가 나와 아뢰었다.

"마초의 용맹은 옛날의 한신(韓信)·영포(英布) 못지 않습니다.
지금 그를 끝내 잡지 못한 채 개선하심은 마치 산불을 끄러 갔다
가 산 속에 불씨를 남겨두고 떠나는 것과 같아 위험하기 이를 데
없습니다."

"나 또한 그것이 염려된다. 그의 목을 벤 뒤 반 년 가량 머물면서
전후의 경영까지 하고 돌아가면 안심이 되겠는데, 도성의 사정과
남쪽의 형세가 그것을 허락하지 않는다."

"이전에 양주자사로 있던 위강(韋康)이라는 인물이 있습니다. 양
주의 사정에 정통하고 민심도 얻고 있으므로 그에게 기성(冀城)
을 지키도록 한 부대를 준다면 커다란 억제력이 될 것이며, 비록

마초가 재기를 도모한다 해도 끝내는 자멸할 수밖에 없으리라고
생각됩니다.”
“그렇다면 그 소임을 그대에게 맡기겠다. 그대와 위강이 힘을 합
쳐 마초가 다시는 날뛰지 못하도록 하여라.”
조조는 이어 하후연에게 한수와 함께 장안에 남아 북변을 지키라
고 일렀다.
그러자 하후연이 청했다.
“풍익 땅 고릉(高陵) 출신으로 장기(張旣), 자를 덕용(德容)이라
는 자가 있습니다. 그를 장안의 윤(尹)으로 임명해 주십시오. 장
기와 힘을 합쳐 승상께서 두번 다시는 양주 걱정을 하시지 않도록
해드리겠습니다.”
“좋도록 하라.”

조조는 장안에 머물러 있던 어느 날 저녁 장수들과 환담을 나누었
다. 그 자리에서 한 장수가 조조에게 물었다.
“승상께 여쭙겠습니다만, 전투 초기 마초의 군세는 동관에 자리
잡고 있어 위수 북쪽은 차단된 상황이었습니다.”
“음.”
“그래서 당연히 황하 동쪽으로 진격하리라 보았습니다만, 그게
아니라 부질없이 야진(野陣)의 위험을 무릅쓴다든가 또는 그 뒤
북쪽 기슭에 진지를 구축한다든가 하셔서 전술에 혼란이 엿보였
습니다만……”
“그것은 견고함을 공격하지 않고 약한 곳을 찌른다는 병법의 이
치를 좇았기 때문이다.”
“그렇지만 이번에는 그와 반대로 움직였다고밖에 생각되지 않았
습니다.”
“적 쪽에서 그 조건을 만들게끔, 처음에는 일부러 적의 알찬 정면

에 부딪치는 것처럼 보여 적 병력을 남김없이 아군 앞에 모이게 하고 나서 서황·주령과 같은 별동대로 하여금 적 병력이 약한 황하 서쪽에서 쉽게 건너도록 하였던 것일세."

"과연! 그럼 승상의 주목적은 오히려 별동대 쪽에 있었던 셈이겠군요."

"말하자면 그렇다고 할까."

"그 뒤 우리 주력은 북쪽 기슭으로 건너가 둑을 따라 진지를 구축하고 누차 실패한 끝에 얼음성까지 쌓아야 했습니다. 승상께서도 처음에는 이렇듯 빨리 전쟁이 끝나리라고는 생각하지 못하셨습니까?"

"아냐 아냐, 그것은 일부러 아군의 허약함을 과장시켜 적을 자만케 하려는 목적과, 또 하나는 서량병이 들망아지처럼 성급하기 때문에, 그 예각(銳角)을 둔화시키기 위해 필요 이상 느긋함을 보여 적을 초조하게 하려는 계산이었지."

"이간책은 진작부터 생각하셨습니까?"

"전기(戰機)는 영감이다. 또 하늘에서 오는 소리다. 상도(常道)로서는 말할 수 없다. 전투 전에 짜는 작전은 신중을 기하기 때문에 다만 지지 않으려고만 하기 쉽다. 그러나 막상 전투에 돌입하면 신속함이 필요해진다. 또 서전에서는 참모의 두뇌와 두뇌는 어느 쪽도 뒤지지 않는 상태에서 대치한다. 하지만 이윽고 하늘에서 오는 소리, 이른바 영감을 포착하여 어느 쪽인가가 적의 예상을 뒤엎는다. 그것이 승패의 갈림길이 된다. 무릇 병을 쓰는 신변묘기(神變妙機)는 일률적으로 말하기가 어렵다."

조조의 해설은 제자를 가르치듯 자상했다. 제장이 또 입을 모아 물었다.

"출진 때 승상께서는 서량군의 병력이 시시각각으로 늘고 그 가운데에는 관중 십부의 맹장들도 많다고 들었을 때 손뼉을 치며 기뼈하셨는데, 그것은 어떠한 생각에서였습니까?”

“서량 나라는 멀리 떨어져 있다. 왕화(王化)의 은택을 입지 못한 야만족들이 한꺼번에 모여 와 준다면, 이것은 몰이를 하지 않았는데도 사냥터에 나와 준 사슴이나 멧돼지 떼와 마찬가지가 아닌가!”

“그에 대해서는 들은 일이 있습니다.”

“그렇지, 얘기했었지. 만일 그들이 서량에서 나오지도 않고 왕위(王威)에도 굴하지 않은 채 다만 변경에 있으면서 날뛰는 것을 원정하여 치려 한다면, 막대한 군비와 병력과 세월을 필요로 한다. 아마 한두 해 가지고서는 이번 만큼의 전과를 올리기가 힘들었으리라. 그렇기 때문에 뜻밖에도 서량군이 대거 내습한다고 들었을 때 기쁜 나머지 환성을 올렸었지. 그대들도 앞으로 실전 때에는 평소의 작은 상식에 얽매이지 말고 좀더 큰 슬기를 발휘할 수 있도록 하라.”

말하고 나서 조조는 잔을 들었다. 장수들도 모두——

‘승상께서 아직도 늙지는 않으셨구나.’

탄복하며 진심으로 우러러보았다.

조조가 그의 본거지인 도성에 개선한 것은 건안 17년(212) 정월이었다.

조조는 채문희를 불렀다.

“그대가 채집했다는 그 흉노의 호가곡을 연주해 주지 않겠나? 북쪽 땅에서 싸워 본 뒤에야 그 곡을 잘 알 수 있었지.”

흉노의 가락을 중국풍으로 편곡한 곡에 조조는 조용히 귀를 기울였다.

음악은 새로운 영감을 떠오르게 하는 법이다. 조조는 서둘러 정보 관계로 일하는 부하들을 불러 채문희의 금 타는 소리를 들으며 그들의 보고를 받았다.

자기가 손을 집어넣어 마음껏 휘저어 놓은 수면에 얼마만큼의 물결이 일었는지, 조조는 지금 그것을 확인하고 있었다.

"조조가 장로를 친다!"

이 소식에 가장 큰 충격을 받은 것은 다름아닌 촉 땅이었다.

촉 땅인 익주는 장로와 같은 종교색이 짙은 소군벌이 한중 지역에 있었기 때문에 이제까지 태평스러운 꿈에 잠겨 있을 수가 있었던 것이다.

그 한중을 조조와 같이 엄청나게 큰 군벌이 점거한다면 촉이 뱀의 뱃속에 들어가는 것도 시간 문제이리라. 사실 그 지위에 있어 인신(人臣)의 정상에 오른 조조의 위세에 대해 제후나 태수는 어떻게 몸을 보전할 것인가 고민해야 한다.

한중(漢中) 태수 장로도 그들 중 한 사람이었다.

장로는 태수로서 한중을 지배하는 자리에 앉아 있을 뿐 아니라, 스승으로 일컬어지는 신과 같은 절대 전제군주였다.

장로는 '미적(米賊)'이라는 오명(汚名)을 씻어 버리기 위해 신자들에게 '사부(師父)'라고 부르게 했다. 신자를 '귀졸(鬼卒)', 중하게 쓰이는 자를 '좨주(祭酒)', 그리고 많은 귀졸을 이끄는 자를 '치두대좨주(治頭大祭酒)'라고 부르며 정연한 신앙 조직을 갖추었다.

이 신앙은 성실을 으뜸가는 신조로 삼고 거짓과 사기를 금했다. 병자가 나오면 제단을 마련하여 조용한 방에 넣어 지난 날의 잘못을 참회하게 했다.

병든 사람이 회복되면 으레 쌀 다섯 말을 사례로 내놓는 것이 불문율이었다.

장로는 또 의사(義舍)라는 것을 설치하여 쌀밥과 고기를 마련해 두고 지나가는 사람 누구에게나 나누어 주었다. 다만 필요 이상으로

갖는 자에게는 천벌을 내린다고 선포하고 약속대로 처형했다. 이것
은 어려운 백성들을 도와 감동시키는 방법인 동시에 교묘한 비축책
(備蓄策)이기도 했다.

신앙 조직은 영내(領內)에 벼슬아치를 두는 대신 쾌주에게 권력
을 주어, 장로를 이른바 현인신(現人神)으로 신앙케 하고 그 신앙
심을 바탕으로 치안을 유지하고 있었다. 이 제도는 30년이나 이어
져 내려왔다.

장로가 이렇게 절대 전제군주로 난세에 30년이나 군림할 수 있었
던 것은 한중이 도성으로부터 멀리 떨어진 덕분이었다.

한중은 30년 동안 단 한 번도 외부 세력에 의해 침략을 받아본
일이 없었다. 또 장로는 조정으로부터 진남중랑장의 벼슬과 함께 한
녕(漢寧) 태수의 직위를 받아 해마다 막대한 공물(貢物)을 거둬들여
태평 세월을 누렸다.

그러나 서량의 마등과 마초 부자가 멸망했음을 알고, 장로는 그런
위기가 언젠가는 자기 자신에게도 미칠 것을 각오해야 했다. 위수
일대를 자기의 것으로 만들어 버린 조조가, 만일 그럴 생각만 있으
면 언제라도 한중을 포위할 수 있는 것이다.

어느 날 장로는 가신 일동을 모아놓고 의논했다.

"조조는 반드시 한중을 공격해 올 것이다. 이렇게 된 이상, 나는
한녕왕이 되어 대군을 길러 조조와 결전하려 하는데 모두들 어찌
생각하는가?"

염포(閻圃)라는 사람이 앞으로 나섰다.

"한중은 가구 수가 모두 10만 호로 재물이 넉넉하고 양식도 족하
며 사면이 요새로 둘러싸여 있습니다. 게다가 마등이 살해되었고
마초는 패주했기 때문에 자오곡(子午谷)으로부터 한중으로 흘러
든 서량 백성들의 수는 수만을 넘습니다. 익주의 유장(劉璋)은
어리석고 나약한 사내이므로 우선 서천 41주를 빼앗아 바탕으로

삼고, 그런 다음에 한녕왕이라 칭하신다면 아무리 조조라 할지라
도 쉽게 공격해 오지는 못할 것이라 생각합니다."
"좋다! 그 책략을 쓰리라."
장로는 마음을 정했다.

작은이

　한중과 서남에 경계를 접하고 있는 익주태수 유장은 유언(劉焉)의 아들로서 자는 계옥(季玉)이었다.

　한나라 노공왕(魯恭王)의 말손(末孫)으로, 장제(章帝)의 원화(元和) 연간에 경릉(竟陵)으로 옮기고 그 자손이 이 땅으로 옮겨왔다.

　유언은 뒤에 익주목(益州牧)이 되었는데, 흥평(興平) 원년에 악성 종기를 앓다가 그만 세상을 떠났다. 그리고 유장이 그 뒤를 이은 것이다.

　유장은 매우 소심한 범부였다.

　익주는 끊임없이 이웃나라인 한중의 위협을 받고 있었으므로 몇 사람의 첩자를 침투시키고 있었다. 그 첩자의 한 사람이 장로의 침공책을 탐지하여 급히 알려왔다.

　유장은 그 말을 듣자 이내 겁을 먹고 떨었다. 곧 모든 벼슬아치들을 한자리에 모았다. 결론이 나지 않는 의논이 몇 시간이나 계속되고 있을 때 한쪽 다리를 소리내어 끌면서 한 벼슬아치가 들어왔다.

　익주의 별가(別駕 : ^{자사의}_{보좌관})로, 성은 장(張)이고 이름은 송(松), 자는 영년(永年)이라는 인물이었다.

장송은 뭐라고 형용하기 어려운 기묘한 풍모와 골격을 지닌 자였다. 이마는 이상하게 툭 튀어나오고, 코는 납짝하게 찌부러졌으며, 이는 뻐드러지고, 키는 다섯 자도 못되며, 목소리는 왕방울을 흔드는 소리였다. 뿐만 아니라 어렸을 때 오른 다리를 호랑이에게 먹혀 목발을 짚고 다녔다.

장송은 무슨 일로 늦어졌는지 그에 대해서는 한 마디도 변명하지 않고 불쑥 이렇게 말했다.

"의논이 너무 길어지는 것 같습니다."

'……무례한 녀석!'

장송은 자기에게 집중되는 모든 사람들의 눈길을 태연히 받아넘기며 말했다.

"하하하……. 마음을 놓으시지요. 여기에 장송이 있습니다. 비록 용모는 추하고 괴이할지라도 내 입에는 세 치 혀가 있습니다."

"그대의 가슴 속에 장로의 화를 모면할 방법이라도 있단 말인가?"

"그렇습니다. 내가 들으니 조조라는 인물, 중원을 무찌르고 여포와 이원(二袁 : 원소와 원술)을 멸망케 하고 유비를 누르고 마등을 죽였으며, 그 아들 마초를 내치고 바야흐로 천하에 맞설 적이 없습니다. 그러므로 스스로의 위세에 오만해져 있을 것입니다. 따라서 나는 업도로 올라가 조조를 만나보고 이 세 치 혀로써 장로를 멸망케 하도록 설복하겠습니다."

"과연 성공할 것 같소?"

"산더미 같은 금은보화와 비단을 갖추어 주십시오."

유장은 재빨리 장송의 청에 응했다.

촉 땅의 모사가 나섰으니

형주의 호걸 불러 오더라

　장송은 떠나기에 앞서 서촉(西蜀) 41주의 큰 지형도를 마련했다. 수행하는 사람은 불과 몇 사람밖에는 되지 않았다.

　이 일은 이내 형주까지 알려졌다.
　공명은 곧 숙련된 첩자를 조조 진영에 침투시켜 장송과 조조가 만나는 것을 알아보게 했다.
　긴 여행 끝에 도성으로 들어간 장송은 숙소를 정하자, 한참 동안 승상부의 상황을 엿보고 있었다.
　장송이 허도로 들어왔다는 소식은 이미 승상부에 들어갔을 것이다. 장송은 일부러 10여 일을 지내고 나서 승상부에 알현을 청했다.

　조조는 채문희의 금을 들으면서 물었다.
　"익주의 유장이 장송을 보내왔는데 무엇 때문일까?"
　일부러 알면서도 묻는 그런 태도였다. 태위 양표(楊彪)의 아들 양수(楊修)가 대답했다.
　"아마도 승상께 파촉을 앗기는 것보다는 다른 호걸에게 그것을 넘겨주는 편이 낫다고 장로도 유장도 생각하고 있을 겁니다. 현재 승상께서는 이 나라에서 가장 강한 군벌입니다. 그러니까 승상보다 조금 약하고 장로나 유장보다 조금 강한 것이 이상적인 인물이라고 그들은 생각할 것입니다."
　조조는 고개를 끄덕였다.
　"또 난세에는 사람들이 자기의 목숨을 완전히 영수에게 맡깁니다. 믿을 수 있는 영수라면 좋지만, 무능한 군주 아래 있으면 자기들의 목숨이 위험합니다. 그런 상황 아래서, 몸을 지키기 위해서는 모반이 불가피합니다. 모반하지 않는다면 죽게 되기 때문입니다. 곧 살기 위해서는 미덥지 않은 영수를 조금이라도 더 미더운 인물로 바꾸지 않으면 안 됩니다."

"그야말로 조반유리(造反有理 : 모반에도 이유가 있음)라고 할 수 있군그래."

"지금 말씀드린 것처럼 무능한 유장의 가신들 중에서는 일찍부터 주군을 바꾸자는 움직임이 있었습니다. 사람들의 생명과 재산이 관계되는 문제라 이 움직임은 뜻밖에 많은 사람들의 호응을 얻고 있다고 합니다."

"으음."

"그런데 이들의 고민은 누구를 주군으로 삼느냐 하는 것이었습니다. 그래서 촉에서는 적벽대전이 끝난 뒤부터 형주의 유비가 좋겠지 하는 이른바 친유비파 세력이 싹트고 있었습니다. 그 중심 인물이 지금 허도에 와 있는 익주 별가인 장송과 군의교위로 있는 법정(法正)입니다."

"좋아, 그 장송을 만나보자."

이윽고 조조 앞에 나아간 장송은 당상에 오만하게 버티고 앉은 승상을 우러르며 생각했다.

'……과연 이는 역사상 흔치 않은 간웅이로군.'

일단 적으로 돌리면 털끝만치도 용서가 없고, 그 구족(九族)까지 모조리 없애 버리는 냉혹하기 이를 데 없는 성질을 지닌 사람으로 보였다.

조조는 장송을 냉연히 내려다보며 말했다.

"익주는 아직껏 조정에 조공(朝貢)을 바친 일이 없는데 그 이유는 무엇인가?"

"익주로부터 도성까지는 길이 너무 멀고 도중에 험난한 곳이 수없이 많으며, 또한 밤낮 도적들이 출몰하여 조공을 바칠 재주가 없습니다."

장송은 시원시원하게 대답했다.

"변명치곤 궁색하기 이를 데 없구나."

조조는 비웃었다.

"이 조조가 이미 중원을 평정하였느니라. 어찌 관도에 도적 따위가 출몰한다 하는가?"

"승상께서는 중원이 평정되었다고 하십니다만, 과연 그럴까요? 남으로는 손권이 있고 북으로는 장로가 있으며 서에는 유비가 있어 모두 수십만의 강한 군사를 기르고 있습니다. 승상의 위세가 사방에 널리 떨친다고는 생각되지 않습니다."

당당히 말했다.

전의 조조였다면 장송의 머릿속 생각을 꿰뚫어보았을 것임에 틀림없다.

양수는 조조에게 미리 진언했었다.

"먼 나라에서 찾아온 사자에게는 형식적이라도 마땅한 관작을 내리는 것이 관습입니다. 익주 사자에게 2천 석쯤의 작위를 내리도록 하십시오."

그러나 조조는 고개를 저었다.

"싸구려 관작을 남발하는 짓은 이제 그만하자. 가치가 너무 떨어지니까."

그러고 나서 장송을 만났던 것인데 조조는 장송의 첫인상부터 좋지 않았다.

'뭐야, 이녀석은?'

자기도 키가 작으면서 조조는 난쟁이에 사팔뜨기이고, 다리 불구라고 그를 우습게 보았다. 게다가 천하에 상대할 적이 없다고 생각하는 조조에게 양수의 충고 따위가 귀에 들어올 리 없었다.

자신에게 야유를 퍼붓고 있는 이 추하고 괴이하게 생긴 변경 지방의 관리가 불쾌하게 여겨졌을 뿐이다.

조조의 일대 실수라 아니할 수 없었다.

조조는 마침내 홱 소맷자락을 펄럭이며 의자에서 일어나 안으로 들어가 버렸다.

조조의 가신이 장송에게 충고했다.
"익주태수의 명을 받은 사자라면서 이 무슨 무례한 말을 하오? 승상께서는 먼길을 마다 않고 여기까지 공물을 싣고 온 것을 생각하여 용서하셨지만, 여느 때라면 목숨을 잃었을 것이오. 냉큼 물러가시오."
장송은 자존심이 몹시 상했다.
'조조, 조조 하지만 뭐야! 그 꼬마, 대단한 인물도 아니잖아. 역시 유비가 그보다는 인물이 나아.'
장송 자신도 키가 작으면서 조조를 비웃었다. 마음속의 생각은 그대로 태도에 드러나는 법. 장송은 입을 크게 벌리고 껄껄 웃었다.
"우리 익주에는 야비한 소리를 하거나 아첨하는 자는 한 사람도 없소이다."
그 순간——
"그 건방진 말, 용서할 수 없다!"
충계 아래에 늘어선 여러 관원들 속에서 쑥 나서는 자가 있었다.
"아첨 잘 하는 간사한 사람이 익주에는 없다고? 그럼 중원에는 있다는 말인가? 참으로 사람을 알아볼 줄 모르는 소경이로구나."
이렇게 말한 것은 눈썹이 길고 두 눈이 가늘며 콧날이 오똑하게 섰고 살빛이 희고 단정한, 수재의 면모를 지닌 사람이었다. 양수(楊修)였다. 그는 승상 막하의 장고주부(掌庫主簿)로 있었는데, 박식하고 말 잘하여 무리 가운데 뛰어난 재능을 인정받고 있었다.
양수는 입으로는 날카롭게 다그치면서도 한편으로는 장송에게 눈짓을 했다.
'……귀공과 만나 이야기하고 싶소.'

장송은 고개를 끄덕여 응했다.

한참 뒤 장고주부 양수는 승상부 외곽에 있는 서원으로 장송을 데리고 가서 마주앉았다.

"촉나라에서 오는 길은 매우 험난함에도 이를 무릅쓰고 예까지 오신 그 노고에 대해 무슨 말로 위로를 해야 할지 모르겠습니다."

양수는 점잖게 달랬다. 장송은 히죽이 웃고 대답했다.

"주군의 명령이시니 물불을 가리지 않는 것은 신하된 도리가 아니겠습니까."

"촉나라의 풍토에 대해 말씀을 해 주십시오. 나는 전부터 촉을 동경하고 있는 자올시다."

"그러시오? 촉이란……."

장송은 물이 둑을 끊은 것처럼 일사천리로 지껄여대기 시작했다.

촉나라는 서쪽의 넓은 영역을 차지하여 예부터 익주라 일컬어 왔으며 장강 상류에 위치한다. 동부는 분지(盆地)이며 서부는 고원, 서부에는 대설(大雪)·공래(邛崍)의 산맥이 남북으로 나란히 있고, 그 사이를 금사강(金沙江)·아룡강(鴉瓏江)·대도하(大渡河)가 흐르고 있다. 동부의 분지에는 민산(岷山)·대파(大巴) 두 산맥이 꿰뚫고, 남을 대루(大婁), 서를 공래, 동을 무산(巫山)의 산맥이 에워싸고 있다.

이 지역을 흐르는 강은 가릉강(嘉陵江)·배강(倍江)·민강(岷江) 등으로 모두 남으로 내려가 장강으로 흘러들어간다.

이러한 산맥이며 하천이 기름진 땅을 만들고 적의 침입을 막아준다. 208곳의 숙역(宿驛)이 있어 마을과 마을이 연결되고, 논밭은 기름지고 나무 숲은 우거져서 홍수가 나거나 가뭄이 일어날 염려는 적으며, 백성들은 재물이 넉넉하여 음률(音律) 소리가 들리지 않는 날이 없다.

양잠·직물이 성하였음은 '촉금(蜀錦 ; 촉나라 특산품인 질 좋은 비단)'이라는 이름을 낳은 것으로 분명하며, 염정(鹽井)도 수없이 많아 소금도 부족하지 않게 공급된다.

낙양·장안·한중으로 연결되는 큰길은 영락없이 촉나라의 벼랑길로 통해 있다. 하늘을 찌르는 산봉우리, 깊고 깊은 골짜기, 기암절벽이 연이어져 있기 때문에 도성에 사는 사람들은 거의 이곳을 지나지 않아 촉나라가 얼마나 풍요로운 나라인가를 알지 못한다.

한나라 고조는 한중왕으로 봉해져 한중으로 오자, 이 땅의 풍요로움에 놀라 그 부를 얻고 항우(項羽)를 격파하여 한조 400년의 기초를 열었던 것이다.

실로 촉이야말로 100년, 아니 천 년의 태평스러움을 만들기에 족한 나라라 하겠다. 그 넓기가 수만 리 사방이요 병사는 백만이 넘으며, 곡물의 풍부함은 말할 나위도 없고 설혹 그 해에 곡물을 단 한 알도 거둘 수 없을지라도, 이것을 보충하는 과실이 가지가 휘어질 정도로 맺혀 있다. 직물을 비롯하여 명재(名材) 대나무 줄기로 만든 그릇은 너무 많아서 다 쓸 수가 없다. 산에는 구리·은이 넘치고 호수에는 소금이 남아돌며 강에는 물고기가 얼마든지 있다.

장송은 서촉 41현이야말로 지상의 극락임을 열심히 설명했다.

양수는 흥미롭게 듣고 나서 말했다.

"그럼 이번에는 촉나라의 인걸에 관해 듣고 싶소."

"글로는 사마상여(司馬相如), 무에는 복파(伏波)장군 마원(馬援), 의원으로는 장중경(張仲景), 점술에는 엄군평(嚴君平) 등 구류삼교(九流三敎), 무리 속에 뛰어난 수재의 수는 이루 손가락을 들어 헤아릴 수가 없소."

"그럼 한 가지 여쭙겠는데, 지금 유계옥 밑에는 귀공만한 인재가 얼마나 있소?"

"나는 별가라는 임무를 맡아보고 있습니다만, 그것을 부끄러이 여겨 오늘이라도 물러났으면 할 정도로 재능있는 사람들이 말

(斗)로 되어야 할 만큼 넘쳐 있습니다. 그런데 귀공은 조정에서 어떤 관직을 맡고 계십니까?"

"승상부의 주부 일을 보고 있습니다."

"하아, 나는 전부터 귀공이 명문장가(名文章家)라는 말을 듣고 있습니다만, 어찌하여 묘당(廟堂)에 나아가 천자를 보좌하지 않고 승상부의 미관말직에 만족하고 계시단 말씀이오?"

장송은 서슴지 않고 말을 해댔다.

이 말을 듣고 양수는 자기도 모르게 얼굴이 붉어져서 두 눈을 내리깔았다. 그러나 장송의 모멸에 변명하듯, 승상으로부터 군정상(軍政上)의 전량(錢糧)에 대한 경리(經理) 임무가 맡겨져 있다고 설명했다.

"하하하. 나는 조 승상이 글에서는 공·맹의 도(道)에 밝지 못하고 무에서는 손(孫)·오(吳)의 지략을 따르지 못하며, 오로지 힘만 믿고 패도(霸道)로 나가고 있다고 생각하는데, 귀공은 승상을 어지간히 큰 재사라고 착각하시는 것 같소이다."

이 말을 듣고 양수는 낯빛이 달라졌다.

"산골에 파묻혀 사는 그대가 어찌 승상의 천재를 알 수 있겠소?"

그러더니 양수는 일어나 책 한 권을 들고 왔다.

조조가 지은 병법서인 「맹덕신서(孟德新書)」였다. 조조는 13편에 걸쳐 용병(用兵)의 요법(要法)을 기술하여 이 책을 펴냈다.

주욱 훑어본 장송은 껄껄 웃었다.

"이것은 촉나라에서는 삼척동자도 다 외고 있는 책입니다. 신서라는 제목을 달다니 우습기 짝이 없습니다. 전국(戰國) 때, 이름 없는 군사가 쓴 것입니다. 그것을 조 승상이 훔쳐다가 자신이 만든 것처럼 꾸며 그대들 신하를 속이고 있는 것입니다."

"함부로 그런 말을! 이것은 승상께서 직접 저술하신 것으로 아직 세상에 공표하지도 않으신 것이오!"

“하하하……. 귀공이 내 말을 믿지 않으시니 한번 이 자리에서
내가 암송해 들려드리리다.”
장송은 말을 끝내자 「맹덕신서」를 처음부터 끝까지 줄줄 소리내어
외었다. 단 한 자도 틀림이 없었다.
‘이건 천하에 보기드문 기재(奇才)다!’
양수는 혀를 내둘렀다.
장송은 그 책을 양수에게서 받았을 때, 한 번 읽고 그 자리에서
외어 버렸던 것이다.
후세 사람이 이를 찬양하여 시를 지었다.

울퉁불퉁 고괴한 얼굴 기이하고
마음은 고결하나 체구는 변변찮네
입을 열면 도도한 삼협의 물줄기요
글을 읽으면 한눈에 열 줄을 보네

담도 크니 서촉에서 으뜸이요
빼어난 문장은 하늘을 꿰뚫는도다
제자와 백가를 아울러 통달하여
한 번 훑으니 더 이상 볼 것이 없어라

양수는 허도를 곧 떠나려는 장송을 객관에 머물러 있게 하고, 조
조 앞으로 나가 장송에게 「맹덕신서」를 보여주었더니 단 한번 눈으
로 훑어보기만 하고 그 자리에서 줄줄 외더라고 말했다.
“그렇게 박람강기(博覽强記)한 자는 지금 세상에 둘도 없습니다.
부디 다시 한 번 만나보시고 그 말하는 바를 들어 보옵소서.”
“장송이라는 사내는 보기만 해도 불쾌감이 드는 비뚤어진 성질을
가진 자이나, 그토록 재주가 희한하다니 다시 한 번 만나 보리라.

내일 아침 호위군의 정예 5만을 서쪽 조련장에서 열병할 때, 그리
로 불러다가 위용을 보여주자.”

이튿날 아침 양수는 장송을 데리고 조련장으로 갔다.

이미 정예 5만 명은 대오를 짓고 있었다. 똑같은 갑옷과 의포(衣
袍)를 입고 눈길 닿는 한 평지를 메우고서 아침 햇살에 질서 정연하
게 무수한 정기(旌旗)를 번쩍거리고 있는 광경은 실로 온 천하를
위압하는 조조의 권세를 상징하고 있었다.

조조가 나와 앉자 북소리가 일제히 천지를 뒤흔들었다.

“장송을 불러라.”

조조는 명했다.

장송이 어슬렁어슬렁 가까이 가자 조조는 싸늘한 미소로 물었다.

“촉나라 군사와 비교해서 어떤가?”

장송은 멍청한 표정으로 대답했다.

“물론 익주에 이렇듯 굉장한 군세 같은 것이 갖추어져 있을 리
없습니다.”

“으음.”

조조가 만족스럽게 고개를 끄덕이자 장송은 당장에 소리 높여 말
을 이었다.

“우리 나라에서는 인의로 정치를 하기 때문에 이러한 대군으로
위압할 필요가 없기 때문입니다.”

‘……이 괘씸한 놈!’

조조는 울컥 화가 치밀었다.

그러나 그것을 누르고 조조는 일부러 태연한 말투로 말했다.

“내가 천하의 쥐새끼 같은 자들을 보건대 쓰레기와도 같다. 내 군
세가 가는 곳, 싸워 이기지 못함이 없고 공격하면 반드시 취했느
니라. 나에게 따르는 자는 살고 나에게 거역하는 자는 죽는다. 그
대는 그것을 알고도 큰소리치겠는가.”

“하하하……. 말씀하신 대로 승상께서는 군사를 몰아 가는 곳마다 연전연승한다는 소문이 천하에 널리 퍼졌나이다. 그런데 옛날 복양(濮陽)에서 여포를 공격했을 때는 어떠했습니까? 완성(宛城)에서 장수(張綉)와 싸우실 때는 어떠했고요? 적벽에서 주유와 수전을 할 때는 어떠했던가요? 화용도에서 관우와 만났을 때의 그 꼴은 또 어떠했습니까? 그리고 얼마 전 위수 동관에서 마초와 격돌하셨을 때는 또 어떻고요? 과연 천하 무적의 무용을 발휘하셨던가요?”

태연한 체하려던 조조도 이 오만불손한 야유를 듣고는 마침내 격분하지 않을 수 없었다.

“장송! 나에게 거역하는 자는 죽는다고 했다!”

“분명히 들었습니다.”

“괘씸하다! 그 목이 이 자리에서 떨어져 나갈 것을 각오하라!”

조조가 선고하자 양수가 허겁지겁 달려나와 간했다.

“장송의 그와 같은 망언은 참으로 죽을 죄가 됩니다만, 일부러 먼 곳에서 조공을 바치러 온 자를 베어 버리신다면 먼 벽지에 있는 다른 자들이 입공(入貢)을 주저하게 될 것으로 생각합니다.”

조조도 곧 이 말을 납득했으나 격노는 쉽게 가라앉지 않았다.

“승상으로서 촉인의 모욕을 용서할 수 없다.”

순욱이 가까이 다가와 자기에게 맡겨 달라 했기 때문에 조조는 간신히 고개를 끄덕였다.

순욱은 군사를 불러 명했다.

“곤장 100대를 쳐서 성 밖으로 내쳐라. 단, 몽둥이가 몸에 닿게 해서는 안 된다.”

허도에서 쫓겨난 장송은 경멸의 눈길로 성문을 돌아보았다.

'조조는 역시 소인배로구나.'

장송은 조조의 사람됨을 시험해 본 것이다.

'조조와 손을 잡으면 장로를 친 뒤 틀림없이 촉도 빼앗기고 말 것이다.'

이것이 장송의 결론이었다.

'내 본디 조조에게 서천 땅을 내어줄 생각이었는데, 조조의 인물 됨됨이가 그 생각을 떨쳐버리게 했다. 조조가 한 나라의 사신인 나를 이렇게 박대할 줄이야. 익주를 떠나올 때 유장에게 호언장담 하였건만 지금의 내 체면이 말이 아니로구나. 이제 아무 이룬 바 없이 돌아가면 나는 촉나라의 웃음거리가 될 뿐이다. 일찍이 들었던, 형주의 유현덕은 그 인물됨이 범상치 않아 인의의 군자라 일컬어지고 있으니, 일단 형주에 들러 현덕을 만나보아야겠다. 그런 후 결단을 내려도 늦지 않으리라.'

장송이 10여 일이나 걸려 형주 국경에 이르렀을 때, 500기쯤의 군사가 숲속에서 나타났다. 그들을 이끄는 맨 앞의 대장은 매우 가벼운 옷차림으로 이렇다 할 무기도 갖고 있지 않았다.

대장은 곧장 달려오더니 말했다.

"혹, 촉의 장 별가(張別駕) 아니시오?"

"그렇소만…… 그대는?"

"상산의 조운 자룡이라 하오."

자신을 밝히고 훌쩍 말에서 내리더니 말했다.

"허도에 가셨던 장 별가께서 돌아가실 때 반드시 형주에 들르실 터인즉 국경에서 기다리라는 주군의 명령을 받들고 왔습니다."

이 마중은 물론 공명의 책략이었다. 공명은 첩자로부터 허도에서 있었던 자초지종을 상세히 보고받고 쫓겨난 장송이 틀림없이 형주에 오리라 판단했던 것이다.

장송은 감동했다.

"유 황숙께서는 듣던 바보다도 더 너그럽고 어지신 분이오. 아아, 황송하오."

말머리를 나란히 하고 국경을 넘어 첫 역관(驛館)에 이르자, 역문 앞에는 100여 명의 군사가 시립하여 북을 울리며 마중했다. 키가 크고 수염이 긴 대장이 그곳에서 기다리고 있었다. 관우였다.

정성을 다한 환대가 장송을 위해 준비되어 있었다. 이쪽은 특별히 초대를 받은 것이 아니라 우연히 방문한 것이다. 그럼에도 국빈의 환대를 받자 장송은 오히려 어안이 벙벙했다.

이튿날 아침 관우와 조운 두 장군의 수호를 받으며 역관을 나온 장송은 불과 10리도 채 가기 전에, 아득히 먼 들판에 화려하게 꾸민 한 무리의 군사가 정렬하고 있는 것을 보았다.

"저건…… ?"

"주군께서 귀공을 맞으러 납시었습니다."

관우가 대답했다.

"너무나도 과분하신 대접이오!"

장송은 놀랍다기보다도 어이가 없었다.

유현덕은 공명과 방통 두 군사를 거느리고 있었다.

장송은 백 걸음 앞부터 말에서 뛰어내려 유비에게로 가까이 다가갔다. 유비는 웃는 얼굴로 맞으며 말했다.

"별가 공의 높은 이름은 전부터 듣고 있었소. 한번 만나보고 싶었으나 유감스럽게도 산과 강이 사이를 가로막아 기회가 없었는데, 뜻밖에 이렇듯 들러 주셔서 마중나왔소. 성 안에 약간의 술과 안주를 마련했으니 천천히 피로를 푸시고 편히 쉬어 가십시오."

장송은 엎드려 머리를 조아리며 고맙다는 인사를 했다. 인사를 하면서 새삼 마음속으로 작정했다.

'서촉 41주를 맡길 사람은 이 사람 말고는 없다.'

성 안으로 들어가니 크게 잔치를 베풀어 빈객을 환대했다.

'……조조는 군세로 위세를 보였고 유비는 주연을 베풀어 환대한다. 바로 이 차이로구나.'

장송은 유비에게 강하게 이끌렸다.

주연 석상에서도 유비는 일체 서천에 대한 것은 묻지 않았다. 장송 쪽에서 오히려, 유비가 계속 익주와 관계없는 일만을 화제로 삼자 초조해질 정도였다.

'이번에는 꼼짝없이 내가 시험을 당하고 있다.'

장송은 등골이 오싹했다.

'시험을 당해서는 안 된다! 적어도 나는 촉나라의 장송이다. 공명과 방통, 두 천재를 상대하여 조금이라도 져서는 안 된다.'

장송은 자신에게 단단히 경고했다.

잔치가 한창 무르익었을 때 장송은 무심코 하는 말투로 물었다.

"유 황숙께서는 형주 외에 고을들을 얼마나 가지고 계신지요?"

공명이 대신해서 대답했다.

"우리 주군은 땅이라고는 전혀 갖고 있지 않습니다."

"그러시다면?"

"이 형주를 비롯해서 다스리고 있는 몇 고을은 오후 손권이 자기 것이라고 말하고 있습니다. 황숙께서는 오후의 누이에게 장가들어 사위로서 임시 이곳을 빌리고 있는 형편입니다."

"오나라는 이미 6군 81주를 차지하고 있는데도 아직 지나친 욕심을 갖고 있다니!"

장송은 못마땅한 듯 말했다.

방통이 말을 받았다.

"오후는 그 조상을 찾아들어가면 한낱 작은 관리에 지나지 않습니다. 한나라 황숙인 우리 주군께서 그 작은 관리의 자손에게 무릎꿇고 땅을 빌리고 있다는 것은 너무나도 이치에 어긋나는 일입니다."

"사원, 그런 말은 함부로 입 밖에 내지 않는 것이 좋소. 내가 이 나이가 되도록 한 치의 땅도 갖지 못한 것은 덕이 없는 탓이라 생각하오."

현덕이 말했다.

"황숙께서 덕이 없다면 천하에 덕을 가진 사람은 한 사람도 없을 것입니다. 황숙은 한나라 종친일 뿐 아니라 인의의 분이란 건 세상이 이미 다 알고 있는 일입니다. 지금 천자를 대신해서 황제의 위에 오른다 해도 조금도 이상할 것이 없습니다."

장송은 힘주어 말했다.

"별가의 지나친 칭찬에 이 현덕은 몸둘 바를 모르겠습니다."

유비는 고개를 내젓고 다시 인사를 올렸다.

장송은 사흘을 머무르는 동안 극진한 대접을 받았다.

그 동안 현덕은 서촉에 대한 이야기를 한 마디도 입 밖에 내지 않았다. 장송이 하직을 고하자 현덕은 몸소 성 밖 20리까지 나가 배웅했다.

작별의 술자리에 앉았을 때 장송은 마음속으로 결심했다.

'유장을 쫓아내고 이 인물로 대신하는 수밖에 없다!'

장송은 익주별가라고는 하지만 본디 태수 유장의 가신은 아니었다. 전 태수 유언의 부탁에 못이겨 손님으로 와 있게 된 인물이다. 장송은 경릉(竟陵)의 이름난 집안 출신으로, 생각만 있다면 더 높은 벼슬을 해서 태수나 자사가 될 수도 있었다. 그러나 유장에게 충성을 다할 생각은 없었다.

장송은 마침내 하직해야 할 시각이 왔을 때 현덕에게 사흘 동안의 후한 대접에 대한 고마움을 표하고 나서 가만히 바라보며 말했다.

"제 의견을 들어 주시겠습니까?"

"듣다뿐입니까."

"이 형주는 동쪽에 손권이 계속 으르렁거리고 북쪽에는 조조가 항상 이를 삼키려 하고 있습니다. 그러므로 유 황숙께서 오래 머물 곳이 못되는 줄 압니다."

"처음부터 나도 그것을 알고 있었지만 달리 몸 둘 만한 곳을 가지지 못한 처지라서……."

"익주가 있습니다."

장송은 분명히 말했다.

"익주를 앗아 가지란 말씀이오?"

"그렇습니다. 익주는 천험에 둘러싸여 기름진 들이 천리에 미치고 백성은 많고 나라는 부하며, 지혜와 능력 있는 인물들이 한결같이 황숙의 덕을 사모하고 있습니다. 그러므로 황숙께서 형주와 양양의 군사를 이끌고 멀리 서촉으로 들어오게 되면 패업은 이루어질 것으로 압니다."

"익주의 별가인 귀하가 주군을 배신하려는 것은…… ?"

"나는 본디 유장의 가신이 아닙니다. 돕는 소임을 띠고 있지만 언제든지 내 뜻대로 그 벼슬에서 떠날 수 있는 몸입니다. 전 주인인 유언의 덕을 입긴 했지만, 그 아들인 유장은 타고난 성품이 너무 유약하고 슬기롭지 못해서 도저히 익주를 다스릴 수 없을 것으로 압니다. 이대로 가게 되면 머지않아 북쪽으로부터 장로(張魯)의 침입을 받아 나라 안은 전란의 소용돌이에 휩싸일 것입니다. 인심이 하나 되어 밝은 임금을 간절히 바라고 있는 오늘날, 내가 사신으로 허도에 갔던 것도 실은 조조가 만일 참다운 영웅이라면 익주를 차지하라고 권할 목적에서였습니다. 그런데 조조를 만나보니, 그는 무서운 간웅으로 어진 사람을 업신여기고, 사람을 도리로 맞는 것을 잊고 있었습니다. 나는 그것을 보고 크게 실망하고 말았습니다. 그래서 이곳 형주로 발길을 돌려 황숙을 뵙게 된 것입니다. 결코 주인을 팔아 내 한몸의 영달을 위해 익주를 차지하라고 권하는 건 아닙니다. 황숙께서는 우선 서천(西川)을 차지하여 본거지로 삼고, 다음에 북으로 한중(漢中)을 넣은 다음, 다시 중원을 거두어 세력을 천하에 넓히게 되면, 조조를 허도에서 몰아내는 것도 결코 어려운 일은 아닙니다. 그리하여 이 나라 조정을 다시 옛날로 돌이킨다면 그보다 더 큰 공이 어디에 있겠습니까? 황숙께서 서천을 차지할 뜻만 있으시다면 내가 있는 힘을 다해 돕겠습니다."

현덕은 잠시 침묵을 지키고 나서 말했다.

"후한 뜻은 감사합니다. 그러나 유계옥이 사리에 어둡다고는 하지만 나와는 동종(同宗)이므로, 이를 쳐서 없앤다면 천하 사람들은 나를 욕하게 될 것입니다."

"아닙니다. 대장부가 세상에 태어난 이상 애써 공을 세우고 패업을 일으키는 것은 당연한 일입니다. 그러므로 남에게 뒤져서는 안 됩니다. 황숙께서 익주를 차지하기를 망설이신다면 그 사이에 다

른 사람이 차지해 버릴 것이고, 그렇게 되면 황숙께서는 반드시 후회하실 것입니다.”

“그러나 들리는 바로는 촉나라로 들어가는 길은 천산만수(千山萬水)에 가로막혀 수레가 지나갈 수 없는 험한 산이 이어지고, 말고삐를 나란히 할 수 없는 절벽이 천 리나 된다고 합니다. 도저히 공격해 들어갈 수 없을 것입니다.”

현덕의 말을 듣자 장송은 기다리고 있었다는 듯 벙긋 웃었다.

그리고 수행원을 불러 명했다.

“그것을 이리 가지고 오너라.”

현덕 앞에 펼쳐진 것은 서촉 41주의 큰 지형도였다. 길의 거리와, 가는 길의 멀고 가까운 것과, 넓고 좁은 것, 산과 내의 중요한 지점, 각 창고에 들어 있는 돈과 양식까지 빠짐없이 기록되어 있었다. 이 지도 한 장만 있으면 서촉으로 쳐들어가 이를 탈취하기는 아주 쉬운 일이었다.

“으음!”

현덕은 주욱 훑어보면서 감탄했다.

“황숙, 어서 결심을 내리십시오. 장송에게는 법정(法正)과 맹달(孟達)이란, 서로 마음이 통하는 두 친구가 있습니다. 그들도 반드시 힘을 합쳐 줄 것입니다.”

“산은 늙지 않고 물은 깊이 흐른다고 했습니다. 뒷날 뜻이 이루어지게 되면 후한 은혜에 꼭 보답하겠습니다.”

장송은 현덕의 배웅을 받으며 역에서 나왔다.

15리쯤 가자 공명이 방통·관우와 함께 나란히 서서 그를 기다리고 있었다.

“우리 주군께서 결단을 내리게 해 주셔서 감사합니다.”

그렇게 말하며 공명이 머리를 숙였다.

“과연 고금에 없다는 공명 선생이십니다. 내가 자진해서 서촉을 바칠 생각이 우러나게 만드셨습니다. 과분한 대접을 받았습니다. 나는 지금 공명 선생의 묘책에 말려든 것을 진심으로 기뻐하고 있습니다."
공명은 미소지으며 대답했다.
"애써 준비해 오신 서촉 41주 지형도인지라 고맙게 받았습니다."
"벌써 그것까지 알고 계셨군요."
장송은 새삼 공명의 밝은 눈에 혀를 내둘렀다.

익주로 돌아온 장송은 곧 법정·맹달 두 친구를 찾아가 속을 털어 놓았다. 두 사람 다같이 두들기면 소리나듯 그에 동의했다.
이튿날 장송은 들어가 유장을 뵙고, 조조야말로 역사에 보기 드문 역적이라고 설명한 다음 잘라 말했다.
"조조는 언젠가 이 서천으로 쳐들어올 것입니다."
"큰일났구나! 어떻게 하면 좋은가?"
"저에게 한 가지 계책이 있습니다. 제 계책대로 하면 조조와 장로에게 쉽게 공격을 당하는 일은 없을 것입니다."
"그 계책이란 어떤 것인가?"
"형주의 유현덕은 주공과는 동종인데다 관후하고 인자한 장자(長者)의 풍모를 갖추고 있습니다. 조조는 적벽에서 크게 패하고 난 뒤로 그의 이름만 들어도 종일 불쾌한 생각을 갖는다 합니다. 더구나 장로 따위는 유현덕과 우리 익주가 동맹을 맺었다고 들으면, 겁에 질려 어깨를 움츠리게 될 것입니다. 당장 사신을 보내어 유현덕과 동맹을 맺도록 하십시오."
"사신은 누가 좋을까?"
"법정과 맹달 두 사람이 좋을 줄 압니다."
유장은 곧 법정을 정사로 임명하여 현덕에게 보내는 편지를 주고, 맹달을 부사로 하여 정병 5천을 이끌고 형주로 떠나도록 명했다.

거기에 황급히 들어온 것은 황권(黃權)이었다. 자를 공형(公衡)이라고 하는, 유장 심복 중 한 사람으로 주부 벼슬을 하고 있는 사람이었다.

"주군! 장송의 말을 받아들이면 이 41개 고을은 모조리 유현덕의 손에 넘어가고 맙니다!"

유장은 놀라 물었다.

"유현덕은 나와 같은 종친의 한 사람이 아닌가. 더구나 인의의 사람으로 소문이 나 있다. 어째서 그런 염려를 하는가?"

황권은 대답했다.

"저도 유현덕이 마음이 착하고 의리에 밝다는 것 하나로 형주를 얻은 것을 알고 있습니다. 그러나 그 좌우에는 군사로 제갈량과 방통이 있고, 용맹한 대장으로 관우·장비·조운·황충·위연을 거느리고 있습니다. 그런 사람을 우리 촉나라로 맞아들이게 되면, 인심은 금방 그리로 기울어지게 됩니다. 나라에는 두 임금이 있을 수 없습니다. 주군께서 아주 위태로운 처지에 놓이게 됩니다. 생각건대 장송은 허도에서 돌아오는 길에 형주에 들러 유비와 어떤 약속을 한 것이 틀림없습니다. 곧 장송의 목을 베어 화근을 없애도록 하십시오."

"하지만 조조와 장로가 쳐들어오면 무슨 수로 막겠는가?"

"우리 나라는 천험으로 둘러싸여 있습니다. 그 길목을 지키면 백만의 적을 만 명으로 충분히 막을 수 있습니다."

"황권, 그대는 주부가 아닌가. 아직 한 번도 군사를 거느리고 싸운 적이 없다. 전략 같은 걸 알 턱이 없잖은가?"

유장은 황권이 간하는 말을 듣지 않고 예정대로 법정과 맹달을 떠나게 했다.

그러자 또 한 사람이 이에 반대하고 나섰다.

장전(帳前) 종사관 왕루(王累)라는 사람이었다. 왕루는 바닥에 이마를 조아리고 말했다.

"주군, 부디 중지하여 주웁소서. 장송은 주군을 배반한 사람입니다."

"닥쳐라! 내가 유현덕과 동맹을 맺는 것은 장로의 침략을 방지하기 위한 것이다!"

"장로가 국경을 침범하는 것은 피부병을 앓는 정도에 지나지 않습니다. 그러나 유비가 촉나라로 들어오는 것은 뱃속의 큰 병으로 반드시 목숨을 잃게 될 것입니다. 현덕이란 사람은 세상에서 어진 사람으로 소문이 나 있지만 실은 무서운 간웅입니다. 앞서는 조조의 편이 된 것처럼 보이면서 이를 배반했고, 요즘에는 손권과 동맹을 맺어 조조를 깨뜨리고 나자 오나라에서 형주를 가로채 차지하고 있습니다. 참으로 겉다르고 속다른, 방심할 수 없는 괴물입니다."

왕루는 결사적으로 간했다. 황권도 곁에서 그를 도와 말했다. 유장은 잠깐 망설였다.

거기에 장송이 군사 10여 명을 데리고 나타나자——

"그대들은 위대한 영웅의 도움을 물리치고 익주를 역적의 흙발에 짓밟히게 만들려는 건가!"

유장은 호통치며 다짜고짜 군사들에게 왕루와 황권을 끌고 나가라고 명했다.

유장은 그저 숨을 삼키고 있을 뿐이었다.

법정과 맹달은 익주를 떠나 형주로 급히 갔다.

건안 16년 12월이었다.

칼춤

　유장이 무능하다고는 하지만 덮어놓고 장송의 말을 좇은 것은 아니었다. 그는 그 나름대로 판단했다. 즉 동맹을 맺더라도, 상대가 지나치게 강대하면 이쪽이 병탄(倂呑)되지 않을까 하여 불안을 느끼는 법이다.

　"그런데 반쯤은 손권의 동정을 받아 가까스로 형주를 손에 넣은 유비이니, 동맹자로서는 얼마간 안심이 되거든."

　그래서 유장은 부하 법정과 맹달에게 5천의 군사를 주어 유비를 방문케 한 것이다. 더욱이 유비에게 군비로써 수억 전의 돈까지 제공했다.

　법정은 자를 효직(孝直)이라 하며 우부풍(右扶風) 사람이다. 조부인 법진(法眞)은 청렴강직한 사람으로 알려져 있었다.

　건안 초기, 전국에 대기근이 덮쳐 수많은 사람이 굶어죽을 때 가족이 모두 촉나라로 피난왔다. 맹달도 한 고향 사람이다.

　법정은 젊어서 신도현(新都縣)의 자사로 임명되었는데 두각을 나타내어 군의 도위로 승진했다. 그러나 이 지위는 한직인데다가 촉나라에 흘러들어온 같은 처지인 식객들에게서——

"효직은 품행이 나쁜 사람입니다."

뜻밖의 중상을 받았기 때문에 더욱 햇빛을 보지 못하는 처지였다.

그렇게 불우하던 때에 그의 실력을 인정하고 격려해 준 것이 장송
이다.

장송은 유비에게 보내는 사자로 법정을 추천한 뒤 은밀히 법정과
만났다.

"처음에는 사양해야 합니다. 두 번 세 번 사양한 뒤 할 수 없이
맡았던 것으로 하지 않으면 안 됩니다."

그것은 친유비파로 보이지 않기 위해서였다.

사자 임명에 선뜻 동의를 한다면——

"기다렸다는 듯이 사자의 소임을 맡는군. 이 사나이는 전부터 친
유비파였구나!"

의심받을 염려가 있었다.

법정은 가르쳐 준 대로 몇 번이고 사양했다. 하지만 유장은 대안
이 없었기 때문에 끝까지 이 임무를 떠맡기려 했다.

"끝내 사양하겠다면 이 촉나라에서 떠나라!"

유장은 화까지 냈다.

그제서야 사신의 소임을 받아들임으로써 법정이 마지못해 맡는다
는 인상을 사람들에게 심어 주었다.

법정은 형주로 출발하기 전에 오랜 시간에 걸쳐 장송과 밀담을 나
누었다.

그들은 무엇을 의논했을까?

익주의 운명은 이 밀담으로 결정되었다.

법정은 출발했다.

당시 장거리 여행에는 가지고 다니는 짐이 무척 많았다. 그러나
촉에서 형주로 가자면 뱃길을 이용하므로 짐의 양은 그다지 큰 부담

이 되지 않았다. 법정은 많은 짐을 배에 실었지만 누구도 그것을 수상하게 여기지 않았다.

그러나 실은 그 짐 속에 촉에 관한 방대한 자료가 들어 있었다. 상세한 지도가 있었다. 수계도(水系圖)와 산계도(山系圖) 그리고 도로망에 대한 그림 지도가 있었다.

법정은 그것을 유비 앞에 내밀며 말했다.

"자아, 여기에 촉 땅이 있습니다. 부디 차지하도록 하십시오."

유비는 그 자리에서의 대답은 피했다.

"우선 천천히 쉬시고 술이나 마시도록 합시다."

잔치가 끝나고 공명이 법정과 맹달을 객관으로 보낸 다음, 현덕은 방에 들어앉아 생각에 잠겼다.

방통과 공명이 조용히 들어왔다.

먼저 방통이 운을 떼었다.

"결단을 내리셨습니까?"

"의견을 듣고 싶소."

"망설일 것 없습니다. 호구가 100만에 땅이 넓고 물자도 풍부한 익주야말로 기반을 다질 수 있는 곳입니다. 당장 취해야 할 줄로 압니다."

"그러나…… 나는 물과 불처럼 서로 용납할 수 없는 조조에 대해서도, 그의 급함을 늦춰 주고 사나움을 용서해 주었으며, 그가 간사한 꾀로 속이면 나는 진실로써 대해 왔소. ……지금 내가 조조를 본떠 익주를 앗게 되면 지금까지 세상 사람에게 얻은 신의는 땅에 떨어지고 말 거요."

이 말을 듣고 방통은 웃으며 설명했다.

"주공의 말씀은 하늘의 이치에 맞는 말씀입니다. 그러나 아무리 하늘의 기본 이치라 해도 어지러운 세상에서는 행할 수 없을 때가 있습니다. 군사로써 힘을 겨루는 마당에, 한 가지 정당한 도리나 원칙에만 집착해 있으면 한 발도 앞으로 나아가지 못합니다. 권변(權變 : 형편에 따라 꾸며대는 수단)을 좇아 때로는 약한 것을 삼키고 어리석은 자를 무찔러 세도로써 천하를 취하는 것도 부득이한 일인 줄 압니다. 하(夏)나라 걸(桀) 임금이 무도했기 때문에 탕(湯) 임금이 이를 무찌르고, 은(殷)나라 주(紂) 임금이 포악했기 때문에 무왕이 이를 없앤 것도 다 인심과 천리에 따른 것입니다. 탕 임금과 무왕의 길을 걷는 것은 무장에게 맡겨진 의무인 줄 압니다. 일이 끝난 뒤 좀더 큰 신의로써 갚으면 천하에 그 누가 이를 탓하겠습니까.”

현덕은 고개를 크게 끄덕였다.

방통이 또 말했다.

“실제 문제로 촉에 병을 보내자면 동오의 움직임을 조심하지 않으면 안 됩니다. 배후를 공격받을 염려가 있으므로 상당한 병력을 남겨 두어야 하겠지요.”

공명이 말했다.

“관우·장비 두 장군을 형주에 머물러 있게 하십시오. 이 두 장군이 끼지 않았다는 것을 알면 익주의 유장도 안심할 것이기 때문입니다. 두 장수는 세상에서 유비군 군사력의 상징처럼 되어 있으니까요.”

그러자 방통이 덧붙였다.

“유비군의 힘은 관우·장비의 두 장군으로 상징돼 있지만 지모는 제갈공명으로 상징돼 있습니다. 관우·장비 두 장군이 빠져도 제갈량이 참가한다면 익주는 경계할 것입니다.”

“나도 머물러 있을 작정입니다.”

공명도 자기 입으로 자기의 지력(智力)을 상대가 경계할 것이라고 말하긴 거북했다. 그것을 눈치채고 방통이 대신 말하자, 공명이 찬성하는 형식이 되었다. 이런 점에서도 와룡과 봉추의 호흡은 잘 들어맞았다.

동오의 손권 진영에선 주유가 죽은 뒤 정촉론(征蜀論)의 불길은 사그라들었다. 열성적인 추진자를 잃었기 때문이다.

그러나 그 불이 완전히 꺼진 것은 아니었다.

"함께 촉으로 출병하지 않겠소?"

때때로 손권에게서 이런 공동 출병 제의가 유비 진영에 오곤 했다.

유비 쪽은 이 핑계 저 핑계로 응하지 않았다.

'병을 보내려면 차라리 혼자 힘으로 하겠다. 손권과 함께 하게 되면 전과(戰果)는 반타작이 된다. 촉은 전부 이쪽에서 차지해야 되기 때문이다.'

유비 쪽의 공기는 그러했던 것이다.

후방을 습격당할 염려는 있었지만 아무리 손권이라도 대대적으로 병사를 움직일 수는 없었다. 허술해진 틈을 노려 조조가 합비(合邪) 부근에서 병을 남하시킬지 모르기 때문이다.

공명과 방통은 이와 같이 계산하고 있었다.

마침내 유현덕의 결심이 서자 공명은 곧 모든 장병에게 지령을 내렸다.

형주의 수비는 공명 자신이 총괄한다. 관우는 양양의 요로를 지키고 장비는 사군(四郡)을 통치하여 장강 연안 일대를 감시하며 조운은 강릉에 주둔한다.

서촉으로 들어가는 군사는 보병과 기병을 합해 5만이다. 방통이 군사가 되고 선봉은 황충, 후진은 위연이 맡고, 현덕은 중군을 거느린다.

길 인도는 5000의 군사를 거느린 맹달.

막 떠나려는 참에 때맞춰 요화(廖化)가 한 부대를 이끌고 항복해 왔다. 현덕은 요화를 관우 밑에 넣어 조조를 막게 했다.

공명은 작별하는 자리에서 현덕을 보고 말했다.

"촉을 주군의 나라로 만들기 위해서는 인정에서 벗어나는 일도 어쩔 수 없습니다. 방통이 이를 알아서 할 것입니다."

현덕은 승낙했다.

유장은 현덕이 온다는 보고를 받자, 그의 진로에 있는 각 고을에 포고했다.

"돈과 군량을 아낌없이 제공하라."

자신은 부성(涪城)까지 나가 맞을 준비를 갖추었다.

주부 황권이 감금되어 있던 집을 빠져나와 다시 죽음을 무릅쓰고 간했다.

"부디 장송의 간사한 꾀를 깨치시고 이에 대처하십시오."

"벌써 유현덕과의 맹약은 이뤄진 것이다. 그런 충고, 그만두지 못하겠는가!"

유장은 호통치고 후당에서 나가려 했다.

"주군! 부디 소인의 말을!"

황권은 무릎으로 기어가 유장의 옷자락을 물고 말리려 했다.

"못된 놈! 이게 무슨 짓이냐!"

유장은 물고 있는 옷자락을 힘껏 잡아챘다. 그 바람에 황권의 앞니 둘이 부러졌다.

유장은 뒤도 돌아보지 않고 나가버렸다. 그 뒷모습을 바라보던 황권은 길게 한숨을 내쉬고 고개를 떨어뜨렸다. 눈물을 무릎에 떨어뜨리며 길게 탄식했다.

"하늘의 운수는 벌써 우리 주군에게서 떠나가 버렸다."

유장이 후당에서 나오자 또 한 사람이 앞을 가로막고 간했다.

건녕군(建寧郡) 유원(兪元) 사람인 이회(李恢)였다.

"삼가 아뢰옵니다. 충성스런 황권이 간하는 말을 부디 들으시옵소서! 충신은 주군을 간하고 효자는 아비를 말린다 하였습니다. 유비를 서천으로 불러들이는 것은 호랑이를 집 안으로 불러들이는 것과 같습니다.”

유장은 몸이 달아 호령했다.

“다시 간하는 사람이 있으면 목을 베리라!”

호령은 했으나 이 순간 유장의 마음은 크게 흔들렸다.

눈치를 챈 장송이 얼른 옆으로 다가왔다.

“주군, 망설일 때가 아닙니다. 지금 나라 안을 살펴보건대, 문관
들은 오로지 자기 한 집안의 평안만을 꾀할 뿐 주군을 위해 목숨
을 바치려는 충성심이 없고, 무장들은 공연히 자기 공로만을 내세
우고 이름을 팔기에 바빠 몰래 외부와 내통하여 반역할 뜻을 품고
있습니다. 유 황숙의 힘을 빌리지 않으면, 안팎의 근심으로 인해
머지않아 멸망의 길을 걷게 될 것입니다.”

“그대의 말이 옳다.”

유장은 조금도 의심하는 기색이 없이 고개를 끄덕였다.

이튿날 아침 유장이 말을 몰아 유교문(楡橋門)을 막 나서려는 순
간이었다. 군사가 달려와 말했다.

“종사 왕루가 밧줄을 몸에 묶고 성문에 매달려 있습니다. 오른손
에는 칼을 들고 왼손에는 간하는 글을 들고, 만일 간하는 말이 받
아들여지지 않을 때는 스스로 칼로 밧줄을 끊어 떨어져 죽겠다고
합니다.”

유장은 그가 간하는 글을 가져오게 했다.

피로 쓴 그 글의 내용은 대략 다음과 같은 것이었다.

　익주종사 신 왕루(王累), 울며 피로써 주군께 간하옵니다.

　좋은 약은 입에 써도 병에 이롭고 충성된 말은 귀에 거슬려도
행함에 이롭다 했습니다. 옛날 초나라 회왕(懷王)은 굴원(屈原)
의 말을 듣지 않고 모임에 갔다가 진의 포로가 되었습니다. 지금
주군께서 성을 떠나 유비를 맞이하려 하시는 것은, 가는 길만 있

고 돌아올 길은 없는 위험한 일입니다. 만일 이 자리에서 장송의 목을 베고 유비와의 약속을 끊으실 용기를 가지시면 이 나라는 길이 안전할 것입니다. 부디 받아들여 주옵소서.

"고얀놈!"

유장은 화가 치밀자 말을 몰아 성문 밑으로 달려갔다. 밧줄에 매달려 있는 왕루를 쳐다보며 소리쳤다.

"어진 마음과 협기를 지닌 군자를 만나러 가는 나를 네가 감히 욕을 하다니! 당장 죽어라!"

왕루는 잠깐 유장을 가만히 내려다보고 있더니——

"우리 주군이 이토록 어두울 줄이야!"

가지고 있던 칼로 붙들어맨 밧줄을 끊었다.

그의 목숨도 함께 끊어졌다.

후세 사람이 시를 지어 왕루의 충절을 찬양했다.

간언문을 받들고 성문에 거꾸로 매달려
서슴없이 목숨 던져 유장에게 보답하네
이 부러진 황권 끝내 유비에게 항복하니
바르고 곧은 절개 어찌 왕루에 견주리오!

유장은 창백한 얼굴로 성을 떠났다.

뒤에 3만의 군사가 따르고, 맨끝에는 유현덕에게 줄 군량과 금은과 비단이 수백 수레나 줄지어 있었다.

어리석은 태수의 무모한 짓이 아닐 수 없었다.

유현덕의 5만 군사는 그때 벌써 점강(墊江)까지 와 있었다.

행군은 각 고을을 지키는 장수들의 뒷바라지 때문에 조금도 불편이 없었고, 또 현덕의 엄한 명령으로 군사들은 주민들 것이라면 지푸라기 하나 건드리지 않았다. 이로 인해 백성들은 남녀노소할 것 없이 연도에 늘어서서 그 행렬을 반기며 구경했다.

현덕은 일일이 그들의 환영에 답하며 지나갔다.

마침내 이틀 뒤면 부성에 들어가게 되었을 때, 법정이 방통에게 살짝 면담을 청했다.

"장송에게서 밀서가 왔습니다. 부성에서 황숙과 대면할 때 사정 없이 유장을 처치할 수 있도록 만반의 준비를 갖추라는 당부가 들어 있습니다."

방통은 고개를 끄덕이고 대답했다.

"그 기회를 절대로 놓치지 않을 터이니 조금도 염려 마시오."

부성은 성도에서 300리 거리에 있었다.

유장은 먼저 도착하여 환영하는 사신을 보냈다.

유장은 다른 음모가 없다는 것을 보이기 위해 3만 군사를 성 밖에 주둔시켜 두었다. 그래서 현덕 역시 야심이 없음을 보여주기 위해 5만의 군사를 강가에 머물게 하고 방통 이하 몇 명의 부하만 거느리고 성 안으로 들어갔다.

대면은 화기 넘치는 속에서 행해졌다.

술자리가 베풀어진 뒤, 현덕은 유장에게 형제의 정으로 사귈 것을 말했다. 유장은 감격해 두 눈을 적셨다.

잔치가 끝나고 본영으로 돌아온 유장은 문무 대신을 향해 말했다.

"역시 내가 생각한 대로였다. 황권과 왕루의 의심을 받아들이지 않은 것은 역시 잘한 일이었다. 유현덕이야말로 정말 의리 있는 사람이다. 그의 도움을 얻은 이상, 이제 조조도 장로도 두려울 것이 없다."

그리고 이 맹약을 성사시키는 데에 큰 역할을 한 장송은 성도에 남아 있었기 때문에, 유장은 곧 황금 500냥을 전하도록 명했다.

그러나 측근인 유괴(劉瑰)·영포(泠苞)·장임(張任)·등현(鄧賢) 등은 아직도 약간 불안한 생각이 들었다.

"주공께서 덮어놓고 기뻐하시기에는 아직 이른 줄로 압니다. 유비는 겉으로는 아주 유순한 것처럼 보이지만 실은 안에 강인한 기운을 간직하고 있는 사람입니다. 속에 어떤 생각을 품고 있는지 아무도 모릅니다. 부디 조심하십시오."

유장은 그것은 바로 그대들의 쓸데없는 걱정이라며 웃어 넘겼다.

현덕이 본영으로 돌아오자 방통이 기다리고 있었다.

차갑게 빛나는 두 눈을 똑바로 뜨고 물었다.

"마주 대했을 때 유계옥의 태도를 어떻게 보셨습니까?"

"성의가 있는 사람으로 보았소."

"제가 은밀히 조사한 바로, 유계옥은 아주 평범하고 착한 사람으로 우리 군사가 촉나라로 들어온 것을 조금도 의심하지 않고 있었습니다. 그러나 그 신하인 유괴와 장임의 무리들은 불평의 기색을 뚜렷이 나타내고 우리 쪽을 경계하고 있었습니다. 내일 잔치를 베풀어 유계옥을 초청하고, 장막 속에 도부수(刀斧手) 100명을 숨겨두었다가 주공께서 잔을 던지는 것을 신호로 단숨에 계옥을 해치우고, 기세를 타 성도로 쳐들어가면 싸우지 않고 서천을 손에 넣을 수 있습니다."

"잠깐, 군사. 유계옥은 성의로 나를 맞아 주었소. 그를 속임수로 해치게 되면 하늘이 나를 용서치 않을 거요. 또 이곳 백성들도 원한을 품을 것이 틀림없소. 아무리 군사의 지모지만, 이는 취할 바가 아닌 줄 아오."

방통은 현덕의 너그럽고 어진 태도를 몹시 안타까워하며——

"이것은 신 한 사람의 꾀가 아닙니다. 장송이 밀서를 보내 일을 급히 서둘러야 한다고 권한 바도 있습니다."

법정을 불러 장송의 밀서를 내보이게 했다.

현덕은 읽고 나서도 여전히 승낙치 않았다.

‘……하는 수 없다.’

방통은 혼자 속으로 결심했다.

　　주군은 거듭 두터운 도리 행하려는데
　　모사는 한결같이 권모술수를 쓰려 하네

그날 밤이 이슥해서 방통은 살며시 위연을 불러 명했다.

“술잔이 돌고 잔치가 한창 무르익었을 때 대청 위로 올라와 칼춤을 추시오.”

“알았습니다. 칼춤을 추는 동안 틈을 보아 유계옥을 죽여라, 그 말씀이시군요?”

“그렇소. ……실수하지 않도록.”

“알았습니다.”

위연은 씩 웃으며 끄덕였다.

이튿날 성 안에서 다시 술자리가 베풀어졌다.

현덕과 유장 사이에도 격의없는 환담이 오갔다. 정말 모처럼 만난 형제같이 보였다.

이윽고 위연이 시기를 보아 칼을 빼들고 나오며 말했다.

“술자리에 재미있는 음악도 없고 해서, 흥을 돕기 위해 소장이 칼춤이라도 출까 합니다.”

그때 벌써 방통의 명령을 받은 도부수 100명이 정원 나무 그늘에 숨어 있었다.

위연은 스스로 노래를 부르며 칼춤을 추기 시작했다. 살의를 담은 춤이었다.

촉나라 무장들 가운데 의혹을 품은 사람이 있어 곁에 있는 동료에게 속삭였다.

“살기가 도는 것 같다……. 막지 않으면 안 된다.”

“그래!”

장임이 얼른 자리에서 일어나며 큰소리로 말했다.

“칼춤에는 반드시 상대가 있어야만 합니다. 내가 그 상대가 되겠소.”

장임은 위연과 마주 서서 춤을 추기 시작했다.

‘……이건 안 되겠다!’

위연이 재빨리 유봉에게 눈짓을 했다.

알아차린 유봉이 벌떡 일어나 칼을 뽑더니——

“나도…….”

춤추기 시작했다.

그러자 촉나라 장수들의 좌석에서 유괴·영포·등현 등이 일제히 일어났다.

“군무(群舞)야말로 좌흥을 돋울 수 있지!”

모두 칼날을 번쩍이며 나왔다.

뭔가 심상치 않은 사태가 벌어지고 있음을 직감한 현덕이 엄숙한 얼굴로 크게 꾸짖었다.

“듣거라! 이게 무슨 짓들인가! 우리는 형제의 우의로써 술을 즐기고 있는데 칼춤으로 술자리를 어지럽게 만들다니! 여기는 홍문(鴻門)의 모임이 아니다!”

“칼춤 같은 건 소용이 없다! 물러들 가라!”

유장도 일어나 꾸짖고, 시위 무관을 시켜 여러 장수들의 허리에서 칼을 벗기게 했다.

현덕은 대청에서 내려간 여러 장수들을 다시 불러올려 일일이 술을 준 다음 말했다.

“유계옥과 나는 조상을 같이하는 형제요. 두 마음을 가지고 이렇게 정다운 이야기를 나눌 수가 있겠소? 의심은 버리도록 하오.”

유장은 새삼 현덕의 너그러운 태도에 감격했다. 그러나 마음속으로 현덕이 촉나라로 들어온 데 대한 의혹이 솟는 것은 어쩔 수 없는 일이었다.

그날 밤 본영에 돌아온 현덕은 방통을 불러 타일렀다.

"나를 의롭지 못한 사람으로 만들지 마오. 두번 다시 그같은 일을 하지 말도록……."

"아아! 우리 주공께선 너무도 군자이십니다. 눈을 뻔히 뜨고 패도를 또 뒤로 미뤄야겠습니까."

방통은 길게 탄식했다.

방통은 공명처럼 성격이 너그럽지 못했다. 현덕의 관용과 인의를 진심으로 좋게 보지 않았다. 방통은 현덕에 대해 실망하지 않을 수 없었다.

한편 유장이 본영으로 돌아오자 모든 장수들이 정색을 하고 저마다 권고했다.

"주공께서는 오늘의 잔치 광경을 어떻게 생각하십니까?"

"빨리 성도로 돌아가시지 않으면 몸이 위태롭게 됩니다."

"화를 막기 위해서는 내일이라도 유비와의 맹약을 파기해야 합니다."

그러나 유장은 그런 충고를 받아들이지 않았다. 현덕이란 인물에게 자신의 약한 모습을 보이고 싶지 않은 나머지, 오기로라도 물러날 수 없었던 것이다.

납치극

　마침 이때, 장로가 신도들을 총동원해서 가맹관(葭萌關)으로 쳐들어온다는 급보가 들어왔다.

　만일 이 일이 없었으면 아마 유장의 목숨은 방통의 손에 달아났을 것이다.

　유현덕은 급보를 받자 자진해서 장로를 격파하겠다고 나섰다.

　그러자 촉나라 장수들은 불안에 휩싸였다.

　'……유비는 장로를 치는 척하고 성도를 점령하려는 것이 아닐까?'

　유장은 강력히 부정했으나 여러 장수들의 끈질긴 설득으로 의심이 생겨, 백수(白水)의 도독 양회(楊懷)와 고패(高沛) 두 장수에게 부수관(涪水關)을 지키게 하고 자신은 성도로 돌아갔다.

　유현덕은 질풍같은 기세로 가맹관에 이르자, 요소에 물샐틈 없는 진을 펴고 적의 습격에 대비했다.

　한편 현덕이 촉나라로 들어갔다는 사실은 벌써 첩자에 의해 오나라에 알려저 있었다.

손권은 문무백관을 모아 유비가 없는 형주를 어떻게 탈취할 것인가에 대해 상의했다.

고옹(顧雍)이 계책을 말했다. 유비는 멀리 구석진 땅으로 험한 산을 넘어갔기 때문에 돌아오는 것이 쉽지 않을 것이다. 그러니까, 우리는 먼저 장강으로 군사를 보내 그가 돌아오는 길을 끊어 두고, 주력으로 형주·양양을 단숨에 기습하면 첫싸움에 이를 점령할 수 있을 것이니 이 좋은 기회를 놓쳐서는 안 된다는 것이었다.

손권은 그 말을 듣고 무릎을 쳤다.

"그래! 절묘한 계책이다."

그러나 현실적 문제가 있어 손권은 망설이지 않을 수 없었다. 형주에는 유비의 부인이 된 그의 누이가 있었다.

고옹이 이 눈치를 알아차리고 말했다.

"형주의 공주님 문제라면 너무 걱정하지 마십시오. 손씨 가문에 큰 문제가 생겨 꼭 참석해야 한다는 밀서를 보내어 공주께 오나라로 돌아오라고 하면 됩니다."

옆에 있던 장소도 말했다.

"심복 장수에게 군사 500을 주어 몰래 형주로 가게 합니다. 그리고 공주께서 돌아오실 때, 몰래 유비의 외아들 아두를 납치해 오게 합니다. 유비에게는 아들이 아두 하나밖에 없습니다. 아두를 찾기 위해서 형주를 내놓게 될 것입니다. 만일 유비가 응하지 않을 때는 그때 군사를 일으켜도 늦지는 않을 것입니다."

"음, 과연 묘한 방법이군. 밀사로는 주선(周善)이 좋겠지."

주선은 손책을 섬기던 충성스러운 용장으로 임기응변에 뛰어난 장수이기도 했다.

주선은 500 정예부대를 장사꾼으로 꾸며, 상선 5척에 나눠 태워 먼저 떠나게 한 후, 자신은 겨우 7, 8명 부하를 데리고 사신의 배에 올랐다.

만일의 경우를 생각해서 거짓 국서를 준비하는 한편, 배 밑에는 무기를 숨겨 두었다.

멀리 형주의 물길을 거슬러오른 주선은, 이윽고 형주성에 이르자 현덕 부인의 배알을 청했다.
몇 명의 수행원을 거느린 평복의 사신이므로 성문을 지키는 군사는 의심치 않고 부인에게 안내했다.
주선은 부인을 만나자 곧 밀서를 내놓았다.
손 부인은 밀서를 읽고 나자 말했다.
"황숙께서는 군사를 거느리고 원정 중이시므로 내가 돌아가는 일에 대해서는 제갈 군사에게 말해 두지 않으면 안 돼요."
"그러나 군사가, 황숙의 허가 없이는 안 된다고 하면 어쩌시겠습니까?"
"만일 군사에게 말도 하지 않고 성을 나가게 되면 아마 뒤에 심한 책망을 듣게 될 거예요."
"나중에 돌아오실 때 우리 주군의 편지를 가지고 오시면 큰 책망은 받지 않을 것입니다. 강가에 벌써 배가 준비되어 있습니다. 아두 공자님을 데리고 어서 수레에 오르십시오."
부인은 주선의 성화에 갈피를 잡지 못하고 마침내 아두의 손을 끌고 수레에 올랐다.
수레의 앞뒤를 지키는, 말탄 30여 명은 장사꾼으로 변장하여 성 안에 잠입해 있던 오나라 군사들이었다.
일행은 먼지를 일으키며 성 밖을 빠져나가 눈 깜짝할 사이에 강가에 이르렀다.
부인 처소의 시신들이 이상하다고 생각할 무렵에, 부인은 벌써 사두진(沙頭鎭)이란 강가에 도착해서 이미 준비된 배에 올라 있었다.
배가 강기슭을 막 떠났을 때, 공중을 날듯 말을 달려온 무장이 있었다.

"잠깐만! 그 배를 멈추어라! 부인께 드릴 말씀이 있다!"

큰 소리를 지른 것은 조운이었다.

'……큰일났다!'

조운은 순시하던 도중 보고를 받자 상황이 다급하다는 직감이 들어 혼자 쫓아왔던 것이다.

주선은 이에 대답하는 대신 배 위에 일제히 무장한 군사를 늘어서게 했다.

"네놈이 속였구나!"

조운의 얼굴은 눈꼬리가 찢어질 듯 성난 표정으로 변했다. 그러나 무슨 소용이 있겠는가. 이쪽은 단신인 데다 배도 없다. 하늘을 나는 날개가 없는 이상 어쩔 도리가 없었다.

순풍에 물살은 빨라 배는 나는 듯이 멀어졌다.

조운은 강물을 따라 달리면서 외쳤다.

"부인께 한말씀 드릴 것이 있다. ……부인을 배 위로 나오시게 하라!"

주선이 이 부탁을 들어줄 리 없었다.

조운은 약 십리 남짓 계속 뒤쫓았다. 그때 강기슭에 대어 놓은 한 척의 어선이 조운의 눈에 띄었다.

'……이건 하늘이 도우심이다!'

조운은 말에서 배의 고물로 뛰어내렸다.

"사공! 저 배를 뒤쫓으면 돈은 달라는 대로 주겠소!"

조운은 말하며——

"에잇!"

창을 공중으로 높이 던졌다.

창이 조운의 손으로 되돌아왔을 때는 그 창 끝에 갈매기 한 마리가 꽂혀 있었다. 그 놀라운 솜씨를 본 사공 두 사람은 간이 콩알만

해져서 얼른 노를 잡았다.

조운도 노젓는 일을 거들었다. 필사의 추적은 성공을 거두어서 점점 오나라 배와 거리를 좁혀갔다.

이를 바라본 주선이 가만히 있을 리 없었다.

어선을 향해 화살을 퍼부었다. 조운은 이물에 우뚝 서서 긴 창을 바람개비처럼 휘둘러 날아오는 화살을 모조리 강물에 떨어뜨렸다.

그리하여 한두 자 거리로 좁혀지는 순간, 조운은 창대를 집고 단숨에 획 몸을 날려 사신이 탄 배의 고물로 옮겨 탔다.

오나라 군사는 조운의 귀신같이 날랜 솜씨에 잠시 넋을 잃고 멍하니 서 있었다.

"상산 조자룡이 여기 있다!"

조운은 큰 소리를 지르며 선창 안으로 달려들었다.

부인은 배 위가 시끄러워진 것을 듣고 무슨 일인가 싶어 불안해하던 참인데, 느닷없이 조운이 불쑥 험한 얼굴로 뛰어들어오므로 다급하게 호령했다.

"무례하구나!"

조운은 자신도 모르게 어느 사이에 청공검을 뽑아들고 서 있는 것을 알았다.

"갑작스레 들어온 것을 용서해 주십시오."

조운은 고개를 숙인 다음 날카롭게 부인을 쏘아보았다.

"주모(主母)께 묻겠습니다. 이 갑작스런 출발에 있어, 어찌 군사에게까지 말씀이 없으셨습니까?"

기상이 호걸스런 부인은 조운이 죄를 심문하듯 하자 몹시 자존심이 상했다.

"집안 일이 급하니 빨리 오나라로 돌아오라는 급보를 받고, 놀란 새처럼 달려나오는 나에게 어떻게 군사에게 말할 겨를이 있었겠어요?"

"그렇다면 주모 혼자서 가실 일이지, 어째서 어린 사자(嗣子)를 데리고 가십니까?"

이 책망은 부인을 한층 화나게 만들었다.

"나는 유 황숙의 정실 부인이므로 아두의 어머니가 아닌가요? 어미가 자식을 데리고 가는 것이 무엇이 잘못이란 말이오?"

부인이 무섭게 노려보자 조운도 슬며시 화가 치밀었다.

일찍이 조조의 100만 대군에 포위된 당양 장판파(長坂坡) 싸움에서 혼자 이 어린 아두 공자를 가슴에 품고 구해 낸 조운이다.

그런데 갓 시집온 여인이 친어머니나 되는 것처럼 어린 공자를 멋대로 데리고 간다는 것은 몹시 불쾌한 일이 아닐 수 없다.

"아두 공자는 주군의 하나밖에 없는 혈육입니다. 언제 적국으로 변할지 모르는 사지에 함부로 데리고 갈 수는 없습니다."

"무엄하다!"

부인의 버들눈썹이 꿈틀거렸다.

"한낱 무관인 주제에 주공의 정실인 내가 하는 일에 간섭하다니 당장 물러가지 못하겠는가!"

조운은 격한 부인을 차갑게 바라보며 한 걸음 앞으로 다가섰다.

"주모께서 굳이 돌아가시겠다면 붙들지는 않겠습니다. 그러나 아두 공자만은 데려가지 못합니다. 어서 소장에게 넘겨 주십시오."

"무례하다!"

부인의 호통소리와 함께 시녀 몇 사람이 칼을 들고 조운을 치려 했다.

순간 조운은 시녀들을 똑바로 노려보며 벼락처럼 소리쳤다.

"어디라고 감히!"

시녀들 중에는 놀라 칼을 떨어뜨린 사람도 있었다.

조운은 부인에게로 다가갔다. 아두를 안은 부인은 미친 듯이 소리쳤다.

“가까이 오지 마라!”

“주모께서 부리는 그 호기가 오나라에서는 통할지 모르지만 이 상산 조자룡의 앞에서는 아무 소용이 없다는 것을 아십시오!”

말과 동시에 조운은 아두를 앗아냈다.

“네놈이!”

떠밀려 넘어진 부인은 분노와 굴욕으로 온몸이 불처럼 달아올랐다. 부인은 정신없이 칼을 쥐었다.

부인은 칼을 높이 치켜 세우고 덤벼들었으나 조운이 재빨리 피하는 바람에 마룻바닥에 넘어지고 말았다.

조운은 아두를 옆에 끼고 질풍처럼 갑판 위로 뛰쳐나왔다.

벌써 이때 주선의 군사가 그곳에 칼과 창을 들고 둘러서 있었다.

조운은 완전히 창칼의 담장 속에 갇힌 몸이 되었다.

물론 조운은 조금도 기세가 꺾일 리 없다. 청공검을 뽑아들자 호통쳤다.

“배를 언덕에 대라! 언덕에 대지 않으면 네놈들을 모조리 베어 버릴 테다!”

오나라 군사는 그 기세에 눌려 감히 어느 한 사람 다가오지 못했다. 고물에 있던 주선은 직접 키를 잡아 속력을 올리며 배를 중류로 밀어냈다.

조운이 어지간히 호용무쌍하다지만, 혼자인데다가 아두를 지켜야 하는 약점이 있다. 어찌 됐든 배를 중류로 밀어내 놓고 서서히 포로로 만들려는 것이 주선의 속셈이었다.

아무리 조운이지만 진퇴양난이었다. 헛되이 우두커니 서 있을 뿐이었다.

남은 비상 수단이라면 어린 아두를 등에 업고 물 속으로 뛰어들어 헤엄쳐 나가는 것뿐이었다.

‘……하는 수 없다!’

조운은 결심을 했다. 아두를 등 뒤로 돌려 업고 천천히 뱃전으로 나아갔다. 조운을 둘러싸고 있던 오군은 앞을 열어 주지 않으면 안 되었다. 조운이 뱃전에 한쪽 발을 올려놓았을 때였다. 아래쪽에서 10여 척의 병선이 일직선으로 나란히 올라오고 있는 것이 보였다.

그때까지 장강은 짙은 안개에 싸여 배 그림자가 보이지 않았던 것이다.

"아니!"

조운은 눈을 부릅떴다.

맨 앞 배의 이물에 꽂혀 있는 것은 오나라 깃발이었다. 그러나 조운은 반가운 미소를 지었다. 그 깃발 옆에 서 있는 대장이 장팔사모를 높이 들어 좌우로 흔드는 것을 보았기 때문이다.

'익덕이 아닌가…… !'

그러나 주선을 비롯한 오나라 군사들은 그 병선단이 만일의 경우에 대비하여 본국에서 호위하기 위해 보내온 것으로 생각했다.

"조 장군, 이제 그만 단념하시지!"

주선이 고물에서 소리쳤다.

조운은 뱃전에 말없이 서 있었다.

10여 척의 병선은 쏜살같이 다가왔다.

"아니! 저건!"

맨 앞 배의 이물에 서 있는 호랑이 수염의 거한을 보고 나서야 주선은 비로소 소스라치게 놀랐다.

그러나 때는 이미 늦었다.

장비는 장팔사모를 도약의 장대로 삼아 세 간 허공을 훌쩍 뛰어 오나라 배의 고물로 옮겨 탔다.

주선은 정신없이 칼을 휘두르며 덤벼들었다.

장비는 몸을 슬쩍 돌려 주선의 칼날이 허공을 치게 만들고

"너 이놈! 어린 공자를 납치한 벌이다!"

창을 옆으로 후려쳤다.

주선의 머리가 피보라를 내뿜으며 날아올랐다가, 무장한 시녀를 거느린 부인의 발 앞에 떨어졌다.

부인은 깜짝 놀라며 소리를 질렀다.

"무, 무례하구나!"

"부인! 주공이 없는 사이에 군사에게 말도 않고 친가로 돌아가는 그 행동이야말로 무례합니다."

장비는 꾸짖었다.

그리고 조운을 재촉하여 자기들 배로 옮겨 탔다.

후세 사람이 시를 지어 조운을 찬양했다.

지난날 당양에서 주인 구하더니
오늘은 장강 향해 온몸을 던지누나
배 위의 동오 병사들 놀라 자빠지니
조자룡의 영용함 세상에 짝이 없구나

또 장비의 무용을 찬탄한 시가 있다.

지난날 장판교 위에 서서 노기등등하여
범 같은 포효로 조조 대군 물리쳤지
오늘은 강 위에서 어린 주인 구하니
청사에 이름 실려 만세에 전해지리라

글

“아하하하……. 그 화용도(華容道)를 파발마가 내달렸단 말이
지? 꽤나 당황했을 것이다. 그렇긴 하지만 손권의 누이도 제법이
지 않은가!”

형주에 잠복시킨 첩자의 보고로 유비의 태자 납치 사건을 듣고 조
조는 박장대소했다.

이 시대 제후의 적자(嫡子)를 태자라 부른다. 황제의 후계자는
황태자이다.

유비의 아들은 지난해 죽은 감 부인이 낳은 유선(아두) 하나뿐으
로 이때 다섯 살이었다.

조운은 자기 수하를 강릉에 두고 유비의 저택 수비를 맡고 있었
다. 유비가 촉나라로 단독 출병했다는 소식이 손권에게 알려지면 반
드시 무엇인가 사건이 발생하리라고 공명은 예측했다. 그래서 조운
에게 특별히 주군의 저택 수비를 명했던 것이다. 따라서 아두 태자
의 신변 보호는 조운의 책무였다.

조운은 손 부인이 아두를 데리고 저택을 나섰다는 보고를 듣자 곧

단기로 쫓는 한편, 급사에게 지름길인 화용도를 빠져 유비 함대가 정박하고 있는 오림(烏林)에 급보하라고 명령했던 것이다.

"화용도라……."

그렇게 중얼거리더니 조조는 별안간 웃음을 거두고 상을 찌푸렸다. 그 길이야말로 적벽에서 대패한 자기가 관우의 인정으로 겨우 목숨을 건진 길이 아닌가. 그는 그때의 아찔했던 순간을 아직도 생생히 기억하고 있다.

조조는 다음 이야기를 재촉했다.

"그래, 어떻게 되었느냐?"

"조운은 무사히 아두를 구하고 손 부인의 배를 통과시켜 주었다고 합니다."

"오림(烏林)을 통과시켰단 말인가?"

"예."

오림이라는 말에 다시 한 번 조조의 가슴에 굴욕감이 치밀었다. 적벽의 맞은편 기슭이 바로 오림이다.

'이미 지난 일이야!'

조조는 간신히 마음을 추스렸다.

지금은 바야흐로 삼국 정립시대(三國鼎立時代)이다.

따라서 나머지 이웅(二雄)——유비와 손권의 사이에 분쟁이 생기는 것은 조조에게는 유리한 국면 전개였다.

아무래도 그렇게 되어가는 모양이다.

'이렇게 된 것은 다 내가 천하를 휘저어 놓기 위해서 마초를 쳤기 때문이야.'

조조는 이렇게 생각하며 혼자 흐뭇해했다. 그 흐뭇한 느낌이 혼잣말이 되어 저도 모르게 입에서 튀어나왔다.

"흐음, 물결이 높아졌군……."

조조의 이 혼잣말을 거기 있는 신하들은 누구도 이해하지 못했다.

이 날도 조조는 채문희를 불러다가 금을 연주시키고 있었다.

그래서 어떤 사람은 문희가 타는 금의 곡조에 대한 감탄으로 생각하기도 했다.

조조는 눈을 감았다. 그도 시인이다.

한쪽으로는 천하 정세에 대한 보고를 듣고 한쪽으로는 금의 가락에 어울리는 시어(詩語)을 찾고 있었다.

남쪽 정세에 관한 정보 담당자의 보고가 계속되었다.

"손권은 말릉(秣陵)에 큰 건물을 짓고 있습니다. 아마도 그는 그곳에 새로운 근거지를 마련하는 것이 아닌가 싶습니다. 산과 물, 천연의 요충지라 해도 좋을 장소입니다……. 민도가 차츰 높아지고 주민도 자꾸 모여든다는 첩자의 보고이옵니다."

말릉은 단양군(丹陽郡)에 속하며 전국시대엔 초(楚)나라 영토였다. 본디 이름은 금릉(金陵)이었는데 진의 시황제가 그 이름을 말릉이라 고쳤다.

"그리고 손권은 그 지명을 건업(建業)이라 고쳤다고 합니다."

"뭣이?"

조조는 눈을 번쩍 떴다. 시의 구상이고 금의 가락이고 온데간데없이 사라졌다.

건업(建業) ——업(業)을 세운다[建].

'그렇다면 손권도 패자가 되려는 뜻을 품고 있다는 뜻이 아닌가?'
정보 보고자는 너무나도 돌변한 조조의 태도에 주눅이 들었다.

채문희의 손도 금에서 조용히 떨어졌다. 문희는 놀라서 그친 것이 아니라 이때 마침 곡이 끝났을 뿐이었다.

마침내 조조는 내뱉었다.

"그 지명이 마음에 들지 않는다!"

한편 손권은 누이를 경구(京口)에서 반가이 맞았다. 그러나 조운·장비 두 장수에게 아두를 빼앗기고 주선을 잃었다는 말을 듣자 화가 머리끝까지 치밀었다.

"내 온 병력을 동원하여 형주를 앗고 말 것이다."

그러나 장수들은 머리를 조아린 채 대답하지 않았다. 이윽고 일동을 대표하여 장소가 입을 열었다.

"지금은 오직 자중할 때라고 생각합니다. 크나큰 역사도 벌여놓고 있는만큼……."

장사(長史)로 있던 장굉이 죽은 후 그의 유서가 손권에게 전해졌다. 거기에 이런 건책(建策)이 씌어져 있었다.

수도를 말릉(秣陵 : 지금의 南京)으로 옮기십시오. 말릉은 제업(帝業)을 세울 수 있는 기운이 산천에 뻗쳐 있습니다.

"이 권고를 받아들이겠다."

손권은 곧 장굉의 유언에 따르기로 했다. 말릉을 건업(建業)으로 고치고 석성을 쌓도록 명령을 내렸다.

장소가 말한 역사란 바로 이것이었다.

건업 건설이 시작되자 여몽(呂蒙)이 한 가지 제안을 했다.

"장차 조조의 대군을 맞아 싸우기 위해서는 유수 어귀에 요새를 구축하는 것이 좋습니다."

그러나 다른 장수들은 여몽의 의견에 반대했다.

"적을 공격할 때는 기슭으로 밀어붙이고, 물러날 때는 배를 타고 강으로 달아나는 것이 상책이므로 기슭에 요새를 쌓을 필요는 없습니다."

여몽은 물러나지 않고 주장했다.

"대개 작전이란 경우에 따라서 이롭고 불리한 때가 있는 것이며, 어제 유리했다고 해서 오늘도 반드시 유리한 것은 아닙니다. 만일 적군의 기습을 당했을 때 강까지 달아날 여유가 없고, 더구나 배로 옮겨 탄다는 것은 생각조차 할 수 없을 경우도 있습니다."

손권은 과연 그렇겠다 싶었다. 곧 수만의 군사를 유수로 보내어 밤낮을 쉬지 않고 공사를 계속하게 하여 짧은 기간에 요새를 구축했다.

손권에게 이와 같은 건책을 한 여몽은 어떤 인물인가.

여몽은 처음에는 무용만이 돋보이는 한낱 무장에 지나지 않았다. 그러던 인물이 일념발기(一念發起)하여 학문을 닦더니 지용을 겸비한 인물로 탈바꿈했다.

여몽이 젊었을 때 학문을 하지 못한 것은 그의 집이 몹시 가난했기 때문이었다. 여몽은 출신지도 확실치가 않다. 손책을 섬기고 있던 매형 등당(鄧當)을 의지하여 소년 시절 어머니와 함께 타향에서 오나라로 흘러들어왔다. 그런 집안 형편이라 어렸을 때 글을 배울 기회가 없었다.

그 뒤 이런 일이 있었다.

매형 등당이 산월(山越) 토벌에 나섰을 때 여몽 소년도 몰래 토벌대를 따라갔다. 도중에 이를 알게 된 등당은 매우 놀라 야단쳤지만, 아무리 야단쳐도 여몽은 돌아가려 하지 않았다.

뒤늦게 이 사실을 안 여몽의 어머니는 토벌에서 돌아온 아들을 기둥에 묶어 놓고 때리려고 했다.

그때 여몽 소년은 이런 말을 했다.

"어머니! 가난하게 사는 것, 정말 지긋지긋하지도 않으세요? 위험하기는 하지만 만일 전쟁에 나가 공을 세운다면 가난도 모면할 수 있는 것 아니겠어요? 호랑이굴에 들어가야 호랑이를 잡는다는 말도 있잖습니까!"

어머니는 그 말을 듣고 나서 묶은 것을 풀고 부둥켜안으며 소리내어 울었다.

　이윽고 여몽은 손권을 섬겼고 타고난 무용으로써 눈부신 공을 세워 장군까지 되었다. 이 무렵까지도 글눈은 뜨지 못했지만 그 용맹으로써 부하들의 믿음과 주군의 신임을 받고 있었다.

　그런 여몽이 일념발기하여 학문에 뜻을 둔 것은 손권의 충고가 있었기 때문이다. 손권은 여몽이 학문이 없음을 안타깝게 여기고 하루는 그를 불러 말했다.

　"지금 그대는 중요한 지위에 올라 있다. 글을 배워 자신을 일깨우는 것이 어떤가!"

　"군무가 바빠 도저히 그럴 틈이 없습니다."

　여몽은 이제 와서 새삼 글공부가 뭐냐고 꽁무니를 뺐지만 손권은 거듭 말했다.

　"뭐, 학자가 되라는 것이 아니다. 역사를 공부하라는 거다. 바쁘기로 말한다면 내가 그대보다 더 바쁘지 않는가. 그런데도 난 어렸을 적부터 「시(詩)」·「서(書)」·「예기(禮記)」·「좌전(左傳)」 따위를 배워 왔다. 오후가 되고 나서도 「전국책(戰國策)」·「사기(史記)」·「한서(漢書)」, 나아가서 병법서까지 보고 있는데 얻은 바가 꽤나 많다고 여기고 있다. 그대는 기억력이 좋다. 공부하면 반드시 얻는 바가 있을 터, 어째서 배우려 하지 않는가? 우선은 「손자(孫子)」·「육도(六韜)」·「좌전」·「전국책」·「사기」·「한서」를 읽도록 하라. 공자도 '종일 먹지 않고 밤새도록 자지 않고 생각해도 아무 쓸모가 없다. 배움만 못한 것이다'라고 말하지 않았던가. 후한의 광무제는 싸움터에서도 책을 손에서 놓지 않았고, 조조도 나이 들면서 더욱 학문이 좋아졌다고 한다더라. 그대가 이제부터 시작한다 해도 결코 늦지는 않으리라."

　이 말을 듣고서 여몽은 감격했다.

　여몽은 그 뒤 결사적이라고 할 만큼 학문과 씨름을 했고 거의 침식을 잊다시피 했다.

여몽의 학문은 눈부시게 높아졌다.

오하아몽(吳下阿蒙)이란 고사(故事)가 있다. 이것도 여몽의 탈바꿈에 대한 이야기이다.

여몽의 학문이 놀랄 만큼 진전되고 나서의 일이다.

노숙이 임지로 부임하는 도중 우연히 여몽의 부대 가까이를 지나게 되었다.

"여몽이라면 무용은 있지만 무식한 친구가 아닌가."

노숙이 그렇게 말하자 부하 한 사람이 말했다.

"여몽 장군의 이름은 날로 높아지고 있습니다. 옛날 여몽 장군만을 생각하고 대하시면 안 됩니다. 마침 좋은 기회이니 인사차 들렀다 가시는 것이 어떻겠습니까?"

그래서 노숙은 여몽에게 들렀다. 환영 술잔치가 열리고 술이 거나해졌을 무렵 여몽이 노숙에게 물었다.

"장군은 중책을 띠고 유비 휘하의 관우와 이웃한 곳에 부임하시게 되었는데, 예측할 수 없는 사태에 대비하여 어떤 계책을 가지고 계십니까?"

노숙은 대답했다.

"별것 없소. 임기응변이지."

그러자 여몽은 말했다.

"지금 형주와 동맹을 맺고 있기는 하지만, 관우는 참으로 무서운 적입니다. 미리 확고한 대책을 세우고 가시는 게 좋을 것입니다."

그리고 다섯 가지 계책을 제시하고, 병법과 역사에 대한 해박한 지식을 바탕으로 하나하나 물 흐르듯이 설명했다.

그것을 듣자 노숙은 자리에서 일어나 여몽의 등을 두드려 주며 말했다.

"여몽 장군, 내 눈이 멀었소. 귀공의 지략이 이토록 묘한 줄은 미처 몰랐구려. 참으로 실례했소이다."

노숙은 당장 여몽과 의형제를 맺었다.
그리고 노숙은 또 이렇게 말했다.
"나는 아우님께서 무력만 있다고 생각했는데 지금 보니 학식도 뛰어나군요. 정말로 오하아몽이 아니오!"
이 '오하아몽'이란 예날의 여몽 즉 학문이 없는 사람을 뜻한다.
그러자 여몽은 대답했다.
"선비들은 헤어진 지 사흘 만에 다시 만나면, 서로 놀란다고 하지 않습니까."

빈 밥그릇

‘요즘은 옛날을 돌이켜보는 일이 많아졌다.’

조조는 문득 이렇게 생각했다.

조금 전만 하여도 시인 왕찬(王粲)과 문학론으로 열을 올리다가 하지 않아도 좋을 말을 했다.

“옛날에 나는 내가 죽었을 때 그 무덤에 ‘한나라 장군 조공 묘’라는 비석이 세워지기를 바랐었지. 승상이 되리라고는 생각도 못했어. 장군 칭호를 받는 것조차도 분수에 넘친다고 생각했었네.”

왕찬은 지난날 유표의 가신으로 유종이 항복했을 때 그 항복 문서를 작성한 인물이다. 그의 유려한 문장에 조식(曹植)이 홀딱 반하여 서로 시를 주고받기도 했다.

왕찬이 돌아간 뒤 조조는 옛날 얘기를 한 것을 후회했다. 58세가 되었지만 늙었다고 하기에는 아직 이르다. 장군이라 하지만 장군에도 직급이 다양하다.

삼공(三公)과 맞먹는 대장군이나 표기장군에서부터 구경(九卿)과 같은 지위인 전장군·후장군·좌장군·우장군이 있다. 이밖에 복파장

군(伏波將軍)이니 파로장군(破虜將軍) 따위 멋대로 명명되는 잡호
장군(雜號將軍)도 있었다. 잡호장군엔 정원(定員)이 없었다.

그렇기 때문에 장군이란 칭호는 손에 넣기 쉬웠다. 젊었을 때의
조조는 기껏해야 그 정도의 지위를 바랐었다.

아무래도 관직이나 위계(位階)는 나이를 먹으면 먹을수록 욕심이
나는 듯싶다. 지금 가장 높은 승상이 되어 있어도 조조는 아직 만족
하지 못했다. 그러기에 중신 동소(董昭)가 찾아와 부추겼을 때 금
방 고개를 끄덕였다.

"이 기회에 위공(魏公)의 자리에 올라 구석(九錫)을 받으시는 게
어떻겠습니까?"

"그렇지. 나는 왜 지금까지 구석을 갖지 않았을까!"

이리하여 천자로부터 구석(九錫)을 내리게 하였다. 구석이란 거
마(車馬)·의복(衣服)·악현(樂懸)·주호(朱戶)·납폐(納陛)·호분(虎
賁)·부월(鈇鉞)·궁시(弓矢)·거창규찬(秬鬯圭瓚)의 9가지 특권을 말
한다. 즉 한 번 보아 구분할 수 있는 수레라든가 의복이라든가 활과
화살을 쓰고, 자기 집에서 임금의 음악을 연주하기도 하고, 붉게 칠
한 대문을 세우기도 한다. 그리고 그 문을 지키는 호분(虎賁)이란
300명 군사를 배치할 수 있는 것을 말한다.

이 소식을 듣자 시중 순욱이 사나운 얼굴로 조조 앞에 나섰다.

"승상께서 위공의 자리에 나아가 구석을 받게 되리라는 말을 들
었는데, 절대로 그럴 수는 없으십니다. 승상께서 일찍이 의병을
일으키신 것은, 한나라 조정을 붙들고 충의의 뜻을 지녀, 겸양의
예절을 지키기 위한 것인 줄 압니다. 승상께서는 무엇보다 먼저
사람을 사랑하는 덕을 가진 군자여야 할 줄로 아옵니다."

순욱이 간하는 말에 조조의 얼굴빛이 싹 바뀌었다.

조조는 아무 말도 하지 않았다. 만일 다른 사람이 그런 말을 했다
면 조조는 당장 호통을 쳐 내쫓았을 것이다.

상대는 고락을 함께하며 서로 손을 잡고 생사의 위기를 헤쳐온 순욱이었다. 순욱이란 모사가 옆에 없었다면 조조는 오늘 이렇듯 승상의 지위에 오르지 못했을지도 모른다.

조조는 순욱을 꾸짖을 수 없었다.

그러나 순욱이 물러간 다음 동소가 나타나——

"모사 한 사람이 중망(衆望)을 막으려 해도 그렇게 될 수는 없습니다."

이렇게 말하자 조조는 드디어 순욱의 충언을 무시하기로 했다.

동소는 상소문을 올렸다. 천자에게는 상소를 물리칠 힘이 없었다.

이를 전해 들은 순욱은 길게 탄식했다.

"이게 무슨 일이람! 백세까지 꽃다운 이름을 남겨야 할 큰 그릇이 야망에 눈이 어두워 결국 자기 분수를 잊게 되다니……."

그날부터 순욱은 자기 집에 들어앉아 한 발짝도 밖에 나가지 않았다. 승상부에서 몇 번이나 사람이 왔으나 순욱은 끝내 병을 핑계로 나가려 하지 않았다.

조조는 건안 27년 겨울 10월, 대군을 거느리고 강남으로 쳐내려 갈 때 순욱에게 종군을 명령했다.

순욱은 그 명령에도 따르지 않았다.

그러자 조조도 마침내 순욱이 괘씸하다는 생각이 들었다. 조조는 떠나기 전에 순욱에게 보낼 음식함을 준비케 한 다음, 그 뚜껑에 직접 붓을 들어 봉(封)을 했다.

그것이 도착했을 때 순욱은 모든 것을 각오한 뒤였다. 음식함 속에는 아무것도 들어 있지 않았다.

"그런가!"

순욱은 크게 고개를 끄덕였다. 그날 밤 순욱은 독약을 마시고 이 세상을 떠났다. 그 때 나이 50세였다.

순욱의 죽음을 슬퍼한 시 한 수가 전해진다.

순욱의 빼어난 재주 천하가 다 아는데
안타까워라, 발을 잘못 디뎌 권세가에 빠졌구나
텅 빈 그릇의 뚜껑을 열고
헛된 운명인 줄을 알았노라

순욱이 자결했다는 보고를 받고 조조는 한동안 말이 없었다. 독약을 마시고 죽었다는 사실이 믿어지지 않았다. 아니 믿기 싫었다고 표현하는 것이 더 적절할 것이다. 어쩌면 순욱으로서는 선택의 여지가 없는 당연한 결정이었을 것이다. 또한 조조도 빈 찬합을 보낼 때 이미 자신의 마음에서 그를 완전히 버렸다고 생각했다. 그런데 막상 순욱의 자결을 보고받자 천하의 간웅인 조조도 마음이 흔들리지 않을 수 없었다.

순욱이 누구였던가. 조조 스스로 그를 가리켜 '나의 장자방'이라 하였으며 '왕좌지재'라 일컬었던 인물이다. 중원전투에서는 항상 후방의 보급 역할을 자임하며 전방의 순유와 함께 조조군을 승리로 이끌어준 일등공신이었다. 또한 그 이전 황건당과 싸울 때 강화의 사자로 청주에 간 사람도 순욱이었다. 몇 개월 동안의 끈질긴 강화 교섭을 계속하고 돌아왔을 때 그는 깜짝 놀랄 만큼 백발이 돼 있었다.

원소에게 속군 취급밖에 받지 못했던 자신이 일약 패권 쟁탈전에 뛰어들게 된 데는 황건군과의 강화가 결정적이었다. 순욱은 처음부터 조조가 천하를 얻게 할 생각이었다. 그런 목적 아래 온갖 전략을 세우고 때로는 자신의 손을 더럽히면서까지 멸사봉공(滅私奉公)하였다.

조조에게 도읍을 허도로 옮기고 헌제를 그곳으로 모실 것을 건의한 사람도 순욱이었다. 그런 까닭에 비로소 조조는 천자를 끼고 제후들을 호령할 수 있었던 것이다.

그러나 순욱은 2천 호(戶)의 녹(祿)을 받아도 전혀 기뻐하거나

고마워하는 기색이 없었다. 황제에 대한 견해 또한 조조와는 근본적으로 달랐다.

조조는 눈을 지그시 감았다. 그 동안 참으로 많은 이들의 죽음을 보아왔다. 자신의 손으로 직접 목을 벤 사람만 하더라도 수를 셀 수 없을 정도이다. 인간의 삶과 죽음에 대해 이젠 초연해졌다고 생각하고 있었는데, 오른팔과 같은 심복 순욱의 죽음 앞에서만은 초연할 수가 없었다.

복종과 죽음의 기로에서 죽음을 택한 순욱도 아마 그러했으리라. 조조는 긴 한숨을 내쉬었다. 조조로서는 가장 뛰어난 심복을 야망의 희생물로 삼은 셈이다.

조조는 지금 자기 자신을 돌아보고 있다.

'아냐, 관위뿐이 아냐.'

조조는 자기의 욕심이 끝없다는 데 놀라고 있다.

문인으로서의 명성에도 만족치 않고 있다. 좀더 뛰어난 시문(詩文)을 쓰고 싶었다.

"그럴수록 늙어선 안 되지."

조조는 혼자 소리내어 중얼거렸다.

유비는 자기보다 여섯 살이나 젊고 손권은 27세나 젊다. 조조는 무엇보다도 손권의 젊음이 부러워 견딜 수 없었다.

그런 손권을 지금 공격하고 있다.

손권은 건업에 본영을 두고 조조군의 전진 기지인 합비와의 중간 소호(巢湖) 가의 유수(濡須)에 초승달 모양의 성채를 쌓고 있었다.

조조는 합비에 20만 명을 집결시켰고 이것을 40만이라 떠들어대게 했다. 결코 적지 않은 병력임은 확실했다.

그렇건만 조조의 마음은 삭막했다.

'순욱이 없구나……'

한 인간이 곁에서 사라지면 이렇게도 쓸쓸한 것일까? 조조는 순욱이 자기 때문에 죽었다고 생각하지 않았다. 무엇 때문에 죽었는지 이유를 몰랐다. 아니 그보다는 애써 순욱이 죽은 이유를 외면하고 있다는 게 맞으리라.

'순욱도 50세, 결코 젊지는 않았지만 그렇다고 벌써 죽을 나이도 아니잖은가?'

가장 믿었던 참모 순욱의 죽음으로 말미암아 그의 계획은 모두 어긋나 버렸다.

조조는 신하로서는 최고의 지위까지 올랐다. 그의 권세는 옥좌(玉座)마저도 손만 뻗치면 닿는 곳에 있다.

그런데 이제부터가 큰일이다. 이제까지의 한편이 언제 적으로 돌아설지 모른다. 누가 적이고 누가 내편인지 똑똑히 알아내는 것이 중요하다. 순욱은 그것을 잘 감별해 내는 인물이었다. 감별사가 죽었으니 갈팡질팡하고 있다는 것이 솔직한 조조의 심정이었다.

"이렇게 되면 구석의 특전을 받은 것도 아무런 뜻이 없잖은가!"

구석에는 또 찬배불명(贊拜不名), 입조불추(入朝不趨), 검리상전(劍履上殿)의 특전도 있었다.

찬배불명이란 천자가 조조를 아무렇게나 부르지 못한다는 것이다. '조조야' 하고 부르지 않고 '승상공'이라는 경칭을 붙여야 한다.

'입조불추'란 무엇인가? 신하된 자는 모두 천자의 하인이고 일단 입궐하면 앞으로 나아가든가 뒤로 물러나든가 할 때 잰걸음으로 뛰다시피 해야 한다. 의젓한 태도로 유유히 걸어선 안 된다. 입조불추란 천자 앞에서도 유유한 태도로 걸을 수 있다는 것이다. 가슴을 펴고 당당히 마주 쳐다볼 수도 있다.

'검리상전'——신하는 전각에 오를 때 검을 풀고 신을 벗지 않으면 안 된다. 조조는 특별히 검을 차고 신을 신은 채 궁전을 드나들 수 있게 된 것이다.

이것은 한나라 고조 유방이 건국의 대공신 소하(蕭何)에게 준 특전이었다. 천자와 거의 대등한 대우이다.

후한이 되고 나서 외척인 대장군 양기(梁冀)에게 이 특전이 주어지긴 했지만, 그는 그 뒤 곧 몰락했고 스스로 목숨을 끊는 궁지에 몰렸다. 이렇듯 천자의 지위에 가까워진다는 것은 그 몸이 위험 아래 놓인다는 것을 뜻한다.

그런 때 안전하려면 적인지 한편인지를 정확하고 신속하게 판별하지 않으면 안 된다. 그 중요한 소임을 맡아 주리라 기대했던 순욱이 죽어 버린 것이다.

'죽은 사람은 죽은 사람. 도리없지.'

조조는 이렇게 생각하고 지금 왕찬을 기용했다.

왕찬이 조조에게 불려가면 누구라도 문학 이야기일 테지 하고 짐작한다. 확실히 조조는 왕찬과 열띠게 문학 토론을 한다. 그러나 사실은 그것뿐이 아니었다.

누구에게도 의심받지 않는 점을 이용하여 왕찬을 기밀비서로서 쓰고 있었다.

'왕찬과 순욱?'

순욱에 비한다면 왕찬은 전략가로서의 재능이 뒤진다. 그렇기 때문에 조조는 순욱이 아쉽게 느껴지지만 작전은 자기 혼자서도 충분히 짤 수 있었다.

조조는 대군을 이끌고 유수 어귀에 이르자, 먼저 조홍에게 철갑기병 3만을 거느리고 장강 연안을 순시하도록 시켰다.

조홍은 이윽고 돌아와서 보고했다.

"장강 일대에 수없는 깃발이 펄럭이고 있으나 어찌된 일인지 적군은 없습니다. 도대체 어디에 숨어 있는지조차 짐작도 하지 못하겠습니다."

조조는 적벽에서 참패를 당한 경험이 있어 오나라 쪽에 어떤 색다른 군략이 있을지 모른다는 생각이 앞섰다.

“내가 직접 나가 보리라.”

조조가 직접 선두에 서서 유수 어귀에 진을 치고, 100여 명 장수를 데리고 언덕 위로 올라갔다.

멀리 바라보니 강 기슭에는 오나라 병선들이 오색 깃발을 달고 햇빛에 창칼을 번쩍이며 정연하게 줄지어 서 있다. 조조는 무심결에 마른 숨을 삼켰다.

중앙의 큰 배에는 푸른 장막을 두른 큰 일산 밑에 손권으로 보이는 사람이 앉아 있고, 좌우에는 기라성 같은 문무백관들이 시립해 있는 것이 보였다.

“으음!”

조조는 고개를 끄덕이고 나서 중얼거렸다.

“자식을 두려거든 손중모 같은 사람을 둘 일이다. 이에 비교하면 유경승의 아들 따위는 개돼지나 다름없다.”

그때 불화살 한 개가 허공을 갈랐다.

그것을 신호로 오나라 병선이 일제히 움직였다. 동시에 유수의 요새에서도 함성소리가 요란하게 들리며 오나라 군사가 한꺼번에 몰려 나왔다.

조조는 외쳤다.

“서두르지 마라! 저건 허세다!”

그러나 따라온 장수들은 한사코 조조에게 퇴각할 것을 권했다.

조조는 완강히 버티었다.

“아니다! 나는 여기서 떠나지 않는다!”

잠시 뒤 산 기슭에서 1천 기 남짓 거느린 대장이 질풍 같은 기세로 달려오고 있었다.

조조가 눈을 크게 뜨고 바라보니, 말 위의 늠름한 모습은 푸른 눈에 붉은 수염의 손권이 틀림없었다. 손권이 직접 조조와 1대 1의 싸움을 하기 위해 달려온 것이다. 1대 1로 싸우기에는 체력에 있어서

나 나이로 봐서나 조조는 손권의 상대가 될 수 없었다.

"안 되겠다! 퇴각하라."

조조는 허저에게 뒤를 맡기고 말머리를 돌려 본영으로 도망쳐 돌아왔다.

허저는 물밀듯 밀고 들어오는 한당과 주태 두 장수를 상대로 불꽃 튀는 싸움을 벌여, 간신히 적군이 본진까지 쳐들어오는 것을 막았다.

조조는 도망쳐 돌아온 장수들을 앞에 세우고 꾸짖었다.

"적군을 마주 대했을 때 나보다 먼저 물러나 군의 사기를 떨어뜨린 죄는 절대로 용서하기 어렵다! 앞으로 이런 비겁한 행동을 했을 때는 한 사람도 남기지 않고 목을 벨 테니 그런 줄 알아라."

그날 밤 삼경 즈음.

조조의 진 밖에서 갑자기 무서운 함성이 솟아 올랐다.

"야습이다!"

사방에서 외치는 소리가 들렸다.

조조는 하는 수 없이 말에 뛰어올라 본영을 벗어났다. 불길이 사방에서 오르며 그 불빛 속에 오나라 군사가 메뚜기떼처럼 쳐들어오는 것이 보였다.

조조는 총퇴각을 명령했다.

약 30리를 물러나 진을 다시 친 조조는 여러 장수들을 꾸짖고 나서 뭐라 형언할 수 없는 자괴감을 느꼈다.

조조는 답답한 심정으로 병서를 읽기 시작했다.

거기에 정욱이 조용한 발걸음으로 들어왔다.

"병법에 관한 한 모르는 것이 없으신 승상께서 새삼 병서를 읽고 계시다니요. 군사는 신속을 소중히 여긴다는 말을 잊고 계십니까? 이번 출진은 너무 날짜를 많이 소비했기 때문에 손권은 유수에 튼튼한 요새를 만들어 버렸습니다. 이를 공략한다는 것은 쉬운 일이 아닙니다. 일단 군사를 철수시켜 허도로 돌아갔다가 다시 좋은 계책을 세우는 것이 좋을 줄로 압니다.”
조조는 아무 대답이 없었다.

조조는 그대로 책상에 엎드려 선잠을 자고 있었다. 피로가 겹친 탓인지 이상한 꿈이 조조를 괴롭혔다.
느닷없이 무서운 파도소리가 들리더니 그 파도 위를 수없이 많은 기마병이 달려오고 있었다.
순식간에 장강 한쪽이 시뻘겋게 물들었다. 바라보니 이상하게도 해와 물이 서로 하늘을 독차지하려는 듯이 무서운 광채를 내쏘고 있었다. 다음 순간 장강 한복판에서 물결을 헤치고 둥근 해가 허공으로 날아오르는가 싶더니 그 해는 우레 같은 소리와 함께 조조의 본영 맞은편 산꼭대기에 떨어졌다.
“주군! 정오가 되었습니다.”
조조는 장막 앞에서 군사가 자기를 부르는 소리에 눈을 떴다.
“말을 끌어 오너라!”
조조는 50기 남짓을 이끌고 꿈 속에서 해가 떨어진 산꼭대기를 향해 곧장 달려갔다. 그 자신 어째서 그래야 하는 것인지 알 수 없었다. 자기도 모르는 사이에 그렇게 할 수밖에 없었다. 꼭대기에 닿았을 때였다.
한쪽 산중턱에서 한떼의 군마가 나타나 성난 파도처럼 비탈을 치달아 올라왔다.
“주공, 위험합니다! 어서 본진으로⋯⋯.”
무장 한 사람이 외쳤다.
“아니, 잠깐 기다려라!”
조조의 두 눈은 그 선두에 선 대장을 날카롭게 쏘아보았다.
황금 투구와 갑옷으로 무장한 그 용감한 모습은 틀림없는 손권이

었다.

단숨에 달려 올라온 푸른 눈, 붉은 수염은 채찍을 들어 조조를 가리키며 소리높이 외쳤다.

"오나라 손권은 승상에게 할 말이 있다!"

"말해 보라."

"이미 중원을 평정하여 부귀를 누리고 있는데 여전히 욕심이 차지 않아 이 강남을 침범하다니!"

"그대는 신하된 몸으로 황실을 업신여겨 스스로 오왕이라 일컫고 있다. 칙명을 받들어 이를 치는 것은 승상된 사람이 당연히 해야 할 일이다."

이 말을 듣자 손권은 소리내어 웃었다.

"승상은 부끄러워할 줄을 알라! 그대가 천자를 허수아비로 만들어 놓고 그 이름을 빌려 천하를 움직이고 있다는 것은 온 세상이 다 아는 사실이다! ……이 손권은 그대 같은 역적을 무찔러 한나라 조정을 바로잡으려는 것뿐이다."

말을 마치자 손권은 채찍을 높이 휘둘렀다. 순간 북이 울리고 산중턱 양쪽에서 함성이 치솟아 올랐다.

오른쪽에서는 한당과 주태가, 왼쪽에서는 진무와 반장이 각각 노궁수 3천을 이끌고 땅에서 솟아오르듯 나타나 화살을 퍼붓듯 쏘아댔다. 조조를 지키는 50기는 어쩔 줄 모르고 허둥댔다. 그러나 조조 자신은 태연히 움직이지 않았다. 조조를 호위하여 10여 기가 화살을 맞고 넘어졌을 때 산중턱에서 다시 함성이 터져 나왔다. 허저가 일기당천의 호위진을 이끌고 구원차 달려온 것이다.

조조는 간신히 허저의 구원을 받아 본진으로 돌아올 수 있었다.

다시 책상 앞에 앉은 조조는 두려운 생각이 들었다.

'……그건 맞는 꿈이었던가.'

장강 한가운데서 중천에 떠오른 해는 바로 손권을 나타내고 있었던 것이다.

조조는 군을 철수시킬 생각이 들었다. 그러나 승부를 끝내지 못하고 돌아간다는 것은 안타까운 일이었고, 오나라 군사의 비웃음을 사는 것도 분통 터지는 일이었다.

왕찬이 들어왔다.

"화살 준비가 되었습니다."

지난 해 10월의 싸움에서 화살을 너무 소비하여 유수에 있는 손권의 진을 치는 데 화살이 모자랐다. 그래서 지급으로 화살을 수송하라고 명했는데 그것이 며칠 늦어 오늘에야 도착한 것이다.

왕찬은 물러갔다.

"칠까?"

조조는 혼잣말하며 자리에서 일어섰다.

건안 18년(213) 정월이었다.

50만이라 일컫는 조조군의 보병과 기병은 손권의 강서 진지를 계속 공격했다.

장강은 이 근처에서 동북으로 크게 굽이돌고 있다. 오른쪽 기슭 곧 건업 방면을 강동이라 일컫고, 왼쪽 기슭 유수 방면을 강서라 부른다.

이 무렵에는 조조의 수군도 꽤나 강력해져 있었다. 업에 큰 인공 호수를 만들어 열심히 훈련한 보람이 있었다. 또 합비 주둔군도 소호 및 소호와 이어진 여러 강에서 수전 훈련을 계속했다. 하지만 손권 군처럼 순전한 수군 출신의 병단은 아니었다.

"가능하면 뭍에서 타격을 주자."

적벽에서 워낙 혼이 났기에 조조는 되도록 수전을 피하려 했다.

그는 주의깊게 유수의 성채를 살폈다.

손권의 수군이라 해서 줄곧 물 위에 머물러 있는 것은 아니다. 식량과 식수의 보급을 받아야만 한다. 그런 때를 위해 손권은 뭍에도 기지를 두고 있었다. 그 가운데서 가장 큰 것이 유수의 성채였다. 이 성채는 동오의 명장 여몽(呂蒙)이 설계하고 만든 것이다.

애당초 손권의 막료들은 뭍에 너무 큰 기지를 만드는 데 별로 찬성하지 않았다.

"우리는 기슭에 상륙하여 적을 친 뒤 말을 씻고 교두보를 확보할 필요가 없어. 더욱이 그렇듯 큰 성채는 쓸데없는 것이야."

이런 반대의 소리가 높았다.

그러자 여몽은 반박했다.

"싸움터에서 백전백승이란 있을 수가 없소. 적군의 추격을 받아 수세에 몰릴 때도 있을 거요. 물이 멀 때는 어떻게 하겠소? 땅 위에도 큰 성채가 필요한 거요!"

"여몽의 말이 옳다."

손권은 그의 의견에 찬성했고 유수에 성채를 쌓도록 했다. 큰 성채가 있다면 거기에 들어가고 싶은 것은 인지상정이다. 특히 겨울철은 배 위에서의 추위가 한결 더하다. 손권의 수군은 교대로 상륙하여 유수의 진지에 머무는 모양이었다.

조조는 적의 육상 병력이 늘기를 기다렸다.

"때는 무르익었다!"

조조는 동오군의 도독인 공손양(公孫陽)이 강서의 육상 진지에서 지휘를 하고 있음을 확인하자 전군에게 총공격을 명했다.

육전이다.

조조군에게 자신과 여유가 있었음은 말한 것도 없다.

"본진을 찔러라!"

조조의 대장 조홍은 말 위에서 목청껏 외쳤다.

공손양의 본진은 허둥지둥 도독의 기를 내렸지만 조조군은 이미 그 방향이라고 짐작하고 있었다.

이날 강서영(江西營)을 급습한 3만의 조조군 철기단은 본진이라고 여겨지는 방향에 공격의 초점을 모았다.

공손양은 달아나려 했지만 이미 늦었다. 조조군은 말단의 병영 따위는 거들떠보지도 않고 곧장 도독이 있는 본진으로 향했고, 그곳을 10겹 20겹 에워쌌다.

"이제는 마지막이다!"

공손양은 검을 뽑아 자기 가슴을 찌르려 했다. 그 순간 그의 손목을 꽉 잡는 손이 있었다. 무서운 힘이었다. 뼈가 으스러질 정도로 죄어졌다.

공손양은 뒤돌아보았다.

"어느 놈이냐!"

공손양은 그가 누군지 알고 있었다. 전에도 만난 적이 있었다. 달라진 것은 코 밑에 수염을 기르고 있다는 점뿐이었다. 일찍이 하남에서 회수(淮水)에 걸쳐 협객 우두머리로 이름이 널리 알려졌고 지금은 조조의 친위대장으로 있는 허저였다.

허저는 말했다.

"물어볼 것도 없지 않나?"

"그대도 출세했군그래."

"그렇게 말하는 귀공 역시……."

"무사의 정이다. 이 손을 놓아 주게."

공손양이 사정했다.

"놓아 줄 수 없다!"

허저는 그렇게 말했지만 손을 놓아주었다. 잡힌 손목이 너무나도 아파 공손양이 검을 떨어뜨렸던 것이다.

"왜 놓아주는가?"

이번에는 공손양이 따졌다.

“우리가 그대에게 잘못했네. ……이대로는 마음이 개운치 않아. 그대와 같은 인물을 우리 주군이신 조공이 죽일 까닭이 없네. 내가 살려달라고 빌 테니 항복하게.”

“싫다!”

“싫다고? 이미 항복할 길밖에 없지 않나?”

“그래?”

공손양은 주위를 둘러보았다. 싸움은 이미 끝난 뒤였다. 여기저기 사상자가 쓰러져 있었다. 하지만 생각보다 많지는 않았다. 거의가 항복하고 말았으리라.

“조공을 섬기게.”

“싫다!”

공손양은 세게 고개를 저었다.

“그것 이외는 길이 없잖은가?”

“항복은 하지만 승상을 섬길 생각은 없다!”

“그런 것이 허락될까?”

“사문(沙門)이 된다고 하면?”

“호오……부도인가……그대도……?”

허저는 입을 삐쭉했다.

사실 허저의 누이동생은 일찍이 공손양의 약혼자였다. 그런데 허저 누이가 별안간 부도의 가르침에 빠진 나머지 출가하여 부도의 사원으로 들어가 버렸다.

계속되는 전란에 시달린 사람들이 이국 종교인 불교에서 구원을 찾고 있었다. 이 무렵에는 불교 신자의 수도 상당히 많아졌다.

“재미있겠는걸, 사문인지 뭔지 되어 속세와 인연을 끊는다는 것은. ……음, 이것은 재미있는 관습이 될지도 모르겠군. 항복이냐, 죽음이냐…… 그밖에도 길이 있다고 한다면…….”

조조는 허저로부터 공손양의 희망을 듣고 강렬한 흥미를 느꼈던

것 같다. 그 새로운 관습이 과연 천하 통일과 화평을 위해 도움이
될지 어떨지 그는 득실을 검토했다.

"좋겠지. 시험해 보자."

조조는 공손양의 희망을 들어주었다.

세 가지 계책

　지난 해 10월, 조조가 대군을 남하시켜 동오를 치려 했을 때 손권은 촉에 들어간 유비에게 급사(急使)를 보냈다.

　"원병을 보내주시오."

　손권의 누이는 동오에 돌아와 있지만 유비하고 정식으로 이혼한 것은 아니었다. 따라서 손권과 유비의 동맹 관계는 아직도 살아 있다. 손권이 촉의 유비에게 원군을 청하는 것은 당연했다.

　처음에 유장이 성도(成都)에 돌아갔을 때 유비는 유장과의 약속대로 한중으로 출격했다. 그러나 오두미도의 장로를 치려고 하지 않았다. 그는 가맹(葭萌)이라는 곳에 군을 주둔시키고 있었다. 그곳은 오늘날의 사천성 광원현(廣元縣) 일대로 사천·섬서·감숙(甘肅) 3성의 성격이 섞여 있는 곳이었다.

　그 동북쪽 칠반관(七盤關)을 넘어 섬서로 들어가면 한중으로 가는 길이 있다.

　한중의 장로를 공격하는 입구에 병을 머물게 하고 좀처럼 병력을 움직이려 하지 않는다.

성도가 목적이기 때문이다.

한중의 오두미도를 공격하여 그 땅을 앗아도 그곳으로부터 나갈 길이 없다. 제갈공명이나 관우가 있는 형주와 연결되어 있지 않으면 안 된다. 그러자면 한중이 아닌 촉의 중심, 성도를 뺏을 필요가 있었다.

어떻게 하면 성도를 앗을 수 있을까? 유비는 부군사 방통과 더불어 낮이고 밤이고 그 계책을 궁리하고 있었다.

공명이 보낸 보고에 의해 아내가 오나라로 돌아가 버린 것과, 조조가 다시 손권과 승패를 결정하기 위해 유수로 대군을 내려보낸 것을 알고 있었기 때문에 현덕은 마음이 편치 못했다.

"손권과 조조는 어느 쪽이 이기든 이긴 쪽이 반드시 형주를 차지하려 들 텐데 어떻게 하면 좋겠소?"

현덕은 방통에게 계책을 물었다.

"공명이 형주에 있는 한 어느 군사도 국경을 넘어 들어오게 하지는 않을 것입니다."

이렇게 말한 방통은 다음과 같이 제안했다.

"황숙께서 유장에게 편지를 보내 '조조의 공격을 받고 있는 손권이 형주로 구원을 청해 왔으므로 손권과 형제의 의를 맺은 나로서는 이를 돕지 않을 수 없다, 장로는 현재 그 자신을 지키기에도 바쁜 상태이므로 지금 당장 쳐들어올 염려는 없다고 생각된다, 나는 이제 형주로 돌아가 손권과 힘을 합쳐 조조를 무찌를 결심이나, 안타깝게도 군사 수가 부족하고 식량이 모자라는 형편이니 바라건대 친척의 정의로 정병 3, 4만과 군량 10만 섬을 빌려줄 수 없겠는가?' 하고 청해 보는 겁니다."

이 제안에 현덕은 눈살을 찌푸리며 말했다.

"설사 유장이 내 청을 받아들이려 한다 해도 부하 장수들이 동의하겠소?"

방통은 웃으며 대답했다.

"유장이 어떤 대답을 하는지 그것을 보는 겁니다."

현덕은 급히 사자를 성도로 보냈다.

사자가 부수관에 이르자 그곳을 지키고 있던 양회와 고패는 의심이 들었다. 그래서 양회는 사신과 함께 성도로 들어오자 그 편지를 펴든 유장에게 간했다.

"유현덕은 서천에 들어온 뒤로 널리 은덕을 베풀어 민심을 얻고 있는데, 그 속마음은 불을 보는 것보다 더 분명합니다. 지금 그에게 군대와 양식을 주는 것은 마치 섶에 불을 던지는 것과 같은 일입니다."

"유 황숙은 어질고 의로운 사람으로 나와는 형제의 정을 나누고 있다. 이를 돕지 않을 수 없다."

유장은 그렇게 말하긴 했으나 일단 장수들의 의견을 들어 보기로 하고 회의를 열었다.

황권을 비롯해 촉의 장수들은 한결같이 소리 높여 반대했다.

그 결과 아무 쓸모없는 늙은 군사 4천과 쌀 1만 섬을 현덕에게 지원하기로 결정되었다.

현덕은 유장의 답장을 펴보자 잠시 말이 없더니 갑자기 그 편지를 찢어 버리고 안으로 들어가 버렸다.

사자는 황급히 성도로 도망쳐 돌아갔다.

현덕은 방통이 들어오자 말했다.

"유장의 속마음이 들여다보이는군."

그러자 방통은 고개를 저었다.

"답장을 찢으신 것은 경솔한 행동이었습니다. 지금까지의 우의를 저버린 것이 되고 말았습니다."

"이렇게 된 이상 어떻게 하는 것이 좋을까?"

"신에게 세 가지 계책이 있습니다. 어느 것을 채택하시든 그것은 주군의 뜻입니다."

방통은 세 가지 계책을 말했다.

첫째는 지금 당장 정예부대를 이끌고 밤낮을 가리지 않고 달려가 단숨에 성도를 점령하는 것이고, 둘째는 양회와 고패는 촉의 뛰어난 무장이므로 이들 둘이 강한 군사를 지휘해 부수관을 지키고 있는 한 이를 점령하기 쉬운 일이 아니므로 우선 이쪽에서 형주로 돌아간다고 하면 반드시 두 사람을 환송차 보내게 될 것이니 그 작별의 술자리에서 갑자기 이들을 죽여 부수관을 앗은 다음 성도를 습격하는 것, 셋째는 서천을 버리고 일단 형주로 돌아가 앞으로의 대책을 강구하는 것이다.

현덕은 이 세 가지 계책을 듣고 나서 오랫동안 생각하더니 이윽고 결정했다.

"첫째는 너무 성급한 감이 있고, 끝의 것은 아무 의미가 없으니 둘째 것을 택하기로 하겠소."

현덕은 유장에게 급사를 보냈다. 손권을 구원하기 위해 지금 곧 형주로 돌아가는데, 길이 바빠 인사할 틈이 없으므로 편지로 대신한다는 글을 띄웠다.

유장은 자신을 대신해서 양회와 고패 두 장수를 환송차 보낼 것이 틀림없다고 방통은 믿고 있었다.

그러나 뜻하지 않은 일로 해서 이 계획은 깨졌다. 모사 장송이 일을 그르친 것이다.

난쟁이에다 사팔뜨기인 장송은 재능은 있었지만 열등감 덩어리 같은 인물이었다. 열등감의 발로로 때로는 분수넘치는 언행을 하는 나쁜 버릇이 있었다.

'모두들 나를 못난이 취급하지만 내가 어떤 힘을 가졌는지 알게

되면 깜짝 놀랄 거야.'

장송은 마음속으로 늘 이렇게 생각하고 있었는데, 꼭꼭 가두어 두지 못하고 때때로 밖으로 드러내는 일이 있었다.

장송은 어렸을 적부터 언제나 형과 비교되었다.

형 장숙(張肅)은 얼굴이 수려하고 키가 큰 위장부였다. 주위 사람들뿐 아니라 부모조차도 형제를 차별했다. 그런 탓에 장송은 뿌리 깊은 자격지심을 품고 있었다.

형 장숙은 붙임성도 있어서 남의 호감을 샀으나 동생 장송은 보기에도 꾀죄죄하고 어렸을 적에도 귀여운 맛이라곤 도무지 없었다.

사람들이 형만 좋아하는 것도 무리는 아니었다.

외톨이가 된 장송은 늘 불만이 컸다.

"흥, 공부는 내가 더 잘하는데! 그런데 형만 잘났다고 하니!"

스승마저 이상하게 공부 잘하는 장송보다 성적이 시원찮은 형을 더 칭찬했다.

'형보다 내가 더 뛰어났다!'

장송은 얼마나 마음속으로 외쳤는지 모른다.

둘 다 어른이 되어 유장을 섬기게 되었다. 때마침 조조가 형주를 침공하고 양양을 함락시켜 유종을 항복시켰다. 그러자 익주의 유장은 조조에게 부랴부랴 사절을 보냈는데, 그 사신으로 장숙이 뽑혔다. 조조는 장숙에게 광한(廣漢) 태수라는 벼슬을 주었다.

광한태수가 된 장숙과 아우 장송은 사회적 지위에서 차이가 더욱 벌어졌다. 형 장숙은 광한태수로 유장 진영의 중진이었다. 그러나 동생 장송은 재능이 빼어났는데도 불구하고 익주별가에 지나지 않았다. 별가(別駕)는 자사의 부관이다. 태수가 2천 석의 녹봉을 받는데 별가는 600석이었다.

형을 앞지르는 것, 그것이 장송의 비원(悲願)이 되었다.

유비를 촉에 불러들인 것도, 촉 탈취가 성공하면 자기의 벼슬이 형을 앞지르리라는 계산 때문이었다.

'이제 두고 보라…… 이제!'

마음속으로 벼르는 것만으로 참을 수 없게 되었다.

그렇다곤 하나 주군에 대한 반역을 가벼이 입 밖에 낼 수는 없었다. 어지간히 마음을 허락하는 상대가 아니면 안 되었다. 장송에게는 알맞은 배출구가 있었다. 적어도 그 자신은 그렇게 믿었다.

성도의 가기(歌妓) 소아(素娥)였다. 기녀로서는 결코 아름답다고 할 수 없는 여자였지만 노래는 명창이었고 또 글도 알았다.

'재능이 있는데 불우하다. 마치 내 신세와 똑같지 않은가.'

장송은 이렇게 생각하고 소아를 자기 집으로 데리고 왔다. 가수이고 측실이고 비서를 겸한 사람으로 들어앉힌 것이다.

유비에게 촉나라를 차지하라고 권한 것은 극비여서 장송은 법정(法正)과 단둘만의 비밀로 지키고 있었다.

그런데 장송은 어느 틈엔가 소아에게 그 비밀을 넌지시 암시하는 말을 하곤 했다.

"조금만 더 참아라. 이제 머지않아 나도 크게 출세할 터이니……."

소아는 머리가 좋은 여자라 장송의 그 말 속에 무엇인가 중대한 뜻이 들어 있다는 것을 눈치챘다.

"흥, 형님도 꼴 좋을 거야. ……뿌리가 썩은 나무에 매달려 있으니까 말야. 이제 썩은 나무는 쓰러지고 말 테지. 거기에 매달려 있는 녀석들도 깊은 골짜기로 거꾸로 박힐 것이다. 하하하……."

장송은 술에 취한 기세로 아무 말이나 함부로 지껄여 댔다.

뿌리 썩은 나무가 누구를 비유하고 있는지 소아는 잘 알았다.

소아는 물었다.

"당신은 어디에 매달려 계시지요? 그 나무는 튼튼한가요?"

"염려 없어! 2대째와 같은 연약한 나무가 아니야. 형주의 물을 담뿍 빨아먹고 자란 젊고 싱싱한 나무야. 뿌리가 튼튼하다. 나뭇

가지도 웬만한 바람 따위에는 부러지지 않아."

장송은 가슴을 펴며 뽐냈다.

촉나라 주인 유장은 아버지 유언의 뒤를 이은 2대째이다.

형주의 물을 빨아마신 젊고 싱싱한 나무가 유비를 지칭한다는 것쯤 소아도 추측할 수 있었다.

그러나 소아는 시치미를 뗐다.

"어머나, 무슨 말씀인지 모르겠어오."

고개를 갸웃해 보였다.

소아는 못생긴 재녀였다. 그런데 여자 마음만큼은 담뿍 지니고 있었다. 미남자를 동경하는 마음은 용모에 자신이 없는 만큼 오히려 더 강했다.

성도의 기녀들 사이에서 인기를 얻고 있는 최고 미남자는 뭐니뭐니해도 광한태수 장숙이었다.

소아는 술자리에서 몇 번 장숙을 보고 은근히 마음이 이끌렸다.

그렇다곤 하나 상대는 많은 여자들에게 둘러싸여 있다. 여자에 대해 아쉬움이 없는 사나이였다.

못생긴 소아로서는 엄두도 내지 못할 존재였다.

장송에게 팔려 그의 집으로 왔을 때 소아는 이런 생각을 했다.

'이 서방님은 마음에 들지 않지만 장숙님의 형제이니까 장숙님이 자주 찾아올 거야. 그것을 낙으로 삼자.'

광한에서 성도로 나올 적마다 장숙은 동생 집에 들렀지만, 그것은 소아가 기대했던 만큼 자주 있는 일은 아니었다. 장씨 형제는 그렇게 다정한 편은 아닌 듯싶었다.

장숙은 지난 날 술자리에서 그랬던 것처럼 동생 집에 들를 때에도 소아는 거들떠보지도 않았다.

소아는 그것이 슬펐다.

'그 미남자가 잠시라도 좋으니 나한테 마음을 기울여 주었으면.'

간절히 바랐으나 이것은 소아의 비밀스런 소원이었다.

소아는 자기 서방님이 형을 앞지르고 싶어한다는 것을 알고 있었다. 더욱이 그 때문에 비상 수단을 강구하려는 것도 어렴풋이나마 눈치채고 있었다.

'깊은 골짜기에 거꾸로 박힌다……'

이런 말을 듣자 소아는 가슴이 죄어드는 것만 같았다. 사모하는 장숙님이 깊은 골짜기에 떨어져 피투성이가 되어 죽다니…….

'구해드려야 한다.'

소아는 이렇게 마음먹었다.

장숙을 구하기 위해서는 부득불 장송의 계획을 폭로할 수밖에 없다. 소아는 망설이다가 가까스로 결심했다. 그것은 자기 자신을 위해서이기도 했다.

장송의 계획은 명백한 반역이다.

반역죄는 죄가 구족(九族)에게 미친다. 재산도 몰수된다. 소아는 반은 가족이고 반은 재산으로 여겨지는 존재였다. 목이 잘릴지도 모르며 아침부터 밤까지 절구질을 하는 노예가 될지도 모른다. 아니, 소아뿐이 아니다. 장숙도 친형이니까 반드시 처형되고 말 것이다.

그 슬픈 운명에서 벗어나는 방법은 하나밖에 없다. 장송의 계획을 폭로하면 된다. 그것이 역적의 가족으로 연좌(連座)되는 것을 막는 단 하나의 방법이다.

폭로하려면 증거가 필요하다. 소아는 그럴 마음만 있다면 증거를 손에 넣을 수가 있었다.

그럴 때 유비가 형주로 돌아간다는 편지를 유장에게 보냈던 것이다. 물론 그 편지는 모략이었으며 유비는 형주에 돌아갈 생각이 없었다.

그러나 장송은 당황했다. 장송 같은 모사도 현덕의 작별 편지가 이르자, 그것이 계책임을 간파하지 못했다.

장송은 급히 밀서를 써서 현덕에게 보내려 했다.

마침 그 때 광한태수로 있는 친형 장숙이 찾아왔다.

'하필 이런 때 찾아오다니…….'

장송은 속으로 몸이 달았으나 어쩔 수 없이 형을 맞았다. 형제간에 술잔이 거듭 오고 갔다. 장송은 그 밀서를 소매 속에 숨겨 두었었는데, 취한 나머지 그것을 바닥에 떨어뜨리고도 알지 못했다.

소아가 그 밀서를 주워 장숙에게 건넸다. 장숙이 펴 보았다.

앞서 이 장송이 황숙께 드린 말에는 한 점의 거짓도 없었거늘 어찌하여 자꾸만 망설이고 계신지 모르겠습니다. 지금 큰일이 다 되어가고 있는 마당에 이를 버리고 형주로 돌아가시겠다니 도무지 알 수가 없습니다. 이 밀서를 보는 즉시 성도로 진격해 오시기 바랍니다. 장송이 이에 호응할 것이니 만에 하나라도 시기를 놓치시는 일이 없도록 하십시오.

장숙은 어이가 없었다.

"동생 녀석이 우리 집안을 파멸시킬 짓을 하고 있단 말인가! 이 것은 즉시 알리지 않으면 안 된다!"

장숙은 융통성이 없는 겁많은 사람이었다

그날 밤 안으로 장숙은 유장을 만나 아우가 반역을 꾀하고 있다는 사실을 말했다.

이때서야 비로소 유장은 그동안의 잠에서 깨어났다.

"역시 그랬었던가! 유비란 놈이 나를 속이고 있었구나!"

유장은 분노로 얼굴이 새파랗게 변했다. 장송을 끌어오게 한 다음 꾸짖고 발로 차고 채찍으로 내리쳤다.

그래도 장송은 조금도 기가 꺾이지 않았다. 얼굴이 온통 피투성이가 되면서도 태연히 말했다.

"안타까운 일이지만 일단 기울기 시작한 해를 다시 중천으로 되돌릴 수는 없습니다. 앞으로 한두 해 안에 비참한 말로를 걷게 될 것입니다."

"에잇! 이놈이 그래도! ……당장 이놈을 끌어내어 목을 쳐라!"

유장은 길길이 뛰었다.

조용히 처형장으로 끌려간 장송은 구경하려 모여든 촉나라 백성들을 둘러보며 소리쳤다.

"다들 들어라. 머지않아 어리석은 주인은 사라지고, 영명하고 인자한 새 임금이 그대들 위에 앉게 될 것이다. 고개를 늘이고 그때를 기다리도록 하라."

그리고 처형대에 앉아 혼자 중얼거렸다.

"황숙이 천자가 되는 것을 보지 못하고 한낱 계집 때문에 처형되다니! 참으로 안타까운 일이로다!"

후세 사람이 이를 두고 탄식하여 시를 읊었다.

> 한 번 보면 잊지 않는 재주 세상에 드문데
> 서신 한 장으로 누설될 줄 누가 알았으랴
> 현덕이 왕업 이루는 일 다 보지 못하고
> 성도에서 먼저 잡혀 피로 옷깃 물들이네

유장은 장송을 처형한 다음 문무백관을 모아놓고 긴급회의를 열었다.

황권의 권고에 따라 유현덕의 허를 찔러 양회와 고패 두 장수에게 현덕을 죽이도록 했다. 말하자면 방통이 세운 두 번째 계획을 역이용하자는 것이다.

유현덕은 전군을 이끌고 부수관으로 향하고 있었다. 현덕은 선두에 서서 말을 몰았다.

이윽고 부수관이 저만큼 바라보이는 산골짜기에 닿았을 때, 갑자기 산기슭을 휩쓸며 한바탕 회오리바람이 불어닥치더니 현덕의 바로 뒤를 따르던 수자기(帥字旗)의 깃대를 뚝 부러뜨렸다. 수자기는 바람에 큰 새처럼 휠휠 날아올라갔다.

머리를 돌려 이를 바라본 현덕은 눈살을 찌푸렸다.

"이게 무슨 조짐일까?"

뒤에 따라오던 방통이 말을 달려 다가와서 말했다.

"주군! 사태가 완전히 달라졌습니다. 방금 성도에서 밀정이 왔는데, 장송이 저자에 끌려나와 처형되는 것을 목격했다고 합니다."

"아니, 장송이?"

현덕은 크게 놀랐다.

"아마 장송은 우리쪽 계책을 눈치채지 못하고 밀서를 보냈던 것 같습니다. 그 밀서가 도중에 누군가에 의해 발각된 것이 틀림없습니다. 장송을 처형한 유장은 필시 부하 장수들의 권고에 따라 양회와 고패에게 주공을 해치라는 명령을 내렸을 것입니다. 우리는 이를 거꾸로 이용하여 둘을 없애야 합니다."

"알았소."

현덕은 곧 얇은 갑옷을 두꺼운 갑옷으로 바꿔 입고, 그 옛날 고향을 떠날 때 찼던 보검을 다시 허리에 찼다.

진을 치고 기다리자 양회와 고패 두 장수가 200 남짓한 부대를 이끌고 왔다. 두 장수는 예복 차림으로 칼도 차지 않고 있었다. 즉 형주로 돌아가는 현덕에게 작별 인사를 하러 온 것 같은 차림이었다. 200명의 군사들도 저마다 무기 대신 대접할 술과 음식들을 들고 있었다.

방통은 위연과 황충에게 명령했다.

"관문을 나온 군사들은 한 사람도 남기지 말고 모조리 생포하도록 하시오."

양회와 고패는 현덕군의 진이 전투에 대한 방비가 아니고 단순히 쉬기 위한 것에 지나지 않았으므로 속으로 싱글벙글했다.

'……큰 고기가 드디어 우리 그물에 들어왔다!'

서로 얼굴을 마주보며 씽긋 웃었다.

본영 장막 안에는 현덕이 방통을 옆에 거느리고 앉아 있을 뿐 주위에는 호위 군사 하나 보이지 않았다.

양회가 태연한 모습으로 들어와 절을 하고 인사말을 올렸다.

"황숙께서 이제 먼길에 오르신다는 말을 듣고 변변치 못한 예물을 가지고 배웅차 왔습니다."

그러고는 고패가 술잔을 들어 권했다.

현덕은 쾌히 이를 받아 들고 또 두 장수에게 잔을 내렸다.

두 장수가 잔을 비우는 것을 바라보고 현덕은 청했다.

"두 분께 조용히 상의할 일이 있으니 따라온 군사들을 멀리 해 주시오."

'우리에게 주인을 배반하라고 권할 작정인 게로군.'

양회는 그렇게 생각하고 고패에게 눈짓을 보냈다. 고패는 그 뜻을 알아차리고 200명 군사를 본영 밖으로 물러가게 했다.

그 순간 장막 뒤에서 유봉과 관평 등 여러 장수가 쑥 나타나 두 장수를 둘러쌌다.

"그대들의 속셈을 이미 알고 있다!"

현덕은 정색을 하며 꾸짖었다.

방통이 부하에게 명하여 두 장수의 품 속을 뒤지게 했다. 과연 날카로운 비수가 한 자루씩 나왔다.

"그대들은 안됐지만 이 자리에서 처형당해야 한다!"

방통은 선고를 내렸다.

양회와 고패의 머리가 장막 앞에서 떨어져 나갔을 때, 본진 앞에

서는 200명 군사들이 현덕군에게 포위되어 숨겨 온 무기들을 몰수
당하고 있었다.

현덕은 200명 군사를 앞에 세워두고 말했다.

"그대들의 대장 양회와 고패는 유 자사와 나의 사이를 벌려 놓을
생각으로 몰래 비수를 품고 나를 찌르려 했기 때문에 처형했다.
그러나 그대들은 명령에 따랐을 뿐이므로 죄를 묻지 않겠다. 그대
로 돌아가게 해 주리라."

군사들은 일제히 무릎을 꿇고 고개를 숙였다.

방통이 현덕을 대신해서 권했다.

"너희들이 우리 군사를 안내하여 관문을 점령하는 데 성공하면
크게 은상을 내리리라."

밤이 이슥하여 200의 촉나라 군사를 앞세우고 현덕군은 조용히
부수관으로 다가갔다.

촉나라 군사 하나가 소리쳤다.

"두 장군께서 방금 돌아왔다. 문을 열어라!"

문을 지키는 군사는 자기 편이 틀림없는가를 확인한 다음 문을 열
었다. 현덕이 이끄는 전군은 눈사태처럼 한꺼번에 밀고 들어갔다.

이리하여 유비는 군사 하나 상하지 않고 부수관을 점령했다.

노익장

항복한 군사를 자기 군에 편입시켜 관문을 지키게 하고, 촉나라 장수들에게는 죄를 묻는 대신 모두에게 선물을 주었다.

현덕은 공청(公廳)에서 성대한 잔치를 베풀었다. 현덕은 보기 드물게 술에 취했다.

"나는 이토록 유쾌한 술자리를 처음 갖는다. 모두들 마음껏 마시고 즐기도록 하라."

자기도 모르는 사이에 말했다.

그러자 옆에 있던 방통이 고개를 숙인 채 혼자 중얼댔다.

"남의 나라를 빼앗고 즐거워하는 것은 인의를 내세우는 사람이 할 짓이 아닙니다."

이를 들은 현덕은 화가 불끈 치밀었다.

"방통, 그럼 묻겠는데, 옛날 주나라 무왕은 주(紂)를 치고 나서 상무(象武)라는 무악(舞樂)을 만들었다고 하오. 이것 역시 어진 사람이 할 짓이 아니었단 말이오?"

방통은 잠자코 고개를 숙이더니 그대로 나가버렸다.

“무례하구나!”

현덕은 크게 소리쳤다. 벌써 그때는 취한 눈이 초점을 잃고 있었다. 좌우의 부축을 받아야 일어날 수 있었다.

한밤이 지난 뒤 현덕은 후당 침대 위에서 잠이 깼다.

그리고 자기가 방통을 몹시 꾸짖었던 생각이 나자 걱정이 되어 근시를 불러 그 일에 대해 물었다.

근시는 망설이면서 사실 그대로 대답했다.

“그래? 내가 큰 실수를 저질렀구나!”

아침이 되기를 기다려 공청으로 나가 벌써 거기에 와 있는 방통에게 정중히 머리를 숙였다.

“어젯밤에는 정신없이 취해 있었다고 하지만, 남이 들어서는 안 될 말을 함부로 지껄인 모양이니 부디 잘못을 용서하시오.”

방통은 미소지었다.

“오늘 아침 이런 말씀이 계실 것을 기대하고 어젯밤 감히 그 같은 무례한 말씀을 드렸던 것입니다.”

유비가 촉의 부성(涪城)을 점령하고 잔치를 베풀고 있을 무렵 조조는 장서영을 함락시키고 다음 작전을 구상하고 있었다.

손권이 7만의 수군을 이끌고 도전해 왔기 때문이다.

“파란 눈의 애송이 녀석!”

조조는 손권의 병선 배치를 보면서 중얼거렸다.

“손권이 어떻게 했습니까?”

허저가 물었다.

“아냐, 아무것도 아냐. 다만 병선 배치가 멋들어져 무심코 그런 말이 나왔을 뿐이다.”

그때 촉 정세에 대한 첩자의 보고가 들어왔다.

“유비가 부수관을 점령하고 고패와 양회 두 장수를 베었습니다.”

"그래! 현덕은 성도를 공격할 셈이군."

조조는 유비의 속셈을 꿰뚫었다. 그리고 그는 곰곰이 생각했다.

촉의 유장이 아무리 무능해도 유비는 그리 쉽게 촉의 전역을 점령할 수 없을 것이다. 아마 속깨나 썩일 테지. 더욱이 유비의 부대는 그 반쯤이 촉나라에 들어간 뒤에 유장에게서 빌린 군졸들이다. 그런만큼 점령 전쟁을 위해서는 형주에 남긴 부대가 응원차 촉에 들어가지 않으면 안 되리라…….

"제갈공명·관우·장비·조운……."

조조는 유비가 형주에 남긴 장수들을 손꼽아 보았다. 쟁쟁한 호걸들뿐이다.

촉에서 전운이 감돈다는 소식을 받게 되면 아마 형주 군병의 반수 이상이 서쪽으로 향하게 되리라. 그렇게 되면 형주의 유비 진영은 허술해진다. 그것을 압박하는 것은 동오의 손권군이어야 한다. 그렇건만 손권은 유수에서 조조군과 대치하여 다른 지역에 병력을 돌리지 못하는 상태에 있다.

지금 상황이 계속되면 유비의 형주는 마음놓고 지내게 된다…….

"뭐야, 그 토끼귀를 위해 손권군을 붙잡아 두고 있는 형국이 되잖는가?"

조조는 즉각 유수에서 군을 철수하기로 결정했다. 그리고 손권에게 편지를 썼다.

유현덕이 성도를 공격하면 형주가 허술해질 것이오. 장군은 마땅히 병을 서쪽으로 돌리시오.

그러자 오나라 쪽에서 흰 기를 든 사신이 이르러 편지를 내놓았다.

나와 승상은 다같은 한나라의 신하로서 함부로 전쟁을 일으켜 백성을 괴롭히는 것은 어진 사람의 할 일이 아니오. 그러므로 눈 녹은 물이 불어나고 있는 지금 곧 물러나는 것이 좋을 것이오. 그렇지 못할 경우 다시 적벽의 화를 되풀이하게 된다는 것을 명심하오. 잘 생각하기 바라오.

그리고 그 편지 뒷면에는 이런 글귀가 아무렇게나 적혀 있었다.

'늙은이가 죽기 전에 나는 마음을 놓을 수 없소.'

조조는 그 글귀를 읽고 크게 웃었다. 그리고 손권의 정직함을 인정했다.

이때 조조의 머릿속에는 순욱의 모습이 떠올랐다.

'……순욱이 살아 있었으면 깨끗이 철수할 것을 권했으리라.'

조조가 물러가자 손권은 현덕이 없는 형주를 손에 넣고 싶은 욕심이 다시 치밀었다.

장소가 계책을 말했다.

"지금 당장 형주로 군대를 동원하게 되면 조조가 다시 쳐내려올 것으로 생각됩니다. 모략을 써서 유비를 형주로 돌아오지 못하게 만들어야 할 줄로 압니다. 먼저 밀서를 유장에게 보냅니다. '유비는 조조와 비밀동맹을 맺고 서천을 앗을 야망을 품고 있으니 부디 조심하시기 바란다.'고 하여 유장이 유비를 공격하게 만드는 겁니다. 또 장로에게도 밀서를 보내 형주로 쳐들어오게 만듭니다. 이리하면 유비는 앞뒤로 적의 공격을 받게 될 터인즉 그 틈을 노려 오나라 군사가 쳐들어가면 형주는 틀림없이 우리 손에 들어오게 될 것입니다."

손권은 이 계책을 받아들여 곧 유장과 장로에게 밀사를 보냈다.

조조가 군을 철수시켜 업으로 돌아간 것은 건안 18년 4월이었다.

'형주를 둘러싸고 손권과 유비가 다투는 동안 내부를 다져 놓자.'

조조는 업에서 앞으로의 일을 천천히 생각하기로 했다. 순욱이 없어 아무래도 일해 나가기가 힘들었지만, 젊은이 가운데에서 우수한 참모감이 있을 것도 같아 그는 그런 자들을 시험해 보기로 했다.

틈만 나면 젊은 신하를 불러 이것저것 잡담을 나누었다.

"왜 내가 젊은 친구들을 불러 얘기를 듣는지 알겠나?"

어느날 의랑(議郎) 사마의(司馬懿)를 불러 물었다.

"순욱님께서 세상을 떠났기 때문이겠지요."

"그러나 중달(仲達)……."

조조는 말했다.

"순욱은 만년에 나하고는 의견이 잘 맞지를 않았지. 그도 불만이었을 테지만 나도 불만이었네."

"그랬습니까?"

사마중달은 고개를 갸우뚱했다.

"그대는 모르고 있었나?"

순욱은 만년에 자기의 간언이 받아들여지지 않아 조조와의 사이에 매우 깊은 금이 가 있었다. 조조 진영의 사람들에게 그것은 잘 알려진 사실이었다.

사마중달은 금년에 34살. 의랑을 맡기 전에는 황문시랑(黃門侍郎)이었고 권력 중추 주변에 있었던만큼 그것을 모를 리가 없었다.

"승상과 경후(敬侯)는 깊은 곳에서 맺어져 있었습니다. 우리들 범인의 눈은 얕은 곳밖에 보지 못합니다. 그런 눈으로 본 것을 세상에서 이러쿵저러쿵 말하고 있습니다만 저는 믿지 않고 있습니다."

사마중달은 대답했다.

경후란 순욱의 시호(諡號)이다.

"으음, 그런가……."

조조의 표정이 조금 굳어졌다.

‘애송인 줄 알았는데 무서운 녀석이군.’

조조는 속으로 적잖이 놀랐다.

사마의는 하내(河內) 온현(溫縣)의 명문 집안에서 태어났다. 아버지 사마방(司馬防)은 집금오(執金吾)를 지냈고, 형 사마랑(司馬朗) 백달(伯達)을 비롯해서 8형제가 있었다.

형제 모두 빼어난 재주를 지니고 있어 세상 사람들이 ‘사마 집안의 팔달(八達)’이라 불렀다. 형제가 모두 달(達)자가 붙은 자(字)를 가지고 있었기 때문이었다.

그 중에서도 차남인 사마의는 소년시절부터 뛰어난 인물로 천하 정세에 대해 깊은 관심을 가졌고 향당(鄕黨)의 기대를 한몸에 모으고 있었다.

그 무렵 인물 감정의 명인으로 알려진 양준(楊俊)이 20살 전의 사마의를 보고서 첫눈에 보통이 넘는 큰 그릇이라고 극찬했다. 또 형 사마랑의 친구 최염도 언젠가 사마랑에게 이런 말을 했다.

“당신 동생은 머리도 비상하고 담력도 뛰어나다. 당신은 동생에 비한다면 어림도 없다.”

이런 평판은 마침내 나는 새도 떨어뜨린다는 조조의 귀에 들어갔다. 조조는 곧 자기 아래에서 일해 보지 않겠느냐고 사마의에게 사람을 보냈다. 그런데 사마의는 그것을 거절했다. 꾀병을 핑계로 댔다.

거절한 이유는 한실의 운명이 길지 않으리라는 전망도 있었지만, 그보다 조조 같은 벼락 출세자에게 무릎을 꿇고 싶지 않다는 명문의식이 있었기 때문이었다.

하지만 인재 등용에 열심인 조조는 단념하지 않았다. 조조는 승상이 되자 관직까지 정해 놓고서 불렀다.

조조는 사자에게 엄명했다.

"만일 또 핑계를 댄다면 잡아묶어서라도 끌고 오너라!"

이번에까지 거절하기는 어려웠다. 사마의도 하는 수 없이 조조를 섬기기로 했다.

조조는 처음에 사마의를 조비 곁에 두었다. 그런데 조조가 꿈에 세 마리 말이 같은 구유에 머리를 처박고 있는 것을 보고서 조비에게 말했다.

"사마의는 남의 가신이 될 인물이 아니다. 반드시 너에게 해를 끼치게 되리라."

그러나 조비는 사마의를 신임하여 그를 감싸 주었다.

"절대로 그런 일은 없을 것입니다."

이것은 후세에 꾸민 이야기 같지만, 사마의의 재능이 예사 사람을 크게 능가했기 때문에 조조의 경계를 받았던 것만은 틀림없다.

지금 조조는 사마의와 마주 앉아 조조답지 않게 자기 속마음을 털어놓다시피 했다.

'사마의란 놈 앞에서는 마음을 놓아서는 안 된다.'

이렇게 느끼면서도 조조가 그를 가까이한 것은 자신감이 있었기 때문이다. 인간이란 자기가 누구보다 뛰어나다고 자신할 때는 웬만한 것쯤은 두려워하지 않는다. 조조는 바로 그러한 착각에 빠져 있었다.

조조는 사마중달에게 물었다.

"중달은 순욱의 불만을 들어본 적이 없나?"

벌써 한 해 지난 일이지만 동소 같은 아첨배의 진력으로 조조는 위공에 오르고 구석을 받게 되었다.

위공은 다시 말해서 국공(國公)이다. 국공이 되면 세습 영지를 가질 수 있다.

후한에서는 200년 역사상 인신(人臣)으로 국공이 된 예는 없다.

동탁조차도 태사(太師)로서 제후 위에 군림했지만 국공까지는 오르지 않았다.

구석만 하더라도 전한에서 왕망(王莽)이 하사받은 예가 있을 뿐이다. 왕망은 그런 뒤 곧장 한나라를 가로챘었다.

순욱은 조조의 국공과 구석 배수에 반대했다. 조조는 지금 그것을 물어 보고 있는 것이다.

중달이 대답했다.

"경후의 불만은 들은 일이 있습니다."

"호오, 그래서?"

"앞서도 말씀드렸지만 저는 믿지 않습니다. 경후에게도 그렇게 말씀드렸지요. 문약이 아무리 승상에 대한 불만을 털어놓더라도 저는 결코 믿지 않는다고."

조조는 새삼 사마중달의 얼굴을 말끄러미 쏘아보았다.

'역시 이 녀석은 경계해야 할 인물이다. 몹시 신중한 녀석인 것만은 틀림없다!'

조조는 화제를 돌렸다.

"그대는 올해 몇인가?"

"34세입니다."

"내가 전군교위(典軍校尉)가 된 나이로군. ……그때 동탁도 40대 중반이었다. 원소도 원술도 유표도……모두 젊었었다."

이것이야말로 하지 않아도 좋을 말이었다.

지난날을 돌이켜 생각한다는 것은 자신의 늙음을 의식하고 있음을 자기도 모르게 나타내는 것이니까.

장송이 형의 고발로 처형된 것은 유비에게 정말 큰 타격이었다.

이제까지 장송이 꽤나 잘 내부 공작을 해 오기도 했지만, 내용을 약속한 자들도 장송이 처형되자 입을 씻고 모른 척하고 있었다.

다른 하나의 내응 지도자인 법정은 유비 진영에 있었다. 내응자가 공격할 상대편 진영에 있지 않다면 아무런 의미가 없다.

그렇기 때문에 유비의 촉 침공은 고전을 면치 못했다.

유장의 막료에 정도(鄭度)란 자가 있었다. 그는 광한 출신으로 지방 상황을 잘 알고 있는 인물이었다.

유비가 백수관(白水關)을 앗고 병을 진출시켰다는 소식을 듣자 정도는 유장 앞에 나아가 진언했다.

"유비의 군세는 별로 많지 않습니다. 게다가 태반은 촉에서 징발한 병사들입니다. 다른 고장 사람이기 때문에 현지에서 병을 모으기는 어려울 거라고 생각됩니다. 게다가 가맹 같은 곳에 머물고 있어 보급 또한 아주 적을 것입니다. 군량은 진격하는 지방에서 조달할 수밖에 없겠지요. 그러니 재동현(梓潼縣)과 파서현(巴西縣)의 주민들을 남김없이 부수(涪水) 내수(內水) 서쪽으로 옮기고 그 지방의 창고와 전답 일체를 태워 버리자는 겁니다. 그리고 성벽을 높이고 해자를 깊이 파면 적은 이길 도리가 없겠지요. 적이 전쟁을 걸어도 이쪽은 상대를 않고 멋대로 버려 둡니다. 100일도 지나기 전에 적은 식량이 떨어져 병을 물릴 수밖에 없을 겁니다. 그때 쳐나가면 됩니다. 퇴각하는 군대는 사기가 떨어져 있으므로 우리의 승리는 틀림없습니다."

대개의 일은 가신의 말대로 해온 유장이었으나 이 비상시국을 맞아 갑자기 책임감을 느꼈는지 여느 때에 못보던 단호한 태도로 잘라 말했다.

"안 된다!"

"어째서입니까?"

"태고적부터 위정자는 적을 막고 백성을 안전하게 하는 것을 첫째 목표로 삼았다. 주민을 동원하여 적을 피하게 했다는 말은 듣지도 못했다."

유장은 앙연히 눈길을 천장으로 보냈다. 그 태도는 참으로 믿음직했으나, 그런 유장을 바라보는 가신들의 표정에는 저마다 불안이 깃들여 있었다.

“적을 막는 거다. 어디까지나 막는다.…… 3대에 걸쳐 촉의 백성을 다스리고 자비를 베푼 것은 이와 같은 때에 대비해서가 아닌가. 출진이다. 당당히 싸워라!”

유장은 휘하 부장에게 동원을 명했다. 유괴(劉璝)·영포(泠苞)·장임(張任)·등현(鄧賢)·오의(吳懿) 등 제장이었다.

대군이 떠나는 날이다.

유괴가 동료 장군을 돌아보며 은밀히 말했다.

“전부터 들은 일인데 금병산(錦屛山) 바위굴에 도사 한 사람이 있다더군. 자허(紫虛)방사라 하는 사람인데 점을 귀신같이 쳐서 길흉화복을 손바닥 들여다보듯 한다네. 지금 현덕을 맞아 성도의 대군을 움직이면서 승리냐 패배냐 한번 점쳐 보는 것도 헛일은 아닐 테지. 점을 쳐서 큰 이를 볼지도 모른잖는가. 어떤가, 여러분 의견은?”

장임이 웃어 넘겼다.

“어리석은 소리 말게나. 한나라의 흥망을 걸머지고 그 군을 지휘하는 자가 산 속에 사는 한낱 도사의 말에 귀기울이다니 말도 안 되는 소리일세. 이런 말이 새어 나갔다가는 전군의 사기가 떨어지고 말 거야.”

“아닐세. 내 말은 싸움에 겁이 나서 길흉을 점치겠다는 게 아니야. 이번 일전이야말로 촉의 운명을 결정하는 것이라, 만전을 기하여 흉을 불러들이는 일 따위는 조금이라도 없도록 하자는 생각에서이네. 이것은 순전히 나라를 위해서이지 결코 단순한 망설임이나 겁 때문에 점을 치자는 건 아니야.”

“그렇게까지 말한다면 굳이 말리지는 않겠네. 그러나 자네 혼자 찾아가 보게.”

유괴는 부하 수십 기를 이끌고 금병산으로 한달음에 달려갔다.

어느 바위 굴 앞에서 자허방사는 안개를 빨아들이며 명상에 잠겨 있었다.

유괴는 무릎을 꿇고 물었다.

“방사님, 무엇이 보입니까?”

자허는 무뚝뚝하게 대답했다.

“촉이 보인다.”

“서촉 41주 말입니까?”

“쓸데없는 것은 묻지 않아도 되잖나. 그대가 알고 싶어하는 것만 대답해 주겠다.”

자허는 뒤에 시립한 동자에게 명하여 종이와 붓을 가져오게 하더니 시 한 수를 적어 유괴에게 건네 주었다.

　　좌룡(左龍) 우봉(右鳳)
　　서천에 날아든다
　　봉추는 땅에 떨어지고
　　와룡은 하늘에 오른다
　　하나를 얻고 하나를 잃는 것이
　　하늘의 이치
　　마땅히 정도로 돌아가
　　구천(九泉)에 가지 말라

유괴는 몇 번 읽었으나 뜻을 알지 못했다.

“방사, 촉나라는 이길까요?”

“하늘의 이치는 미리 정해져 있어.”

“우리들 장수들의 운수는요?”

"그것도 하늘의 이치대로야."

"그렇다 하시면?"

"그것뿐이지."

"그럼 현덕군은 촉나라에서 성공하겠습니까, 실패하겠습니까?"

"일득일실(一得一失). 그대는 글을 읽을 줄 모르는가. 씌어 있는 대로야."

눈을 감더니 바위처럼 무엇을 물어도 더 이상 대답하지 않았다.

유괴는 산을 내려와 영포·장임·등현 세 장수에게 도사의 말을 전했다.

"삼가야겠어. 아무래도 촉을 위해 좋은 예언은 아닌 것 같아."

그러나 장임은 웃어 버렸다.

"정말 단단히 미신에 빠졌군. 산에 사는 미친 도사의 헛소리를 그렇게도 존중한다면 말이나 개울음 소리에도 일일이 길흉을 점쳐야 되지 않겠소? 외적을 맞아 싸우기 전에 먼저 마음속의 적을 치는 게 중요하오. 자아, 출발합시다."

유괴·영포·장임·등현 네 장수가 군사 5만을 이끌고 성도를 떠났다는 보고가 곧 부수관의 현덕에게 올라갔다.

유비는 곧 군의를 열었다.

"적의 선봉은 영포와 등현 두 사람이라 한다. 이것을 격파하는 자는 성도 입성 제일의 공을 세우는 것이 된다. 누가 나가 그들과 싸우겠는가?"

유비의 말이 끝나기가 무섭게 장수 중에서 가장 나이가 많은 황충이 나섰다.

"소장에게 명해 주십시오."

그러자 황충의 쇠잔한 목소리와는 다르게 쩌렁쩌렁한 목소리로 말을 가로채는 젊은 장수가 있었다.

"황충 장군의 나이로는 무리입니다. 그 선봉은 소장에게 명해 주십시오."

위연(魏延)이었다.

첫싸움의 승패는 대국(大局)에 영향을 미친다. 어찌 늙은 장수의 손을 빌리겠느냐고 젊은 위연은 흰소리를 치며 선봉을 자원했다.

노장 황충도 잠자코 있지 않았다.

"그대가 선진의 공을 탐하는 것은 자유이지만, 이 황충을 쓸모없는 물건처럼 말하는 것은 용서할 수 없다. 어째서 안 된다는 건가?"

따지고 들자 위연은 대답했다.

"새삼 말할 필요도 없겠지요. 늙으면 자연히 기력이 약해지는 법, 귀공뿐 아니라 나이든 사람이라면 누구든 강적과 맞섰을 때 힘이 달리는 것은 상식이 아닐까요?"

"닥쳐라! 늙은이라 해서 반드시 젊은이보다 못하다는 법은 없다. 오히려 그대처럼 혈기만을 믿고 날뛰는 자야말로 위태롭다고 하지 않을 수 없다."

"노인으로 대접하여 정중하게 대해 주었더니, 원, 아니꼽기 이를 데 없군. 그렇다면 지금 주군 앞에서 누가 힘이 더 강한지 겨루어 보는 게 어떻소!"

"좋다, 사양하지 않겠다."

황충이 무기를 잡고 당 아래로 내려가자 위연은 창을 꼬나들었다. 유비는 놀라서 당상에서 호통쳤다.

"둘 다 물러서지 못할까. 여기서 사투를 벌여 아군에게 무슨 득이 있단 말인가! 적을 눈 앞에 두고 어린애 같은 싸움질을 하다니……! 단연코 그대들에게는 선봉의 중임을 맡기지 않을 테다!"

꾸지람을 받자 황충도, 위연도 땅에 한 무릎을 꿇고 면목없다는 듯 고개를 수그렸다.

그러자 방통이 작은 목소리로 한 가지 계책을 내놓았다.

"저렇듯 열망하는 데 다른 사람에게 맡긴다면 저들의 사기를 꺾게 되겠지요. 이렇게 하면 어떻겠습니까?"

물론 유비도 정말 화낸 것은 아니었다.

오히려 막하의 대장이 이렇듯 왕성한 전의를 품고 있다는 것은 기쁜 일이었다.

"방통에게 맡기겠소. 좋도록 처리하시오."

이리하여 방통이 결정을 내렸다.

"지금 촉의 영포·등현 두 장수는 낙산(雒山) 산맥을 등지고 좌우 두 날개로 나뉘어 진치고 있소. 그대들도 두 길로 나뉘어 저마다 일진씩 맡도록. 어느 쪽이든 빨리 적진을 분쇄하고 아군의 기를 올리는 자를 으뜸의 공으로 삼으리라."

황충과 위연은 용약 출전했다.

방통은 또 현덕에게 말했다.

"그 두 사람은 도중에서 반드시 또 한번 다툴 것입니다. 주군께서는 그들의 후비가 되어 곧 출전해 주십시오."

"부수관의 수비는?"

"제가 맡겠습니다."

현덕은 관평(關平)과 유봉(劉封) 두 장수를 거느리고 그날로 낙현(雒縣)을 향했다.

버릇없는 손님

황충과 위연은 일군을 이끌고 나아가 이윽고 적진 앞에 진을 쳤다.
위연이 척후병에게 물었다.

"어떠냐, 황충의 군세도 이미 포진했느냐?"

"정연하게 끝내고 있습니다. 저녁이 지나고 다시 밥짓는 연기가
오르는 것으로 보아 밤중에 진을 거두고 왼쪽 산길을 잡아 새벽에
적을 공격하려는 의도인가 싶습니다."

"그렇다면 방심할 수 없다. 우물거리고 있다가는 황충에게 공을
빼앗기겠다!"

위연의 눈에 이미 적은 보이지 않았다. 다만 한편인 황충에게 뒤
져, 아군 진영에서 면목을 잃는 일만을 겁내고 있었다. 아니, 황충
을 밀어제치고 혼자 공을 세우겠다는 욕심만 앞섰다.

"우리 부대는 이경에 식사하고 삼경에 이곳을 떠난다!"

위연의 이같은 선언은 너무 뜻밖이었기 때문에 장병들은 모두 의
아해했다.

본디 부수관을 출발할 때 두 장수는 현덕 앞에서 미리 작전 지시

를 받았다.

'황충은 영포를 상대하고 위연은 등현의 진을 돌파한다.'

그러나 이제 와서 위연의 생각이 달라진 것이다.

'그것만으로는 공이라 할 수 없다. 나 혼자서 영포의 진도 깨고 등현의 군도 분쇄하여 늙은 황충의 콧대를 꺾어 놓아야 한다.'

그래서 그는 별안간 진을 철수하는 시각을 앞당겨 길을 바꾸어 황충이 나아갈 왼쪽 산길로 접어들었다.

밤새도록 산길을 오르고 고개를 넘자 새벽녘에 적진이 보였다.

"보라! 적은 안개 속에서 아직 잠들어 있다. 단숨에 짓밟아라!"

와아, 함성을 올리며 산비탈을 뛰어내려갔다.

"왔느냐, 위연!"

뜻밖에도 적은 진문을 크게 열어젖히고 당당히 위연의 군을 맞아 화살을 쏘아댔다.

영포는 그 속에서 말을 몰고 나와 위연에게 결투를 청했다. 위연이 선뜻 응하여 용감히 싸우고 있는데 아군의 뒤쪽이 무너지기 시작했다.

"이상하다?"

알고보니 산길 쪽에서 적의 복병이 나타난 것이다. 어느 틈엔가 위연의 부대는 앞뒤로 적의 공격에 휩싸여 있었다.

"아뿔싸!"

위연은 영포에게 쫓겨 들판을 50리나 달아났다.

그런데 그때 들의 숲과 산기슭에서 한떼의 군사가 나타났다.

"위연, 어디로 갈 셈이냐!"

"순순히 항복하라!"

저마다 북을 요란히 울리고 함성을 올려가며 에워쌌다.

"아, 등현의 군사로구나."

위연은 허둥지둥 다시 달아나는 길을 바꾸었다.

“비겁하다!”

촉의 맹장 등현이었다.

“기다려라, 위연!”

등현은 장창을 머리 위로 높이 들며 말 위에서 몸을 솟구쳤다.

위연의 등 뒤에 막 창을 던지려는 순간, 어디선가 한 개의 깃털 화살이 바람을 가르며 날아왔다.

앗! 허공에 비명을 남긴 것은 등현이었다. 흰 화살이 그의 목젖 깊이 박혔다. 장창을 던지려는 자세 그대로 그는 말 뒤로 떨어져 질질 끌렸다.

등현의 동료 영포는 그것을 보자 눈을 까뒤집고 등현의 원수라면서 위연을 거세게 뒤쫓았다.

위연의 둘레에는 부하 군졸 하나 보이지 않았다.

그러자 갑자기 정기를 올리며 당당한 금고(金鼓) 소리를 앞세우고 한 무리의 군세가 들을 질풍처럼 공격해 왔다.

“황충이 예 있다. 문장(文長 : 위연의 자)은 두려워하지 말라.”

선두에 선 것은 노장 황충이었다. 활을 들고 있다. 화살을 쏘아 위연의 위급을 구한 것은 황충이었다.

이 기습에 놀란 영포의 군사들은 뿔뿔이 흩어져 유괴의 진지로 달아났지만, 그곳 진지에는 놀랍게도 낯선 깃발이 나부끼고 있었다.

현덕의 명을 받은 관평의 부대가 앞질러 이곳을 점령한 것이다.

“아니, 어느 틈에?”

영포는 돌아갈 진지가 없어 당황하다가 말머리를 돌려 산으로 도망쳤다.

“걸렸다! 그물 속에!”

갑자기 갈고랑쇠며 그물이 사방팔방의 숲에서 날아와 영포를 말 등에서 얽어 떨어뜨렸다.

“장수를 잡았다!”

영포를 기다렸다가 공을 세운 것은 위연이었다.

위연의 코가 높아진 것은 말할 필요도 없었다.

사실 그로서는 군법을 어기면서까지 황충을 따돌리고 앞지르려 했다. 그러나 서전에 크게 패하여 많은 군졸을 잃었기 때문에

‘무엇인가 공을 세우지 않는다면 우리 편 사람을 볼 면목이 없다.’

조바심하던 참에 적의 대장을 사로잡았으니 그 만족감은 더욱 클 수밖에 없었다.

촉병 포로는 수없이 현덕의 후진으로 보내졌다. 서전은 유비군의 대승이었다. 현덕은 장병들에게 은상을 나누어 주고 투항한 병사들은 모두 여러 부대에 나누어 편입시켰다.

이때 황충은 현덕 앞에 나와 호소했다.

“자기 마음대로 진로를 앞지르는 군법의 대금(大禁)을, 위연은 공공연히 범했습니다. 이번에 이를 처벌하시지 않는다면 군기가 서지 않을 것입니다.”

“위연을 불러라!”

현덕의 사자가 달려가자 위연은 곧 영포에게 오라를 지어 직접 끌고 왔다.

그것을 보자 현덕은 이 젊은 용장을 군법에 회부시킬 마음이 없어졌다. 그러나 그것을 속에 감춘 채 위연을 꾸짖었다.

“들으니 그대가 위태롭게 되었을 때 한승(漢升 : 황충의 자)이 화살로 구했다고 하는데 내 앞에서 한승에게 그 은혜를 사례하라.”

위연은 선선히 황충 앞에 무릎 꿇고서 머리를 조아렸다.

“장군의 화살이 아니었다면 등현에게 목숨을 잃었을지도 모릅니다. 그 은혜에 감사드립니다.”

현덕은 다시 한 마디 더 빌라고 말했다. 위연은 빌라는 말이 황충을 무단히 앞지른 일을 두고 하는 것임을 이내 알아차렸다.

“소장이 어리석게도 마음만 다급하여 시각이나 진로를 그르쳐 스

스로 사지에 빠진 일, 면목이 없습니다. 그러나 그 또한 오직 주군의 은혜에 보답코자 하는 충정이었을 뿐이니, 아무쪼록 너그럽게 용서해 주시기 바랍니다.”

황충도 노기를 누그러뜨리고 더 탓하지 않았다.

현덕은 노장 황충의 고령을 뛰어넘은 활약을 칭찬했다.

“우리가 목표하는 성도에 입성하는 날이면 반드시 큰 상을 내리리라.”

현덕은 이어 포로가 된 적장 영포를 설득했다.

“그대에게 말을 한 필 주리다. 낙성에 돌아가 그대의 동료를 설득하여 성문을 열어 내가 무혈로 입성할 수 있게 하시오. 그러면 뒷날 반드시 그대를 중용함은 물론 그대의 일문에도 전보다 더한 번영을 약속하리다.”

결박을 풀어 주고 정중히 진 밖으로 내보내 주었다. 영포는 기뻐하며 쏜살같이 낙성으로 달려갔다.

위연은 그 뒷모습을 바라보며

“저 녀석, 틀림없이 돌아오지 않을 것입니다.”

입맛 쓰다는 듯이 중얼거렸지만 현덕은 태연히 말했다.

“돌아오지 않는다면 그가 신의를 잃을 뿐, 나로서는 인애(仁愛)를 베푼 것이 된다.”

과연 영포는 돌아오지 않았다. 낙성에 들어간 영포는 유괴와 장임을 만나 거짓말을 펑펑 했다.

“적에게 사로잡혔지만 기회를 엿보아 지키는 군사를 베어 죽이고 도망쳐 왔네.”

“그런데 앞으로 어떻게 하지?”

“첫싸움에서는 패한 셈이지만 현덕 따위 아무것도 아닐세.”

“무엇보다도 병력이 좀더 필요해.”

이리하여 성도에 급히 구원을 청하는 급사를 보냈다.

유장은 적자 유순(劉循)과 외숙 오의(吳懿)에게 2만을 주어 낙성으로 가게 했다. 이 구원군 중에는 무용으로 이름을 떨치던 오란(吳蘭)·뇌동(雷銅)도 끼어 있었다.

하지만 총수는 그 나이로 보나 태수 유장의 외숙이라는 점으로 보나 당연히 오의가 맡았다.

"지금 부강의 물은 흘러넘친다. 적의 진지를 단번에 물로 씻어 버려라!"

오의는 낙성에 이르자 곧 이런 명령을 내렸다.

그래서 5천의 군졸들은 괭이와 가래를 준비하여 가지고 야음을 틈타 부강의 둑을 무너뜨리기 위해 대기 명령을 받았다.

한편 현덕은 점령한 두 진지에 황충과 위연의 두 부대를 배치하여 부수의 선을 지키게 하고 자신은 일단 부수관으로 돌아왔다.

때마침 첩자가 돌아와서 바깥 정세를 알렸다.

"오나라 손권이 한중의 장로에게 밀사를 보내 병력과 보급품의 원조를 아끼지 않겠다고 약속했다고 합니다. 장로는 이 꾐에 빠져 전부터의 야망을 이루고자 한중군을 동원, 가맹관으로 쳐들어오고 있다 합니다."

현덕은 얼굴빛이 달라졌다. 곧 방통을 불러 의논했다.

"만일 가맹관을 장로에게 앗긴다면 촉과 형주의 연락이 끊기고 오도가도 못하게 된다. 누구를 보내면 좋을까?"

"맹달(孟達)이 좋겠지요."

곧 맹달이 불려왔다. 그렇지만 그는 다음과 같이 헌책하며 다른 한 명의 대장을 요구했다.

"전에 형주에서 유표의 중랑장이었던 곽준(霍峻)이라는 사람이 지금 진중에 있습니다. 수수한 인물로 이제껏 이렇다 할 군공은 없지만, 그와 함께 간다면 안전을 기할 수 있으리라 생각합니다."

“좋도록 하라.”

허락되었다. 곽준에게도 똑같은 명령이 내려, 그날로 두 사람은 가맹관을 수비하러 갔다.

그 출발을 격려하고 나서 방통이 숙소로 돌아왔을 때였다.

거실에서 쉬고 있으려니까 문지기가 들어와 알렸다.

“이상한 손님이 찾아왔습니다.”

“이상한 손님? ……대체 누구라더냐?”

“키는 일곱 자나 될 것 같습니다. 머리를 짧게 잘라 옷깃 언저리에 늘어뜨리고 있어 그 용모가 괴이하게 보입니다. 한 마디로 말해서 협객입니다.”

“어디 만나보자.”

성격이 까다롭지 않은 주인은 성큼성큼 밖으로 나가보았다.

웬 사내가 집 안으로 들어와 마룻바닥에 벌렁 누워 있었다. 자기도 방랑 생활을 오래 한 사람이지만 이 예의없는 사나이 앞에서는 그저 기가 찰 뿐이었다.

“여보시오, 선생!”

“오, 당신이 주인이오?”

“주인이고 뭐고 대체 당신은 어디의 누구시오?”

“그대는 손님을 대하는 법도 모르오? 먼저 예를 차리는 게 인간이오. 그런 뒤에 이야기를 나눕시다.”

“놀랐는걸.”

“뭣을 놀라시오? 천하의 방통께서!”

“하하하, 우선 일어나시오.”

“먼저 술상부터 준비하오.”

“따라오시오.”

객실로 안내하여 상좌를 내주고 술과 식사를 권했다. 그는 사양 따위 하지도 않고 밥 한 그릇을 게눈 감추듯 해치우더니 또 시원스럽게 술을 마셨다.

하지만 용건은 좀처럼 꺼내지 않았다.

이윽고 실컷 마실 만큼 마시더니 또 벌렁 드러누워 코를 골기 시작했다.

"참, 어지간한 사람이군."

그 방자한 태도에 혀를 차고 있으려니 법정이 급한 걸음으로 들어섰다. 법정이라면 촉나라 사정이나 인물에 환할 것 같아 사내가 술을 마시고 있는 사이에 하인을 시켜 불렀던 것이다.

"일부러 오시게 하여 죄송하오. 혹시 저기 술에 곯아떨어진 사람이 누군지 아시오?"

법정은 그 얼굴을 들여다보더니 외쳤다.

"영년(永年)이로군. 참으로 유쾌한 친구이지요."

영년은 그 목소리에 잠이 깨어 일어났다. 그리고 법정과 눈이 마주치자——

"이게 누구야, 효직 아닌가!"

손뼉을 치며 크게 웃었다.

방통은 더욱 기가 막혀서 물었다.

"두 분은 친구요?"

"그렇습니다."

법정은 자랑스럽다는 듯이 대답하고 그를 소개했다.

"이 사람은 팽의(彭義), 자는 영년인데 촉의 병사이지요. 바른 소리를 잘하여 주군 유장에게 너무 강력히 간언을 올렸다가 관직을 박탈당했을 뿐 아니라 노예로 떨어져 이처럼 머리도 잘렸습니다. 여기서 이렇게 만날 줄이야…… 아하하하……."

"하하하……."

팽의도 남의 일처럼 함께 웃었다.

서천 사람 옛벗을 만났기에
부수의 거친 물결 잠재우네

촉에 들어오기 전 촉은 약하다는 소리를 들었다. 나라에 인물이
없다는 평도 들었다. 그런데 뜻밖이었다. 군졸은 용맹하고 인재는
많지 않은가.

참된 나라의 힘은 그 나라에 국난이 닥치지 않고서는 모른다. 방
통은 문득 이런 생각을 하면서 손님 팽의에게 다시 정중히 예를 올
리고 나서 법정에게 말했다.

"모처럼 선생께서 오셨으니 유 황숙을 만나보시지 않겠소?"

"만나보고말고요. 용건이 있어 왔습니다."

세 사람은 함께 유비를 만나러 갔다. 유비도 팽의를 극진하게 대
했다. 팽의는 가슴에 간직했던 말을 남김없이 털어놓았다.

"소생이 이 눈으로 보건대 부수의 성에 있는 귀군은 참으로 위험
한 상태에 놓여 있습니다. 그것을 알고 계십니까?."

"황충·위연의 두 진지를 가리켜 하시는 말씀입니까?"

"물론입니다."

"위험하다니 어째서입니까?"

"그 일대가 넓어서 얼른 보아서는 알 수 없지만, 자세히 지형을
관찰한다면 호수 밑바닥에 갇혀 있는 것과 같다는 것을 아셔야 합
니다."

"예? 호수 밑바닥!"

"부강의 흐름은 수십 리에 걸쳐 둑으로 막혀 있지만, 일단 둑이
끊기면 물은 낮은 곳으로 흐르게 됩니다. 그 일대 전역이 깊이 열
길의 호수로 바뀌어 한 사람도 살아나지 못할 겁니다."

현덕은 놀랐다. 방통은 금세 알아차렸다.

"잘 말씀해 주셨습니다."

그 자리에서 팽의를 막빈으로 삼은 뒤 급사를 보내어 위연과 황충에게 위험을 알렸다.

"진을 되도록 높은 곳으로 옮기고 둑을 경계하라."

이런 경고가 있었기 때문에 위연과 황충은 서로 연락하며 밤낮으로 순찰을 게을리하지 않았다.

이 때문에 낙성의 오의는 매일 밤 둑을 끊을 기회를 엿보았지만 좀처럼 둑을 끊으라는 명령을 내리지 못했다.

그러던 어느 날 비바람이 심하게 몰아쳤다.

"오늘 밤이야말로!"

가래와 괭이를 손에 잡은 5천 군졸들이 캄캄한 밤중에 성을 나와 부강 둑으로 다가갔다. 그리고 둑을 끊느라고 땀을 흘렸다.

그런데 뜻밖에도 뒤쪽에서 갑자기 복병이 일어났다.

칠흑같은 밤인데다가 기습을 받아 낙성 군사들은 갈팡질팡 강물에 빠져죽거나 저희들끼리 싸우다가 대장 영포의 모습을 놓치고 말았다. 영포는 달아나다가 위연을 만나 다시 그의 손에 잡히고 말았다.

촉의 오란과 뇌동 두 장수는 그것을 알고서 영포를 뺏고자 출격했지만, 중간에 매복한 황충군에 걸려 산산이 흩어지고 말았다.

이튿날 영포는 다시 결박돼 부수관으로 보내졌다.

유비는 그를 보자 꾸짖었다.

"나는 그대에게 무인으로서 예를 베풀고 또한 인의로써 그대를 놓아 주었다. 그렇건만 그대는 은혜를 원수로 갚았다. 지금은 그대 목을 베는 데 한 마리 파리를 죽이는 것보다도 연민을 느끼지 않는다."

그렇게 말하고 목을 베라고 명령했다.

뭐니뭐니해도 촉은 중원에서 멀리 떨어져 있어, 전란 속에서도 오랫동안 태평을 누렸던 곳이다. 따라서 유장 휘하의 장병은 실전 경험이 전혀 없었다.

그와 반대로 전쟁을 밥먹듯 일삼아 온 유비군의 정예로 본다면 촉나라 장수의 싸움 실력은 어린애 장난 같았다.

등현과 영포를 잃자 유장은 다시 이엄(李嚴)과 비관(費觀) 두 장수를 출전시켰다.

그들은 낙성보다 앞에 있는 면죽(綿竹)까지 진출했으나 유비군과 충돌하자 바로 다음 날 항복했다.

퇴각한 장임과 유괴는 낙성으로 들어가서 유장의 아들 유순과 더불어 그곳에서 총력을 다해 유비군을 막기로 했다.

오의는 그보다 앞서

"저항해 보았자 아무 소용 없다!"

부하를 이끌고 유비에게 항복했다.

그런데 야전에서는 실력의 차가 뚜렷했으나 견고한 성에 들어가 싸우자 촉군도 잘 막아냈다. 한 달이 지나고 두 달이 지났는데도 성은 함락되지 않았다.

유비는 차츰 초조했다. 촉에 와 있는 병력만으로 촉을 평정한다, 이것이 유비의 생각이었다. 파죽지세로 진격하여 부수관에서 면죽을 점거하기까지는 그것이 가능할 것처럼 생각되었다.

하지만 낙성에서 석 달, 넉 달 고전을 면치 못하자 역시 형주의 병력을 불러오지 않고는 촉의 점령은 어렵다는 생각이 들었다. 형주의 병력을 촉으로 쪼개면 손권은 반드시 압력을 가해 오리라.

그때 유수에서 손권과 대치하던 조조는 무슨 생각이 들었는지 병을 철수시켰다. 따라서 손권은 병력을 형주로 돌릴 수 있는 여유를 갖게 되었다.

형주에 원병을 청하고 싶지는 않지만 이대로 가면 낙성을 함락시킬 수 없다. 낙성 공격에 고전하고 있는 동안 성도의 유장이 어떤 방법을 쓸지 모른다.

‘역시 여기서는 믿을 만한 형주군을 불러와야만 할 거야.’
유비는 방통을 불렀다.

아! 낙봉파

유비는 방통에게 말했다.

"역시 형주군을 불러야겠소. 되도록이면 공명을 부릅시다. 급사를 보내도록 하시오."

그러나 방통은 고개를 가로저었다.

"어째서요?"

"그럴 필요 없습니다."

"아니오. 믿을 만한 군사들이 있어야 하오."

유비는 조심스럽게 말했다.

공명을 부른다고 말한 것은 경솔했는지도 모른다. 군사로서 방통이 있는데 무엇이 부족하여 공명을 불러야만 하는가? 방통은 이렇게 생각하고 있을지도 모른다. 유비는 군사의 이야기를 다시 꺼냈지만 공명에 대한 말은 되풀이하지 않았다.

"물론 형주병은 정예지요. 다만 그럴 필요가 없다고 말씀드릴 뿐입니다."

"이상한 말을 하는군요."

“공명에게서 급사가 왔습니다. 형주병을 이끌고 장강을 거슬러 오겠다고.”

“뭐라고! 그것이 참말이오?”

유비의 얼굴은 갑자기 밝아졌다.

방통은 품 안에서 공명의 편지를 꺼냈다.

“여기 이렇듯, 계상이 가져왔습니다. 익덕과 자룡도 함께 온다고 씌어 있습니다.”

“아아, 그 얼마만인가.”

현덕은 공명의 편지를 펴들자, 글자 한자 한자가 정겨운 듯 눈길을 보내고 나서 읽기 시작했다.

방통은 계속 그 곁에 있었다.

곁에 사람이 있는 것도 잊고서 현덕은 줄곧 공명의 편지에 정신을 빼앗기고 있었다.

그 참된 정(情)의 발로, 멀리 떨어져 있는 탓도 있겠지만 얼마나 아름다운 군신(君臣)의 정인가?

“익덕과 자룡도 온다……. 음, 형주에는 운장을 남기고…… 공명은 내가 생각한 대로 조치를 해 주었소.”

방통은 그런 모습을 바라보며 가만히 한숨을 내쉬었다. 야릇한 한숨이었다. 그 자신조차 알 수 없는 어떤 것이 자기의 내부에서 꿈틀거리는 것을 억누를 수 없었다. 그것은 질투 비슷한 감정이었다.

이 해 5월 조조는 국공이 되었다. 기주의 10군——하동(河東)·하내(河內)·위(魏)·조(趙)·중산(中山)·상산(常山)·거록(鉅鹿)·안평(安平)·감릉(甘陵)·평원(平原)이 그의 봉지(封地)가 되었다. 이 10군을 위국(魏國)이라 하고 조조는 위공이라 불리게 된 것이다.

한제국 안에 위라는 나라가 태어났다. 그것은 교체에 대비한 포석이었다. 누구나가 왕망의 찬탈을 연상했다. 하지만 조조는 그것을 겁내지 않았다.

'순욱이여, 나는 반대파를 겁내지 않는다!'

7월에 그는 위나라 사직과 종묘를 세웠다. 동시에 조조는 자기의 세 딸을 귀인(貴人)으로 후궁에 넣기로 했다. 장녀는 헌(憲), 차녀는 절(節), 삼녀는 화(華)라 했다.

화는 아직 너무 어리기 때문에 성장할 때까지 집에 머물러 있게 했다. 이 조치 또한 사람들에게 왕망의 일을 생각나게 만들었다.

왕망도 외척이면서 한나라 왕조를 가로챘기 때문이다.

11월 위나라에 상서(尙書)·시중(侍中)·육경(六卿)의 벼슬을 두고 상서령으로 순욱의 조카인 순유(荀攸)를 임명했다. 위는 정권으로서의 형태를 갖추기 시작했던 것이다.

그 무렵, 2년 전 놓치고 만 관중 10부의 영수 마초(馬超)의 소식이 잇달아 들려왔다.

그때 조조는 마초를 안정(安定)까지 뒤쫓아갔으나 섬서에 반란이 일어나는 바람에 서둘러 되돌아왔었다.

그때 양부(楊阜)가 병을 물리는 데 반대했다.

"마초는 강족(羌族)과 호족(胡族)의 인심을 얻고 있어 이대로 버려둔 채 회군하면 큰 화근이 될 것입니다."

강족은 티베트족, 호족은 흉노족이다.

서북 변경의 명문이고 후한 2대째 황제의 황후를 낸 마씨는 변경 여러 민족과 친밀했다. 그가 병을 일으킨다면 여러 무장이 호응하여 곧 기마 민족의 대군단이 형성되리라.

조조는 그 점을 알고 있었으나 변경인 서북보다 중원 가까운 동쪽을 굳히는 것이 그보다 급한 일이었다. 그래서 하는 수 없이 마초를 내버려 두었었다.

아니나다를까 양부가 염려했던 대로 마초는 티베트와 흉노병을 모아 서북의 여러 군현을 노략질하며 다녔다.

아침에 한 성, 저녁에 한 성 하는 식으로 점령되어 농서(隴西)지방에서는 겨우 기성(冀城)만을 지키고 있는 꼴이 되어 버렸다.

기성은 오늘날 감숙성 천수(天水) 북쪽에 있고 거기에 양주(涼州)자사와 한양(漢陽) 태수가 주재하고 있다.

조조는 장안에 있던 하후연에게 구원을 명했다. 하지만 원병이 도착하기도 전에 기성은 함락되어 버렸다.

기성을 탈출한 양부는 병을 모아 마초를 쳤다. 마초는 패하여 남쪽으로 달아났다.

조조는 사마의를 불러 물었다.

"마초 문제인데, 어떻게 하면 좋은가?"

"교모(敎母)의 수고를 빌릴 수밖에 없겠지요."

남쪽으로 달아난 마초는 한중으로 들어가는 길밖에 없다. 한중은 장로가 왕으로 군림하고 있고, 장로의 어머니 소용은 조조의 손님이었다.

조조는 소용을 불렀다.

"마초의 일인데……."

이 무렵이 되자 사람들은 조조를 승상이라 부르기보다도 위공이라 부르는 일이 많아졌다. 그러나 소용은 그때까지도 승상 또는 장군이라고 불렀다.

"승상의 소망은 무엇이옵니까? 마초를 한중에 머물러 있게 하고 싶으십니까? 아니면 한중에서 추방하고 싶으십니까?"

"교모는 어느 쪽이 좋다고 생각하나?"

"물결 흐르는 대로 내버려 두면 어떨까요?"

"흐르는 대로?"

"예. 마초가 한중에 머무르는 것이나 한중에서 떠나는 것이나 지금 승상께는 마찬가지가 아니겠습니까."

"어째서인가?"

“마초가 가공할 존재가 되는 건 망명한 지방의 권력을 빼앗고 나
서의 일입니다. 그런데 한중은 저래봬도 오두미도라는 신앙을 기
초로 한 정권이기 때문에 마초와 같은 바깥세상 인물이 아무리 무
력이 강하더라도 가로채지는 못합니다. 그러므로 그가 한중에 머
물러도 별일은 없을 겁니다.”
“그럼 그가 한중에서 떠나면?”
“한중의 북쪽은 지금 승상이 평정하여서 남쪽으로 갈 수밖에 없
습니다. 촉땅인 셈인데, 지금 그곳에선 유비 현덕이 유장을 공격
하고 있습니다.”
“그곳에 마초가 간다면 어느 쪽에 붙을까?”
“현덕에게 붙겠지요. 촉의 침공에 힘을 빌려주어 공을 세울 겁니
다. 마초는 아마도 촉에서 큰 세력을 가질 게 틀림없습니다. 관우
나 장비와 같은 제장과의 사이에 세력 다툼이 생기겠지요. 그런
다툼이 생기지 않으면 누군가 밖에서 다툼이 생기도록 조종할 겁
니다.”
조조는 쓴웃음을 지었다.
“누가 조종하지?”
“손권 장군은 그런 재주가 없겠지요. 다룰 수 있는 인물은 단 하
나…….”
“이제 그만 되었어.”
조조는 손을 가로저었다.
마초가 신앙 집단인 한중에 머물러 있는 한은 해롭지 않은 존재일
것이나 촉 땅에 들어가면 뒷날 유비 진영을 불안정한 상태로 몰고
갈 수 있는 존재가 된다. 어느 쪽이라도 좋겠지만 조조로서는 후자
쪽이 바람직했다.
“7대 3 정도로 마초 장군은 촉으로 넘어갈 가능성이 짙겠지요.”
“그렇게 되도록 교모가 한번 힘써 주지 않겠는가?”

“제가 말입니까?”

“관서(關西)와 농(隴)을 평정한 뒤는 아드님에게 길을 빌리게 되리라.”

“앞으로 한두 해 뒤의 일이겠군요?”

“교모가 장로에게 천하 형세를 설명하고 설득하지 않으면 안 돼.”

“다른 분을 사자로 보내십시오. 그 사자가 일을 이루지 못할 때 제가 가겠습니다.”

“그것도 그렇군.”

조조는 고개를 끄덕였다.

유비가 촉을 얻으면 천하 3분의 형세는 거의 굳어지리라. 형주를 둘러싸고 얼마 동안은 유비와 손권 사이에 마찰이 있을 것이다. 그 동안에 조조는 촉 땅의 입구인 한중을 세력권에 넣을 필요가 있다.

만일 한중 오두미도가 저항한다면 무력으로서라도 그렇게 하지 않으면 안 된다. 하지만 상대가 종교집단이라 이제까지와는 다른 싸움이 되리라. 되도록이면 평화적으로 해결하고 싶었다. 오두미도에게 신앙 지도의 권리를 인정해 주고 상당한 특권을 주어도 무방하리라. 그 조건은 소용과 시간을 두고서 차분히 이야기할 필요가 있다.

그렇다곤 하나 교모 소용은 마지막 수단과 같은 존재라 간단히 써먹는 일은 고려할 문제이다.

우선 누군가를 한중에 보냈다가 이야기가 잘 되지 않을 때에 비로소 소용이 나서도 늦지는 않으리라.

“그런데 누구를 사자로 보낸다?”

조조는 천장을 올려다보았다. 그것은 어려운 임무였다. 상대는 단순한 지방 호족이나 무장이 아니다.

오두미도 신자는 아니라도 신앙에 대해 식견을 가진 인물이 아니면 사자의 소임을 해내지 못하리라.

“공손양(公孫陽)이 어떨까요?”

소용이 잔잔하게 웃으면서 말했다.

"공손양?"

조조는 천장에서 눈길을 거두었다.

의표를 찔렸던 것이다.

유수 싸움에서 포로가 된 손권군의 도독 공손양은 조조에게 항복하기를 마다하고 불문에 들어가겠다고 주장했다. 지금은 백마사의 월지 사람들에게 몸을 맡기고 있었다.

"딴은 그렇군……."

적임자라는 느낌이 들었다. 애당초 손권의 가신이라 조조에게 지나치게 달라붙은 인물이 아니라는 것만으로도 한중에서 쉽게 받아들이리라.

게다가 부도의 가르침에 마음이 이끌리는 등 신앙의 싹을 가지고 있는 듯이 보이는 점도 신앙 집단에 가야 하는 사자로서는 안성맞춤으로 생각되었다.

"좋아, 결정했다. 이걸로 한 가지는 해결되었다. 문희를 불러라. 금을 듣고 싶구나."

조조는 기지개를 켜며 말했다. 흡족한 표정이었다.

낙성은 지금의 사천성 광한현(廣漢縣)으로 성도의 동북쪽 70여 리 되는 곳에 있다.

낙성 수비는 단단했다. 벌써 1년 가까이 되었지만 함락되지 않았다. 유비는 형주에서의 원군을 고대하고 있다.

하지만 장강을 거슬러오는 제갈공명·장비 등도 허허벌판을 달려오는 것은 아니다. 중간 중간 촉군의 저항이 있었다. 파동(巴東)이나 강주(江州 : 지금의 重慶)는 유장의 부대가 지키고 있었다. 특히 강주에는 엄안(嚴顏)이란 맹장이 있어 그것을 깨는 데 꽤나 날짜가 걸릴 것 같았다.

유비는 말했다.

"공명이 오기 전에 이 낙성만은 함락시키고 싶소."

"여부가 있겠습니까."

방통은 입술을 깨물었다.

방통은 봉추라 일컬어지며 와룡이라 불리는 제갈공명과 비교되어 왔다. 방통이 세 살 손위인데 유비를 섬긴 것은 공명이 먼저였다. 따라서 실적은 공명이 앞서고 있었다.

쫓아가도 쫓아가도 방통은 여전히 자기의 앞에 공명이 있음을 본다. 어쩔 수 없었다. 아무리 따라잡으려 해도 그게 쉽지가 않았다. 공명이 오기까지 낙성을 함락시키지 못한다면 양자의 차이는 결정적으로 벌어지리라.

방통은 쫓기는 심정이었다.

"어딘가 약점이 없을까."

유비는 낙성의 성벽을 멀리 바라보며 중얼거렸다.

'공명이라면 이 성의 약점을 곧 찾아내어 공격의 실마리를 제시해 줄 텐데……'

유비의 말 속에 그런 힐책이라도 들어 있는 것 같아 방통은 기분이 언짢았다.

"어떻게든지 그것을 알아보겠습니다. 며칠만 기다려 주십시오."

방통은 나가 버렸다.

'너무 아픈 곳을 찔렀나?'

유비는 제갈공명에 대한 방통의 경쟁 의식을 교묘히 부채질하고 있었다. 공명의 이름을 직접 입 밖에 내지 않고 그것을 암시만 하여도 방통은 분기한다.

"무리하게 애쓰지 않아도 좋소."

방통의 뒷모습에 대고 유비는 말했다. 사실은 분발하라는 의미였다. 방통이 그 암시를 모를 리가 없었다.

‘주군된 자는 사람 쓰는 데 뛰어나야 한다.’

유비는 문득 이런 생각을 했다.

무용으로써는 관우나 장비, 지모로써는 제갈공명이나 방통에 못미친다. 하지만 자기는 그들을 손발처럼 부릴 수가 있다. 마치 고조 유방 같지 않은가. 유방은 한신(韓信)이나 장량(張良) 같은 일급 인물을 자유자재로 부렸다.

‘나도 그렇다.’

유비는 가슴을 펴며 생각했다.

낙성 근처의 지형은 복잡했다.

동쪽에 용천산(龍泉山)의 언덕을 짊어지고, 서쪽으로 구정산(九頂山)을 바라보며 그 사이에 면원강(綿遠江)·석정강(石亭江)·청백강(靑白江)·백조강(栢條江) 등 민강과 타강(陀江) 지류가 그물 눈처럼 흐르고 있다. 골짜기도 많고 길도 꾸불꾸불했다.

이와 같은 복잡한 지형에서는 지리에 환한 현지군 쪽이 유리하다. 유비군이 고전하고 있는 것도 그것이 큰 원인이었다.

다행히 현덕에게는 장송이 남겨 놓고 간 서촉 41주의 대형 지도가 있었고, 법정·팽의란 촉나라 장수가 이편이 되어 있으므로 그들에게 자문하기도 했다.

“낙성을 점령해야 한다.”

현덕은 지도를 걸어놓고 진격하는 길을 법정에게 물었다. 법정은 지도를 가리키며 설명해 주었다.

“이 산 북쪽에 있는 넓은 길은 낙성 동문으로 통하고, 남쪽에 있는 좁고 험한 길은 서문으로 가 닿게 됩니다.”

방통이 그 자리에서 결정을 내렸다.

“저는 위연을 선봉으로 삼아 남쪽 좁은 샛길로 가겠습니다. 주군께서는 황충을 선봉으로 하여 북쪽 큰길로 가도록 하십시오.”

"아니오……."

현덕은 고개를 저었다.

"나는 30여 년의 싸움으로 이젠 어떤 험난한 길도 갈 수가 있소. 군사가 북쪽 큰길로 가도록 하오. 내가 서문을 칠 터이니."

"샛길에는 도리어 적의 복병이 겹겹이 담을 치고 있을 것이 틀림없습니다. 이를 돌파하여 군사로서의 슬기를 보여드리겠습니다."

"실은 어젯밤 나쁜 꿈을 꾸었소. 괴상하게 생긴 귀신 같은 사람이 달려들어 내 왼팔을 쳤소. 아직도 왼팔의 아픔이 가시지 않고 있소. ……내 오른팔은 공명이고 왼팔은 방통이니, 이 꿈이 출전에 앞서 매우 불길하게 생각되오."

"주군! 무인이라면 싸움터에 나가면서 싸워 죽는 것쯤 각오하고 있습니다. 운이 좋아 죽음을 면한다 해도 상처를 입는 정도는 당연한 일이 아닙니까."

"너무 서두르지 마오. ……실은 어제 형주에서 공명이 편지를 보내 왔소. 공명이 천문을 보았던바, 강성(罡星)이 서쪽에 있고, 태백(太白)이 낙성 위에 빛나고 있으며 천구성(天狗星)이 우리 군을 침범하고 있다는 거요. 우리 군 장수에게 나쁜 일이 많고 좋은 일이 적은 해이니 부디 조심해 달라는 부탁이었소."

천구성이라는 큰 유성(流星)이 떨어질 때는 자기 군사 쪽에 큰 참패가 있거나 아니면 유능한 장수를 잃게 된다고 전해지고 있다.

그러나 방통은 현덕의 말을 듣고 웃었다.

"짐작컨대 공명은 내가 이 서촉에서 큰 공을 거두는 것을 시기하고 있는지도 모릅니다. ……공명은 내가 파죽지세로 진격해 가는 것을 불안하게 여기고 천문을 핑계로 고삐를 당기려 하고 있는 것입니다. 그러나 공명도 군사이지만 저 역시 군사입니다. 일단 채찍을 맞은 말은 적진에 돌입할 때까지 멈출 수 없습니다. 본디 중도에 운이 나빠 죽는다 해도 그것이 무인의 타고난 소망인만큼 목숨이 아까워 망설여서는 안 되는 것입니다. 부디 신의 의견에 따라 주십시오.”

현덕도 방통이 이렇게 말하자 더 반대할 수 없었다.

곧 전군에 명령을 내려 날이 밝기 전에 밥을 먹고 밝는 대로 출발하도록 했다.

아침 안개 속을 황충과 위연이 먼저 떠났다.

마침내 현덕과 방통이 떠나려 할 때, 갑자기 무엇에 놀랐는지 방통이 탄 말이 앞발을 들고 곧추섰다.

방통은 땅으로 뛰어내렸다.

현덕은 이맛살을 찌푸리며 말했다.

“군사는 하필이면 그런 못된 말을 타셨소?”

“아닙니다. 이 말은 1천 마리 중에서 골라낸 좋은 말입니다. 이런 일은 처음입니다.”

“출전하는 마당에 주인을 거역하는 말이라면 앞이 염려가 되니 내 백마를 타시도록 하오.”

현덕은 그의 애마를 방통에게 주었다. 방통은 현덕의 후한 은혜에 깊이 감사하며 그 백마를 받아 타고 떠났다.

방통은 한쪽 손에 지도를 들고 말을 몰았다. 이윽고 좌우로 험한 산이 맞붙은 좁은 골짜기에 와 닿았을 때 방통은 고개를 갸웃했다.

초가을 바람이 시원하게 지나가는 울창한 숲 모양이 갑자기 방통의 가슴을 놀라게 했다.

“이상하다?”

방통은 길을 안내하는 군사를 돌아보며 물었다.

“여기는 뭐라는 곳이냐.”

“낙봉파(落鳳坡)라는 곳입니다.”

“……으음!”

방통은 신음소리를 냈다. 자신의 호는 봉추(鳳雛)이다. 낙봉파란 너무도 불길한 지명이다.

"내 호가 봉추인데 낙봉파라니! 너무나 불길하구나!"

방통은 우군에 명령하여 퇴각하려 했다.

그때 좌우 숲속에서 일제히 화살이 날아와 방통에게로 쏟아졌다.

"으윽!"

방통은 화살을 가슴에 맞고 말 위에 엎드렸다.

'……죽으면 안 된다! 여기서 죽을 수는 없다!'

점점 희미해져 가는 의식 속에서 외쳤다.

방통의 나이 이때 36세였다.

후세 사람이 시를 지어 탄식했다.

　　고향 험한 산 이어지고 녹음 우지졌는데
　　방통의 옛집 산모롱이에 있었네
　　이웃 아이들은 멍청이라고 불렀지만
　　마을에선 일찍이 빼어난 재주 소문났었지

　　천하가 셋으로 나뉠 걸 미리 알고서
　　만 리 먼 길 말을 달려 홀로 헤맸네
　　뉘 알았으리 낙봉파에 천구성 떨어져서
　　장군이 공 세워 금의환향 못할 줄을

그때 동남쪽에서 불리던 동요도 있었다.

　　봉황 한 마리 용 한 마리 나란히
　　더불어 촉으로 나아가는데
　　이제 겨우 반도 못미쳐
　　봉황은 언덕 동쪽에 떨어져 죽네

바람은 비 몰아오고 비는 바람 따르니
한이 흥할 제 촉으로 가는 길 열리는데
촉으로 길 열릴 때 용 하나 뿐이리

허수아비

유비는 말이 급히 달려오는 것을 보았다. 본진의 영문(營門)을 통과하여 말을 달릴 수 있는 자는 급사 말고는 없다.

'공명에게서 온 사자가 아닐까……?'

유비는 급히 진막 밖으로 나갔다.

급사는 말에서 뛰어내리자 한 무릎을 땅바닥에 꿇었다.

"무슨 일이냐!"

사자는 고개를 푹 수그린 채 대답이 없었다. 보니 주먹으로 눈물을 닦고 있는 것이 아닌가!

"빨리 말하라!"

유비는 꾸짖듯 말했다.

사자는 어깨를 두세 번 떨고 나서 얼굴을 들었다. 그의 얼굴은 땀과 눈물로 범벅이 되어 있었다.

유비는 가슴이 철렁 내려앉았다. 나쁜 소식이구나, 직감했다.

"군사께서……."

사자는 여기까지 말하고 목이 메었다.

“사원(士元)이 어떻게 되었단 말이냐?”

“복병의 화살을 맞아 세상을 뜨셨습니다.”

외치듯이 보고하고 사자는 얼굴을 푹 떨구었다. 마치 그의 탓이기나 한 것처럼.

“복병의 화살에…… 세상을 떠났다고……?”

유비는 사자의 말을 다시 뇌까렸다. 밟고 있는 대지가 크게 흔들리는 것 같았다.

유비는 한동안 넋이 나간 채 방통의 이름을 허공에 대고 불러댔다.

뒷얘기지만 유비는 촉한(蜀漢)을 세우고 방통의 노고에 보답코자 그의 아버지를 의랑(議郎)에 임명하고 다시 간의대부(諫議大夫)로 올려 주었다. 훗날 제갈공명은 그를 어버이처럼 섬겼다.

방통에게는 관내후(關內侯)라는 관작을 추증했으며 정후(靖侯)란 시호를 내렸다.

그 날 제갈공명은 행군 진영에서 장비·조운 등 여러 장수들을 불러 모은 뒤 파촉의 대지도를 걸쳐 놓고 그 역사와 지형, 풍속과 인정과 산업 등 모든 점에 걸쳐 상세히 설명하고 있었다.

파촉이야말로 내 뼈를 묻을 ‘천부(天府)의 나라’라는 생각이 들자, 여러 장수들은 공명의 한 마디 한 마디에 더욱 열심히 귀를 기울였다.

‘……이곳이야말로!’

공명의 설명을 들으면 들을수록 가슴이 설레었다. 공명은 백우선을 들고 그 큰 지도를 가리키면서 물흐르듯 설명을 계속했다.

“파촉은 몇 사람의 지방 호족에 의해 땅이 분할되어 있소. 그들 호족은 저마다 만여 명의 소작인과 천여 명의 종을 거느리고 수백 채의 집을 꾸미고 있으며, 창고에는 물건들이 산더미처럼 쌓여 있소. 그리고 무수한 배와 수레를 가지고 있으며, 말과 소와 양과

돼지 등 가축을 산과 들에 개미떼처럼 놓아 먹이고 있소이다. 제후들에게 뇌물을 바치고 그 뇌물에 해당하는 독재권을 얻어 파촉 수천 리의 드넓은 땅을 그들 몇몇 호족들이 나눠 가지고 있는 셈이오. ……말하자면 유장은 그들의 교묘한 손 끝에 놀아나는 꼭두각시라 할 수 있소이다. ……유언과 유장, 두 부자가 파촉을 지배하여 지금껏 무사히 지나온 것은 먼저 사람들의 위대한 업적 때문이라고 말할 수 있소. ……여러분은 이빙(李氷)과 문옹(文翁)이란 두 사람의 이름을 들었을 줄 아오. 이빙은 진나라 때 촉군(蜀郡) 태수를 지낸 사람으로 성도 일대에 도강언(都江堰)이라는 저수지를 만들어 그 분지를 큰 곡창지대로 만들었소. 또 문옹은 전한 문제(文帝) 때 촉군태수였는데, 그도 또 논밭에 물대는 일에 힘을 쓰고 토지를 개척했으며, 학문을 장려하는 한편 소금밭을 일구고 제철과 양잠업을 크게 장려하여, 남쪽의 다른 민족들과의 교역에 힘써서 성도를 크게 번창하게 만들었소이다. 유장은 이들 선인들의 위대한 업적이 남아 있는 자리에 눌러앉아 있는 것에 지나지 않소. 지금이야말로 유 황숙께서 유장을 대신하여 이 성도에 새 왕국을 건설해야 할 때라 할 수 있소."

여기까지 말했을 때 공명은 갑자기 괴로운 듯이 이맛살을 찌푸리고 고개를 숙였다.

"군사! 왜 그러십니까?"

곁에 있던 조자룡이 놀라 물었다.

공명의 얼굴은 백지장처럼 핏기가 하나도 없었다.

공명은 대답도 못하고 고통을 참고 있더니 비틀거리며 밖으로 나갔다.

그리고 서쪽 밤하늘을 가만히 우러러보고 있더니 이윽고 자리로 돌아오자 말했다.

"나는 올해 강성이 서쪽에 빛나는 것을 보고 혹시 서천에 들어간 방사원에게 불길한 일이 일어날지도 모른다고 걱정하고 있었소. 또 그런 내용을 주군께도 편지로 말씀드리고 부디 조심하도록 일러 두었었소. 그런데 방금 내 가슴에 뭐라고 형언할 수 없는 아픔이 일어나기에 회랑에 나가 서쪽을 바라보았더니 방사원이 들판에 쓰러져 있는 모습이 역력히 나타나 보였소."

여러 장수들은 공명의 예언이 일찍이 한 번도 어긋난 적이 없었던 것을 생각하고 숙연히 그 괴로워하는 표정을 지켜볼 뿐이었다.

슬픈 소식은 그로부터 닷새 뒤 알려졌다.

유비는 제갈량과 여러 장수가 있는 진영에 방통의 죽음을 알렸다.

제갈량은 사자가 왔다는 말을 듣고 불길한 상황을 직감했다. 잠시 후 마량의 안내로 사자가 진막 안으로 들어왔다.

초췌한 모습으로 비틀거리며 들어온 사자는 말도 제대로 못할 정도로 지쳐 있었다.

"방사원께서 적의 화살을 맞아 돌아가셨습니다."

사자는 울먹이면서 유비의 친서를 전했다.

제갈량은 유비의 편지를 읽으며 하염없이 눈물을 흘렸다. 이어 장비 이하 모든 장수들이 그것을 읽고 망연자실했다.

오늘날 방통의 묘는 사천성 덕양시 나강진에 있으며 투구 모양의 묘로 일년 내내 참배하는 사람들의 발길이 끊이지 않는다. 그것은 성도에 있는 제갈량의 무후사(武侯祠)에 비하면 비교적 규모가 작은 편에 속한다. 또한 그곳에서 약 1마장 북쪽에 돌로 된 보도를 따라 가면 방통의 혈분(血墳)이 있다. 그곳에서 목숨을 잃은 것으로 알려져 있다. 방통의 묘 가까이에는 장비가 그를 추모해 심어놓은 것으로 알려진 두 그루 떡갈나무가 있다.

낙봉파에서 방통이 화살을 가슴에 맞고 전사했다는 편지를 읽자, 공명의 머릿속에는 그 전투 상황이 자기편에 얼마나 불리하게 되어 있었는지 손바닥을 들여다보듯 보였다.

일찍이 형주를 떠나올 때 공명은 이렇게 말했다.

'……주군이 부수관에서 한 발도 나가지 못하는 상황이라면 내가 직접 가지 않으면 안 된다.'

그러고는 곧 장수들과 관원들을 소집했다.

공명은 직접 서천으로 갈 뜻을 전하고 관운장에게 당부했다.

"형주를 지키는 일은 관 장군에게 맡기니 책임을 가볍게 여기지 말고 결심을 새로이 해주시기 바라오."

운장은 두 손을 내밀어 공명이 주는 인수를 받으면서 맹세했다.

"대장부가 한번 무거운 책임을 맡은 이상 죽는 날까지 소홀함이 없을 것입니다."

그러자 공명은 그 '죽는다'는 말이 몹시 마음에 걸려 이맛살을 찌푸렸다.

관운장처럼 충직한 사람은 죽는다는 것을 아름답게 생각하는 경향이 있다. 그러나 실상 죽는다는 것은 쉬운 일이다. 어떤 어려운 처지에 놓이더라도 끝까지 살아 남아 적을 물리쳐야만 자기가 맡은 책임을 다할 수 있는 것이다.

공명은 불안을 떨치지 못하고 운장에게 물었다.

"만일 조조가 대군을 이끌고 쳐들어오면 어떻게 하시겠습니까?"

"죽을 힘을 다해 막겠습니다."

"그럼 조조와 손권이 동시에 쳐들어오면 그때는 어떻게 하시겠습니까?"

"우리 군사를 둘로 나누어 마지막 군사가 쓰러질 때까지 싸우겠습니다."

"장군!"

공명은 날카로운 목소리로 말했다.

"그런 용맹만으로는 형주를 끝까지 지키지 못합니다."

"무슨 말씀이신지?"

“내가 지금 말하는 여덟 글자를 마음에 새겨두고 잊지 마십시오.
아시겠습니까. ‘북으로 조조를 막고〔北拒曹操〕, 남으로 손권과 화
해한다〔南和孫權〕’는 이 말을 부디 잊지 마십시오.”

“아아!”

운장도 그제야 정신이 돌아온 듯 크게 고개를 숙여 보였다.

“군사의 말씀 가슴 깊이 새겨두겠습니다.”

공명은 즉시 운장을 도와 형주를 지킬 사람들을 지명했다. 무장으
로는 미방·요화·관평·주창, 문관으로는 마량·이적·향랑(向朗)·미축
이었다.

서천으로 향하는 군사는 선봉에 정병 1만 명을 거느린 장비를 명
하여 관도(官道)를 똑바로 지나 파군(巴郡) 낙성 서쪽으로 급히 달
려가게 했다. 조운에게도 역시 1만 명의 군사를 주고 장강을 거슬러
올라 장비와 낙성에서 합류하도록 시켰다.

공명 자신은 그 뒤 간용·장완(蔣琬) 등을 데리고 나아가기로 했다.

장완은 자를 공염(公琰)이라 하며, 영릉(零陵) 상향(湘鄕) 사람
으로 본디 형주 양양의 명사였다. 공명을 사모한 나머지 찾아와 이
때 비서의 책임을 맡고 있었다.

공명은 장비가 떠나는 길에 인사하러 들어오자 다음과 같은 충고
를 주었다.

“서천에는 싸워서 아직 한번도 패한 적이 없는 용장들이 적지 않
으니, 아무리 작은 성을 지키는 적일지라도 절대로 업신여겨서는
안 됩니다. 가는 도중에는 군율을 엄하게 하고 군사들에게 타일러
백성들로부터 물건을 약탈하거나 부녀자를 범하거나 해서 민심을
잃는 일이 없도록 거듭 유의를 하시오. 또 말할 필요도 없는 일이
지만 촉나라 길은 험난하기 이를 데 없으므로 군사들은 자연 지치
게 마련이니, 결코 성급하게 꾸짖거나 매를 때리는 일이 없도록
조심하시오.”

장비는 흔연히 이를 충심으로 받아들이고 말에 올라 늠름히 떠나
갔다.

공명은 장비의 결점을 항상 염려했다. 싸움터에서는 귀신 같은 천
하 무적의 호걸이라도, 부하의 원한을 사서 배신을 당하게 되면 어
이없이 목숨을 잃게 될 염려가 있다고 생각했던 것이다.

장비는 공명의 충고를 마음에 새겨 행군 도중 항복해 오는 사람은
조금도 해를 끼치지 않고 백성들에게도 은혜를 베풀었으며, 자기 군
사에 대해서는 한 마디도 꾸짖는 일이 없었다. 이윽고 파군의 경계
를 넘게 되었다.

앞서 내보낸 밀정이 달려와서 보고했다.

"파군태수 엄안(嚴顔)은 촉나라에서 손꼽히는 명장으로 나이는
비록 많지만 그 힘과 용맹이 젊은 사람을 앞지르고 큰 활은 물론
큰 칼을 자유자재로 씁니다. 아군이 쳐들어온다는 급보를 받자,
성곽의 수비를 굳히고 어서 오란 듯이 벼르고 있는 상황입니다."

"모처럼 한번 싸울 수 있는 적장이 나타났다는 건 다행한 일이다.
……좋아. 오래간만에 실컷 싸워 보자."

장비는 먼저 사자를 보내어 정문을 향해 항복을 권고한 다음, 만
일 귀순하지 않을 때는 성을 짓밟아 모조리 없애버리겠다고 으름장
을 놓았다.

파군태수 엄안은 유장이 유비를 서천으로 맞아들였을 때 이렇게
탄식했다.

"산 속 깊숙이 들어앉아 편안히 지내기를 원하면서 무엇 때문에
호랑이를 불러들이는 건가!"

엄안은 경험이 풍부한 장수였다.

현덕이 부수관을 점령하고 들어앉았다는 말을 듣자 엄안은 군사
를 이끌고 이를 쳐서 깨뜨리려고 몇 번이나 결심을 했다. 그러나 파

군을 비워 두는 것이 위험하다는 생각 때문에 출격을 포기하곤 했던 것이다.

장비가 십 리 저쪽에 포진했다는 급보가 이르자 엄안은 군사 5천을 거느리고 나가 공격할 태세를 갖추었다.

그러자 측근 한 사람이 간했다.

"장비라는 맹장은 당양 장판파에서 조조의 백만 대군을 앞에 놓고 혼자 다리를 지키며, 호통소리 하나로 물리친 사람인만큼 가볍게 맞붙어 싸우는 것은 피하는 것이 좋을 줄 압니다. 지금은 굳게 성문을 닫고 나가지 않는 것이 현명한 방책입니다. 왜냐하면 들리는 바로 장비는 몹시 성질이 급한 사람으로 화가 치솟으면 자기 군사들도 사정없이 발로 차고 매를 때린다고 합니다. ……이쪽이 굳게 지키고 나가지 않으면 장비는 화가 치밀어 부하들을 못살게 굴 것입니다. 우리쪽은 적의 장수와 군사들이 장비에게서 마음이 떨어져 나가 사기가 꺾이고 군율이 문란해지기를 기다렸다가 치게 되면 장비를 사로잡을 수 있을 줄 압니다."

"그래……."

엄안은 고개를 끄덕이고 농성하는 쪽을 택했다.

장비는 항복을 권고하는 사자를 세 번이나 보냈다. 세 사람 모두 귀가 잘리어 쫓겨 돌아왔다.

그렇게 되자 장비는 더 이상 참지 못하고 직접 말을 타고 나가 성문 앞 적교(吊橋) 가에 서서 호통을 쳤다.

이에 대한 응답은 화살 소나기일 뿐이었다.

장비는 조금도 지치지 않고 사흘 동안 이런 호통을 되풀이했다.

그러자 사흘째 엄안 자신이 망루에 나타나 활을 쏘아 보냈다.

화살은 장비의 투구에 와 꽂혔다.

장비는 조금도 기세가 꺾이지 않고 부르짖었다.

“에이, 늙은 놈! 네놈을 잡으면 심장을 꺼내 짓씹어 먹겠다!”

그러나 다음 날부터 장비는 성문으로 전혀 다가오지 않았다.

엄안은 이상하게 생각하고 첩자를 몰래 장비의 진중으로 보내 상황을 알아 오게 했다.

첩자는 돌아와 보고했다.

“장비는 강주를 지나가는 샛길을 군사들에게 찾게 했는데 아마 그것을 발견한 모양입니다.”

“옳거니…… . 장비는 이 성을 단념하고 빠져나갈 작정인 모양이로군. 그렇다면 단번에 쳐 깨뜨릴 수가 있다.”

엄안은 다시 첩자를 보내 장비가 그 샛길로 빠져나가는 날을 알아 오게 했다.

그날 밤이 되자 엄안은 전군에 맞아싸우라는 명령을 하달했다.

“삼경이 되면 성을 나가 숲속에 매복하라. 장비는 필시 선두에 서서 가게 될 것이다. 장비를 지나가게 한 다음 군량과 마초를 실은 치중(輜重)이 이르렀을 때 북을 신호로 일제히 쳐나가라.”

과연 삼경이 가까워지자 첫눈에 장비처럼 보이는 무장을 선두로, 군대의 행렬이 소리없이 사잇길로 빠져 나가는 것이 보였다.

엄안은 직접 10여 명의 비장(裨將)을 거느리고 숲속에 숨어 있다가 소리쳤다.

“지금이다!”

북소리가 크게 울리고 사방에 숨어 있던 복병이 일제히 함성을 올리며 뛰어나와 군량과 마초를 실은 차량들을 마구 앗았다.

그때 뒤쪽에서 북소리를 요란하게 울리며 횃불을 든 한떼의 군대가 성난 파도처럼 밀어닥쳤다.

“못난 늙은이는 어디 있느냐! 장익덕이 여기 있다!”

횃불 속에 떠오른 고리눈과 호랑이수염을 한 맹장이 장팔사모를 휘두르며 골짜기가 쩌렁쩌렁 울리게 소리를 질렀다.

앞에 지나간 장비는 가짜였던 것이다.

엄안은 감쪽같이 장비의 속임수에 걸려든 것이다.

"큰일났다! 꾀에 넘어갔구나!"

이를 갈며 엄안은 넉 자 긴 칼을 빼들고 무섭게 장비를 향해 말을 달렸다.

장비는 두 합이 안 되어 엄안의 칼을 튕겨 허공으로 날리고, 말을 마주 부딪치며 엄안의 갑옷 띠를 잡아 땅바닥으로 내던졌다.

주장이 밧줄에 묶이자 촉나라 군사들은 싸울 뜻을 잃고 모두 항복했다.

장비는 엄안을 연행하여 강주성 안으로 들어오자 방을 붙여 백성들을 안심시켰다. 그러고 나서 엄안을 뜰 아래로 끌어내더니 잠시 노장의 욕하는 소리를 잠자코 들으며 내려다보고 있었다. 장비는 이상하게도 아무리 욕을 들어도 눈썹 하나 까딱하지 않았다.

이윽고 장비는 뜰에 내려와 손수 묶은 것을 풀어주고 옷을 가져다 준 뒤 대청 위로 올라와 앉게 했다.

엄안은 당연히 목이 달아날 것으로 알고 있었는데, 뜻밖의 대접을 받게 되자 어리둥절한 표정을 지을 수 밖에 없었다.

장비는 웃으며 말했다.

"엄 장군은 아마 이 장비를 성급하고 사나운 사람으로 생각했을 것이오. ……나도 명색이 무인인데, 어찌 의리를 알고 용맹을 지닌 당신 같은 명장을 몰라보겠소."

엄안도 장비의 이같은 태도에는 굽힐 수밖에 없었다.

후세 사람이 시를 지어 엄안을 찬탄했다.

백발노장이 서촉에 사니
깨끗한 명성 온 나라 울렸어라
충성스런 마음 밝은 달빛이요

호연한 기개는 장강을 휘감누나

차라리 목이 잘려 죽더라도
어찌 무릎 꿇고 항복을 하랴
파주의 나이 많은 노장군
천하에 다시 짝이 없어라

또 장비를 칭찬한 시도 있다.

엄안을 사로잡은 그 용맹이 절륜하고
의기 하나로 군사와 백성을 감복시켰네
오늘도 파촉에 사당 남아 있어
술과 안주로 받드니 날마다 봄날일세

장비는 엄안을 극진히 모신 덕분에 낙성까지 가는 동안 연도에 있
는 모든 성들을 싸우지 않고 항복받을 수 있었다.
그 모든 성들은 다 엄안의 부하들이 지키고 있었기 때문이다.

한 장수가 온 마음 바치니
이르는 곳 여러 성들 항복하기 바쁘구나

장비가 파군 일대를 석권하고 진격 중이라는 소식을 듣자 유비는
다시 힘이 솟았다.
유비는 법정을 시켜 유장에게 편지를 보내도록 했다.

이미 장익덕의 군세 수만이 파동(巴東)을 평정하고 건위군
(犍爲郡) 안으로 쏟아져 들어와 두 길로 갈라져 자중(資中)과 덕

양(德陽) 평정에 들어가 있습니다. 세 방면에서 동시에 침공을 받고 있는데 장군은 이를 어떻게 막으실 작정입니까?

제갈공명의 형주군은 강주를 거점 삼아 부채꼴처럼 세 방향으로 나뉘어 성도로 향했다.

곧 좌익은 조운의 부대로 강양(江陽)에서 장강을 거슬러올라와 건위군에 돌입했다.

장비 부대는 우익을 담당하여 북으로 쳐올라가 파서(巴西)를 앗고 서쪽으로 머리를 돌려 신도로 진군 중이다.

그리고 중앙에선 제갈공명 부대가 진격하여 덕양과 자중을 함락시키고 있었다.

법정의 편지는 계속되었다.

이제까지 장군의 참모들은 '유비의 군세는 멀리서 온 군대로 군량의 수송이 뒤를 잊지 못하고 병력 보급도 기대 못한다.'고 잘라 말하고 있었습니다. 그러나 과연 그랬습니까? 바야흐로 형주와의 연락을 통해 유비군의 병력은 열 배가 되었습니다. 지배 지역의 너비를 비교해도 바야흐로 주객전도(主客顚倒)의 양상은 역력하지 않습니까! 유비군은 파동군의 평정을 끝내고 광한·건위의 양군도 거의 손아귀에 넣었습니다. 파서군도 이미 장군의 것이 아닙니다.

유비가 법정을 시켜 이런 편지를 쓰게 한 것은 낙성 공격에 애를 먹고 있어서였지만, 법정에게도 자기 변명을 할 수 있는 좋은 기회가 되었다. 편지 내용으로 볼 때 옛 주군에 대한 협박이면서도 항복을 권하는 것이었다. 그러나 동시에 법정은 자기가 저버린 주인에 대해 동정을 베푼다고도 믿었다. 즉 법정은 촉나라를 유비에게 넘겨

주는 것이 유장 자신을 위해서도 도움이 된다고 믿어 의심치 않았다.

그렇기 때문에 법정은 머리를 쥐어짜며 옛 주군인 유장을 설득하는 편지를 초안했다.

　　장군이 믿는 것은 겨우 촉군 하나뿐이지만 그것도 타격을 받아 3분의 2는 잃고 있습니다. 더욱이 이제는 관민(官民) 모두 지쳐버려 열이면 여덟까지 반란을 생각하고 있는 실정입니다. 즉 후방의 주민은 노역(勞役)에 지쳐 달아나고 전선 가까이에서는 하룻밤 자고 나면 적으로 돌아서 버리는 게 현실입니다. 유비군이 지나온 광한군의 여러 현을 보아도 알 수 있지 않습니까? 또 있습니다. 백제성(白帝城)과 백수관(白水關)은 익주의 존망을 좌우하는 요충이었습니다. 그러나 지금은 이 두 곳을 자유롭게 드나들 수 있어 난공불락을 자랑했던 여러 성이 잇따라 항복하고 방위선은 궤멸상태에 빠졌습니다.

　　그 때문에 유비군은 몇 갈래의 길을 따라 일제히 진격을 계속하고 벌써 턱 밑까지 육박하고 있습니다. 간신히 성도와 낙성에서 버텨내고는 있지만 승패의 향방은 누구의 눈에도 명백합니다.

그러나 유장은 여기에 아무런 반응이 없었다.

열사

조조는 의자에 앉아 있었다.

눈앞 탁자에 인수와 관(冠)이 놓여 있다. 그는 그것을 쏘아보고 있다. 싸늘한 눈초리였다. 왼쪽 눈의 눈꺼풀이 때때로 경련을 일으킨다. 그의 지병인 편두통이 재발할 조짐이다. 그 탓인지 기분이 언짢아 보였다.

좀 전까지 가신들이 번갈아 나타나 인사를 했다.

"축하하옵니다."

조조는 위공이 된 뒤 금새(金璽), 붉은 인수, 원유관(遠遊冠)을 하사받았다.

황제는 백옥의 옥새를 사용한다. 그리고 황태자 및 왕은 금새·적수(赤綬)를 사용하게 되어 있었다.

본디대로라면 승상의 도장은 금이고 끈은 초록색일 터. 이제까지의 초록끈이 붉은 색으로 바뀐 것이다.

도장에는 금·은·구리의 세 종류가 있고 끈은 빨강·초록·자주·파랑·검정·노랑의 색깔이 있는데, 이 순서가 곧 위계의 순서를 나타낸다.

국방장관격인 태위나 부승상인 사공(司空)은 금인자수(金印紫綬)이고 구경(九卿)은 은인청수(銀印靑綬)이다. 400섬의 관리는 황수(黃綬)이지만 600섬이 되면 흑수(黑綬)가 된다. 그 경계에 있는 관원은 조금이라도 빨리 끈 색깔을 바꾸려고 눈알이 시뻘개져 있다.

'우스꽝스럽지 않은가. 고작 끈의 색깔이나 관의 모양 따위에 연연해하며 살아간다는 것이……'

조조는 언제나 이렇게 생각했다.

탁상에 있는 원유관은 역시 황태자와 왕들만이 쓸 수 있는 관이었다. 천자가 쓰는 통천관(通天冠)과 거의 같으며 다만 앞쪽에 물결 모양의 전립(前立)이 없을 뿐이다.

우스꽝스럽다고 여기면서도 조조는 그와 같은 대우가 내려지도록 공작했다.

인수나 관뿐이 아니다.

'위공 조조의 위를 제후왕의 윗자리에 둔다.'

칙서(勅書)로써 명백히 나타내도록 하였다.

인신(人臣)이면서 그 위계는 황족 위에 위치한다. 이것은 보통 일이 아니었다. 작년에 구석을 하사받고 꼭 1년이 지나서 이번에 다시 받은 이례적 특전이다.

조조는 관자놀이에 손가락을 대었다. 슬슬 아파올 조짐이었다.

특효약은 있었으나 그는 그것을 쓰고 싶지 않았다. 화타(華陀)라는 명의가 일찍이 조조를 곁에서 섬기고 있었다. 그 명의가 처방한 약이다.

화타는 이미 죽고 어떤 의사도 그 약을 만들지 못했다.

'아까운 의원이었지만 그는 죽이지 않으면 안 되었던 거야.'

관자놀이에 손가락을 대고 누르며 조조는 스스로에게 말했다.

이 무렵 중국에서는 의술을 비롯하여 선술(仙術)·점복(占卜)·기도·환술(幻術) 따위 인간의 힘이라 믿어지지 않는 불가사의한 기능을 통틀어 방술(方術)이라 불렀다. 그런 기능 소지자를 방사(方士)라 불렀는데 화타도 방사의 하나였다.

환술을 잘 쓰는 방사로는 좌자(左慈)가 있었다. 좌자는 어릴 때부터 신도(神道), 즉 초자연적인 능력을 터득하고 있었다.

때마침 좌자가 조조의 연회석에 참석했을 때의 일이다. 조조는 기분이 좋아서 좌중을 돌아보며——

"오늘의 연회는 매우 성대하군. 천하 진미라 일컫는 것이 골고루 갖추어져 있다. 다만 송강(松江)의 농어가 없는 게 유감이로군."

송강은 태호(太湖)로부터 흘러나오는 강으로 이 강에서 잡히는 농어는 옛날부터 맛있기로 소문나 있었다.

그러자 말석에 앉아 있던 좌자가 나섰다.

"그것이라면 곧 대령할 수 있지요."

구리 대야에 물을 가득 담게 하고 낚싯대에 미끼를 달아 낚싯줄을 드리웠다. 그러자 금방 팔뚝만한 농어가 물려나왔다.

조조는 만면에 웃음을 띠고 손뼉을 치며 기뻐했지만 일동은 아연할 뿐이었다.

"한 마리로서는 도저히 모든 사람의 차례가 가지 않는다. 좀더 낚아올릴 수 없겠나?"

좌자는 또다시 낚싯줄을 드리우더니 다시금 석 자 남짓의 멋들어진 농어를 낚아올렸다. 곧 그 자리에서 회를 쳐서 참석자의 상에 올렸다.

"모처럼 술상에 농어가 올랐는데 촉나라 생강이 없지 않은가?"

"뭐, 그것도 쉬운 일이죠."

문득 조조는 의심을 품었다.

'이 녀석, 눈속임으로 우리를 현혹시키는 게 아닐까.'

그래서 이런 말을 했다.

"나는 지금 촉나라에 비단을 사러 사람을 보냈는데 이왕이면 그 자와도 만나 비단을 20필 더 사가지고 오도록 일러라."

얼마 있다가 좌자는 생강을 가져왔다. 물론 비단을 사러 보낸 사자의 대답도 가져왔다.

나중에 비단 사자가 촉나라에서 돌아왔을 때, 조조는 그때의 상황을 자세히 캐물었다. 비단을 더 사들인 까닭이며 날짜가 딱 들어맞았다.

그 뒤의 일이다. 어느 날 조조는 백 명 가량의 관원을 데리고 교외로 나갔다.

이때 수행한 좌자는 술 한 되에 마른 고기 한 근만을 가져갔는데 관리들 백 명 모두에게 술을 따라 주었다. 누구나 배불리 먹고 잔뜩 취했다.

조조는 이상히 여기어 그 연유를 조사케 했다. 그랬더니 부근 술집에 있던 술과 마른 고기가 모두 없어졌다고 했다.

그러자 어지간한 조조도 오싹 소름이 끼쳐 그 자리에서 좌자를 잡아 죽이려 했다. 그 순간 좌자는 뒷걸음질치는가 싶더니 벽 속으로 쏙 빨려들어가 모습이 보이지 않게 되었다.

행방을 뒤쫓던 관원이 저자에서 좌자를 발견했다.

포박하려 하자 저자의 사람들이 모두 좌자의 모습이 되어 대체 누가 진짜인지 알 수 없었다.

얼마쯤 지나서 이번에는 양성산(陽城山) 꼭대기에서 좌자를 만났다. 뒤를 쫓자 좌자는 양떼 속에 숨었다.

이제 도저히 잡을 수 없다고 생각한 조조는 양떼를 향해 외쳤다.

"죽이진 않겠다. 애당초 그대의 환술을 시험했을 뿐이다."

말이 끝나기도 전에 한 마리 늙은 숫양이 앞발을 구부리고 뒷발로 서서 말했다.

"그렇게 당황하여 무슨 일을 할 수 있겠습니까?"

포졸들이 그 양을 향해 와락 달려들자 수백 마리의 양이 모두 늙은 숫양이 되어 일제히 앞발을 구부리고 뒷발로 서서 저마다 한 마디씩 했다.

"그렇게 당황하여 무슨 일을 할 수 있겠습니까?"

끝끝내 좌자를 잡을 수가 없었다.

그 뒤 좌자의 모습은 영영 나타나지 않았다.

화타도 그런 방사의 하나로 여겨졌다. 그는 조조와 같은 고향으로 자는 원화(元化)라고 했다.

화타는 특히 양생술(養生術)에 능통했다. 세상에서는 이런 소문이 나돌았다.

"저 사람은 백 살이 되었는데 마치 장년(壯年)과도 같다."

또 화타는 약 처방이 귀신 같았다. 병세에 따라 몇 가지 생약(生藥)을 섞어 달인다. 그 조제는 자유자재여서 일일이 저울에 달거나 하지 않았다.

그것을 달여 환자에게 마시게 하고 두세 가지 주의를 준 뒤에는 아무런 손도 쓰지 않았다. 그러고 나서 좀 있으면 병은 나았다.

뜸을 뜰 때에도 한두 군데, 그것도 예닐곱 번 쑥으로 뜨기만 하면 웬만한 병은 씻은 듯이 나았다.

침을 놓을 때도 역시 한두 군데 침을 놓으면서 화타는 말했다.

"혈을 찌르는 것이니 느껴지는 게 있으면 말하시오."

환자가 신호하면 화타는 침을 뽑았다. 그러면 아픔은 눈 녹듯 사라졌다.

만일 병소(病巢)가 내장에 있어 침이나 약으로 치료할 수 없을 때에는, 화타는 주저하지 않고 절개수술을 했다. 마비산(麻沸散)이라는 마취약을 먹이면 환자는 죽은 듯이 잠들어 버린다. 그때 재빨리 바소(양쪽 끝에 날이 있는 침)로 국부를 째고 병소를 잘라낸다.

병소가 창자에 있다면 절개하여 깨끗이 씻어내고 복부를 꿰매고 연고를 발라준다. 이러면 네댓새 만에 상처는 아물고 아픔도 가라앉는다. 한 달쯤 안정하고 있으면 그 병은 완전히 치유된다.

하내군 태수인 유훈(劉勳)에게 20세 안팎쯤 된 딸이 있었다.

그 딸의 왼무릎 안쪽에 종기가 생겼다. 가렵지만 아프지는 않았고 일단 나아도 수십 일이 지나면 다시 재발했다.

이런 일이 예닐곱 해나 계속되어 유훈은 결국 화타를 청해다 진찰을 받게 했다.

"이것은 간단히 고칠 수 있습니다. 붉은 개 한 마리와 기운 센 말 두 필을 준비해 주십시오."

곧 말과 개가 준비되었다.

화타는 개 목에 밧줄을 걸고 그 밧줄을 말에 붙들어 매고서 말을 달리게 했다. 한 마리가 지치면 또 한 마리의 말로 교체시켰다. 이리하여 30리를 달리게 했더니 개는 기진맥진하여 숨이 넘어갈 것만 같았다.

그 개를 다시 사람이 질질 끌며 억지로 걷게 했다.

합쳐서 50리는 될 것이다.

이때 처녀에게 마비산을 먹여 푹 잠들게 했다. 준비가 끝나자 화타는 큰 바소로 개의 뒷다리 부근의 복부를 절단했다. 그러고서 개의 상처를 처녀의 환부로부터 두세 치 되는 곳까지 접근시켰다.

그러자 처녀의 종기 속에서 뱀같은 것이 불쑥 머리를 내밀었다.

화타는 재빨리 송곳으로 그 머리를 꿰뚫었다.

그러자 그것은 종기 속에서 한동안 버둥거리더니 이윽고 움직이지 않게 되었다. 그것을 끌어내어 보았더니 길이가 석 자나 되는 뱀이었다.

다만 그 눈에는 눈동자가 없고 온몸에 비늘이 거꾸로 덮여 있었

다. 상처에 연고를 비벼넣은 다음 1주일쯤 지나자 종기는 씻은 듯이
나았다.

또 독우(督郵) 벼슬을 지낸 돈자헌(頓子獻)은 한때 중병에 걸렸
다가 나았다. 그러나 다짐삼아 화타를 찾아가 한번 맥을 짚어달라고
했다.

"아직도 정기(精氣)를 회복하지 못했네. 완치되었다고는 할 수
없어. 무리는 금물이야. 특히 방사(房事)는 생명에 관계되니 당
분간 금하시오. 아니면 혀끝이 세 치는 튀어나와 죽게 될 거요."

그런데 돈자헌의 아내는 남편의 병이 나았다는 말을 듣고서 길이
멀다 않고 찾아왔다. 그날 밤 부부는 잠자리를 함께 했다.

3일 뒤 돈자헌의 병은 재발했고 화타가 예언한 대로 혀를 세 치나
내밀고 죽었다.

또 어떤 태수가 병에 걸렸다.

화타는 그 병이 성나게 하면 낫는다고 보았다.

그래서 태수로부터 엄청난 진찰비만 받고 아무런 치료도 하지 않
고서 그대로 버려둔 채 돌아갔다. 그뿐 아니라 편지를 통해 실컷 태
수를 우롱했다.

아니나다를까 태수는 격노했다.

사람을 보내어 화타를 죽이려 했지만 태수 아들은 화타의 치료법
을 미리 알고 있어 추격대를 보내지 않았다.

태수는 격노한 나머지 마침내 시꺼먼 피를 두세 되나 토했다. 순
간 병은 씻은 듯이 나았다.

이러한 화타를 조조는 죽이고 말았다.

그런데 화타가 만든 두통약을 온갖 의사에게 보이고 연구시켜 보
았지만 똑같은 약은 지을 수가 없었다.

조조는 얼마 남지 않은 그 약을 아꼈다.

장남 조비가 들어오더니 물었다.

“아버님, 두통이옵니까?”

“뭐, 대단치는 않다. ……그런데 무슨 일이냐?”

“남쪽에서 보고가 있었습니다.”

“음, 어떤 보고냐?”

“패보입니다.”

“졌나?”

조조는 겨우 관자놀이에서 손가락을 떼었다.

합비의 남쪽 환성(睆城)이란 곳에서 조조의 부하인 여강태수 주광(朱光)이 손권군과 싸우고 있었다. 손권 스스로 대군을 이끌고 싸움터에 나와 있었던 것이다.

조비는 대답했다.

“졌습니다. 주광은 사로잡혔습니다.”

“장료를 돌아오게 하라.”

장료에게 병사를 주어 주광을 도우라고 했었는데, 환성이 함락된 지금 더 이상 원병을 보낼 필요는 없었다.

“일보 후퇴입니까?”

“분하냐?”

조조는 아들에게 물었다.

“지고서 분하지 않을 리가 있겠습니까.”

“분해하는 것은 당연하다. 그러나 언제까지나 그러고만 있을 수는 없다. 차후 대책을 강구하는 게 급선무다.”

“알겠습니다.”

조비는 절하고서 나갔다.

조조는 그 뒷모습을 보며 중얼거렸다.

“저 녀석, 정말로 알아들은 것일까……?”

승리에 힘입는 일도 있지만 패배를 이용하는 전략도 있을 수 있다. 조조는 지금 그것을 생각하고 있었다.

유현덕은 공명이 머지않아 도착한다는 급보를 받자, 부수관에서 나와 위연·황충과 함께 낙성 공략을 다시 시도했다. 그러나 장임과 유괴는 성을 철통같이 수비하여 유비군이 단 한 명도 성 가까이 오지 못하게 했다.

거기에 먼저 장비가 항복한 장수 엄안을 데리고 도착하고, 뒤이어 조운이 연도의 성들을 짓밟고 올라와 합류했다.

힘을 얻은 현덕은 낙성을 향해 총공격을 가했다. 참으로 낙성은 난공불락이었다.

뿐만 아니라 성도로부터 탁응(卓膺)과 장익(張翼) 두 용장이 도우러 왔다는 보고가 들어왔다.

"다시 한번 총공격을 합시다!"

장비가 현덕에게 조르고 있을 때였다. 공명이 도착했다는 소식과 함께 본영이 갑자기 떠들썩해졌다.

공명은 간옹과 장완을 데리고 본영에 나타나 현덕에게 인사를 올린 뒤 말했다.

"사로잡은 적장을 만나고 싶습니다."

곧 오의가 끌려 들어왔다.

공명은 그의 결박을 풀어주고 항복을 맹세케 한 다음 말했다.

"낙성에 있는 장수들에 대해 말해 보시오."

"유계옥의 큰아들 유순(劉循)을 성주로 모시고 유괴와 장임이 지키고 있습니다. 유괴는 별로 기량이 있는 사람이 아니지만, 장임은 파촉의 으뜸 명장이라 할 수 있습니다. 지혜와 담력을 겸비하고 병략에도 뛰어나 지금껏 패한 일이 없습니다."

그 말을 듣자 공명은 그 자리에서——

"장임을 사로잡으면 낙성은 문제없이 점령하게 될 것이다."

겨우 몇 명만을 데리고 본영을 나갔다.

두 시간쯤 지나서 돌아온 공명은 여러 장수들을 소집했다.

"내일 장임을 사로잡기로 하겠습니다."

그렇게 선언하고 그 책략을 말했다.

"낙성 동쪽에 있는 금안교(金雁橋)에서 남쪽 5리 근처는 강 양쪽 기슭에 갈대가 무성해서 군사를 숨겨 두기에 아주 좋은 곳이오. 위연 장군은 창 쓰는 군사 1천 명을 거느리고 왼쪽 기슭에 숨어 있다가, 말탄 장수가 지나가면 창을 던져 모조리 떨어지게 하시오. 황충 장군은 오른쪽 기슭에 칼 쓰는 군사 1천 명을 거느리고 숨어 있다가, 말이 지나가면 말다리만을 후려치도록 하시오. 그러면 장임은 틀림없이 산 동쪽 샛길로 달아날 거요. 익덕 장군은 1천 명의 기병을 거느리고 그 근처에 숨어 있다가 달아나는 장임을 사로잡도록 하시오."

다음에 조운에게 일렀다.

"조 장군은 금안교 북쪽 기슭에 숨어 있다가, 내가 장임을 유인해 다리를 건너게 하거든, 즉시 다리를 끊고 많은 군사가 북쪽에 몰려와 있는 것처럼 함성을 올리도록 하오. 장임은 하는 수 없이 남쪽으로 달아날 것이니 그러면 내 계획은 들어맞게 될 거요."

공명은 겨우 두 시간 남짓 성 밖의 지형을 살펴보고 금방 이같은 작전을 세웠던 것이다.

한편 장임은 새로 도우러 온 탁응과 장익을 성 안으로 맞아들이자 말했다.

"유비를 부수관까지 쫓아내야 한다."

그리하여 유괴와 장익에게 성을 지키게 해두고, 자신은 탁응과 함께 성 밖으로 나가서 치기로 했다.

날이 밝자, 장임은 탁응을 후비에 남겨 두고 자신이 선두에 서서 출전했다.

아침해가 산과 들을 덮고 있던 안개를 걷고 나타났을 때, 장임은 금안교 앞에 나타난 사륜거를 보았다.

수레 위에 앉은 사람은 윤건(綸巾)을 쓰고 새하얀 학창의를 입었으며, 오른손에 백우선을 들고 있었다.

‘………저것이 제갈량인가!’

장임은 순간 등골이 오싹해지는 것 같았다.

그러나 다시 바라보니 사륜거는 겨우 100기 남짓밖에 거느리지 않았다.

‘……공명을 사로잡아 후세에 이름을 남길 때는 바로 지금이다!’

장임은 가슴을 설레며 말을 내몰았다.

공명은 장임이 100보쯤 가까이 오기를 기다렸다가 낭랑한 목소리로 타일렀다.

“장임은 듣거라. 제갈량이 예 있다! 내가 있는 곳에 조조 100만 대군도 감히 나오기를 망설인다. 그대가 감히 덤비려 하는가!”

“다른 사람은 모르지만 이 장임은 무서워하지 않는다. 스스로 천하 제일이라고 우쭐대는 너의 얼굴에 침을 뱉어 줄 테다!”

호통소리와 함께 장임은 무섭게 돌진했다.

순간 사륜거는 방향을 돌려 쏜살같이 다리를 건너 달아났다.

전후좌우로 자유자재로 달릴 수 있게 만들어진 사륜거를 쫓아 장임은 단숨에 다리를 건넜다.

몇 마장인가 따라갔을 때 왼쪽에서는 유비의 군사가, 오른쪽에서는 이제까지 자기 편이었던 엄안의 군사가 한꺼번에 쏟아져 나왔다.

“……술책에 말려들어서는 안 된다.”

장임은 말머리를 돌렸다.

그러나 때는 이미 늦었다. 무시무시한 소리와 함께 금안교가 우지끈 끊어져 내려앉고 말았다.

“큰일이다!”

장임은 북쪽으로 도주하려 했다.

바라보니 북쪽 기슭에는 조운의 군사가 물샐틈없이 진을 치고 있었다.

"할 수 없다!"

장임은 남쪽을 향해 말을 몰았다.

5리쯤 가자, 갈대가 무성한 곳에서 위연의 군대가 나타나 장창을 휘두르며 말탄 장수들을 향해 뛰어들었다.

뒤이어 황충의 군대가 나타나며 긴 칼로 말 다리를 후려치기 시작했다.

장임을 따르던 기마대는 장수·군사 할 것 없이 모두 곤두박질치면서 땅바닥에 넘어져 모조리 잡히고 말았다.

장임은 좌우에서 쳐들어오는 적병을 결사적으로 물리치며 간신히 그곳을 빠져나왔다. 뒤를 따르는 것은 겨우 수십 기에 지나지 않았다. 뒤를 지키던 탁응은 벌써 당해내지 못할 것을 알고 항복하고 말았다.

겨우 산중턱 사잇길로 도망친 장임이 안도의 한숨을 내쉬려는 순간, 숲속에서 갑자기 뛰쳐나온 한 장수가 질풍처럼 말을 달려왔다.

"장임은 듣거라! 장익덕이 여기 있다. 어서 항복하라!"

장팔사모가 한 번 번쩍하자 장임이 타고 있던 말의 목이 허공으로 튀어올랐다.

장임은 전의를 잃었다.

현덕의 본영으로 끌려온 장임은, 거기에서 10여 명의 항복한 장수들의 모습을 볼 수 있었다.

현덕 앞에 무릎 꿇린 장임은, 현덕이——

"결박을 풀고 풀지 않고는 그대 마음 하나에 달려 있다."

이렇게 항복을 권하자 앙연히 가슴을 펴고 소리내어 웃었다.

"충신은 두 주인을 섬기지 않는다는 것을 황숙은 모르는가?"

"그대는 하늘의 명을 알아야 한다. 자기 뜻을 펴기 위해 어두운 주인을 버리고 항복하는 것은 결코 무인의 수치가 아니다."

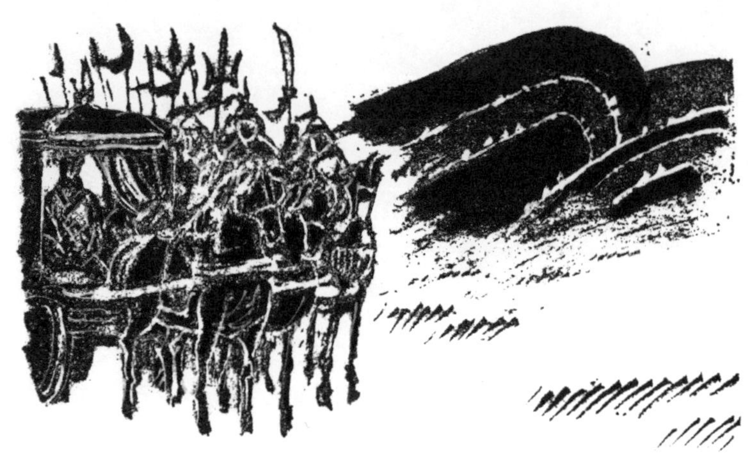

"거짓으로 항복하기는 쉬운 일이다. 그러나 이 장임이 언젠가는 배반하게 되리라는 것을 누구보다 거기 있는 제갈량은 잘 알고 있을 것이다."

공명은 그 말을 듣고 가만히 장임의 얼굴을 바라보더니 현덕에게 말했다.

"장임은 목숨을 아낄 마음이 없습니다."

현덕은 차마 죽일 수가 없어 다시 항복을 권해 보았다. 그러나 장임은 끝내 듣지 않았다.

장임의 목이 베어지자, 유비는 금안교 곁에 후히 장사 지내 주고 좌우에게 명하여 비석을 세우도록 했다.

장임의 충절을 칭송하는 시 한 수가 있다.

　　열사에게 주군은 둘이 없다
　　장임은 죽어서 이름 살렸네
　　높고 밝은 하늘의 달처럼
　　낙성 위에 밤마다 빛나리

이튿날 엄안과 오의 등 촉나라의 항복한 장수들을 앞세우고 현덕군은 위풍당당하게 낙성으로 나아갔다.

엄안이 성문 가까이 말을 몰고 가서, 저항해 봐야 소용없다고 타일렀다.

그러자 성벽 위에 유괴가 나타나서 입에 담지 못할 욕을 퍼부으며 활을 당겨 엄안을 쏘려 했다.

순간, 유괴의 등 뒤로 한 장수가 나타나더니 '야앗!' 목을 쳤다.

성도에서 탁응과 함께 도우러 온 장익(張翼)이었다.

탁응과 장익은 낙성으로 오는 도중, 유장을 배신하고 현덕에게 항복할 것을 서로 상의한 모양이었다.

이리하여 1년 가까이 끌던 낙성은 공명의 교묘한 전략으로 하루 만에 함락되었다.

현덕군이 갑자기 성 안으로 몰려들어오자 유순은 성도를 향해 서문으로 달아났다.

공명은 민심을 안정시키기 위해 먼저 방을 붙이고 나서 현덕에게 말했다.

"낙성을 점령한 이상, 성도를 공략하는 것은 그다지 어려운 일이 아닙니다. 다만 주인이 바뀔 때는 반드시 각 고을에 뜻하지 않은 소동이 일게 마련이니, 항복한 장수들을 시켜 이 소동을 미리 예방해야 할 줄 압니다."

현덕은 그 말에 따르기로 했다.

귀순 공작

　조운과 장비를 성도를 향해 출격시킨 다음, 공명은 항복한 촉나라 장수 가운데 가장 현명한 법정을 불렀다.

　"성도를 공략하자면 어찌해야 되겠소?"

　법정은 대답했다.

　"성도가 함락되는 것은 시간 문제겠지요. 그러나 성도로 들어가 피를 흘리지 않고 서촉 백성들을 따르게 만들자면, 유장에게 그에 합당한 지위를 주어야 할 것입니다. 그러므로 진군을 잠시 보류시키시면, 제가 유장에게 항복을 권해 보았으면 합니다."

　"좋은 생각이오."

　공명은 허락했다.

　성도의 유장은 낙성에서 겨우 몇 명만을 데리고 도망쳐 온 유순으로부터 낙성이 함락된 전후 상황을 듣고 거의 절망 상태에 빠졌다. 유장은 여러 장수와 관원들에게 대책을 물었다.

　회의는 자꾸 날짜만 끌었다.

　그럴 때 법정에게서 편지가 왔다.

“반역자가 무슨 낯으로 편지를……?”

유장이 펴 보니 항복을 권고하는 내용이었다.

신은 앞서 주군의 명을 받들어 형주로 와서 유 황숙과 맹약을 맺는 일을 성취시켰사온데, 주공께서는 좌우에 사람을 얻지 못해 오늘과 같은 사태를 가져오게 되었습니다. 유 황숙은 아직도 친척의 우의를 가지고 옛정을 생각하며, 만일 주공이 사태를 옳게 보시고 귀순할 결심을 하시게 되면 결코 소홀히 대하지는 않겠다고 합니다. 부디 깊이 생각하시기 바랍니다.

유장의 얼굴이 점점 창백해지더니 관자놀이에 시퍼런 핏줄이 도드라졌다.

“이런 죽일 놈! 제 한 몸의 영달을 위하여 자기 주인을 팔아먹고, 그것도 모자라 항복까지 권하다니! 천하에 배은망덕한 역적 놈 같으니!”

편지를 북북 찢어 버렸다.

“나는 죽어도 항복은 않는다!”

익주태수 동화(董和)가 유장에게 간했다.

“이 기회에 지금까지의 반목을 잊어버리고 한중으로 사신을 보내 장로에게 구원군을 청하는 것이 어떻겠습니까?”

유장으로서는 불구대천의 원수인 장로에게 구원을 청한다는 것은 죽기보다 싫은 일이었다. 그러나 지금으로서는 어쩔 도리가 없었다.

유장의 편지를 가진 사신이 한중으로 달렸다.

군사 제갈공명이 와서 총지휘를 하게 되자 유현덕의 군사는 병졸에 이르기까지 면목을 일신했다. 한번도 싸워서 패하는 것을 모른다. 유비군은 이제 곧장 성도로 쳐들어가기만 하면 된다.

진격 준비를 마쳤을 때 뜻밖의 보고가 들어왔다.

유장이 궁한 나머지 끝내 한중의 장로에게 구원을 청했고, 장로는 이를 승낙하여 가맹관으로 군대를 보냈다는 보고였다.

더구나 한중의 2만 정예를 이끌고 가맹관으로 향해 온 선봉대장은 서량(西涼)의 맹호로 불리는 마초(馬超)라는 것이었다.

마초는 일찍이 위수(渭水)에서 10만의 군사를 이끌고 조조 30만 대군과 혈전을 펼쳐, 한때는 조조의 목숨을 앗기 직전까지 몰고 갔던 만부부당의 맹장이었다.

조조에게 패하고 또 하후연에게 쫓기기는 했지만, 그의 용맹은 천하에 널리 알려져 있었다.

마초의 공격을 받게 되면 맹달과 곽준이 지키는 가맹관은 당장 함락되고 말 것이 뻔했다. 현덕은 뜻하지 않은 좋지 못한 보고에 얼굴의 핏기가 싹 가셨다.

공명도 눈살을 찌푸렸다.

"마초를 상대해 싸울 수 있는 장수라면 조운과 장비 외에는 없을 텐데……."

조운은 아직 강양에서 돌아오지 않았으나 장비는 돌아와 있었다.

"곧 장비를 가맹관으로 보냅시다."

현덕이 말하자 공명은 잠시 생각하더니 입을 열었다.

"장비를 보내야겠지만 신이 따로 생각하는 바가 있으니 잠시 침묵을 지키시고 제게 맡겨 주십시오."

"좋도록 하시오."

현덕은 흔연히 허락했다.

공명은 당장 장비에게 가맹관을 구원하라는 명령을 내리지 않았다. 그러나 장비는 마초와의 결전에 마땅히 자기가 지명될 것으로 알고 내심 기다리고 있었다. 그러나 며칠이 지나도 분부가 없었다. 조바심이 난 장비는 참다 못해 공명을 찾아갔다.

“서량의 마초가 한중의 장로를 등에 업고 가맹관으로 쳐내려왔다
는 말을 들었는데 소장에게 마초를 치게 해 주시오.”
“마초를 칠 수 있는 사람은 관운장밖에 없다 싶어 급히 사람을
형주로 보낼까 하고 있던 참인데…….”
공명은 천연덕스레 대답했다.
금방 장비의 눈썹이 꿈틀하고 올라붙었다.
“군사는 이 장비를 그토록 믿지 못하오! 나는 일찍이 장판교 위
에서 조조의 백만 대군을 쫓은 일이 있소. 그까짓 마초 따위를 사
로잡는 것은 어린아이의 팔을 비트는 것과 다를 바 없소.”
“장 장군에게 말해 두지만, 장판교에서 조조가 대군을 물러나게
한 것은 장군의 용감한 모습 때문이라기보다 장군의 등 뒤에 뜻하
지 않은 책략이 숨어 있지나 않나 하고 염려한 때문이었소. 만일
조조가 장군 혼자 아무 계책도 없이 맹호가 울부짖듯 다리 위에
서 있는 줄 알았다면, 물러나는 대신 장군을 사로잡았을 거요. …
…마초란 장수는 위수에서 조조와 여섯 번 격돌하였는데 한 번은
조조가 쫓기어 하마터면 목이 잘릴 뻔했다고 들었소. ……장군의
지혜와 용맹으로 과연 마초를 이길 수 있을지 의문이오.”
“군사!”
장비는 얼굴이 시뻘개져서 울부짖었다.
“마초를 반드시 사로잡겠다는 서약서를 바치겠소!”
공명은 장비가 흥분하는 모습을 바라보며——
“정히 그러하다면…….”
비로소 선봉을 허락했다.
그러나 공명은 장비를 두 번째로 나가 싸우게 하고, 먼저 위연에
게 500기를 주어 상대방 실력을 시험해 보게 했다.

위연은 가맹관이 저만큼 바라보이는 곳에서 장로의 심복인 양백

(楊柏)과 마주쳤다. 양백은 마초의 감군(監軍)으로 전투에 참가하고 있었다.

위연은 기회가 있으면 장비를 제쳐놓고 마초를 생포해 보이겠다는 야심을 품고 있었으므로, 탐색을 위한 작전이라는 사실도 잊고 양백을 뒤쫓아 끝내는 적진 깊숙이 들어가고 말았다.

대장기가 펄럭이는 진지를 발견한 위연은 용솟음치는 투지에 몸을 떨었다.

"마초, 나와라!"

몰려드는 한중 군사를 휘몰아치며 진지로 돌입하자, 흰 말에 붉은 창을 든 장수가 거기에서 기다리고 있었다.

"마초인가! 나는 위연이다!"

그것은 마초의 사촌동생인 마대(馬岱)였다. 응답할 겨를도 없이 위연의 칼과 맞부딪쳤다.

10합이 채 못 되어 마대는 당하지 못하겠다는 듯 달아나기 시작했다.

"마초! 이 겁쟁이!"

마대를 마초인 줄 알고 위연은 무섭게 뒤를 쫓았다. 마대는 말 위에서 몸을 돌리며 붉은 창을 위연에게 던졌다. 창 끝이 위연의 오른팔을 찔렀다. 위연은 그제야 적진에 너무 깊이 들어온 것을 깨닫고 말머리를 돌렸다.

이번에는 마대가 위연의 뒤를 바싹 따라붙었다.

기세를 타고 마대가 부하 군사들과 함께 관문 아래로 성난 파도처럼 밀어닥쳤다. 거기에 장비가 기다리고 있었다.

장비는 한눈에 위연을 뒤쫓는 자가 마초가 아니라는 것을 알자 호통쳤다.

"너같은 송사리는 양에 차지 않는다. 돌아가 마초에게 단둘이 맞붙어 싸우고 싶다고 전하라!"

마대와 그 군사들은 야수 같은 그 사나운 모습에 겁을 집어먹고 물러갔다.

이튿날 아침 해가 떠오를 무렵 북과 함성을 함께 울리며 약 1만 명의 군대가 관문을 향해 조수처럼 밀려왔다.

그 선두에 선 사람은 사자 머리의 투구를 쓰고 짐승의 얼굴을 수놓은 검은 띠를 매고 은갑옷과 흰 전포로 큰 몸을 감싼 대장으로 마초가 분명했다.

관문 위에 서서 그 이색적이며 용감한 풍모를 내려다본 현덕은 감탄했다.

"마초란 장수는 과연 초인적인 위풍을 지니고 있다."

옆에 서 있던 장비가 달려나가려 했다.

"당장 저놈의 목을 비틀어 놓겠습니다."

"서두르지 말라. 지금 나가서는 안 된다!"

현덕은 어째서인지 승낙하지 않았다.

장비는 투덜거렸으나 명령을 거역할 수는 없었다.

마초는 관문이 굳게 닫힌 채 열릴 기미를 보이지 않자 현덕에게 비겁하다느니 겁쟁이라느니 하고 마구 욕을 퍼부었다.

이를 들은 장비는 피가 치솟는 분노를 참을 길이 없어 입고 있던 자기 전포를 갈기갈기 찢고 말았다. 그래도 유비는 나가 싸울 것을 허락하지 않았다.

낮이 되었다.

가까이 와 있는 적군의 긴장이 마침내 풀어지기 시작한 것을 현덕은 알아차렸다.

"익덕! 나가 싸워라."

그 한 마디에 장비는 껑충 뛰었다.

"알았습니다."

장비는 가려뽑은 정병 500을 거느리고 폭포가 쏟아지듯 관문을 달려나갔다.

　장팔사모를 햇빛에 번쩍이며 부르짖었다.

　"마초! 연인 장비를 아느냐?"

　그러자 마초가 너털웃음을 웃으며 마주 외쳤다.

　"대대로 왕후의 집안에 태어난 이 마초가 한낱 시골뜨기의 이름을 어찌 알겠는가!"

　"에잇! 네놈의 입에서 항복을 맹세하게 만들 테다!"

　큰 바위와 바위가 급한 여울을 구르며 마주치는 듯한 1대 1의 처절한 싸움이 벌어졌다. 장팔사모와 장창이 허공을 가르는 소리만 듣고도 양쪽 군사들은 눈을 감았다. 양쪽 투구가 날아갔다. 흰 전포와 붉은 전포가 갈기갈기 찢어졌다.

　100합 남짓 싸웠으나 승부가 날 기미가 없었다.

　현덕은 어느 누구도 상하는 것을 바라지 않았다. 그는 징을 울려 철수를 명령했다.

　마초도, 장비도, 벌써 말이 지쳐 버린 것을 알고 우선 쉬기로 하였다. 그들은 동시에 말머리를 돌려 자기 진영으로 돌아왔다.

　장비가 한숨을 돌리고 나서——

　"이번에야말로 마초를 쳐서 땅 위에 떨어뜨리고 말 테다!"

　투지만만하게 다른 말로 올라타려 할 때 공명이 이르렀다.

　공명은 장비 옆으로 다가와 말했다.

　"장 장군, 이번에 다시 싸우게 되면 둘 중에 누군가 한 사람이 죽게 될 거요."

　"그것은 무인으로서 본디 바라는 바요!"

　장비는 앙연히 가슴을 펴고 대답했다.

　"장군은 이미 마초가 얼마나 강하다는 것을 알았을 텐데, 이런 맹장을 우리편으로 만들었으면 하는 생각은 들지 않았는지?"

“그놈은 생포하지 않는 한 항복할 리가 없소.”

“꾀를 쓰면 아무리 마초라도 자진해서 우리 황숙 앞에 무릎을 꿇을 거요.”

공명은 미소를 지으며 말했다.

“그거 재미있는 이야기로군. 마초를 꾀로써 항복하게 만든다는 거요? ……만일 실패했을 때는 어쩌겠소?”

“그때는 장군 앞에 무릎을 꿇고 용서를 빌겠소.”

공명은 아무렇지도 않은 듯이 약속했다.

공명은 현덕 앞으로 다가와서 말했다.

“신이 면죽관(綿竹關)을 조운과 황충에게 맡기고 이리로 온 까닭은, 마초를 주군께 귀순시키기 위해서인데 어떻겠습니까?”

“만일 그렇게만 된다면 나는 운장·익덕·자룡에 다음가는 용장을 얻게 되지만, 군사의 지략을 가지고도 마초를 귀순시키기는 어려울 거요.”

현덕은 희망을 걸지 않는 눈치였다.

공명은 마초를 항복시켜 현덕 앞에 무릎을 꿇게 할 자신이 있다고 장담했다.

그 책략은 다음과 같은 것이었다.

한중의 장로는 ‘사군(師君)’이라 불리는 절대 전제군주인만큼 머지않아 스스로 한녕왕(漢寧王)이 될 야심을 품고 있다. 그 심복의 우두머리는 양송(楊松)이란 모사인데, 그 자는 돈밖에 모르는 사람이란 평이 나 있다. 그래서 밀사를 사잇길로 해서 한중으로 보내어 먼저 막대한 금은을 양송에게 뇌물로 바치고 그의 환심을 산다. 그런 다음 장로에게 다음과 같은 내용의 편지를 전한다.

이 유비가 유장과 서촉을 다투는 것은 귀공의 원수를 갚는 것도 된다는 것을 아시기 바라오. 결코 이간하는 말을 믿지 마시오. 내

가 서측을 통치하게 된다면 귀공을 꼭 한녕왕으로 추천할 것을 약
속하오.

　이런 편지로써 장로가 유장을 구원할 생각을 버리게 하고 마초에
게 군을 철수시키게 한다.
　그리하여 장로에 대한 불신감을 마초에게 갖게 하여 이쪽에 항복
하게 만든다는 것이었다.
　현덕은 공명의 이야기를 듣자 크게 기뻐했다. 곧 장로에게 보내는
편지를 써서 손건에게 들려 한중으로 가게 했다.
　손건은 막대한 금은을 수레에 싣고 갔다.
　먼저 손건은 양송을 찾아가 그 뜻을 전하고 그의 앞에 금은을 산
더미처럼 쌓아 놓았다. 날 때부터 유난히 물욕이 강했던 양송은 뇌
물을 보는 순간 눈이 멀어 버렸다. 과자를 받아 든 어린아이와 조금
도 다를 바가 없었다.
　양송은 곧 손건을 장로와 만나게 해 준 다음, 밀사로서 그의 업무
를 수행하는 데 최선의 노력을 아끼지 않았다.
　장로는 처음에 노골적으로 업신여기는 태도를 보였다.
　"고작 좌장군에 지나지 않는 유비가 어떻게 나를 한녕왕에 추천
할 수 있겠는가."
　그러나 손건으로부터 한나라 황숙인 현덕의 지위가 얼마나 중한
지를 듣고 나서는——
　'……유비와 맹약을 맺는 것은 이로우면 이로웠지 해가 될 것은
없다.'
　이런 생각이 들게 되었다.
　그래서 곧 급사를 마초에게 보내어 명했다.
　"곧 싸움을 중지하고 한중으로 철수하라."
　그러나 돌아온 사자의 보고는——

“일단 유비와 자웅을 결정하기 위해 군사를 일으킨 이상 무장의
면목으로 이대로 군사를 물릴 수는 없다.”
이를 거부한다는 것이었다.
장로는 세 번이나 급사를 보냈으나 세 번 다 똑같은 대답만 가지
고 돌아왔다.

꿈의 빛깔

장로로부터 마초에게 네 번째 급사가 파견되었다.

급사는 이렇게 전했다.

그대가 공을 이루고자 굳이 철군을 하지 않을 생각이면, 앞으로 한 달 안에 다음에 말한 세 가지를 실천에 옮기도록 하라.

첫째, 서천을 점령할 것.

둘째, 유장의 머리를 베어 보낼 것.

셋째, 형주 군사를 국경까지 몰아낼 것.

만일 한 달이 지나 이 세 가지 중 한 가지라도 이루지 못한다면 그때는 스스로 목을 쳐서 사죄해야 한다.

마초는 이 말을 듣자 화가 불끈 치밀었다.

자기는 객장(客將)이지 장로의 가신은 아니었다. 따라서 휴전하라는 전갈이 와도 이를 명령으로 받아들이기 싫었다.

"장로가 이 마초를 부하로 알고 있단 말인가!"

마초의 얼굴이 시뻘개졌다.

그러나 자기가 거느리고 있는 것은 모두 장로의 군사이다. 지금 장로를 배반할 수는 없었다.

치받치는 분노를 억지로 누른 마초는 사촌동생 마대에게 말했다.

"지금은 참는 수밖에 없다."

마대도 찬성했다.

그때 난데없이 나타난 것은 촉나라의 옛 신하 이회(李恢)였다.

이회는 유장이 유현덕을 서촉으로 맞아들이려 했을 때 황권·왕루 등과 함께 불러들여서는 안 된다고 반대했던 사람이다.

그러나 유장이 이 반대를 받아들이지 않자——

"……어리석은 주인을 섬길 수는 없다!"

이회는 벼슬을 버리고 떠났었다.

마초는 이회가 만나기를 청하자——

"이회는 촉나라의 어진 사람이란 평이 났었지만 주인을 배반하고 유비에게 호감을 사려 한다는 소문이 있다. 마음을 놓을 수 없는 자다."

먼저 20명의 도부수를 장막 뒤에 숨겨 두고 이회를 맞았다.

"덕앙! 지난날의 지조는 어찌하였는가? 이제 유비의 사냥개가 되어 내게 무슨 소리를 하러 왔는가?"

마초는 마구 닦아세웠다.

그러자 이회는 엷은 웃음을 지으며 대답했다.

"항복을 권하러 왔소."

"덕앙! 이 상자 속에는 전가의 보검이 들어 있다. 이 칼은 불의(不義)를 보면 참지 못한다. 목숨이 아깝거든 썩 물러가라!"

"하하하……."

이회는 소리내어 웃었다.

마초는 상자 뚜껑을 열어 보검을 집어 들었다. 그러나 이회는 조금도 동요하지 않았다.

"그 보검으로 잘리게 될 목은 내 목이 아니라 장군의 목이 아닐까?"

한 마디 던지고서 다시 힘을 주어 말했다.

"화는 이미 장군의 발등에 떨어져 있소!"

"뭐라고!"

"내 말부터 들으시오. 월나라 서시(西施)는 여자답지 않게 입버릇이 나빴는데, 아무리 입버릇이 나빠도 그 아름다움을 조금도 깎는 일이 없었다고 합니다. 또 제나라 종리춘(鐘離春)이란 못난 여자는 참으로 구변이 뛰어났지만, 그 뛰어난 구변으로도 그 추한 얼굴을 아름답게 보이게 할 수는 없었다 합니다. ……해는 낮이 되면 기울고, 달은 차면 이지러지는 것이 변함없는 이치입니다. ……부디 자신에 대해 깊이 생각하시오. 장군은 일찍이 아버님의 복수를 위해 조조와 몇 번이나 싸워서 패했고, 이제 또 유비와 싸워 승부가 명백해지기도 전에 장로로부터 의심을 받게 되었으니, 이거야말로 진퇴양난이 아니고 무엇이겠소. 말하자면 내 몸 하나를 놓아둘 곳이 없는 처량한 신세가 되어 있는 겁니다."

차근차근 설명을 하자 마초의 험악하던 얼굴에 차츰 수심이 번지기 시작했다.

"그대가 말한 그대로이긴 하오. ……어떻게 해야 좋을지 나 자신도 알 수가 없소."

"지기(知己)의 말에 귀기울일 생각은 없소?"

"그야 있지."

"그렇다면 무엇 때문에 내가 찾아오자 도부수를 장막 뒤에 숨겨두는 거요?"

날카로운 지적을 당하자 마초는 무척 부끄러웠다.

이회는 '지금이다.' 하고 성의를 담아 설득하기 시작했다. 유현덕에게로 가는 것 외에, 이제 마초에게는 살 길이 없다는 것을 힘주어 말했다.

이회는 공명의 부탁을 받고 마초를 설득하러 왔던 것이다.

"알았소!"

마초는 크게 끄덕였다.

곧 장로의 명령으로 감시의 임무를 띠고 와 있는 양백을 불러들여, 마초는 이회를 치겠던 보검으로 양백의 목을 쳤다.

한번 계획해서 이루지 못하는 일이 없는 공명의 지혜는 마침내 마초라는 천하 명장을 현덕의 부하로 끌어들였다.

현덕은 천하에 이름난 용장 마초를 휘하에 맞아들이게 된 것이 기쁘기 그지없었다. 현덕은 마초를 향해 말했다.

"그대가 정녕 마초란 말인가?"

"예, 제가 마초입니다."

마초는 가까이서 현덕의 얼굴을 보자 저도 모르게 말투가 수그러들었다. 마초는 생각했다.

'과연 타고난 영걸이구나. 나의 주군이 될 자격이 충분하다.'

현덕은 자비로운 음성으로 물었다.

"한때 양주에서 명성을 떨치던 마초이지만 우리에게 온 이상 다른 장군과 똑같이 대우해 줄 수밖에 없네. 그래도 괜찮은가?"

"장비 장군과 대등한 위치라면 좋습니다. 그 이상을 바라는 것은 지나친 욕심이겠지요."

마초의 의외로 겸손 담백한 대답에 현덕은 흡족했다.

"좋소. 앞으로 나의 휘하에서 용맹을 떨쳐주시오. 나는 지금 한(漢) 황실의 재건을 위해 싸우고 있는 중이오. 얼마 안 가 그대의 원수인 조조와도 맞대결을 해야 할 것이오. 그때 그대의 활약을 기대해도 되겠소?"

"불구대천의 원수 조조의 목을 벨 사람은 오직 한 명, 바로 소장뿐입니다. 기대하셔도 좋습니다."

쩌렁쩌렁 울리는 목소리에 자신만만한 패기가 넘쳐 흘렀다.

유현덕은 이제 성도를 향해 진격만 하면 되었다.

가맹관은 곽준과 맹달에게 지키게 해 두고 현덕의 5만 군대는 보무당당하게 행군의 길에 올랐다.

면죽관에서는 조운과 황충이 기다리고 있었다.

현덕이 면죽에 이르렀을 때 촉나라 장수 유준(劉晙)과 마한(馬漢)이 쳐나왔다.

조운이 잠시 자리를 비웠는가 싶더니 한 시간도 못되어 그들 두 장수의 머리를 들고 돌아왔다.

마초는 일찍부터 조운에 대한 소문은 듣고 있었지만 막상 이토록 용맹무쌍한 줄은 미처 몰랐기 때문에 몸을 떨었다.

'……이런 군대와 맞선 내가 무모했었지!'

마초는 새삼 항복한 것이 현명한 선택이었다고 생각하며 어서 자신도 유비 진영에서 무명을 떨쳐야겠다고 내심 다짐했다.

공명은 마초의 그같은 모습을 물끄러미 바라보더니 말했다.

"장군……."

"네?"

"우리 군은 피 한 방울 흘리지 않고 성도로 들어가기를 원하고 있습니다. ……그러니 장군께서 먼저 성도로 들어가서 유장을 설득시켜 항복하게 만들 수는 없을는지요?"

"알겠습니다. 만일 유장이 말을 듣지 않을 때는 마대와 함께 단숨에 성도를 쳐서 점령해 버리겠습니다."

그렇게 대답하고 마초는 마대와 함께 벌떡 자리에서 일어났다.

한편 성도에서는 잇따라 패했다는 보고가 들어오자, 무장과 문관들은 싸우자는 파와 항복하자는 파로 갈라져 헛되이 회의만 거듭하고 있었다

그 회의 자리에 웬일인지 유장의 모습은 보이지 않았다. 그는 집

에 들어앉아 책상 위 어항 속의 금붕어를 멍청하게 들여다보고 있었
다. 유장은 패배와 멸망의 강박감을 견뎌내지 못해 거의 생각하는
힘을 잃고 말았다. 평생 처음 맞닥뜨린 흥망의 갈림길에서 유장이란
인물은 너무도 마음이 약했다. 그에게는 이 엄청난 시련에 꿋꿋이
맞설 수 있는 힘이 없었다.

"주군……."

근시가 걱정스런 목소리로 불렀다.

유장은 그래도 헤엄치며 놀고 있는 붕어에게 넋나간 시선을 던지
고 있을 뿐이었다.

"서량의 마초가 유비의 선봉장이 되어 왔다면서, 성 북쪽의 요새
를 점령하고 성문 앞에서 주군을 뵙겠다고 외치고 있습니다."

그 보고를 듣고도 유장의 표정은 별로 변하지 않았다. 기력이 완
전히 소진된 것 같았다.

"마초가 전하는 말을 들으시겠습니까?"

"그래……."

유장은 휘청거리며 일어났다.

성벽 위 망루에 오른 유장은, 색다른 무장을 한 말탄 장수를 발견
하고 그저 마른 침을 꿀꺽 삼킬 뿐이었다.

마초는 유장이 망루에 모습을 나타내자 채찍을 들어 가리키며 외
쳤다.

"유계옥 공에게 말하오. 한중의 장로는 성도를 돕는 것을 포기했
소. 나는 한때 장로의 부탁을 받아 유황숙군과 싸운 일이 있었지
만, 장로가 나를 불신하고 있다는 것을 알고 유 황숙의 부하가 되
어 이렇게 선봉장으로서 쳐들어왔소. 깨끗이 성도를 넘겨주든가
아니면 무인답게 결전을 하든가 어느 쪽이든 하나를 택하시오. 잠
깐 시간 여유를 주겠소."

유장은 말없이 망루를 내려갔다.

몇 시간이 지났다.

그때는 벌써 무장 문관 할 것 없이 항복하는 도리밖에 없다는 쪽으로 기울어져 있었다. 마초라는 맹장이 선봉이 되어 쳐들어온 이상 도저히 싸워서 이길 가망은 없었던 것이다.

다만 두 중신은 항복을 원치 않았다. 황권과 유파(劉巴)였다. 그러나 대세는 이미 기울어 있었다. 두 중신은 자기 집 대문을 굳게 닫은 채 모습을 나타내지 않았다.

이튿날 아침 유현덕을 대신해서 간옹이 수레를 타고 나타나 성문을 열라고 청했다. 군대는 따르지 않고 간옹 자신도 평복을 입고 있었다.

유장은 문을 열도록 명했다.

간옹이 문을 들어서자 느닷없이 칼을 휘두르며 대드는 자가 있었다. 진복(秦宓)이란 장수였다. 그러나 간옹은 조금도 동요하지 않고 말했다.

"나는 유 황숙을 대신해서 온 사람이니 들어가는 것을 허락해 주시오."

진복은 간옹의 태연자약한 모습에 기가 꺾이어 물러나고 말았다.

유장은 간옹과 마주 앉자, 자신과 가신들의 생명과 재산의 안전을 보장받고 성도가 지금 이대로의 평온한 생활을 계속하게 된다는 약속 아래 항복을 승낙했다.

다음날 유장은 인수와 문서를 가지고 간옹의 선도로 성문을 나와 유현덕 앞에 항복했다.

성도는 피를 보지 않고 마침내 현덕의 수중으로 들어온 것이다.

건안 19년(214) 여름이었다.

유비는 너무도 기뻤다. 젊어 의병을 일으킨 이래 수없이 싸워 왔지만 생각해 보면 그 동안 불운이 끊이지 않았다.

우여곡절 끝에 형주를 차지했다고는 하나 완전한 지반을 구축했다고 할 수는 없었다. 그런데 이제 성도를 손에 넣음으로써 확고한 지반을 마련한 셈이다.

축하연이 열렸다.

유비는 마음껏 취했다. 아니 지나치게 취해 횡설수설할 정도였다. 노래도 부르고 가까이 있는 사람들에게 필요없는 말도 했다. 그것도 일종의 주정이었다.

주정을 하다가 문득 곁에 제갈공명이 있음을 깨달았다.

'추태를 보였구나. 혹시 공명이 나를 경멸하지 않을까?'

유비는 취중에도 그것이 걱정되었다. 그러자 금방 술이 깨는 것만 같았다.

"군사가 계신 줄은 미처 몰랐소. 나는 대체 술을 마시고 무슨 말을 지껄였던 것일까……."

유비는 흐리멍덩해진 눈길을 공명에게 보냈다. 공명이 웃으면서 대답했다.

"기쁘신 나머지 술이 지나치셨습니다. 때로는 그것도 좋겠지요. 자아, 마음껏 기뻐하십시오. 공연히 저에게 마음쓰실 것 없습니다. 큰 목소리로 외치십시오. 오늘부터 촉나라의 주인이시라고!"

유비는 머리를 긁적거렸다.

"허허…… 어찌 그같이 외친단 말이오?"

"아뇨, 외치셔야 합니다. 저기 난간이 있는 데로 가서 외치십시오. 아래에는 장병들이 축하연을 열고 있습니다."

"장병 앞에서 추태를 보일 수는 없지 않소?"

유비는 취기가 가신 목소리로 반문했다. 반쯤 맑은 정신으로 돌아와 있었다.

"추태가 아닙니다. 총대장의 그 꾸밈없는 태도를 보고서 장병들은 오히려 친근감을 가질 것입니다. 우리의 주군도 우리와 같은 인간이라고. 인간미를 그들에게 보이도록 하십시오. 그들은 어느 때보다 더 강한 연대감을 느끼게 될 것입니다."

제갈공명의 말에는 준엄한 울림마저 깃들어 있었다.

"알았소!"

유비도 그것은 이해할 수 있었다. 이제까지는 자신의 인간다움을 숨겨 왔던 것도 사실이다.

부하들에게 자신에 대한 외경심을 심어 놓기 위해서도 그럴 필요가 있었다. 셋이나 다섯밖에 없는 힘을 열쯤으로 보여야만 했기 때문에.

그러나 이제부터는 다르다.

풍요한 촉의 전역을 손에 넣었다지만, 촉 땅에서 유비 군단은 어디까지나 이방인이다. 그렇잖아도 서먹서먹한 인상을 주고 있다. 이런 때에는 총대장인 유비 스스로 친근감을 가질 수 있는 인간이라는 것을 먼저 부하 장병에게 보여 주어야 한다.

유장의 항복을 받아들인 지금 그의 부하 태반은 촉나라 사람이다.

유비는 비틀거리며 난간 쪽으로 걸어갔다.

"떨어지지 않도록 조심하십시오."

그 뒤에서 공명이 주의를 주었다.

"알았소, 알았소."

유비는 난간에 두 손을 짚고 아래 뜰에서 야외 대연회를 열고 있는 장병들을 향해 외쳤다.

"여봐라, 모두들 들어라! 나는 오늘부터 촉의 주인이다. 촉나라 주인이란 말이다! 다음에는 천하의 주인이 될 것이다!"

그리고 유비는 공명의 진언을 좇아 성도의 성에 비축돼 있는 금은을 남김없이 장병에게 분배했다. 전량(錢糧)이나 의류는 모두 본디의 소유자에게 되돌려 주었다.

항복한 유장은 형주의 공안(公安)으로 호송되었다. 그에게는, 조정에서 받은 진위장군(振威將軍)의 인수를 차는 일은 허용되었다.

그리고 곧 논공행상(論功行賞)이 베풀어졌다.

군사(軍師) 제갈량

탕구장군(蕩寇將軍) 한수정후(漢壽亭侯) 관우

정로장군(征虜將軍) 신정후(新亭侯) 장비

진원장군(鎭遠將軍) 조운

정서장군(征西將軍) 황충

양무장군(揚武將軍) 위연

평서장군(平西將軍) 마초

촉나라 구신들에게도 각각 관직을 주었다.

엄안은 전장군(前將軍)에

법정은 촉군태수에

동화는 장군(掌軍) 중랑장에

허정(許靖)은 좌장군장사(左將軍長史)에

방의(龐義)는 영중(營中)사마에

유파는 좌장군에

황권은 우장군에

저마다 임명되었다.

그 밖에 오의·탁응·이엄·이회·장익·진복·곽준·맹달 등 60여 명에게 또 각기 만족할 만한 지위를 주었다.

다시 손건·간옹·미축·미방·유봉·관평·주창·오반·요화·마량·마속·장완·이적 등 많은 어려움을 딛고 넘어온 사람들에게도 중요한 관직을 내렸다.

물론 이와 같은 논공행상이 모두 원만하게 이루어지지는 않았다. 촉나라 구신을 새 정권의 요직에 등용한다 하여 알력이 있었다.

이를테면 좌장군에 임명된 유파(劉巴)는 유장이 유비를 촉나라에 불러들일 때 크게 반대한 사람이다.

"호랑이를 숲속에 놓아주는 것과 같습니다."

특히 그는 유비를 호랑이로 비유하기도 했다. 하지만 유비는 과감하게 그를 요직에 앉혔던 것이다.

"허정(許靖)만은 제외합시다. 그 자만은 안 되오."

공명에게서 유장 진영 사람들을 등용하라고 권유받았을 때, 유비는 그것을 받아들였지만 허정만은 예외로 하고 싶다고 생각했다.

허정은 사촌 동생 허소(許劭)와 더불어 월단평(月旦評)으로 알려진 인물 평가의 대가로 천하에 그 이름이 높았던 명사이다.

그는 이때 촉군태수였는데 유비군이 성도를 포위하자 성벽을 넘어 도망치려다가 체포되었다. 그리고 유장이 그를 처벌하기 전에 성도는 함락되었다.

유비는 허정의 그런 짓이 참으로 비겁하다고 생각하여 그의 등용을 반대했던 것이다.

"그것은 안 됩니다. 허정의 명성은 확실히 알맹이가 없는 허명(虛名)에 불과합니다. 그러나 허명일망정 지금처럼 그 이름이 널리 알려져 있다면 어쩔 도리 없습니다. 허정을 냉대한다면 장군의 평판에 오점이 남습니다."

이렇게 반대한 것은 법정이었다.

"과연!"

유비도 법정의 건의를 받아들여 허정을 장사에 임명했다. 허정 대신 촉군태수가 된 것은 법정이었다.

그런데 법정은 그 지위에 앉자 대대적인 보복을 펼쳤다. 아무리 작은 원한이라도 반드시 보복을 했고 그 가운데 몇 사람은 죽였다.

사람들의 불만이 높아졌다.

그때 제갈량은 이렇게 말했다고 한다.

"지난 날의 공적을 생각할 때 법정을 그만두게 할 수는 없다."

새로운 고장에서 새 체제를 짜는 일이야말로 얼마나 어려운 일인지 웅변해 주는 이야기이다.

이와 같은 인사 조치는 공명 혼자서 단행했다.

공명은 전략가로서 뛰어났을 뿐 아니라 유능한 행정가이자 정치가이기도 했던 것이다. 공명의 인사에 대해 자그마한 불만이 없지는 않았으나 크게 불평하는 사람은 없었다.

주적의 싹

깊은 밤, 공명은 별다른 꾸밈이 없는 자기 방에 촛불도 켜지 않은 채 창문으로 비쳐드는 달빛을 받으며 혼자 앉아 있었다.

건안 12년, 현덕의 삼고초려에 감동하여 집을 나선 뒤 건안 19년 오늘까지 만 7년이란 세월이 눈 깜짝할 사이에 지나가 버렸다. 그 7년 동안 군사로서의 막중한 임무에 심혈을 기울였다. 어느 싸움을 막론하고 흥망을 걸지 않은 것이 없었다. 공명은 그 하나하나의 싸움에서 승리를 거둬왔다.

"34세인가?"

공명은 자신의 나이를 생각했다.

"이제 16년이 남았다."

공명은 자신의 수명을 50세로 보고 있었다. 그는 자기 생명에 대해서 남다른 예감을 지니고 있었다.

"16년, 16년이면 해 낼 수 있다!"

자신에게 그렇게 다짐하고 있을 때 문 밖에서 문득 사람의 기척이 났다.

들어온 사람은 현덕이었다.

"군사……."

자리에 앉자 현덕은 깊숙이 머리를 숙였다.

"이 무능한 유비를 고맙게도 오늘까지 이끌어 주셨소. 그 고마움을 어찌 말로 다하겠소. 새삼 진심으로 감사를 드리오."

"주군……."

공명은 조용한 목소리로 말했다.

"이제부터 시작입니다. ……싸워서 나라를 어떻게 지키느냐 하는 것이 몇 배나 더 어렵습니다. 깊이 명심하십시오."

"알겠소. 군사가 내 옆에 있어 주는 한, 이 유비는 모든 노력을 아끼지 않으리다. 부탁하오."

현덕이 조용히 물러간 뒤에도 공명은 여전히 움직이지 않았다.

깊은 침묵 뒤에 공명은 중얼거렸다.

"앞으로 16년은 살아야 한다. 살아서 끝까지 싸워야 한다."

"패전 소식은 아니지만 패전 소식과 별로 다르지 않다!"

유비가 성도를 함락시키고 촉나라를 다지고 있다는 소식을 듣자 조조는 씹어뱉듯 말했다.

진 것은 유장이지 조조는 아니다. 그러나 경쟁자가 제삼자를 이겼다는 것은 이쪽에게 패전 소식이나 다름없다. 그것이 조조의 사고방식이었다.

조조는 장남 조비를 불러 말했다.

"패배를 틈타 해야 할 일이 있다."

"그다지 좋지는 않겠지요. ……아니, 세상에서는 좋지 않게 생각할지도 모르지요."

조비는 무표정하게 대답했다.

조조는 이 아들이 자신의 어떤 일면을 확대시켜 어어받고 있다고 느꼈다.

조조는 다시 물었다.

"어떻게 그것을 아는가?"

"정상적인 말씀이라면 이 장소에 식을 부르셨겠지요!"

'이러니까 이 녀석이 싫어. ……하지만 정권을 유지하고 강화하려면 비처럼 비정한 근성을 지니고 있어야 한다……'

조조는 그렇게 생각했다. 그는 현실주의자로서 현실을 똑바로 보고 그것을 어떻게 하면 자기에게 가장 유리한 상태로 바꿀 수가 있는가를 냉정히 생각했다.

그리고 모략의 재능. 그 일면을 남김없이 이어받은 것이 조비였다.

조조에게는 격정가(激情家)의 일면도 있었다. 그 격정은 때론 아버지가 살해당했다 하여 서주에서 무차별 대학살을 자행하는 냉혹함으로도 나타난 바 있다. 그렇다고 냉정하기만 한 것은 아니었다. 조조에게는 다정하고 예술을 애호하는 일면이 있었다. 또 재능도 있었다. 이런 면이 그를 일종의 낭만적 인물로 만들기도 했다. 이런 면을 받아들인 것이 삼남인 조식이었다.

조식, 자는 자건(子建). 열두셋 때 벌써 《시경》·《논어》를 비롯한 사(辭)나 부(賦) 수십만 어를 줄줄 외었고 글을 잘 지었다.

조식은 건안 16년 평원후(平原侯)에 봉해졌다. 19년에는 임치후(臨菑侯)로 옮겨 봉해졌다. 이 해 조조는 손권 토벌을 떠남에 앞서 조식에게 업도의 수비를 맡기며 간절히 타일렀다.

"옛날 내가 돈구령(頓丘令)에 임명되었을 때가 23세였다. 지금 돌이켜보아도 그때 한 일에 아무런 후회도 없다. 너도 이제 23세, 실수 없이 잘 하라!"

조식에 대한 조조의 신임은 그 정도였고, 더욱이 정의(丁儀)·정이(丁廙)·양수(楊修) 같은 사람들이 그의 참모였었다.

그러나 조식이 낭만적인 인물로 알려진 것은 그의 글재주보다 여자 문제였다.

일찍이 원소의 근거지 업을 공략했을 때 조비는 원소의 둘째아들 원희(袁熙)의 아내인 견씨(甄氏)를 강탈했었다.

그때 절세 미녀인 견씨에게 조조도 군침을 삼켰었지만 조식도 아버지인 조조에게 견씨를 달라고 청했다는 것이다.

그러나 견씨는 조비의 것이 되었다.

이때 겨우 13살이었던 조식은 낮이나 밤이나 견씨를 사모하여 식음을 제대로 못하는 나날이 계속되었다.

그래서 견씨를 사모하는 시를 쓰며 겨우 그 격정을 달랠 수가 있었다.

조조는 아들만 모두 25명이었는데, 조비·조창·조식만이 변씨(卞氏) 소생이다. 조조는 이 세 아들 가운데 후계자를 골라야 할 입장에 있었다.

조창은 재능면에서 약간 뒤졌다.

그렇다면 장남 조비냐, 아니면 삼남 조식이냐, 후계자의 범위는 둘로 좁혀진다.

그런데 이들은 둘 다 유능하긴 했지만 각각 아버지 조조의 어느 한 면만을 지나칠 만큼 이어받고 있었다.

하나는 비정한 현실주의자, 또 하나는 시정(詩情)이 풍부한 낭만주의자.

'어느 쪽이 좋을까?'

조조는 요즘 이 문제에 대해 곰곰이 생각하는 일이 많아졌다.

——천하를 잡는다.

그러기 위해서는 냉철하고 비정하지 않으면 안 된다. 하지만 천하를 다스리자면 따뜻한 마음이 있어야만 한다.

'내가 천하를 쥐지 못한다면 비가 해낼 거다. 내가 천하를 평정한

다면 식이 좋다.'

현재로서는 이렇게 생각했다.

장남 조비를 부른 것은 천하를 얻기 위한 냉혹한 작업을 함에 있어 그 보조를 부탁하고 싶었기 때문이다.

조비는 그 자리에 조식이 없는 것을 보고 '별로 좋지 못한 용건'이라고 꿰뚫어 보았던 것이다.

'이 녀석은 이러니까 질색이야. ……그러나 아마도 나는 이 녀석에게 뒤를 물려주게 되리라.'

조조는 이런 씁쓸한 예감에 사로잡혔다.

천명(天命)을 받아 난세를 다스리고 경륜을 펴기 위해서는 맨 마지막에 스스로 천자가 되지 않으면 안 된다. 그러기 위해 지금의 한 황조를 쓰러뜨리고 조씨의 황조를 세워야 하지만, 조조에게는 이 찬탈을 주저하는 마음이 있었다.

'나는 기초를 만들겠다――뒤를 잇는 자가 천하를 앗으면 된다.'

어떻게 보면 도피였으나 그는 그렇게 생각했다.

철저한 합리주의자로 전통적 권위를 인정 않는다고 자부하면서도 천자를 폐하고 자기가 즉위하는 일에는 선뜻 발을 내딛지 못했다.

"주나라 문왕(文王)이야."

그는 그렇게 중얼거렸다.

주나라 문왕은 그럴 힘은 있었지만 은(殷)나라 천하를 빼앗지 않았다. 천하를 앗는 한 발짝 앞에서 머물고, 결국 그의 아들 무왕(武王) 대에 이르러 비로소 은왕조를 쓰러뜨렸던 것이다.

이윽고 조비가 물었다.

"패배를 틈타다니 무슨 말씀이옵니까?"

"장래를 위해 우리에게 적대하는 자들을 이 기회에 타도하지 않으면 안 된다."

"그보다 먼저 적대자가 누구인지 똑똑히 알아내야만 합니다. 언제나 부지런히 우리 조씨 집에 문안드리러 오는 인간이 뜻밖에 적일지도 모릅니다.”

“그 점이야! ……이제부터 적을 가려내는 공작을 해야 한다. 우리의 세력이 약해지면 적들도 얼굴을 내미는 법이지.”

“아, 그렇군요! ……환성에서 손권에게 지고 촉 땅을 보기좋게 유비한테 빼앗겼다. ……조씨들은 대체 뭘 하고 있느냐 하고 그 동안 가슴 속에 숨겨뒀던 적개심을 드러낼 겁니다.”

“그렇다. ……그렇게 만들기 위해서는 우리 조씨가 지금 괴로움을 겪고 있다는 것을, 힘이 약해졌다는 것을 먼저 사람들에게 믿도록 할 필요가 있지. ……그것을 할 수 있겠느냐?”

“할 수 있다뿐입니까? ……온갖 수단을 강구한다면 어리석은 자들이 날뛰게 될 것입니다.”

조비는 이때 비로소 표정을 나타냈다. 싱긋 웃었던 것이다.

‘으스스한 웃음이야.’

조조마저 그렇게 생각했다. 그러나 지금 의논한 공작은 3남인 조식으로서는 할 수 없는 일이었다.

“그럼, 그 공작을 추진해 다오. ……그런데 그 공작을 하기 전에 특별히 요구할 건 없느냐?”

조비는 잠깐 생각하고 나서 말했다.

“오두미도의 교모 소용을 어딘가 먼 곳으로 쫓아내 주시지 않겠습니까?”

“하하하. 너도 그 할멈이 귀찮았던 모양이구나?”

“예, 귀찮은 존재입니다.”

“좋아, 할멈을 먼 곳으로 보내주마.”

조조는 아들과 의논이 끝난 뒤 오두미도의 교모 소용을 불렀다.

조조는 말했다.

“드디어 한중에 손을 대야 할 때가 왔소.”

한중에는 소용의 아들 장로가 있다. 조조는 한중을 손에 넣을 때 무혈 점령이 바람직하다고 생각했다.

신앙을 가지고 있는 자와의 전쟁은 이제까지의 전쟁과는 양상이 다르다. 익숙하지 못한 형태의 전쟁은 하고 싶지 않았다.

조조는 얼마 전부터 소용을 통해 한중의 장로에게 항복을 권유하고 있었다. 예비 교섭을 위해 공손양을 보냈지만 효과가 없었다. 그리고 지금은 그런 교섭을 하기에 이미 시간이 없었다.

조조는 그런 사정을 설명하고서 말했다.

"아무래도 교모가 가 주어야만 하겠어."

"알았습니다. 저도 그럴 생각이었습니다."

소용은 은빛 머리를 숙였다.

금인적수(金印赤綬)에 원유관(遠遊冠)을 그다지 탐하지도 않으면서 조조가 그것들을 일부러 하사받은 것은 순전히 반대파를 도발하기 위해서였다.

"내시 손자인 조조를 황족 윗자리에 앉히다니 말도 안 된다!"

그들은 이를 갈고 팔뚝을 문질러댈 것이 틀림없다. 다만 분해하고 있을 뿐이라면 여간해서 그 꼬리를 밟히지 않으리라.

그들에게 어떻게든 움직이도록 계기를 만들어 주어야 한다.

그러자면 상대에게 믿도록 해야 한다.

——조조는 약하다!

——조조도 늙었다.

조조는 그 방법을 생각하고 있었는데 환성의 패전과 촉에서의 유비의 승리가 알맞은 무대를 제공해 주었다.

'조조도 겁낼 것 없잖아!'

이런 분위기가 감돌기 시작한 것 같다. 그 위에 모략의 천재 조비를 시켜 물밑 공작을 시킨다.

물속 깊이 숨어 있던 반조조파도 이제 슬슬 수면 위로 떠오르리라

──그들만 숙청하면 조씨가 천하를 잡는 데 방해가 될 것은 없으리라.

조비의 공작은 성과를 나타냈다.

맨 처음 수면에 떠올라온 것은 황후의 친정인 복씨(伏氏) 일족이었다.

복 황후, 이름은 수(壽). 낭야(瑯琊) 사람으로 아버지는 복완(伏完), 어머니는 환제(桓帝)의 딸 양안 공주(陽安公主)였다.

그 이전 영제의 하 황후가 백정의 딸인 데 견준다면 애당초 황실과는 인연이 깊은 가문이었다.

그런 만큼 복 황후는 자존심이 강했다.

동탁의 난으로 장안에 가거나 그곳에서 다시 동쪽으로 돌아올 때에도 천자와 고생을 함께 했었다. 특히 낙양으로 돌아오는 도중 병란의 피보라가 황후의 옷에 튀었을 정도였다.

'그렇건만 나는 왜 보답을 받지 못하는 것일까? 공주를 어머니로 둔 내가 어째서 조조 따위의 눈치를 살펴야만 하는 것일까?'

이렇게 생각하자 복 황후는 치가 떨렸다. 무엇보다도 안타까운 것은 아버지가 너무나도 무골 호인이었다.

공주의 남편으로 뽑혔을 만큼 복완은 본디 온화한 인물로 다투기를 싫어했다. 딸이 장안에서 황후에 오르자 복완은 집금오(執金吾)가 되었다.

동쪽으로 돌아온 뒤 보국장군(輔國將軍)이 되고 삼공(三公)과 똑같은 대우를 받게 되었지만, 그는 사양하여 인수를 다시 바쳤다. 그래서 중산대부(中散大夫)가 되었던 것이다.

중산대부는 왕망 시대에 설치된 새로운 관직으로 논의(論議)를 관장한다곤 하지만 요컨대 한직이었다. 외척으로서 중요 직책에 앉으면 조조가 경계하리라 생각하고 스스로 사양하여 낮은 지위를 감수했던 것이다.

복 황후는 이런 아버지의 소극적인 태도가 답답해 견딜 수 없었다.

선제의 황후인 하 황후의 오라버니는 백정이면서 누이가 황후에 오르자 대장군이 되어 병권을 장악하지 않았던가. 환관과의 대립에서 목숨을 잃긴 했지만 누이의 뒤를 튼튼히 해 주려고 애를 썼던 것이다.

순제의 양 황후 일족도 적지 않은 월권 행위를 했지만 역시 권세를 휘두름으로써 자기 가문에서 배출된 황후를 후원했던 것이다.

'아버지는 나를 위해 아무것도 해 주지 않는다.'

복 황후는 아버지를 원망하고 있었다.

그러나 복완은 어쩌면 딸을 위해 가장 현명하게 처세했다고 할 수 있었다. 외척 복완이 양순했던 관계로 조조는 황후나 복씨 일족을 특별히 견제하지 않고 있었던 것이다. 하지만 황후나 복씨 일족 사람들은 그 점을 잘 이해하지 못했다. 복 황후는 아버지에게 곧잘 원망을 늘어놓았다.

"어째서 저를 강력히 지켜주려고 하지 않으세요? 조조의 횡포는 날로 심해지기만 합니다. 저는 언제 황후의 자리에서 쫓겨날지 모릅니다. 아버지를 비롯한 일족의 후원이 없다면 앞으로 어떻게 버텨나갈 수가 있겠어요."

복완은 그럴 때마다 슬픈 듯이 고개를 젓고 뒷말을 흐렸다.

"글쎄요, 앞으로 기회를 봐서……."

그러면서 마음 속으로는 한탄했다.

'도무지 아무것도 모르는구나. 내가 걸어가고 있는 길이 가장 좋은 길이라는 것을!'

건안 5년 동승(董承) 등이 조조 타도를 음모했다가 발각된 사건이 있었다. 조조는 재빨리 그의 일당과 일족을 주살해 버렸다.

그때 동승의 딸이라는 이유로 조조는 동 황후를 대궐에서 끌어내어 죽였다.

"그 여자를 살려주시오. 내 자식을 잉태하고 있소."

그때 천자는 그녀를 살려달라고 조조에게 애원했다. 하지만 조조는 용서하지 않았다.

조조는 싸늘하게 말했다.

"역적의 손자를 낳게 해서는 아니됩니다!"

이런 일이 있고서부터 조조에 대한 복 황후의 공포심은 더욱더 심해졌다. 일종의 강박증이었으리라.

두렵고 무서워 견딜 수가 없었다. 하루하루가 바늘방석 같아 언제 죽을지 몰랐다. 복 황후는 당연히 아버지와 일족이 자기를 지켜주어야 한다고 생각하고 있었다.

천하의 일은 천자께서 마땅히 다스려야만 하지요. 지금 조조는 천자를 업고 천자의 이름 아래 천하 정사를 좌지우지하고 있어요. 천자를 등에 업은 자의 뜻이 천하를 움직이고 있어요. 천자를 업는 것이 어찌 조조여야만 한다는 겁니까? 어째서 아버지께서는 안 된다는 거죠? 복씨 일족이면 안 된다는 법이라도 있나요?

물론 그러기 위해서는 조조를 지금 그대로 놔 둘 수는 없어요. 그를 없애야 하는데, 이것은 과연 불가능한 일일까요? 할 수 있어요! 역적을 치라는 천자의 조서만 있으면 할 수 있지 않아요? 그런 조서라면 제 힘으로도 만들 수 있어요!

조조에 대한 두려움이 극도로 심해진 복 황후는 아버지에게 이런 밀서를 보냈다.

복완은 이 편지를 읽고서 머리를 저었다.

'제정신이 아니구나. 가엾게도 신경이 너무 날카로워진 거야. 이런 상식에 어긋나는…… 만일 이 편지가 조조의 손에 들어가면 어쩔 작정이지? 이번에 만날 때에는 잘 타일러 주리라!'

복완은 자기 딸인 황후에게 간했다.

공포증 발작이 가라앉자 복 황후는 아버지의 말을 잘 이해할 수 있었다.

"앞으로는 그런 어리석은 짓을 하지 않겠어요!"

그래서 복완도 안심했다.

그런데 복 황후는 밀서를 아버지에게만 보냈던 것이 아니다.

야단맞을 것 같아 말하진 않았지만 콧김이 센 삼촌 복망(伏望)에게도 보냈었다. 복망이 입궐했을 때 황후가 부탁했다.

"그 밀서에 대해서 아버지께 말씀하지 마세요."

복망도 고개를 끄덕이고 승낙했다.

복완이 딸의 밀서를 불태워 버렸음은 말할 필요도 없다. 복망은 황후에게 다짐을 받은 뒤 밀서에 대해서 형에게 아무런 말도 하지 않았지만, 밀서는 없애버리지 않았다.

복망은 조조를 미워하고 있었다. 언젠가는 조조를 타도하여 조정을 본디의 모습——옛날처럼 외척이 권세를 천하에 떨치는 세계를 만들고 싶었다. 그날을 위해 밀서를 남겨 두었던 것이다.

그 밀서는 자기 일족 출신 황후가 조조의 잘못을 강력히 규탄한 내용이었다. 그리하여 조조 타도의 조서는 황후의 힘으로 내릴 수 있다고 보증하고 있었던 것이다.

'조조 타도의 동지를 규합할 때 이 황후의 밀서는 큰 힘이 되리라.'

복망은 그렇게 생각했었다.

그런데 온화한 인품을 가지고 일족의 어른으로서 경거망동하지 말라고 타이르며 본심을 감추고 있었던 복완이 뜻밖의 병으로 죽었다. 건안 14년의 일이었다.

복완을 잃은 복씨 일족에는 이제 더 이상 신중하게 처신하도록 억누르는 사람이 없어졌다.. 그뿐 아니라 복망처럼 행동이 앞서는, 자제심 없는 인물이 집안의 어른이 되었다.

'언젠가……언젠가…….'

벼르고 있었지만 조조의 힘은 전보다도 강대해져 좀처럼 거사를 일으키지 못했다.

'조조라 할지라도 신은 아닐 게 아닌가. 실패하여 힘이 약해질 때도 있으리라. 꾹 참고서 그 틈을 엿보기로 하자.'

복망을 주축으로 하는 복씨 일족 및 동지들은 기회를 엿보고 있었다. 조조를 타도하는 것이 쉬운 일이 아님을 그들도 잘 알고 있었다.

일을 성공시키기 위해서는 자기들도 힘을 길러야만 한다. 유력한 동지를 하나라도 많이 얻어야 한다. 그러기 위해서는 저 10여 년 전에 쓴 황후의 밀서가 위력을 발휘하리라.

건안 19년——마침내 그들이 기다리고 기다리던 때가 온 듯 싶었다. 조조의 운도 내리막길을 달리고 있는 것처럼 여겨졌다.

환성(晥城)에서는 손권군에게 패배했다.

숙적인 유비가 촉나라 전역을 정복하는 데 성공했다.

조조도 이미 60세가 되었다. 영웅도 늙음만은 어쩔 수가 없는 것이 아닌가!

불손하게도 금인적수(金印赤綬), 원유관(遠遊冠)을 받았다. 조조가 그것들을 받아들임으로써 복씨 일당의 분노는 더욱더 불타 올랐다.

"천자의 외척에게조차 주어지지 않는 것을 조조 놈이!"

하지만 생각하기에 따라서 그와 같은 것을 탐내는 것은 조조가 늙어 망령이 든 증거일지도 모른다.

'그래, 틀림없어!'

복씨 일족을 중심으로 한 반조조파의 움직임은 눈에 띄게 대담해졌다.

말과 땅

　한중이나 서촉 일대의 정보는 순식간에 천리 상류로부터 오나라에 알려졌다.
　"현덕은 이미 성도를 점령했다."
　"치안을 착착 바로잡고 촉 땅에 새로운 정사를 베풀었다고 한다."
　"전 태수 유장은 후방으로 호송되어 형주 공안으로 옮겨졌다고 하오."
　오나라 가신들은 정당에 모일 적마다 서로의 정보를 교환하고 있었다. 손권은 가신들을 모아놓고 입을 열었다.
　"촉나라를 앗으면 형주는 반드시 오나라에 되돌려 준다. 이것은 현덕이 전부터 오나라를 향해 입버릇처럼 말하던 약속이다. 그렇지만 지금, 촉 41주를 앗았으면서 아직 아무런 성의도 표시해 오지 않고 있다. 나의 인내에도 한도가 있다. 차라리 대군을 일으켜 형주를 앗아 버릴까 하는데 여러분의 의견은 어떻소?"
　그러자 중신 장소(張昭)가 머리를 저었다.
　"아직은."

그러자 손권이 물었다.

"이 일에 반대요?"

"그렇습니다. 촉·위·오 세 나라 중에서 지금 가장 혜택을 받고 있는 곳은 오나라입니다. 나라는 태평하여 백성은 부를 쌓고 병은 충분히 영기(英氣)를 기를 수 있습니다. 굳이 대군을 일으켜 전쟁을 할 까닭이 없지 않습니까?"

"그러나 이대로 버려둔다면 어느 세월에 형주가 오나라에 돌아온단 말인가?"

"팔짱 끼고서도 형주를 되찾을 수 있습니다."

"무슨 명안이라도 있소?"

"있습니다. 현덕이 믿고 의지하는 인물은 제갈공명 하나라고 해도 지나친 말이 아니겠지요. 그 공명의 형 제갈근(諸葛瑾)은 오랫동안 주군을 섬겨 이 오나라에 있지 않습니까! 그를 촉나라에 사자로 보내어 만일 형주를 돌려주지 않는다면 근을 비롯한 처자 일족을 모두 처형하겠다고 위협하는 것입니다."

"과연! 공명은 정 때문에 번민하고 현덕은 의리 때문에 괴로워할 테지? 매우 좋은 계책이다. ……그러나 제갈근은 줄곧 나를 섬기며 한번도 잘못한 적이 없는 성실한 군자인데, 어찌 그의 처자를 하옥시킬 수 있단 말인가!"

"아닙니다. 주군의 뜻을 잘 일러주고 계책 때문이라 하면서 처자를 임시 옥사에 옮긴다면 아무런 지장이 없을 것이 아닙니까?"

다음날 제갈근은 손권에게 불려가 자세한 설명과 함께 군명(君命)을 받았다.

하루는 유비가 약간 당황하는 빛을 얼굴에 띠며 공명을 부르더니 말했다.

"군사의 형님이 촉나라에 왔다지 않소?"

"어젯밤 객관(客館)에 도착했다고 합니다."

"아직 만나지 않았소?"

"형님이라 할지라도 오나라 국사(國使)로서 온 사람이고, 공명은 촉나라 신하인데 사사로이 만날 수는 없습니다."

"무엇 때문에 왔을까?"

"물론 형주 문제이겠지요."

공명은 가까이 다가가서 귀에 대고 무엇인가 속삭였다.

"음, 알았소."

현덕은 얼마쯤 얼굴이 밝아졌다.

그날 밤 공명은 객사에 있는 형을 예고 없이 찾아갔다. 제갈근은 공명의 얼굴을 보자 소리내어 울었다.

"형님, 대관절 왜 그러십니까?"

"내 난처한 입장 좀 들어다오. 나의 처자 일족이 모두 오나라에서 하옥되었다."

"형주를 돌려주지 않는다는 이유에서입니까?"

"그렇지. ……내 입장을 헤아려다오."

"염려하실 것 없습니다. 형주만 양보한다면 모두 옥에서 풀려날 게 아닙니까? 형님의 처자에게 재난이 미치는 것을 어찌 동생이 가만히 앉아서만 볼 수 있겠습니까? 주군께 말씀드려 형주는 꼭 오나라에 양보하겠습니다."

이 말에서 새겨들어야 할 것은 형주를 양보한다고 말했지, 돌려준다고는 말하지 않은 점이다.

오나라는 유비가 형주를 빌린 것으로 알고 있다. 그러나 그것을 양보하겠다는 말로, 유비는 결코 형주를 빌린 것이 아니라는 입장을 선명하게 밝혔던 것이다.

그러나 제갈근은 거기까지 생각을 하지 못했다. 돌려준다는 것이나 양보한다는 것이나 그것이 그것이라고 생각하였다.

“오오! 그렇게 해주겠나?”

제갈근은 눈물을 거두고 기쁜 빛으로 동생에게 감사했고 다음날 현덕과 만났다.

“이것은 오후로부터의 국서입니다!”

제갈근이 바치는 편지를 펴보더니 현덕의 눈썹이 별안간 올라붙었다.

제갈근은 섬뜩했다. 곁에 있던 공명도 눈이 휘둥그레졌다.

현덕은 그 편지를 북북 찢더니 무서운 눈초리를 천장으로 보내며 외쳤다.

“무례하구나, 손권! 형주를 깨끗이 오나라에 양보할 작정이었는데, 간사한 계책으로 내 아내를 속여 오나라로 납치해 간 일을 잊었단 말인가! 옛날 형주에 있을 때에도 그대 손권 따위는 겁내지 않던 유비다. 하물며 지금 촉나라 41주를 합쳐 정병 수십만에 살찐 말이 수없이 있고 양초(糧草)를 산악에 산더미처럼 비축했으며, 주민들은 유사시에 대비하여 모두 단결하고 있는 지금 무엇이 두려우랴. 손권이 아무리 교활한 꾀로써 속이려 할지라도 힘으로써 형주를 앗을 수 있겠는가?”

가슴 속의 분노를 일시에 폭발시킨 현덕의 태도에 두 사람은 한동안 입도 벌리지 못하고 있었다. 이윽고 공명이 옷소매로 얼굴을 가리며 흐느껴 울었다.

“만일 형님을 비롯한 처자 일족까지 오후에 의해 주살된다면 공명이 무슨 낯으로 혼자 세상에 살아남을 수 있겠습니까? ……슬프구나, 형제의 정. 아아, 괴롭구나. 이 일의 처리!”

우러르면서 눈물을 흘렸고 엎드려서는 어깨를 떨었다. 현덕은 아직도 노여움을 누르지 못하고 있었지만. 차츰 감정을 억누르더니 공명의 입장이 딱하다는 듯이 말했다.

“그렇게 한탄하니 나의 가슴도 아프오. 그렇다고 형주를 그대로 양보할 수는 없고 군사의 비탄도 보고만 있을 수 없소. ……그렇지, 그럼 이렇게 하겠소. 형주 중에서 장사(長沙)·영릉(零陵)·계양(桂陽)의 세 군은 오나라에 양보해 주지. 그렇다면 오나라의 체면도 서고 제갈근의 처자도 살 수 있지 않겠소."

"고마우신 말씀."

공명은 현덕에게 머리를 숙인 뒤 다시 청했다.

"그렇다면 그 말씀을 편지로 적어서 형님에게 내려 주십시오. 형님이 그것을 가지고 형주에 가서 관우 장군과 상의하고 이양(移讓)의 수속을 밟아야 하니까요."

현덕은 곧 편지를 써서 제갈근에게 주며 주의할 점을 일러 주었다.

"나의 의제 관우는 마음이 솔직하고 때로는 성미가 불덩어리 같아 나마저도 두려움을 느낄 정도이니 충돌하지 않도록 조심해서 이야기하도록 하시오."

제갈근은 성도를 떠나 산길 뱃길로 10여 일이나 걸려 형주에 이르렀다. 그는 곧 성을 찾아가 관우와 만났다.

관우 옆에는 양자 관평이 시립하고 있었다. 제갈근은 현덕의 편지를 내놓으면서 말했다

"이번에 형주 땅에서 세 군을 오나라에 돌려주시기로 되었으니 속히 그에 필요한 조치를 취해 주십시오."

관우는 이렇다저렇다 하는 대꾸없이 제갈근만 무섭게 노려보았다. 제갈근은 거듭 애원하다시피 말했다.

"만일 장군께서 들어주시지 않아 세 군이 오나라에 귀속되지 않을 때는 이 사람의 처자는 모두 처형되고, 저도 오나라로 돌아갈 면목이 없습니다. 부디 고충을 살펴 주십시오."

관우는 칼자루를 두드리며 외쳤다.

"안 된다! 절대로 양보하지 못한다! 그것은 모두 오나라의 계략, 또다시 쓸데없는 말을 하면 이 검이 대답을 해주리라."

관평이 아버지를 달랬다.

"이 분은 공명 군사의 형님이십니다. 아버지, 아무쪼록 노여움을 거두십시오."

"알고 있다. 공명의 형이 아니라면 살려서 돌려보내지도 않을 것이다."

제갈근은 할 수 없이 공안을 떠나 다시 촉나라에 돌아가 현덕에게 호소하려 했다. 그러나 공교롭게도 현덕은 병중이라 면회가 허락되지 않았고, 동생 공명을 만나려 했더니 그는 군현을 돌아보느라 출장 중이라 한다.

천 리 왕복도 헛된 여행이 되어 제갈근은 힘없이 오나라로 돌아왔다. 손권은 그것이 모두 제갈량의 속임수라고 발을 구르며 성을 냈다.

"그렇다고 그대나 그대 처자에게 죄가 있는 것은 아니다."

임시로 하옥시켜 둔 가족을 모두 집으로 돌려보내 주었다.

그리고 손권은 다시 가신을 모으고 명했다.

"이미 현덕이 돌려준다고 한 장사·영릉·계양 세 군은 관우가 아무리 거부한다 하더라도 오나라가 마땅히 접수해야 할 땅이다."

이리하여 손권은 총대장 여몽(呂蒙) 아래 선우단(鮮于丹)·서충(徐忠)·손규(孫規) 등이 이끄는 2만 병력을 출동시켰다.

동시에 노숙이 1만 병력을 이끌고서 파구(巴丘)에 주둔, 관우의 움직임에 대비했다. 손권 자신도 육구(陸口)까지 진출하여 전체 지휘를 맡았다.

여몽이 형주 3군에 진주하자 장사와 계양은 곧 항복했으나 영릉 군수 학보만은 좀처럼 항복하려 하지 않았다.

그럭저럭 하는 사이 유비가 장강을 따라 공안까지 내려와서 주둔했다. 다시 관우에게 3만 병을 주어 익양(益陽)까지 진출시켰다.

이것을 보고 손권은 여몽에게 형주 세 군에서 철수하도록 지시했다.

철수하기 전에 여몽은 다시 한 번 학보에게 세객(說客)을 보냈다.

이리하여 학보가 겨우 항복했다. 여몽은 3군 모두를 평정한 뒤 철수했다. 그리고 노숙의 군과 합세, 손규·반장(潘璋)과 함께 익양에 진출하여 관우군과 대치했던 것이다.

한편 노숙이 손권에게 권했다.

"보통 수단으로써는 도저히 형주가 돌아오지 않겠지요. 저에게 일임해 주신다면 관우와 단독 회담을 열어 잘 설득하고, 만일 듣지 않는다면 그 자리에서 그를 없애버리겠습니다."

"좋도록 하시오."

이리하여 노숙과 관우, 두 장수의 회담이 열리게 되었다.

장소는 육구의 강변에 서 있는 임강정(臨江亭).

조건은 서로 따라온 병사를 백 보 거리로 떼어놓을 것, 휴대하는 무기는 언월도 한 자루로 제한했다.

관평은 놀랐다. 그리고 위험하다고 생각하고 아버지에게 간했다.

"노숙은 오나라에서도 장자의 풍이 있는 인물이라 듣고 있습니다만, 시국이 하도 어수선한 때인지라 어떠한 함정을 파 놓았는지 모릅니다. 천금보다도 무거운 몸을 그리 가볍게 움직이시면 아니 됩니다."

"걱정 말라."

관우는 어디까지나 간략하게 말했다.

"주창(周倉) 하나만을 데리고 간다. 너는 정병 5백 명에 쾌속선 20척을 준비하고 이쪽 기슭 멀리서 대기하고 있거라. 만일 내가 저쪽 기슭에서 신호하거든 곧바로 배를 급히 저어 달려오도록 하라."

"알았습니다."

관평은 아버지의 명을 따를 수밖에 없었다.

관우는 초록빛 전포를 걸치고 투구에 장식까지 달아 한결 돋보이게 하고서 배에 올랐다.

종자인 주창은 얼굴이 마치 뱀처럼 푸르뎅뎅하고 짐승의 송곳니처럼 덧니가 입술 사이로 내밀었는데 팔은 백 근 무게도 들어올릴 만큼 우람한데다 구릿빛으로 그을어 있었다. 그런 주창이 도원결의 이래 관우가 한시도 손에서 놓지 않은 82근짜리 언월도를 받들고 뒤를 따랐다.

또 거룻배에는 빨간 기를 하나 세우고 있었다.

강바람도 솔솔 불고 물결도 잔잔하여 배 안의 관우는 졸린 듯한 눈을 하고 있었다.

"아, 혼자서 온다!"

"저것이 관우야?"

맞은면 기슭에서 오나라 군졸들이 손바닥을 눈 위로 올리며 수군거렸다. 그들로서는 많은 병력을 데려오리라——그렇게 예상하고 있었던 모양이다.

만일 수많은 병력을 데리고 오면 신호에 따라 여몽과 감녕(甘寧)이 이끄는 두 부대로 포위해 버리자, 이것이 노숙이 대비해 둔 제1단계 계책이었다.

그런데 뜻밖에도 관우는 전에 없이 화려한 차림으로 종자 하나만 데리고 유유히 나타났다.

"그렇다면 제2 단계 계책으로!"

회담 장소인 임강정 뜰에는 백 보 거리를 두고 50명의 정예가 정렬해 있었다. 그리고 그밖에도 으슥한 곳에 복병을 배치했다. 한 번 이곳에 들어오면 천마귀신(天魔鬼神)이라도 살아서는 나갈 수 없게 되어 있었다.

그렇지만 그것을 모르는 상대의 눈에는 칼 하나 창 끝 하나 띄지 않게 교묘히 감추어져 있었다.

정자는 꽃과 진기한 그릇으로 장식되어 있고 푸른 나무에서는 새들이 즐겁게 지저귀고 있었다.

　노숙은 정중한 예로써 관우를 맞자 윗자리로 안내했다. 그리고 연방 술을 권했고 가희를 시켜 노래를 부르게 했으나 아무래도 관우를 똑바로 보지는 못했다.

　그러나 술잔이 세 번쯤 오고가자 노숙이 입을 열었다.

“장군도 잘 알고 계시겠지요. 형주 문제로 저는 오후의 명을 받아 자주 유 황숙을 찾아뵙곤 했지만 그때는 정말 혼났습니다. 그 일만은 지금껏 잊을 수가 없습니다.”

“어째서입니까?”

“완전히 우롱을 당한 것이나 다름없잖습니까?”

“그럴 리가 있습니까? 주군 유 황숙께서는 절대로 신의를 저버리는 분이 아닙니다.”

“그렇지만 지금껏 형주를 돌려 주시지 않고 있잖습니까.”

“하하하…….”

“웃을 일이 아닙니다. 머잖아 촉 41주를 얻게 되면 돌려준다 하셨는데도 그것을 실행하지 않으시다가 겨우 형주 가운데 3군을 돌려준다 하셨지만 그것마저 관우 장군이 방해를 하시지 않았습니까?”

“생각해 보시오. 유 황숙 이하 우리들 가신은 저 오림(烏林)의 격전에서 모두 목숨을 내던지고 피로써 싸워 빼앗은 땅이 아니오? 지하의 백골을 보아서라도 그리 쉽게 남의 나라에 양보할 수 있는지…… 어떤지…… 만일 장군이 우리의 입장이라 한다면 그렇게 순순히 응할 수 있겠소?”

“기다려주십시오! ……지난 일을 말한다면 당양 싸움에서 장군들을 비롯한 황숙 군사가 참담한 패배를 당하여 돌아가자니 나라가 없고 의지하자니 한편이 없던 때를 돌이켜 보시오. 이처럼 백 가지 계책이 모두 막혀 있을 때 당신네들을 구해 준 것은 어디의 누구였지요? 오나라 은혜가 아닙니까?”

노숙도 오나라의 인재이다. 회담에 들어가자 그 날카로운 혀끝은 상대편의 급소를 물고 늘어졌다.

"이런 말씀을 드리면 불쾌하실지 모르지만, 그때 패망하여 도주할 때 한 몸조차 의지할 곳 없는 황숙에게 연민의 정을 베푸신 분은 천하에 우리 주군 하나뿐이었습니다. 그런 뒤 막대한 군비와 병력을 동원하여 적벽에서 조조를 격파했기에 오늘날의 유 황숙이 때를 만나셨던 것입니다. 그렇건만 촉나라를 얻었으면서도 형주를 아직 돌려주지 않는다는 것은 누가 봐도 하찮은 시정잡배의 탐욕과 다를 게 없다 할 것입니다. 천하의 우러름을 받는 황숙께서는 수치스러운 일이 아니겠습니까? 장군은 이 점을 어떻게 생각하십니까?"

관우도 말문이 막혀 고개를 숙이고 있었는데 다시금 급소를 찔러오자 괴로운 듯이 발뺌하였다.

"주군이신 황숙께서는 소장이 헤아리지 못하는 깊은 뜻을 가지고 계실 거요."

노숙은 재빨리 말꼬리를 잡아 가일층의 공세를 가했다.

"황숙과 장군은 그 옛날 도원에서 마음도 하나, 죽고 사는 것도 함께라고 맹세한 사이라는 말을 들었소. 어찌 모른다고 하겠소!"

그러자 관우 곁에 서 있던 주창이 버럭 소리를 질렀다. 주인이 수세에 몰리는 것이 안타까웠으리라.

"토지는 덕있는 자에게 붙는 거다. 누구의 것이라고 정해진 게 아니다!"

그 순간 관우는 벌떡 일어섰다. 그리고 주창이 대신 가지고 있던 언월도를 잡아채며 그를 꾸짖었다.

"주창, 입을 닥쳐라! 이것은 국가의 중대사다. 너같은 것이 함부로 혀를 놀릴 문제가 아니다!"

정자 안이 갑자기 소란스러워졌다. 관우가 성큼 팔을 뻗쳐 노숙의

팔꿈치를 움켜잡고 걸음을 옮기기 시작했을 뿐 아니라, 또한 주창은
정자 난간께로 달려가 노란 기를 흔들어 맞은편 기슭에 신호했기 때
문이다.

"자아, 따라오십시오."

관우는 술에 취한 척하면서 노숙을 바싹 움켜잡았다.

"적어도 한 나라의 대사를 가볍게 논하는 것은 좋지 않소. 서로의
우정을 상하기 쉽고 모처럼의 주흥을 깨기 쉬우니 답례로 소장이
뒷날 호남에서 술자리를 마련하겠소. 오늘은 일단 헤어지기로 합
시다. 취객을 위해 강가까지 배웅해 주셨으면 고맙겠소."

사람들이 당황하는 사이 벌써 정자를 내려오고 나무들 사이를 지
나 바깥으로 나섰다.

노숙의 뚱뚱한 몸집도 관우의 손에는 마치 갓난애를 들고 가는 것
같았다.

노숙은 술이 깨었으나 도무지 경황이 없었다. 귓가로 바람이 스쳐
지나갔나 싶자 벌써 강물이 그의 눈에 보였다.

거기에는 여몽과 감녕이 병력을 매복시키고 관우를 놓칠세라 철
통같이 대비하고 있었지만, 관우의 오른손에는 보기만 해도 눈이 아
찔한 언월도가 들려 있고, 또 한손에는 노숙이 움켜잡혀 있어 얼씬
도 못했다.

그 사이 주창이 댄 거룻배에 관우는 훌쩍 올라탔다. 그리고 비로
소 노숙을 기슭으로 확 떼밀면서 말했다.

"오늘의 대접, 감사했소!"

감녕과 여몽의 군사는 그제서야 화살을 무수히 쏘아댔다. 그러나
그때는 순풍에 돛을 달고 맞은편에서 마중 온 쾌속선 20척의 호위
를 받으며 관우가 멀리 가버린 뒤였다.

후세 사람이 관우를 찬탄한 시가 있다.

오나라 대신들을 마치 어린아이 보듯
칼 한 자루로 연회 나가니 누가 감히 덤비랴
그날 관운장의 영웅스런 기개
인상여 민지의 일보다 더 대단하구나

하얀 맨손

조식이 맏형의 집에 불려갔다.

조식은 평원후에서 임치후로 옮겨져 있었다. 하지만 아버지의 명령으로 부임지인 임치 땅에 가지 않고 그대로 아버지·형과 함께 머물러 있었다.

맏형의 집에 가면 조식은 마음이 이상하게도 설레었다. 아름다운 형수 견씨(甄氏)가 거기 있다는 생각만 하여도 얼굴이 남몰래 붉어졌다. 견씨는 조비에게 와서 벌써 뒷날의 명제(明帝)와 동향공주(東鄕公主)를 낳았지만 조식의 가슴에는 13세 때 품었던 연모의 정이 그대로 살아 있었다.

이제 청년이 된 조식은 형수의 또다른 모습에 마음이 끌렸다.

형수의 희다못해 창백한 얼굴에는 애수(哀愁)의 그늘이 늘 짙게 깃들어 있었다. 시인 조식은 그와 같은 그늘은 먼 옛날의 슬픔이 마음속 깊이 남아 있기 때문이라고 보았다.

낭만적인 조식은 수심이 어려 있는 형수의 표정에 매료됐다.

조식이 물었다.

"오늘은 무슨 일로 부르셨습니까?"

여느 때라면 문학 얘기를 하자든가 가족 문제라든가 대강의 용건이 편지에 씌어 있었을 텐데, 오늘은 그저 와 달라는 내용만 적혀 있었다.

그러므로 만나자마자 조식은 용건부터 물었다.

조비는 대답했다.

"좀 복잡한 일이어서…… 그리고 이것은 비밀이다. 극비다."

"예."

조식은 고개를 끄덕였다.

극비의 용건이고 보면 편지에 씌어 있지 않은 것도 당연했다.

"세상에서는 우리들 형제 사이를 어떻게 생각하고 있을까."

조비는 느닷없이 물었다.

"우리들 사이?"

조식은 맏형의 엉뚱한 물음에 어리둥절했다. 그는 고개를 갸우뚱했다.

"한 어머니의 아들이면서 조씨 가문 후계를 둘러싸고 서로 암투를 벌이고 있다고 생각하는 자가 적지 않다."

"그럴까요?"

"형제 수는 많지만 이만큼이나 강대해진 우리 가문을 꾸려나갈 수 있는 것은 우리 둘밖에 없다는 것이 뭇 사람들의 일치된 견해다. 그러나 두 영수가 나란히 설 수는 없겠지. 둘 중 한 쪽이 조씨의 가문을 이어받게 된다. ……그러고 보면 우리 둘이 서로 다투는 것도 당연하잖을까?"

"경박한 자들이 터무니없는 소리를 하고 있습니다만……."

"어쨌든 그렇게들 말하고 있어. 그러니까 우리 사이가 나빠져도 세상에선 과연! 역시 그랬었구나 하고 생각할 게 틀림없다. ……그래서 얘기인데 세상의 그런 생각을 이용하여 한번 연극을 해야겠다.”

“연극이라 하시면?”

“형제 싸움의 연극이지. 그 대본은 내가 이미 써 놓았다. ……알겠느냐? 조씨 가문의 후계자 상속을 둘러싸고 조비와 조식 사이가 험악해진다. ……우리 가신들 사이에서는 이것은 연극이 아니고 이미 기정사실로 알고 있는 일이야.”

어느 쪽이 조조의 후계자가 되느냐, 본인보다도 측근들에게 더 중대한 일이리라. 입신 출세가 거기에 달려 있기 때문이다.

그들에게는 가승(家丞 : 집사)이나 참모가 딸려 있었다. 그밖에도 형제 모두 뛰어난 문인이라 문우(文友)들도 출입했다.

조비의 문학 모임과 조식의 그것과는 서로 모이는 부류가 같지 않았다. 뿐만 아니라 조조의 가신들도 주군이 60세를 넘겼으므로 다음에 섬겨야 할 주군이 누가 될지 의식하게끔 되어 있었다.

그들은 머지않아 양파로 나뉘어 끝내는 분쟁에 휩싸이고야 말리라. 조식은 말했다.

“정말 곤란한 일입니다.”

“너의 쪽에는 책사(策士)가 많더군.”

“그럴까요?”

조식은 고개를 조금 갸웃했다. 양수·정의(丁儀)와 정이(丁廙) 형제, 한단순·공계…….

정의·정이 형제는 조조에게 헌제를 허도에 맞이하여 권력을 잡도록 건의한 정충(丁沖)의 아들들이다.

조조는 정충이 일찍이 진언해 준 공을 잠시도 잊은 일이 없었다.

그래서 정충의 아들 정의의 명성을 듣자 아직 만나본 적도 없건만 사랑하는 딸 청하공주(淸河公主)의 남편으로 삼을까 하여 조비에게 의논했다.

그랬더니 조비가 반대했다.

"여자는 흔히 상대방의 용모에 마음이 끌리는 법입니다. 정의는 사팔뜨기라 누이가 싫어할 것이 틀림없습니다. 그보다는 하후돈의 아들 하후무(夏侯楙)에게 보내는 것이 좋겠지요."

조조는 조비의 의견대로 했다. 그런데 그 뒤 정의를 승상부의 관리로서 고용하고 출사하는 그와 말을 주고받자 대번에 마음에 들었다.

"정의는 훌륭한 젊은이다. 설사 장님이었다 해도 딸을 시집보낼 만한 가치가 있었다. 하물며 사팔뜨기쯤 무슨 문제가 된단 말인가! 조비란 녀석, 다른 속셈이 있어서 그런 말을 했구나."

정의는 정의대로 조비가 참견한 까닭에 조조의 사위가 되지 못한 것을 한으로 여겼다.

그래서 조식 편으로 돌아섰고 조조 앞에서 조식을 열심히 칭찬했던 것이다.

조비는 다시 말했다.

"내쪽에는 책사가 적다. 없다 해도 좋겠지."

조식은 대답할 말을 찾지 못했다.

하지만 지금 형이 말한 것은 사실이었다. 조비는 장남이라는 유리한 입장에 있다. 큰 잘못만 없다면 후계자로 뽑힐 가능성이 가장 많다. 책모의 필요성이 별로 없다. 삼남인 조식이 후계자가 되자면 서열대로가 아니기 때문에 더욱 책모가 필요한 셈이다.

조비는 다시 물었다.

"어째서인지 알고 있나?"

"글쎄요. ……어째서입니까?"

"하하하……정말 모르느냐? 내가 있기 때문이다. 나 말고 모사(謀士)가 필요하냐?"

조비 스스로가 굉장한 책략가였다. 그의 진영에서 이류 삼류의 모사가 활약할 여지는 없었던 것이다.

"이야기를 본론으로 돌리자."

조비는 말했다.

"형제 불화의 연극에 아버지도 협력해 주실 거고 내 아내도 한몫 거들어 줄 것이다."

"형수께서?"

"그것 역시 세상의 생각을 거꾸로 이용하는 거야. ……알겠느냐? 아버지께는 여러 가신 앞에서 나보다도 너에게 깊은 사랑을 기울이고 있는 것처럼 해줍시사고 부탁드리는 거다. 그리고 네가 내 아내를 연모하고 아내도 너를 싫어하지는 않는 것으로 해 두자."

"뭐, 뭐라고 하셨습니까?"

어지간한 조식도 당황했다.

"그러니까 세상의 생각을 이용한다고 했잖느냐! 내 아내를 보는 네 눈이 예사롭지 않다는 것은 세상에 널리 퍼져 있는 소문이야."

"그런 일은……."

조식은 온몸에 진땀이 흐르는 것을 느꼈다.

"어쨌든 너는 내 아내와 어디서 은밀히 만나는 거야. ……그러나 누군가에게 들켜야 한다. 그러면 소문이 한낱 소문이 아닌 것이 된다. ……조씨 집의 두 형제는 이제 피할 수 없이 사이가 벌어졌다. ……세상이 그렇게 믿도록 하는 거다."

"그것은 무엇 때문입니까?"

조식은 물으며 온몸을 떨었다. 심장까지 얼어붙는 것 같았다.

"뻔한 일이 아니냐! 아버지의 총애를 동생에게 빼앗기고 아내의 마음마저 동생 쪽으로 기울어졌다. ……그렇게 된 내가 어떻게 될 거라고 생각하겠느냐? 자포자기가 될 것이 아니냐! 어차피 조씨 가문은 잇지 못한다. 아내와 간통한 동생이 뒤를 잇는 조씨 가문이라면 차라리 멸망시켜 버리자. ……자포자기한 사나이가 이렇게 생각했다 해서 조금도 이상할 것이 없다. ……지금 천하에는 조씨 가문을 저주하는 인간이 적지 않다. 다만 조씨의 힘을 겁내어 숨죽이고 있을 뿐이다. 아마도 지하 조직 같은 것이 있겠지. 그것을 드러나게 하여 뿌리째 뽑아 버려야 한다. ……그런 자들이 조조의 큰아들이 환장해서 조씨 가문을 미워하고 있는 줄 알면 한편에 끌어들이려고 할 것이 아니냐. 조씨라는 큰 나무를 속에서부터 썩힐 수가 있다고 생각하고 말이야. ……이제 그만하면 알았겠지? 하하하…….”
조비는 크게 웃었다.

업은 춘추시대 제나라 환공(桓公)이 쌓은 성이라고 한다. 조비가 즉위한 후 위나라 수도가 되었지만 그 이전에 이미 수도다운 면모를 갖추고 있었다.
《문선(文選)》에 좌사(左思)가 지은 위도부(魏都賦)가 실려 있지만 그것은 다만 업도의 화려함을 아름다운 글로 엮은 작품이다.

　　통구(通溝)를 파서 소로와 나란히 달리게 하고
　　청괴(靑槐)를 잇대어 대로를 덮게 하도다

업의 주요 도로는 장수(漳水)에서 끌어들인 수로가 옆에 흐르고 있고, 푸른 느티나무가 가로수처럼 길게 늘어서 있었다. 느티나무 가로수 길이 긴 복도와 같다고 했는데 여름철 시원한 나뭇가지의 터널이다.
성 서쪽에 현무원(玄武苑)이라는 일종의 자연공원이 있었다.
위도부에도 이렇게 되어 있다.

　　나무꾼, 꼴베는 사람이
　　가기를 꺼려 하지 않았노라

즉 그곳은 유람이나 통행이 금지돼 있지 않았다.

원 안의 사냥도 자유였다.

군데군데 관우(觀宇)라고 불리는 전망대나 휴게소도 있고 연못이나 대밭, 채원·과수원이 널려 있었다.

원 안에는 크고 작은 길이 나 있다. 넓은 길은 마차가 나란히 달릴 수 있고 좁은 길은 사람 하나가 겨우 거닐 수 있을 정도였다.

높고 낮은 온갖 복잡한 지형을 이루고 있었다. 울창한 나무들에 둘러싸여 길에서는 가려져 보이지 않는 정자도 있었다.

거기는 한쪽에 깊은 연못이 있어 좀처럼 사람 눈길이 미치지 않는 것처럼 여겨진다. 그런데 뜻밖에도 그 뒤쪽이 얕은 동산이라 길이 있고 나뭇잎 사이로 아래쪽 정자가 내려다보였다.

그 정자에 조식은 형수와 함께 있었다.

형이 쓴 대본에 의해 그곳에서 연극을 하기로 되어 있었던 것이다. 연극은 거짓이어야 할 텐데 조식의 형수에 대한 연모는 진실이었다.

'형도 그것을 알고 있을 터인데…….'

조식은 숨이 막힐 것만 같았다. 붉은 난간이 있는 정자 안에 그는 지금 은밀히 짝사랑하는 형수와 단 둘만이 있었다.

"자건(子建) 서방님, 어떤 말을 하면 좋을까요? 호호호…….'

견락(甄洛)은 요염하게 웃었다.

조씨 형제들은 자(字)에 자(子)자를 붙이는 자가 많았다. 조비는 자환(子桓), 조창은 자문(子文), 조앙은 자수(子修) 등등이다.

"그것은 형님의…….'

형이 쓴 대본대로 하면 된다고 하려 했지만 도중에서 말이 막혀 버렸다.

증거는 없으나 반조조파가 있다면 황후의 일족일 거라고 대강 짐작하고 있었다. 조비는 복씨 일족과 가까운 자를 이용해, 이 날 이

시각 복망이 정자 위쪽 길을 지나게끔 공작을 해 두었던 것이다.

'현무원에서 시 모임을 갖는다.'

이런 구실을 만들었다.

목적은 조식과 그 형수의 밀회 장면을 보여 주는 것이다.

윗길에서 두 사람의 모습은 보이지만 작은 목소리는 들리지 않는다. 남녀의 밀회라 큰 목소리로 지껄일 까닭은 없어 두 사람의 대화는 대본에 없었다.

"적당히 말을 주고받아라."

형은 이런 정도로 일러주었을 뿐이다.

대사는 정해져 있지 않지만 동작은 지정되어 있었다. 조식이 견락의 어깨에 손을 얹는 등 자못 다정스러워 보이지 않으면 안 된다.

"적당히 하라는 것이었지요. 그럼 자건님의 시문 이야기라도 할까요……. 전 자건님의 시문에는 늘 감탄하고 있었지요."

견락은 말했다.

"부끄럽습니다."

"지난 해 지으신 '미녀편'에는 감동했습니다. ……다른 사람은 도저히 흉내낼 수 없는 훌륭한 작품이죠."

"그것은 지나친 칭찬이십니다."

조식은 형수의 눈길을 피했다. '미녀편'이란 시는 짝사랑하는 형수 견락의 모습을 떠올리며 지었던 것이다.

　　소매를 들어
　　새하얀 맨손을 드러내면
　　흰 팔뚝엔 금팔찌요
　　머리엔 금비녀
　　허리엔 파란 옥돌을 찼네

"여인의 모습을 잘도 관찰하셨어요. 그렇게 뚫어질 듯이 쏘아 본
다면 저는 아마 부끄러워서 쥐구멍이라도 찾고 싶었을 거예요."

'다름아닌 당신을 마음의 눈으로 지그시 보며 읊은 것이지요.'

하지만 그건 입 밖에 내어선 안 될 말이었다. 얼마나 괴로운 일인
가! 몸을 사뭇 난도질당하는 느낌이었다.

'형님은 나를 고문하고 있는 거다. 나의 속마음을 뻔히 알면서…
….'

이렇게 생각하자 조식은 분노 비슷한 것이 치밀었다.

견락은 향기로운 향을 몸과 옷에 뿌리고 온 모양이었다. 조식은
그 짙은 향기에 숨이 막혔다. 완전히 취해 버렸다.

처음 이 여인을 보았던 13세 때부터 23세인 오늘에 이르기까지
조식은 10년 동안 오직 이 한 사람만 사모해 왔다. 같은 저택에서
살아온 기간은 길었지만, 이렇듯 가까이서 이야기를 나눠본 적은 한
번도 없었다. 하물며 단둘이서 형수와 만난다는 것은 꿈에도 생각지
못한 일이었다.

그 고통을 이겨내기 위해 조식은 자기의 마음을 다른 데로 돌렸다.
──시문에.

조식은 문장을 생각하고 시상(詩想)을 가다듬으려 했다. 그것만
이 이 고통에서 벗어나는 방법이었다.

'생각하고 생각하니 사모의 정은 더욱 늘어, 밤에도 잠 못 이룬다
…….'

여러 가지 문장을 마음 속에서 엮었다.

일단 달아났던 그 괴로움이 얼마 안 있어 다시금 달콤하게 현실로
되돌아왔다.

견락이 말했다.

"자건님, 슬슬 제 어깨에 손을 얹으실 때이옵니다."

"괜찮겠습니까?"

조식의 목소리는 저도 모르게 떨렸다.

"대본에 있습니다."

형수는 웃었다. 오른쪽 볼에 작은 보조개가 팼다.

조식은 좀처럼 자신을 억제할 수 없었다. 그는 형수의 어깨에 손을 얹자 그 몸을 자기 쪽으로 끌어당겼다.

"아아……."

가냘픈 한숨이 견락의 입에서 새어나왔다.

조식은 자기 팔에 안겨 있는 형수가 꼼짝도 않고 있는 데 놀랐다.

놀라움은 곧 사라지고 도취가 그 뒤를 이었다. 깊고 깊은, 그리하여 감미로운 도취가——.

볼이 스쳤다.

견락의 볼이 조식의 볼과 맞닿았다. 뜨거운 볼이 서로 스치자 그 부분이 불타는 것만 같았다.

어느 틈엔가 조식의 오른손은 형수의 어깨에서 허리까지 천천히 흘러내리고 있었다. 견락의 허리가 희미하게 움직였다. 조식은 그 은밀한 움직임을 포착하려고 손가락에 힘을 주었다.

"아, 아아……."

조식은 볼 언저리에 견락의 입김을 느꼈다. 그는 견락의 얼굴을 입술로 더듬었고 그 차갑게 젖은 입술에 입술을 포갰다.

'조비 발광'이라는 소문이 나돌았다. 소문은 연못에 파문이 일듯 퍼져나갔다. 그 소문은 어떤 신비성마저 띠었고, 그 신비성 때문에 날개를 단듯 더욱 빨리 터져나갔다.

그뿐만이 아니다. 소문은 단지 사람들 입에 올랐을 뿐 아니라 뚜렷한 근거까지 있었던 것이다.

복씨 일족과 그 도당의 중추에도 어김없이 조씨 가문의 소문이 흘러들어갔다. 업도의 조씨 가문 가신 중에도 복씨에게 동조하는 사람

이 몇몇 있었던 것이다.

그런 자들이 알리는 정보는 전면적으로 믿을 수 있었다. 그들은 자기 눈으로 보고 자기 귀로 들은 것을 보고한 것이니까——.

어느 날 조조는 좌우의 사람들에게 말했다.

"참을성이 강할 뿐 그밖에는 아무것도 없다. 비도 여색을 탐낼 뿐이어서 재능을 여색에 낭비하는 것 같다. 뒤에 남은 것은 아무것도 없어."

조조의 후계자는 변씨가 낳은 세 아들 가운데에서 뽑히리라는 것은 정해진 일이라 해도 좋았다.

그 가운데인 차남 조창(曹彰)은 커다란 무쇠 솥을 한 손으로 번쩍 들어올릴 만큼 괴력의 소유자였지만 학문·견식·재능이 모두 모자랐다. 자기 자신도 그것을 잘 알고 있어 야심조차 품지 않았다. 일찍부터 후계자 경쟁에서 탈락되어 있었다.

남은 조비와 조식 가운데 어느 쪽인가인데, 조조가 한 말은 괴력의 조창과 더불어 여색에 빠져 있는 조비를 제외시킨 것이라고 받아들여졌다.

처음부터 행실이 좋지 않았던 조비가 더욱더 주색잡기에 빠져든 것은 이 무렵부터였다.

"조비가 후계자 구도에서 탈락되었단 말이지?"

복망은 정보를 알려 준 동지에게 확인했다.

"거의 틀림이 없습니다."

"그렇긴 하지만 조비의 난행은 너무 지나친 것 같잖은가?"

"아내와의 사이가 원만하지 않은 것은 사실인 것 같습니다. 여러 가지로 소문이 있어서 말입니다……. 소문의 상대는 다름아닌 동생 조식이라고들 합니다만……."

"호오, 소문이라고!"

그것이 근거 없는 한낱 헛소문이 아님은 복망이 누구보다도 잘 알

고 있었다. 그는 자기의 눈으로 그것을 똑똑히 보았던 것이다. 그것
은 우연이었다. 조식이 형수를 끌어안고 있는 현장을 두 눈으로 보
았으니 그 이상 확실한 증거는 없다.

"이번의 조비 난행은 참으로 심하다 하지 않을 수 없습니다. 예사
자포자기가 아닙니다."

"조비는 자멸하는가. ……자멸시키기에는 아깝다."

복망은 말했다.

"예, 뭐라고 말씀하셨지요?"

"조비를 혼자 자멸케 하기는 아깝다는 걸세. 자멸할 바에는 조씨
가문도 함께 끌어들여 멸망케 하는 게 좋지. ……조비를 우리쪽에
끌어들여 무엇인가 공작할 수 있을지도 모르겠는걸."

복망은 전부터 고대하던 날이 드디어 가까워졌다고 느꼈다. 그는
잠깐 생각하고 있다가 이윽고 무릎을 쳤다.

"그렇지, 표(標)는 조비의 시문 벗이었지. 꽤나 친한 사이라고
들었는데. ……음, 표를 불러 주게."

복씨 일족 가운데 시문에 뛰어난 복표(伏標)라는 인물이 있었다.
그는 조비와도 곧잘 시문 화답을 하여 문학을 통해 친밀해진 사이였
다. 복망은 그를 통해서 자멸을 각오한 조비를 꾀려고 하는 것이다.

"조비가 아버지와 동생에게 원한을 품고 있다는 것이 사실입니
까?"

조비 포섭을 부탁받은 복표는 미심쩍어 다시 확인했다.

"틀림없네. 내가 이 눈으로 똑똑히 보았지. 이것은 절대로 틀림
없는 일일세."

복망도 어떤 뜻에서는 신중한 인간이어서, 무엇을 그 눈으로 보았
는지 구체적인 것은 말하지 않았다. 하지만 평소 신중한 인간이 확
신을 가지고서 말하므로 복표는 그의 말을 철석같이 믿었다.

자계 기획 정예주의

자계 기획 정예주의

□ 인간 조종술

'먼저 자기를 바르게 하고 솔선수범하지 않으면 사람은 따라오지 않는다.'

항우(項羽)는 서초(西楚)의 패왕이라 자칭하고 유방 이하 17명의 장군을 각지의 왕으로 봉했으며 회왕(懷王)을 죽여 천하의 실권을 잡았다. 그러나 한왕으로 봉한 유방과의 사이에 분쟁을 일으켜 피투성이 격전을 5년간이나 계속했다.

이것이 이른바 초한전(楚漢戰)이다.

이 싸움은 처음에 항우 쪽이 우세했지만 유방의 부장 한신이 천재적 군략을 발휘하여 항우군을 옆과 등 뒤에서 공격하여 전세가 역전되었다. 항우는 해하(垓下)로 달아나 한군의 포위 공격을 받고 애인 우미인을 버리고 명마 추(騅)를 타고 포위망을 돌파, 양자강 기슭 오강(烏江)까지 달아났지만 천명을 깨닫고 스스로 목을 쳐 자결했다.

이것을 본 한병은 공을 다투어 시체에 덤벼들고 다섯 조각으로 찢어 '나야말로 첫째 공로자이다'라고 외쳤다고 한다.

"의로운 자는 어질지 못한 주인을 위해 죽지 않는다. 슬기로운 자는 어리석은 주인을 위해 피하지 않는다."   (三略)

□ 자기에게 엄한 리더

건안 15년(210) 조조는 술지령(述志令), 또는 명본지령(明本志令)이라 불리는 자기 규제의 성명서를 공표했다. 이 성명서 속에서 조조는 강대한 무력을 가졌으면서도 신하의 충절을 다한 주나라 문왕을 기리고

"나는 조부 이래 대대로 한 황실의 신임을 받아 왔다. 내가 천하를 토평하고 주명(主命)을 욕되게 하지 않았음은 오직 한 황조의 위광(威光) 덕분이었다."

하며 한나라 현제에 대한 신하의 절개를 죽음으로써 지킨다고 맹세했다. 조조의 이런 행동은 옷 속에 칼을 숨긴 연출이라고 보는 사람도 있다. 하지만 그때 제위(帝位)에 오를 실력을 가진 자는 그 하나뿐이었다는 점에서 예사롭지 않은 자기 규제였다고 할 수 있으리라.

브루투스는 자기가 회복한 로마의 자유를 유지하기 위해 엄격한 태도를 취하고, 신체제에 적의를 가진 아들에게 사형 선고를 내렸으며 형 집행에 입회했었다.

피렌체의 피에로 소텔리니가 실각한 것은 브루투스와 같은 엄격함이 없었기 때문이다. 그는 '자기만 참고 신사적으로 행동하면 모반은 일어나지 않는다'고 믿었으며 '인내와 관용으로써 하면 인간의 악은 이길 수 있고, 이익을 주면 적의를 없앨 수 있다'고 착각했던 것이다.

"좋은 일을 하는 것은 좋지만, 마음을 빼앗겨 나쁜 일이 일어나는

것을 깨닫지 못한다면 실패한다.”　　　　　　　　　　（마키아벨리）

□ ‘예스’, ‘노’를 분명히

상사이든 부하이든 ‘예스’와 ‘노’를 분명히 해두어야 한다. 예스는 할 수 있지만 노는 좀처럼 하기 어렵다.

컴퓨터와 첨단과학의 진보로 가정뿐 아니라 실업계·학계·관청을 막론하고 모든 분야에서 IT 세상이 되어 있다. 그러나 경영·업무·인사와 같은 면에서 마지막에 요구되는 것은 인간의 판단력이며 컴퓨터나 로봇이 처음부터 끝까지 일을 모두 해주는 것은 아니다. 최종적인 예스나 노가 분명치 않다면 그 기업이나 조직은 결코 신장하지 못한다.

같은 것은 피사용자측에도 말할 수 있다. 윗사람에게 무엇인가 명령받았을 때 자기 능력이나 형편으로 보아 도저히 그 임무를 달성할 수 없는데도 의리나 인정에 얽매여 그저 막연히 수락하면 반드시 실패하는 법이다. 할 수 없을 때에는 윗사람의 불신을 사더라도 감연히 ‘노’라고 하는 편이 조직인으로서도 부하로서도 옳은 태도인 것이다.

□ 작은 결정에 얽매이지 않고 가능성을 키워라

사람은 쓰기에 따라 좋게도 되고 나쁘게도 된다. 누구라도 장점이 있는가 하면 단점도 있다. 완전무결한 사람은 없다. 사람을 쓰는 데는 상대의 가능성을 믿고 그 장점을 뻗어나가게끔 쉴새없이 교육하며, 찬스가 왔을 때에는 그 능력을 마음껏 발휘시켜야 한다.

조조는 늘 자기는 ‘치세의 능신, 난세의 간웅’이란 말을 서슴지 않았다. 간웅이란 단세포(單細胞)의 영웅도 아니고 교활한 악인이란 의미도 아니다. 권모술수에 능하여 남을 교묘히 기만할 수 있는 영웅이란 뜻이다. 인간 조종술이 능한 조조는 인재라고 생각되는 인물을 발견하면 때로는 꾸짖고 때로는 추켜세우고 때로는 칭찬하여 가진 능력을 최대한 발휘시켰다. 천하를 제패하는 데는 기름진 영토와 우세한 군사력이 필수조건이라고 주장하는 원소에 대해 조조는 이렇게 주장했다.

"나라면 천하의 지력(知力)을 결집(結集)하여 이 원칙에 좇아 지도해 나가겠소. 그것으로 어떤 어려운 사업이라도 잘 될 것이오."

조조가 말하는 원칙이란 인간 조종의 원리였으리라. 조조는 적극적으로 인재를 모았고 능력 개발에 힘썼다. 이 때문에 '왕좌(王佐)의 재(才)'라고 일컬어진 순욱을 비롯하여 곽가·모개·순유와 같은 명참모나 장요·서황·하후돈·사마의 같은 명장이 기라성처럼 위나라에 모였다.

인재를 육성함에 있어 조조는 상대의 가능성을 믿고 소근(小瑾 : 작은 결점)에 구애되지 않았다. 막료 중 으뜸의 영재라 일컬어진 곽가(郭嘉)는 여자 문제로 자주 스캔들을 일으켜 군내에서 처벌을 요구하는 소리가 높았다. 조조는 곽가를 엄중히 꾸짖기는 했지만 처벌하지는 않았다. 그는 곽가의 군략 재주를 아깝게 여기고 그 가능성에 기대했던 것이다. 그 뒤 곽가는 과연 오환(烏桓) 정벌 때 위군을 패전에서 구하는 발군의 공을 세웠다. 조조의 사람을 보는 눈에는 틀림이 없었던 것이다.

□응대의 비결은 '틈'을 두는 데 있다

"위사(圍師)는 주(周)해선 안 된다."

손자의 말로서, 적을 포위할 때는 어딘가 달아날 길을 열어두어야 하며 상대를 막다른 곳까지 몰아넣지 말라는 뜻이다.

적과 싸울 때도 그러한데 한편끼리의 응대(應對)에선 더군다나 그렇다. 사람과 사람의 사귐에선 상대를 끝까지 몰아붙여 설 땅을 잃게 하는 일은 득책(得策)이 아니다. 그런 때 상대는 맹렬히 반격으로 나오든가 지금까지의 신뢰 관계가 무너져 배신하든가 한다.

자기 자신에 대해서조차도 끝끝내 추궁하기란 쉽지가 않다. 하물며 아무리 친밀하더라도 자기 이외의 사람은 어차피 남이다. 자기에 대해서도 할 수 없는 일을 부하나 상사에 대해 요구하는 것은 무리이다.

검도의 비결 중 하나에 '틈을 둔다'는 것이 있다. 틈은 간격이라든가 여유이고, 공간적으로 간격을 두고 시간적으로 한 호흡 떼어두는 것이다. 긴장을 유지하는 데는 오히려 도움이 된다. 사람을 쓰는 요령도 여기에 있다. 부하에게 모든 것을 요구하고 완전히 상사와 밀착하라고 기대해도 그것은 불가능하다. 상사가 부하를 막다른 데까지 몰아붙이면 그나마 양자를 잇는 신뢰의 한 가닥 실이 뚝 끊어지고 만다.

□세일즈맨은 고객에게 상품을 전달하는 메신저

상품이 팔리지 않는 것을 세일즈맨 탓으로 돌리는 CEO가 있지만 그것은 잘못이다. 세일즈의 책임은 CEO에게 있기 때문이다. 물론 그렇다고 CEO가 상품을 걸머지고 다니란 것은 아니다.

세일즈는 회사 전체가 하는 것이며, CEO는 세일즈 전략, 과장은 세일즈 전술, 세일즈맨은 세일즈 전법을 구사하여 그 종합 효과를 발휘해야 한다.

CEO는 판매 전략을 담당한다.

"전략이란 전술을 준비하고 전술이 올린 성과를 수확하는 것이다."

"전략은 전술에게 방향을 제시하고 전술을 지원하는 것이다."

따라서 CEO의 판매전략은

①시장의 육성, 주력 상품의 선정, 중점 판로의 결정

②판매 조직의 정비

③판매 촉진(수요를 환기시키기 위한 여러 활동)

④자금계획, 특히 매상금 회수를 쉽게 하기 위한 할부계약, 신용 판매 계약 등의 전반 조치

쉽게 말해서 좋은 상품을 택하여 유통이 좋은 판로에 올려놓고 광고함과 더불어 회사와 자기의 이미지 업에 주력한다.

판매과장은 판매 전술을 담당한다.

"전술이란 목표를 선정하고 전력을 조직하고 그 종합 위력을 효과적으로 발휘시키는 일이다."

판매과장은 이론과 실행, 계획과 지휘의 접점(接點)에 있는 자로서 머리가 좋고 활동적이며 인간미가 있는 간부가 아니면 해내지 못한다. 상하의 중간에 있어 가장 편한 것 같지만 실은 그 반대이다.

세일즈맨은 판매 전법을 담당한다.

'세일즈란 고객에게 이익을 주는 일이다.'

'세일즈맨은 발로 뛰어라.'

'미국에선 CEO의 80퍼센트가 세일즈맨 출신이다.'

세일즈맨 전법은 고객의 설득, 상품의 송달(送達), 대금의 회수이고 주어진 목표에 돌진하여 오직 솜씨를 발휘하면 좋지만, 경계심이 강한 불특정다수의 고객의 감정에 적접 부딪쳐야 하므로 심리학자이고 스포츠맨이어야 한다.

□신전법(新戰法)은 이긴다

전승(戰勝) 조건엔 여러 가지가 있지만 신전법 신무기의 효과는 엄청난 것으로 다른 모든 조건에 우선한다. 다만 물질적 위력뿐 아니라 정신적인 위력이 크며 양자가 상승효과를 발휘하여 위대한 타격을 적에게 주기 때문이다. 또한 전법은 시대의 산물이며, 시대가 바뀌었는데도 종래의 전법에 지배돼 있다면 패하는 것은 당연하다.

경영에 있어 신상품의 개발은 시장 작전에서 승리를 거두기 위한

결정적 요인이지만 그밖에 인간관계·판매·구매·제조에 있어서도 새로운 방식을 개발하여야 한다.

'선례를 좇고 있다면 적의 의표를 찌르지 못한다.'

'나폴레옹은 전승의 창시자였고 모방자는 아니다.'

자동차왕 헨리 포드는 자동차의 단순화와 '벨트컨베이어 시스템'에 의한 일괄 작업이라는 새 방식을 개발하여 대량생산과 가격 저하에 성공하여 세계의 자동차업계를 석권했다.

일본의 세이코사(精工舍)는 세계에 앞서 손목시계의 조립 작업을 벨트컨베이어에 올려놓음으로써 스위스 시계를 따라잡고 재빨리 수정시계 양산화에 성공하여 스위스 시계에 6년이나 앞설 수 있었다.

□패전국은 다음 전쟁에서 이긴다

유럽 역사는 각국의 전승·패전의 반복인데 자세히 보면 참담한 패전국이 다음 전쟁에선 멋진 승리를 거두고, 영광에 빛나는 전승국은 이윽고 몰락하는 하나의 법칙 같은 것이 있다.

패전국은 병기나 공장 시설을 빼앗기므로 부득이 최신식의 것으로 바꾸고 다액의 배상금을 앉겨 가난해지므로 전국민이 필사적으로 일하여 뜻밖에 빨리 경제적 자립을 하게 된다.

전승국은 병기나 제조 설비가 풍부히 있어 새로이 만들려 하지 않고, 그것이 구식이 되어도 폐기해서까지 바꾸려는 결단이 서지 않는다. 또 편한 생활에 맛들인 국민은 근로 의욕을 잃어버린다. 일하지 않는 자가 일하는 자에게 지고 만다는 가장 소박한 사실만은 어쩔 수가 없다.

"인간은 이겼을 때, 왜 이겼는가를 조사하는 것을 잊는다. 전승군이 멸망하는 것은 그 때문이다."　　　　　　　　　　(야마오카 소하치)

□대(大)는 소(小)보다 압도적으로 강하다

능력이 똑같은 군함이 10척과 6척으로 해전을 벌이면 6척 쪽이 진다는 것은 누구라도 알지만, 6척 쪽이 전멸했을 때 10척 쪽은 몇 척 남는지 의외로 알려져 있지 않다.

4척이 아니라 8척이 남는 것이다. 전력(戰力)은 실력의 제곱에 비례한다는 법칙이 있고, 10대 6의 전력비는 100대 36이 되는 것이다. 야구의 경우를 생각하면 이 관계는 좀더 뚜렷해진다. 9명 대 8명으로 시합을 하면 9대 8로 9인조가 이기지 않고 아마 9대 0이 되리라.

'전쟁은 많은 군을 투입하여 단기간에 승패를 결판내라.'

□소국의 전승은 멸망

국력 100의 대국과 국력 10의 소국이 싸우고 싸움 때마다 대국은 10, 소국은 5의 손실을 입었다고 하자. 소국은 대승했다고 기뻐하지만 두 번 싸운 뒤에는 양국의 국력비는 80대 0이 된다. 즉 소국의 전승은 빛좋은 개살구이고 실제는 멸망한다. 이길 노력을 하고 현실로 이기고 있어도 대국적으로는 지는 일도 있다.

CEO는 공장장에게 되도록 대전력(인원·설비·자재·자금 등)을 주는 것을 첫째로 생각지 않으면 안 된다. 이 노력을 하지 않고서 공장장을 독려하는 CEO는 자기의 태만 무능을 부하의 노력으로 커버하려는 것으로 CEO로서의 책임을 다하지 못하는 것이 된다.

그러나 공장장으로선 주어진 전력을 효과적으로 활용하는 일에 전념해야 하며, 이 노력 없이 전력 부족을 호소하는 자는 공장장 자격이 없다.

10억 원의 자금이 필요할 경우 5억 원을 주어 그 일을 반만 시키려는 것은 무리이며 9억9천만 원까지 주더라도 일은 제대로 못한다. 10억 원 필요한 데에는 10억 원이 있어야만 된다.

‘수요가 모자라는 병력을 차례로 사용하는 일은 큰 과실이다. 항
상 아군측보다 유리한 적과 싸우게 되면 이길 까닭이 없다.’

□부질없이 영토를 넓히지 않는다

조직이 커지면 경영에 있어 아무래도 분업화(分業化)를 피할 수
없다. 이것은 정치 조직이든 종교 조직이든 마찬가지이다.

그것과 마찬가지로 영토를 확장하는 일에만 마음을 빼앗겨 국력
의 충실(充實)을 게을리하는 나라는 파멸한다. 전쟁에 의해 재정
위기를 맞는다면 비록 이겨도 국력을 충실히 하는 것이 되지는 않는
다. 얻는 것보다 잃는 것이 많기 때문이다. 유비가 오나라를 칠 때
장장 700리에 걸쳐 진을 쳤던 것이 큰 패인(敗因)이었던 것도 이
좋은 본보기이다.

베네치아가 해상 패권만으로 만족하고 있던 때에 비하면 내륙(內
陸)에 진출하여 롬바르디아를 손에 넣은 뒤가 오히려 국력이 쇠약
했고, 피렌체가 10킬로미터부터 사방의 국경으로 만족하던 무렵이
토스카나를 영유한 이후보다 알찼었다. 두 나라 모두 영토를 확장하
는 일밖에 생각지 않았기 때문이다.

피정복국은 악풍(惡風)을 전염시킴으로써 복수한다고 한다. 로마
에 점령된 카푸아는 온갖 환락 수단을 써서 로마병의 마음을 녹이고
조국을 잊게 만들었다. 그 때문에 카푸아인을 접촉한 로마병은 그들
의 향락주의 악습에 물들고 마침내 로마 본국마저 위태롭게 했다.
로마는 카푸아 따위는 정복하지 않아도 좋았던 것이다.

‘회사를 크게 하는 것만이 능사가 아니다. 이익만 크다면 회사는
작은 편이 낫다.’

‘중일전쟁은 중국의 악습인 뇌물과 마작을 일본에 만연시켰다.’

‘베트남 전쟁은 미군에게 마약을 감염시켰다.’

□ 국소우세주의 —— 한 곳에서 이겨라

대(大)는 소(小)보다 엄청나게 강하다. 이기기 위해선 무엇보다 먼저 대군을 모아야 하지만 대군을 모으지 않고선 이기지 못하느냐 하면 반드시 그렇지도 않다. 전체로선 열세(劣勢)라도 결전장에서 우세하면 이긴다.

곳곳에서 모두 이길 필요는 없다. 적에 앞서 한 군데서 이기면 적의 전군을 격파할 수가 있다. 동탁이 3천 군사만을 이끌고 와서 수도 낙양 하나를 장악함으로써 중원의 지배자가 된 것도 그 좋은 본보기이다. 사마의가 위나라 전군(全軍)을 지휘하는 조상을 물리친 것도 서울 하나를 장악함으로써 가능했다.

일반적으로 하청회사는 모회사를 당하지 못한다. 자본·설비·기술·노동력 등등 모든 점에서 모회사에 뒤지고 있는 것이 보통이며 언제나 쓰라림을 당하는 숙명을 가지고 있지만, 이런 하청회사라도 모회사보다 우수한 점을 단 하나라도 가지고 있고 그곳에 전력을 집중하여, 국소우세주의에 성공하면 반대로 모회사를 추월할 수도 있다.

"나폴레옹의 천재 비밀은 일정한 때 일정 사건을 향해 주의력을 집중하는 점에 있었다."   (브리엔)

"병법은 분산과 집중의 기술."   (첼)

"일의 효과를 올리는 첫째 조건은 노력의 집중이다. 효과적인 경영자는 가장 중요한 일부터 하나씩 해치운다."   (드러커)

□ 소수정예주의 —— 인간이 적다면 정예가 된다

전력(戰力)은 양과 실의 상승적(相乘積)이다. 무엇인가의 형편상 다수를 모을 수가 없을 경우에는 소수의 불리를 질(質), 즉 정예의 이로써 보충하는 것이 소수정예주의이다. 소수 정예는 능률이 오른다. 또한 분투하고 있으면 어느틈엔가 단련되어 정예가 된다. 촉나라 군사는 제갈량의 지휘에 의해 소수정예부대였기 때문에 대군도 거뜬히 격파할 수 있었다. 삼국시대 수도를 장악한 장군들도 모두 소수정예부대를 지휘하고 있거나 아니면 비슷한 상황이었다.

사원을 정예로 하는 데에는 무거운 책임을 지우고 곤란 타개의 경영을 시키는 것이지만, 그러는 한편 곤란 타개의 능력을 미리 주는 교육 연수를 게을리해서는 안 된다. 교육 연수는 통솔을 위한 중요한 준비 작업이다. 따라서 그 책임자는 당연히 통솔자 자신으로서 회사에서는 CEO이고 간부이다. 외부에서 강사를 초빙하고 또는 세미나에 부하를 보내는 것도 효과적이지만 이것은 어디까지나 보조 수단이다. 일반적으로 CEO가 얼굴을 내밀지 않는 회사의 연수회는 그 가치가 반감한다.

교육을 위해 특별히 시간을 쪼개기 곤란하므로, 우리는 다양한 일상 업무 사이에 틈을 내고 찬스를 만들어 부하를 교육시켜야 한다. On the job training(事上磨鍊 : 實務敎育)주의에 철저하지 않으면 안 된다. 생각하기에 따라선 일상의 일터, 특히 부하가 실패했을 때에는 실물교육(實物敎育)을 위한 절호의 찬스인 것이다. "시간 낭비는 곧잘 인원 과잉에서도 생긴다." (드러커)

□버리는 것을 알라

전력을 효과적으로 발휘하자면 결전장에 이것을 철저히 집중하는 일이 필요하고 지휘관은 이를 위해 온갖 노력을 기울이지 않으면 안 된다. 그러나 전사(戰史)를 보면 이 일은 그다지 어렵지는 않다. 정말로 어려운 것은 전력이 차출되는 방면의 지휘관의 애소(哀訴)를 냉혹 무정하게 거부하는 일이다.

공명이 천하 삼분의 계책을 세워 넓은 중원 땅을 미련없이 버리고 파촉에 들어간 것이 촉나라 존립의 힘이 되었다. 마속을 벤 것도 그 뒤의 작전 지휘에 성공한 큰 원동력이 되었다. 경영자도 중요 부분에 힘을 늘리기 위해선 다른 부분을 버리는 비정(非情)과 용단을 가지지 않으면 안 된다. 또한 경영 혁신의 가장 큰 과제는 '무엇을 폐지하느냐'이다.

그러나 버리는 일은 쉽지 않다. 문제점의 발견도 쉽지가 않지만 그것보다도 감정이 얽혀 실행하기 어렵다는 데서 고민하는 것이다. 또한 버리는 일은 경영 혁신이나 전력 집중의 현상임과 동시에 사업 몰락이나 패도의 징후이기도 하므로, 신용과 통솔력이 없는 자가 실시하면 도산에까지 발전할 염려가 있어 곤란하다.

"혁신의 열쇠는 버리는 데 있다."   (드러커)

'회사가 어렵게 되면 먼저 자산(資産)을 판다. 다음에 급료를 내린다. 해고는 않는다.'

□ 약점주의 요점주의 사용을 구분한다

공격에 있어 아군 전투력을 집중할 중점은 적의 요점이나 약점으로, 요점이란 그곳을 앗기면 적이 곤란받는 곳, 약점은 공격하기 쉬운 곳이다.

일격으로 승리를 결판짓기 위해선 요점을 친다. 그러나 요점은 통상 견고히 지켜지고 있으므로 격전을 각오하지 않으면 안 된다. 약점은 쉽게 칠 수 있다. 문제는 약점을 앗아도 적에게 치명적 타격을 안겨 줄 수는 없으므로 다시 예봉을 돌려 요점으로 향하고 결전하지 않으면 안 된다는 점이다.

위나라와 촉나라는 똑같이 가정(街亭)이 바로 요점이었으므로 공명도 사마의도 그곳을 중요하게 보아 서로 확보하려고 했다.

적벽 대전 이후 공명이 형주 땅을 차지한 전격 전략은 요점과 약점을 아울러 찌른 화려한 것이었다.

고산(高山)

서울출생. 성균관대학교국문학과졸업. 성균관대학교대학원비교문화학전공졸업. 소설 〈청계천〉으로 〈자유문학〉 등단. 1956년~현재 동서문화사 발행인. 1977~87년 동인문학상운영위집행위원장. 1996년 〈파스칼세계대백과사전〉 편찬주간. 지은책 〈얼어붙은 장진호〉〈한국출판100년을 찾아서〉〈망석중이들 잠꼬대〉〈한국인〉新文館 崔南善·講談社 野間淸治〈愛國作法〉 한국출판학술상수상 한국출판문화상수상

그림/이우경 정준용 카츠시카 정웬 류성잔 스셍첸

1956

高山 大三國志
5 불타라 칼

고산 고정일 지음
1판 발행 /2008년 8월 8일
발행인 고정일
발행처 동서문화사
창업 1956. 12. 12. 등록 16-345(윤)
서울강남구신사동540-22 ☎ 546-0331~6 (FAX) 545-0331
www.epascal.co.kr
잘못 만들어진 책은 바꾸어 드립니다.
*

사업자등록번호 211-87-75330
ISBN 978-89-497-0468-5 04820
ISBN 978-89-497-0463-0 (세트)